Im Jahr 2005 erhält Adrian Schlayer unerwartet Besuch von einer nordischen Schönheit, die völlig unverständlich spricht. Eine Stunde später stehen er und seine Besucherin vor zwei übel zugerichteten Leichen. Damit beginnt für Adrian eine Jagd um den halben Globus. Dank des Esperanto-Netzwerkes seiner Begleiterin kommt Adrian bis zum Show-Down auf Island.

Wer die Geschichte liest, muss sich einlassen auf eine Liebesgeschichte voller Sex und Leidenschaft, eine Mörderjagd voller Gewalt und Action und auf eine lebendige Plansprache.

Mathias Müller

Liebe, Tod und Esperanto

Bibliografische Information der Deutschen Nationalbibliothek:
Die Deutsche Nationalbibliothek verzeichnet diese Publikation in der
Deutschen Nationalbibliografie; detaillierte bibliografische Daten sind
im Internet über http://dnb.dnb.de abrufbar.
© 2022 Mathias Müller
Umschlaggestaltung: Mathias Müller
2. Auflage
Dieses Buch ist auch als E-Book erhältlich
Herstellung und Verlag: BoD – Books on Demand, Norderstedt
ISBN: 978-3-7557-3042-2

Inhaltsverzeichnis

Prolog

Im 18. Jahrhundert v. Chr. wollte der Herrscher in Babel einen hohen Turm haben. Für den Bau ließ er billige Arbeitskräfte aus allen Teilen seines Reiches heranschaffen. Die Arbeiter waren wenig motiviert, außerdem verstanden sie sich untereinander schlecht, denn der König von Babel herrschte über viele Völker. Es kam, wie es kommen musste: Der Bau kam nicht voran, die Kosten explodierten. Aber die Bauleiter fanden einen Ausweg, um von ihrer eigenen Unfähigkeit abzulenken. Sie schoben die Verantwortung für das Misslingen Gott in die Schuhe. Er hätte die Arbeiter mit unverständlichen Sprachen verhext und deshalb wäre es nichts geworden, mit der Kommunikation untereinander und mit dem Turmbau bis zum Himmel.

Im Jahr 753 v. Chr. wurde in Italien eine kleine Stadt gegründet. Kaum waren 750 Jahre vergangen, herrschte die Stadt über die gesamte damals bekannte Welt rund ums Mittelmeer. Der Dialekt der mittlerweile groß gewordenen Stadt wurde zur Umgangssprache im ganzen Imperium. Latein überdauerte das Römische Reich. Es wurde zur Sprache der Wissenschaft. Bis weit in die Neuzeit galt: Wer etwas darstellen will, muss seinen Cäsar, Cicero und Quintilian beherrschen.

Im 19. und zu Beginn des 20. Jahrhunderts herrschten die europäischen Völker über große Teile der Welt. Ihre Sprachen lagen im Wettstreit miteinander: Welche soll die Weltsprache werden, die überall verstanden wird? Die Europäer konnten sich nicht einigen. Sie führten lieber Kriege gegeneinander. Solange, bis nichts mehr von ihrer Weltgeltung übrig geblieben war.

In den 80ern des 19. Jahrhunderts entwickelten Idealisten Plansprachen. Die hatten komische Namen. Deshalb erlebten diese Kunstsprachen auch nur eine kurze Blütezeit.

In den 90ern des 20. Jahrhunderts brach der real existierende Sozialismus zusammen. Seitdem regiert die angelsächsische Wirtschaftsordnung die Welt. Englisch wurde zur Weltsprache. Beides zusammen hat schlimme Folgen in Deutschland. Denn nun kommunizieren deutsche Marketingexperten nur noch auf Denglisch.

1998 wurde der letzte Handywitz erzählt. Seitdem sind Handys keine Statussymbole mehr, sondern Gebrauchsgegenstände.

2001 hält das Mittelalter Einzug in die moderne Welt. Am 11. September flogen Selbstmordattentäter mit Flugzeugen in das World Trade Center in New York. Religion wird ab nun wieder als legitimer Grund gesehen, um mit gutem Gewissen Massenmörder zu werden.

2003 stellte ein gewisser Mark Zuckerberg eine Website ins Netz, auf der Studentinnen bewertet wurden, ob sie „hot" seien. Die Seite war bald wieder offline. Ein Mann sollte sich nicht mit zu vielen intelligenten Frauen auf einmal anlegen. Ein Jahr später kam Mark Zuckerberg auf eine andere Idee.

Wieder ein Jahr später, 2005, erhält Adrian Schlayer den Besuch einer Schönheitskönigin, die völlig unverständlich spricht. Und so beginnt diese Geschichte. Wer sie liest, muss sich einlassen auf Tod und Liebe, Gewalt und Sex sowie eine lebendige Plansprache.

Die Geschichte ist frei erfunden. Alle Personen darin sind fiktiv. Nur Ludwik Zamenhof (1859 – 1917), der Erfinder der Kunstsprache Esperanto (1887 von ihm begründet) und Johann Martin Schleyer (1831 – 1912), der Erfinder der Plansprache Volapük (1879/80 von ihm veröffentlicht), haben tatsächlich gelebt. Selbstverständlich gab es KEINE Korrespondenz zwischen Schleyer und dem fiktiven Friedrich Bergmann in dieser Geschichte.

Mein Dank gilt Alois Eder vom Esperanto Landesverband Baden-Württemberg (BAVELO), Ralph Glomp vom Esperanto Hamburg e.V. und Heinz-Wilhelm Sprick von der Esperanto-Gruppe Hameln. Sie haben die Esperanto-Sätze für diese Ausgabe korrigiert und auch sonst noch Fehler im Text gefunden. Alois war der Leiter eines Esperanto-Kurses, den ich 1998 besucht habe. Alois ist noch genauso voller Ideen wie damals. Er zeigt: Esperanto hält jung. Ralph hat vorurteilsfrei wie Esperanto-Freunde nun einmal sind, mich Süddeutschen sofort an seinen Hamburger Zoom-Meetings teilnehmen lassen und bei Heinz lerne ich jetzt wieder Esperanto. Es lohnt sich!

Die Fremde

„Saluton kaj bonan tagon. Mia nomo estas Vigdis. Ĉu vi estas Adrian Schleyer?"1)

Adrian Schlayer starrte die Fremde an, die vor seiner Tür stand. Er verstand kein Wort außer seinem Namen. War das Spanisch ... oder Portugiesisch, was sie sprach?

Ihr Aussehen war nicht südländisch. Sie sah aus wie eine nordische Schönheitskönigin. Hellblondes, glattes Haar bis über die Schultern. Augen blau und klar wie das Eiswasser der Fjorde, die Adrian in Norwegen gesehen hatte. Eine gerade kräftige Nase zeigte, dass alles an ihr echt war. Der Schwung ihrer Oberlippe ließ ihre weißen Zähne sehen und gab ihrem Gesicht zusammen mit der vollen Unterlippe und dem angehobenen Kinn einen verächtlichen Ausdruck. Sie war sich ihrer Wirkung auf Männer bewusst.

Das Blut schoss Adrian vom Gehirn in den Unterleib. Bewegung hilft manchmal gegen eine Erektion. Adrian öffnete die Tür und hinkte zu dem langen, schmalen Holztisch, der in der Mitte seines Lofts stand. Er setzte sich auf einen der Stühle und während er seine verschwitzten Sportsachen von dem Stuhl daneben auf den Boden schob, winkte er ihr herein und sagte: „Yes, I am Adrian Schlayer. Come in."

Er war nicht in der Verfassung, eine Schönheitskönigin zu empfangen. Seine Schulter war grün und blau. Auf seinem Rücken zogen tiefe Kratzer ihre blutigen Spuren. In seinen Haaren klebte getrocknetes Blut. Sein einziges Kleidungsstück war eine verdreckte, zerrissene Radlerhose.

Er roch nach Schweiß und Dreck. Er war im Degerlocher Wald im Stuttgarter Süden Downhill gefahren. Und er war außer sich vor Wut. *Wer in Stuttgart Downhill fährt, hat keine Freunde bei den Naturschützern. Die hetzen die Bullen auf uns. Warten am Ende der Strecke. Beschimpfen uns Radfahrer als Umweltschädlinge. Ich schlag dem Nächsten die Zähne aus. Einer hat mir vor einer Woche den Reifen zerstochen. Der Mistkerl in der Zahnradbahn. Jetzt ziehen grüne Taliban Drahtfallen in die Strecke. Ist neu, ist heimtückisch. Ist feig. ... Wie das ganze Umweltpack.*

Adrian hatte den Draht nicht gesehen, der etwa einen halben Meter über dem Boden gezogen gewesen war. So war Adrian dagegen gefahren und hatte einen Salto über den Lenker geschlagen. Er war den

Hang hinunter geschlittert, hatte sich hinabgekugelt, sich Arme und Beine aufgerissen, hatte sich überschlagen, versucht auf die Beine zu kommen, hatte sich nochmals überschlagen, war schneller und schneller geworden. Dann hatte eine alte Eiche seiner Talfahrt ein schnelles und hartes Ende bereitet. Sein Helm hatte ihn vor noch größeren Schäden bewahrt.

Adrian war wieder hochgeklettert und hatte den Draht mit bloßen Händen abgemacht, um dann mit seinem verbogenen Rad nach Hause zu laufen. Es war heiß gewesen und er hatte Durst gehabt. Er hatte sich auf ein Bier und eine Dusche gefreut. Aber dann hatte es geklingelt. Er hatte gedacht, es wäre die Polizei. Denn natürlich hatte er mit seinen Freunden telefoniert. Und die hatten bestimmt nicht lange gefackelt mit dem nächsten Umweltschützer, dem sie habhaft werden konnten.

Aber nun stand eine Schönheitskönigin vor seiner Tür. ... Und das beruhigte ihn ... ein wenig.

Die Königin hatte sich nicht bewegt. Sie sagte: „Tio estis angla. Mi rifuzas la anglan. Mi parolas Esperanton kaj se vi estas Adrian Schleyer, vi ankaŭ komprenos tion."2)

„Angla", das sollte wohl „Englisch" bedeuten. Ihrer Körpersprache nach und so verächtlich, wie sie dieses Wort hervorzischte, war Adrian sofort klar, dass die Fremde für Englisch nicht viel übrig hatte. Gab es das heutzutage noch? Jemand, der kein Englisch sprach? Na dann eben Französisch: „Qui, je suis Adrian Schlayer. Entrez," und mit einem kurzen Lächeln: „s'il te plaît."

Immerhin. Jetzt lächelte sie. Adrian grinste. Er fühlte sich im Vorteil. Er war zweisprachig aufgewachsen. Mama aus dem Norden Frankreichs, Papa aus dem Süden Deutschlands. Er, Adrian, das Ergebnis dieser im Fall seiner Eltern, wie er selber fand, gelungenen Melange.

Die Schönheitskönigin lächelte zwar, aber sie sprach weiter in dieser seltsamen Sprache, die Adrian nicht kannte, die ihm aber doch irgendwie vertraut vorkam: „Tio estis probable franca, mi komprenis: Do vi estas Adrian Schleyer. Sed kial ni ne parolas Esperanton kune? Ni devas klarigi tion. Ĉu mi rajtas eniri?"3)

Sie trat in das Loft, setzte sich auf den freigeräumten Stuhl und erfüllte den Raum. Adrian sog ihren Duft mit beiden Nüstern ein. *Ihre Präsenz, ihr Duft ... schweres Parfum, Frauenkörper, ... jung, erhitzt.*

Adrian konnte nicht fassen, was da auf ihn einströmte. Ihre Bluse: altmodisch, bunt. Der Rock: seltsam, mit Falten. Der Lederrucksack: noch älter als die Bluse, abgeschabt. Sie war gekleidet wie eine Vertreterin seiner Feinde, die Ökotaliban. Aber das machte nichts. Auch unter Ökos können ja prima Leute sein. So wie die hier.

Sie stellte den Rucksack auf den Boden. Dabei taxierte sie Adrian mit ihren glasklaren Augen, zog die Oberlippe noch höher und legte dann ihre Beine auf die Werkzeugkiste, die neben dem Tisch stand.

Adrian schnappte nach Luft. Der seltsame Rock war nicht altmodisch. Er hatte einen Schlitz bis zur Hüfte und ließ ein Bein von makelloser Schönheit frei. Schneeweiß mit einer Haut, die noch nie von der Sonne gegerbt worden war, unglaublich lang.

Adrian zählte in Gedanken auf zehn. Dann gelang es ihm, die Augenbrauen zu heben und den Mund zu schließen. Er räusperte sich: „Hrrm ... Möchtest du etwas ... trinken? Ich habe Bier oder Wasser. ... Oh pardon: tu veux boire quelque chose? – J'ai de la bière ou de l'eau."

Sie verzog den Mund, dann blitzte es kurz, nur ganz kurz in ihren Augen und sie sagte: „Mi prenas bieron."

Adrian wusste zwar immer noch nicht, in welcher Sprache sie sprach, aber er verstand: Die Schönheit wollte Bier. Adrian lief zu dem frei stehenden Kühlschrank. Zuerst stellte er ein Wasserglas in den Eiswürfelspender, drückte auf die Taste und während knackend crushed ice in das Glas fiel, holte er eine eiskalte Flasche Bier und stellte sie vor seiner Besucherin auf den Tisch. Er wollte eben nach einem Öffner schauen, da hörte er das bekannte Zischen, wenn ein Kronenkorken geöffnet wird. Sie hatte die Flasche an der Werkzeugkiste aufgemacht. Adrian bevorzugte in dieser Situation eiskaltes Wasser. Er füllte das Glas, das halb voll mit Eis war, mit kaltem Wasser aus der Leitung auf und kam wieder zum Tisch. Adrian nahm einen Schluck und grinste. Zeit für ein wenig Konversation.

Sie aber nahm einen tiefen Schluck aus der Flasche, schaute ihn verächtlich an, deutete lässig mit der Flasche zur Dusche und sagte: „Vi devus duŝi vin."4)

Dann drehte sie den Stuhl zur Tür und sagte: „Mi turnas min."5)

Das war deutlich.

„Du weißt nicht, was dir entgeht", sagte Adrian, zog die Radlerhose aus und stellte sich unter die Dusche, die freistehend im Badezimmerbereich seines Lofts stand. Das kühle Wasser ließ die Risswunden in seiner Haut wieder aufbrechen. Unter seinen Füßen floss es rot in den Abfluss. Die frischen Wunden brannten, aber darum konnte sich Adrian jetzt nicht kümmern. Er musste nachdenken. Ziemlich schnell kam er auf die Lösung, was ihm den unerwarteten Besuch verschafft hatte: Es gab außer ihm einen zweiten Adrian Schleyer in Stuttgart. Nur schrieb der sich mit einem e statt wie er mit einem a im Namen. Dieser Adrian wohnte in Feuerbach, einem anderen Stadtteil von Stuttgart. Zudem konnte ein Fremder die Straßen, an denen sie beide wohnten, leicht verwechseln. Adrian wohnte an der Weilheimer Straße. Sein Fast-Namensvetter an der Walheimer Straße. Als Adrian das bald nach seinem Umzug nach Stuttgart herausgefunden hatte, hatte er mit seinem Fast-Namensvetter telefoniert. Er hatte ihn besucht und sie hatten sich danach auch einige Male getroffen. Aber ihre Interessen waren zu unterschiedlich gewesen, sodass der Kontakt bald wieder eingeschlafen war. Der Adrian Schleyer mit e war nur ein paar Jahre älter als er, aber hauptsächlich an klassischer Musik, Schach, alten Sprachen und noch älteren Büchern interessiert. Bücher interessierten Adrian auch, aber nicht so alte. Schach und Latein hatte Adrian ebenfalls gelernt. Und er hatte gedacht, er würde gut Schach spielen. Bis er seinen Fast-Namensvetter kennengelernt hatte. Schach spielte der andere Adrian so viel besser als er, dass es den bald langweilte, sich mit ihm an ein Brett zu setzen. Obere Erste Liga gegen abstiegsgefährdeten Drittligisten eben. Und Latein gab als Unterhaltungsstoff auch nicht viel her.

Adrian war Sportstudent. Er fuhr Downhill. Er verdiente sich als Stuntman und als Model seinen Lebensunterhalt. Tagessatz in beiden Branchen mindestens 1.000 Euro. Das Geld war er offensichtlich wert. Er hatte mehr Anfragen, als er annehmen wollte. In den vergangenen drei Jahren, seit der Einführung des Euros, hatte Adrian immer über 100.000 Euro Jahreseinkommen erzielt. Maximal 120 Arbeitstage im Jahr hatte er sich als Limit gesetzt, – genau ein Drittel eines Jahres. Er musste ja auch noch sein Studium beenden und seine Freiheit genießen. Freiheit, das bedeutete für ihn vor allem, selbst über seine Zeit verfügen zu können. Wenn es sein musste, war er durchgetaktet bis auf die letzte Minute eines Tages. Damit wiederum war der andere Adrian überfordert. Also trennten sich ihre Wege wieder.

Adrian lebte intensiv. Ob Arbeit oder Freizeit, für ihn gab es da keinen Unterschied. Er liebte, was er tat. Das Geld, das er verdiente, gab er gerne aus: Die Miete für das Loft, 150 Quadratmeter im Stadtgebiet von Stuttgart? – Kein Problem. Eine Raumpflegerin für das Loft? – Selbstverständlich! Der kleine Porsche Boxster in der Garage der Villa seiner Eltern in Freiburg? – verstaubte, war aus einer Laune heraus angeschafft worden. Ein exzentrisches Fahrrad, das ihm gefiel? – wurde sofort gekauft.

Frauen hielten Adrians Lebensstil nicht lange aus. Die letzte längere Beziehung hatte er mit einem Groupie aus der Downhill-Szene gehabt. Die wollte unbedingt mit ihm ins Bett, nachdem er – extra zu diesem Zweck – vor ihrer Nase einen Fünf-Meter-Drop gelandet hatte. Nichts Besonderes für jemand, der es kann, … aber eindrucksvoll. Adrian beherrschte Downhill. Zuvor hatte er Fußball und Handball gespielt, Kampfsport und Tennis trainiert. Dann war er das erste Mal auf ein Rennrad gestiegen und hatte gewusst: Radfahren, das war sein Sport. Am liebsten Mountainbike und Downhill. Da hatte er gefunden, nach dem er immer gesucht hatte. Hier war er sich selbst sein Gegner. Es interessierte ihn nicht, wie schnell andere fuhren. Wenn er seine Ideallinie im Gelände gefunden hatte, dann war er ganz bei sich. Vollkommen im Hier und Jetzt. In jeder Sekunde der rasenden Fahrt das Richtige tun. Er war fit, optimal auf der Strecke. Jeden Moment das ultimative Leben spüren. … Das hatte natürlich auch dann gegolten, als er in die Drahtfalle gefahren war. In jeder Sekunde des Sturzes hatte er richtig reagiert. Die rettende Bewegung gemacht. *Mein Instinkt, Körperbeherrschung und Helm: Deshalb habe ich überlebt. … Mit ein paar tiefen Kratzern.*

Adrian runzelte die Stirn. Und jetzt? Jetzt war diese Fremde in seiner Wohnung. Und sie hatte ihm seine Selbstsicherheit genommen. Er zählte erneut in Gedanken bis zehn und drehte dann den Wasserhahn zu. Auch wenn sie ihn vom ersten Moment an umgehauen hatte: Aufgeben kam hier nicht infrage. Er holte tief Luft und öffnete den Duschvorhang.

Mit einem schiefen Grinsen, weil ihm noch immer viele Körperteile wehtaten, trat Adrian aus der Dusche, legte sich ein Handtuch um die Hüften und lief auf die Fremde zu. Wie ein kaputter Boxer, der nach der Pause seinem Gegner vorspielt, der Niederschlag in der vorigen Runde hätte ihm nichts ausgemacht. Dabei war ihm klar, dass seine

Chancen gering waren, ihr etwas vorzumachen. Aber er hatte einen Trumpf. Er wusste ja, welchen Adrian Schleyer sie suchte. Er konnte sie zu ihm bringen und dann, so stellte er sich das vor, würde sie wieder mit ihm zurückfahren. *Bei dem Bücherwurm-Adrian wird die Schönheit sicher nicht lange bleiben.*

Er sagte ihr, dass er sie zu ihm bringen könne, auf Französisch ... natürlich:

„Je sais maintenant qui tu cherches. Je peux t'emmener chez lui."

Sie schaute ihn mit ihren eisblauen Augen an. Dann sagte sie: „Vi sangas."6)

Dann öffnete sie den Erste-Hilfe-Kasten, den Adrian nach seiner Heimkehr hervorgesucht und auf den Tisch gestellt hatte. Sie sage: „Mi bandaĝas viajn vundojn."7)

Konnte es sein, dass sie seine schlechte Verfassung auf seine Verletzungen bezog und nicht auf ihre eigene Wirkung auf ihn? Adrian begann zu hoffen.

Sie legte eine Kompresse auf die Risswunde in seinem Nacken und befestigte sie straff mit einem Heftpflaster. Dann kamen die anderen Risse und Kratzer auf seinem Rücken dran. Sie arbeitete kühl und sachlich, dabei mit leichter Hand und einfühlsam wie Hana in „der englische Patient".

Adrian hätte beinahe angefangen zu schnurren. *Ist schon geil, dass ich so in Form bin. Gefällt ihr, was sie sieht, ... ist offensichtlich. Aber Mist, ... ich hätte besser aufräumen können.*

Adrians schaute auf den Werkzeugkasten, den aufgebauten Fahrradreparaturständer, auf die zu Boden geworfene dreckige Kleidung, den kaputten Fahrradhelm. *Immerhin: Die Blutstropfen fallen auf meinem dunklen Industrieboden kaum auf.*

Sein Blick schweifte durch sein Loft. Er hatte es von einer Architekturstudentin, die ein halbes Jahr lang seine Freundin gewesen war, einrichten lassen. In der Mitte des Raumes stand der lange Esstisch mit acht Stühlen. Durch die Original-Fabrik-Fenster mit Metallsprossen leuchtete hell die Sonne in den Raum. Glastüren, ebenfalls mit schwarzen Metallrahmen und Sprossen führten zu einer großen Terrasse, wo sich Adrian mit Kübelpflanzen, Loungesesseln und Außenwhirlpool ein Freiluftparadies geschaffen hatte. In der Flucht des Esstisches befand sich die Kücheninsel. Dahinter in der gleichen Flucht, mittig im Raum, die große, runde Dusche. Adrian hatte sie als

Messe-Ausstellungsstück von einem großen Badausstatter bekommen, der ihn für ein Messe-Event gebucht hatte. Die Installation des bodenebenen Abflusses und der akkuraten Installation hatte den Handwerker fast zur Verzweiflung gebracht. Erst beim dritten Versuch hatte er die Duschinstallation technisch und optisch nach Adrians Zufriedenheit gelöst. Wenn es ihm wichtig war, konnte Adrian ein sehr hartnäckiger und schwieriger Kunde sein.

An der anderen Schmalseite des großen Raumes führte eine Metalltreppe hoch zum Schlafbereich. Unter der Treppe hatte Adrians Schreibtisch Platz gefunden. Leer bis auf Flachbildschirm, Tastatur, Maus und zwei Ablageschalen. Eine war gefüllt mit etwas Papier. In der anderen lagen ein gespitzter Bleistift und ein schmaler Lamy-Kugelschreiber.

Adrian hatte so viel Platz in seinem Loft, dass er ungehindert mit dem Fahrrad um den Esstisch fahren konnte. „Freie Fläche ist Luxus", hatte seine damalige Freundin, die Architekturstudentin, gesagt.

Platz für Deko hatte Adrian nicht. An der Wand gegenüber der Fensterfront hing echte Kunst. Vier Bilder, jeweils im Format ein Meter mal ein Meter. Gemalt von seinem schwulen Freund Milan Schmidt. Künstlername Raz Biran, angelehnt an das mazedonische Wort „Erkenntnis". Milan war mittlerweile Meisterschüler im Weißenhof-Programm der Staatlichen Akademie der Bildenden Künste in Stuttgart. Milan war sehr verliebt in ihn gewesen, bis Adrian ihm klargemacht hatte, dass er keine Chance bei ihm hatte, weil Adrian hetero war.

„Wir können ja gute Freunde bleiben", hatte Adrian damals zu Milan gesagt. *So wie es eine Frau zu einem lieben netten Mann sagt, der sich monatelang für sie zum Affen gemacht hat und endlich zum Zug kommen will. Mit diesem Satz macht sie ihm klar, dass sie nie mit ihm ins Bett gehen wird. Meist hat sie dann in der gleichen Nacht einen One-Night-Stand mit einem Macho wie mir.*

Das hatte auch Milan gewusst und eingesehen, dass er keine Chance bei Adrian hatte. Er hatte sich dann mit einem Galeristen getröstet. Milan war tatsächlich Adrians Freund geblieben. Er wollte Adrian die Bilder schenken. Aber Adrian hatte sie ihm abgekauft zu einem Preis, wie sie jetzt, ein Jahr später, in der Galerie des Liebhabers von Milan gehandelt wurden.

In Adrians Loft herrschte purer Minimalismus. Sehr stilvoll, wenn da nicht die vielen Räder gewesen wären, die unter seinem Schlafpodest

Platz gefunden hatten. Manche Besucher sagten, sie würden sich fühlen wie in einer Fahrradhandlung mit Privatanschluss zum Besitzer. Immerhin trennte ein Designersofa, freischwebend wirkend auf seinen runden schlanken Stahlfüßen, den Fahrradparkplatz von der übrigen Wohnung.

Adrian hatte eine Menge Räder in seinem Loft. Die unterschiedlichsten Räder und alle waren sie gepflegt. Nur das verbeulte Downhill nicht. Das war am Morgen noch 4.500 Euro wert gewesen. Daneben ein Fully, vor drei Monaten gebraucht gekauft für 1.200 Euro, dann ein Enduro, gebraucht für 2.800 Euro bekommen. Dann ein klassisches Rennrad aus den 80ern, Stahlrahmen, Rahmenschaltung, Marke Peugeot, ein Geschenk seiner Mutter. Danach ein Originalrad der Express-Werke, von seinem Großvater, noch mit dem Windhund auf dem vorderen Schutzblech. Dann ein modernes Rennrad. Dann seine weiße Göttin, ein Trekkingrad, T-700 von der Fahrradmanufaktur, weiß lackiert, mit neuester Nabenschaltung, Hydraulikbremsen, Stahlrahmen, robust und schnell. Dahinter das Steherrad, das er zweimal beim Sechstage-Rennen von Stuttgart gefahren hatte und ganz hinten an der Wand ein Tandem.

Adrian überlegte. Er schaute seiner Besucherin prüfend in die Augen. Dann hatte er sich entschieden. Er zeigte auf das Tandem und sagte: „Wir fahren mit dem."

Ihr Blick wurde spöttisch. Sie zeigte auf den kaputten Fahrradhelm, die zerrissene Radlerkleidung, das verbogene Downhill und sagte zu ihm: „Vi antaŭe falis de via biciklo. Nun vi volas bicikli kun mi? Mi esperas, ke ĉi tio iros bone."8)

Sie verstaute Schere und restliches Verbandsmaterial im Erste-Hilfe-Kasten. Dann nahm sie aus ihrem Rucksack eine blaue Leinenhose hervor und zog sie unter ihrem Rock an. Anschließend öffnete sie ihren Ledergürtel, zog den Rock aus, faltete ihn zusammen und legte ihn in ihren Rucksack. Als sie sich bückte, offenbarte die leichte Leinenhose die makellose Form ihres Hinterns. Adrian schnappte wieder nach Luft.

Sie richtete sich auf und fragte: „Kion vi atendas?"9)

Das war für Adrian deutlich. „Atendas", das hörte sich an wie „warten" auf Französisch: „attendre".

Sie wollte offensichtlich los und hatte ihn gefragt, auf was er noch wartete. Adrian zog das Tandem aus der Ecke. Er überprüfte den

Luftdruck der Reifen und pumpte beide noch etwas auf. Seine Besucherin hatte sich unterdessen wieder auf den Stuhl gesetzt und trommelte ungeduldig mit den Fingerspitzen auf die Tischplatte. Als Adrian jedoch das Rad zur Tür hinausschob, war sie zur Stelle. Sie half ihm, das Tandem die sieben Stufen bis zur Haustür hinunterzutragen. Auch unten wusste sie sofort, was zu tun war. Sie hob das Hinterrad über die letzte Treppenstufe in die Nische im Flur und wartete, bis Adrian die Wohnungstür geschlossen und die Haustür geöffnet hatte. Dann schob sie das sperrige Tandem auf die Straße, während Adrian die Haustüre aufhielt. Er schaute auf die Fremde und auf das Rad und er war sicher, dass er die richtige Wahl getroffen hatte.

Blut I

Wer zum ersten Mal als Team Tandem fährt, sollte das am besten auf einer verkehrsarmen Fläche testen. Dazu war jetzt keine Zeit. Eine kurze Einweisung musste genügen.

Adrian schwang das Bein über die Stange und stellte sich hinter den Lenker. Er bedeutete seiner künftigen Co-Pilotin, es ihm nachzumachen. Als sie vor dem hinteren Sattel stand, blickte Adrian über die rechte Schulter nach hinten, hob den rechten Arm zur Seite und beugte sich nach rechts. Dann sagte er laut: „Rechts."

Die gleiche Prozedur auf der linken Seite. Dann schaute er wieder über die rechte Schulter und machte mit dem rechten Arm Vorwärtsbewegungen: „Los". Dann einige Bewegungen mit dem rechten Arm nach unten: „Stopp".

Erwartungsvoll schaute er die Fremde an. Die verdrehte kurz und ungeduldig die Augen nach oben. Dann sagte sie: „Mi komprenis."10) Sie sagte „rechts" und beugte sich nach rechts. Sie sagte „links" und beugte sich nach links. Sie sagte „stopp" beugte sich nach hinten und dann sagte sie „los" und trat ins Pedal.

„Du hast gar nichts kapiert!", schrie Adrian und konnte gerade noch rechtzeitig den Fuß aufs Pedal setzen, bevor ihn das in die Ferse gehauen hätte. Dann ging es los.

Die Seitenstraßen im Stuttgarter Osten sind nicht geeignet für ein Tandem-Anfängerteam. Auf beiden Seiten parkende Autos. Lieferwagen in der zweiten Reihe, Schlaglöcher, nur notdürftig geflickt, Baustellen. Es war staubig und heiß. Adrian fuhr langsamer als gewöhnlich. Ständig musste er Hindernisse umkurven, den Gegenverkehr einschätzen, mal bremsen, mal antreten. Er konnte seiner Co-Pilotin keine Hinweise geben. Sie reagierte ordentlich, aber eben oft erst ein oder zwei Tritte versetzt. Dadurch kamen sie immer wieder aus dem Rhythmus. Das kostete sie in der Hitze noch mehr Kraft als üblich.

Auf Gangwechsel verzichtete Adrian weitgehend, um nicht unnötig Unruhe in die Trittfrequenz zu bringen. Immerhin schafften sie den Weg, ohne ein parkendes Auto zu streifen. Nach der Unterführung im Schlossgarten ging es besser. Sie hatten mehr Platz und Adrian konnte vorausschauender fahren.

Stuttgart ist keine Stadt für Gelegenheitsradler. Eher etwas für Fahrer mit Ambitionen auf das rot-gepunktete Trikot. Die Fahrt führte Adrian und seine Begleiterin über das grüne U zum Löwentor, dann zum Weißenhof. Von da aus ging es hinüber ins Feuerbacher Tal bis zum Friedhof. Bergauf und bergab, mehr bergauf als bergab. Eine Strecke für Bergspezialisten die in die Beine ging und den Kreislauf belastete. Es wurde für das Tandemteam mühsam und ihre Tritte wurden langsamer, schwerer und unkoordinierter. Die Sonne stand hoch über ihnen am wolkenlosen Himmel und heizte unbarmherzig die Temperatur auf weit über 30 Grad. Im Talkessel stand die Luft und das heiße, schwüle Stadtklima mit Smog und hoher Luftfeuchtigkeit machte vor allem der nordischen Besucherin zu schaffen. Von den Häusern gab es keinen Schatten mehr, der Asphalt reflektierte gnadenlos die Hitze und die Luft flimmerte in der Nachmittagsglut. Das Tandemteam mühten sich immer langsamer voran und seine Koordination kam wieder und wieder aus dem Tritt. Die Fahrt wurde zäher und schweißtreibender und saugte ihnen die letzte Kraft aus den Beinen.

Schließlich rief Adrian: „Stopp" und machte die vereinbarte Bewegung mit dem Arm nach unten. Sie rollten aus. Die Fremde keuchte und schnappte nach Luft. Adrian wischte sich den Schweiß aus der Stirn, deutete nach vorn und sagte: „Da müssen wir hoch."

Die Walheimer Straße ist eine der längsten Straßen in Feuerbach und die steilste. Adrian Schleyer wohnte ganz oben, direkt am Waldrand. Adrian schaute in das Gesicht seiner Begleiterin. Ihr Kopf war hochrot und, was ihm Sorgen machte, um die Nase und unter den Augen war ihre Haut blass.

„Wir schieben", entschied er. Sie schaute ihn aus großen Augen an und nickte leicht. Jetzt war keine Arroganz mehr in ihrem Blick. Nur noch mühsam aufrechterhaltene Standfestigkeit. Auch sie wollte offensichtlich keine Schwäche zugeben.

Während sie das Tandem die Straße hochschoben, zeigte Adrian auf einige Dinge am Weg. Er wollte sie von der Anstrengung ablenken. Er zeigte auf ein Haus und sagte: „Haus" auf einen Zaun und sagte: „Zaun" und auf Hundekot und sagte: „Scheiße."

Da lachte sie kurz und sagte: „feko."

Es schien ihr wieder besser zu gehen. Er deutete auf sich und sagte: „Adrian" dann auf sie und schaute sie fragend an. Sie sagte: „Vigdis" und lächelte ein kurzes, feines Lächeln. Richtig, er erinnerte sich. In dem Kauderwelsch, das sie zur Begrüßung gesagt hatte, hatte er

auch „Vigdis" gehört. Das war also ihr Name. Adrian schaute sie an. *Werde ich nicht mehr vergessen.*
Sie schwiegen beide. Adrian trabte wieder los, stetig steil bergauf. Es dauerte Minuten bis sie am Ende der langen Straße waren und die letzten Häuser hinter sich gelassen hatten. Die Straße war nun nicht mehr geteert. Sie liefen über einen breiten Kopfsteinpflasterweg immer weiter in der prallen Sonne den Berg hoch. Das Sträßchen wurde schmaler. Manchmal gab es Ausweichstellen, so knapp bemessen, dass zwei Fahrzeuge nur mit Mühe aneinander vorbei kamen. Alte, traditionelle Trockenmauern säumten den Weg, immer wieder unterbrochen von schnell hochgezogenen Betonwänden oder Gabionenstützmauern. Meist grenzte entweder ein hoher Drahtzaun oder eine dichte Hecke den Privatbesitz zum Weg und zu den Nachbargrundstücken ab. Zwischen den Grundstücken führten schmale Steintreppen hoch zu den Gärten, Obstwiesen und Weinbergen. In der Regel stand auch eine kleine Hütte auf der Parzelle. Feuerstelle, Regenfass und Gartenbank vervollständigten das kleine Glück der schwäbischen und mittlerweile auch vielen türkischen, griechischen und italienischen Gütlesbesitzer.
Adrian und Vigdis liefen an den letzten Gartengrundstücken vorbei bis zur Wendeplatte und dem Waldparkplatz. Hier oben am Waldrand war der Verkehrslärm der Stadt nur noch leise zu hören. Es war still und heiß und es war kein Mensch zu sehen. Auf dem Parkplatz standen einige Autos. Ihre Besitzer waren entweder im Wald spazieren oder joggen oder hielten ein spätes Mittagsschläfchen in ihren Gärten. Adrian und Vigdis liefen an den Autos vorbei. Einige Schritte noch und sie hatten ihr Ziel erreicht.
Die Villa aus den Zwanzigerjahren des vorigen Jahrhunderts stand mitten in einem verwilderten Garten. Vor zehn Jahren war sie noch ein beliebtes Ausflugslokal gewesen. Aus dieser Zeit stammten die verfallenen Biergarnituren und Gartenstühle, die neben der Hauswand im Vorgarten gestapelt waren. Die Apfelbäume, in deren Schatten früher die Gäste saßen, waren seit Jahren nicht mehr geschnitten worden. Steil wuchsen ihre Asttriebe nach oben. Das Eintrittstor aus rostigem Metall war noch immer gekrönt von dem Wirtshausschild, das ehemals beleuchtet gewesen war. „Wirtshaus zum Hohen Berg" konnte darauf noch entziffert werden. Jetzt war das Frontglas an einer Ecke

eingeschlagen und links und rechts wuchsen Rosen an den Metall-
streben hoch.
Adrian blieb stehen. Es war still, sehr still. Keine Vögel zwitscherten,
keine Insekten summten … nichts. Adrian schaute sich um, runzelte
die Stirn. Was er sah und dass er keine Geräusche hörte, gefiel ihm
nicht. Das Gartentor stand halb offen und ebenso die Haustür. Adrian
merkte, wie ihm der Schweiß den Rücken hinablief. Was war hier los?
Vorsichtig drückte er das Gartentor auf und schob das Tandem durch.
Noch immer war nichts zu hören. Adrian lehnte das Tandem an den
alten Jägerzaun. Das Geräusch, als der Lenker an dem Holz ein
Stückchen entlangschabte, drang wie aus weiter Ferne an sein Ohr.
Er schaute auf Vigdis. Sie zögerte, durch das Tor zu gehen und blickte
ihn mit weitgeöffneten Augen an. Als er Richtung Haus lief, kam sie
ihm nach und fasste ihn am Oberarm, so als ob sie ihn zurückhalten
wollte. Adrian spürte, wie es in seinem Bauch kribbelte. Was stimmte
hier nicht? Das offene Tor, die angelehnte Haustür, aber niemand war
weit und breit zu sehen oder zu hören. Das Kribbeln wurde stärker.
Adrian merkte, wie es in seine Arme und in seine Beine kroch, wie es
machte, dass er zitterte, wie sein Herz anfing zu hämmern. Dies war
das Gefühl, wenn er mit seinem Rad vor dem Abgrund stand, kurz
bevor er antrat. Adrenalin schoss in seine Adern und machte ihn hellwach.
Leise und gespannt wie eine Stahlfeder lief er durch den Vorgarten.
Vor der Eingangstür blieb er stehen, drückte sie vorsichtig mit den
Fingerspitzen auf und versuchte, durch den Spalt etwas in dem dunklen Flur des Hauses zu erkennen. Nichts regte sich. Er drückte die Tür
weiter auf, doch ein Keil verhinderte, dass er die Tür ganz öffnen
konnte. Adrian zwängte sich durch den Spalt, trat den Türkeil zur Seite und winkte Vigdis, ihm zu folgen. Die zögerte wieder einen Moment, kam ihm dann aber nach.
Adrian trat in den dunklen Flur. Alter Steinfußboden mit schwarzen
und weißen Fliesen im Schachbrettmuster von denen die meisten
Risse hatten. Der Geruch von feuchtem Haus und langsamen Verfall
lastete schon seit Jahren im Treppenhaus. Da half auch kein Lüften
mehr. Eine steile Holztreppe führte in den oberen Stock. Ein widerli-
cher Geruch stieg ihm in die Nase. Das war nicht nur der übliche Mief
eines alten Hauses. Von fern war ein leises Sirren zu hören, unangenehm wie das Summen einer Schnake im Schlafzimmer kurz vor dem

Einschlafen. Die Zimmertür am Flurende stand offen. Tageslicht fiel durch den Spalt auf den dunklen Flur.

„Adrian, bist du da? Adrian, Besuch!", rief Adrian. ... War da ein Geräusch?

„Adrian, hallo, Besuch!", rief Adrian noch einmal und lief zu der Tür. Er öffnete sie. Dann traf es ihn mit voller Wucht.

Blut. Überall im Zimmer. Hell ins Licht getaucht von der heißen Nachmittagssonne. Blut an der Wand, Blut an der Decke und Blut in dicken trägen Schlieren an der Fensterscheibe. Hinter dem Schreibtisch saß ein Mann. Oder das, was von ihm übrig geblieben war. Der halbe Kopf war weggerissen. Ein Auge glotzte Adrian tot an. Es baumelte am Sehnerv unter der Augenhöhle. Ein Brei aus Hirn, Blut, Knochensplittern und Haaren war auf die Schulter gelaufen. In der Brust klaffte ein großes Loch. Adrian sah in dem blutigen Matsch, wie das Herz noch vibrierte, wie das Blut in kleinen Rinnsalen aus dem zerfetzten Brustkorb lief, weniger und weniger.

Vor dem Tisch: die Reste eine junge Frau. Die Leiche war fast zweigeteilt. Unter ihr eine Lache aus Blut, Urin und Kot. Die Soße verbreitete sich, wuchs langsam und nichts hielt sie auf. Sie sickerte in die Spalten des alten Parkettfußbodens, lief direkt auf Adrian zu. Der Kopf der Frau war blutiger Brei aus langen blonden Haaren und grauer Hirnmasse, durchzogen von schwarzen und roten Äderchen. Weiße, scharf gesplitterte Knochen stachen wie Speerspitzen aus der grauenvollen Pampe heraus. Aus den Mundwinkeln troff Spucke und Blut. Die Zunge hing blaurot heraus.

Die ersten dicken, metallisch schimmernden Fliegen hatten sich eingefunden und krabbelten mit ihren schwarzen, haarigen Füßen auf dem Matsch. Sie hatten dieses ekelhafte Sirren verursacht, wenn sie mit ihren kleinen Flügeln hochsummten, um eine noch bessere Stelle auf dem warmen Brei zu finden. Dumpf lag die Luft in dem Raum. Wie eine schwere Masse, die alles erstickte.

Adrian tastete nach dem Smartphone in seiner Gürteltasche. Seine Hand zitterte. Sein Mund war trocken. Die Luft in dem Raum nahm ihm den Atmen. Er würgte und hörte das widerliche Summen der Schmeißfliegen, wie wenn er Wasser in den Ohren hätte. Er sank langsam mit dem Rücken am Türrahmen zu Boden.

Vigdis drängte sich an ihm vorbei. Er sah sie wie in Zeitlupe. Wie durch ein altes, schlieriges Fensterglas. *Sie nähert sich dem Schreib-*

tisch. ... Tritt mit ihren Sandalen in die Pfütze bei der Frauenleiche. ... Der Saft saugt und pappt. ... Zieht den Fuß wieder hoch. ... Lange Fäden zwischen Fußboden und Schuhsohle.
Adrian kämpfte um seinen klaren Verstand. Seine Sehwahrnehmung wechselte hin und her wie der Autofokus einer Spiegelreflexkamera, der ein Objekt zum Scharfstellen sucht. Scharf, unscharf, scharf, unscharf. Dann ... endlich: Schärfe eingestellt, Blick wieder klar, überdeutlich. Adrian wurde zum Wissenschaftler, der in einem sicheren Labor sitzt und etwas Interessantes beobachtet: *Vigdis quetscht noch einen weiteren nassen, klebrigen Schuhabdruck auf den Dielenboden. Jetzt bleibt sie vor dem Schreibtisch stehen. Da liegt eine schwarze Ledermappe. Die dreht sie zu sich her. Eine Inschrift in goldenen Lettern auf dem Einband, geprägt.*
Er hörte, wie Vigdis laut vorlas: „Penéds bevin Johann Martin Schleyer e Friedrich Bergmann."11)
Sie blickte auf und sagte: „Ĉi tio estas Volapuko."12)
Dann öffnete sie die Mappe. Sie war leer.
Jetzt war es Adrian wieder voll bewusst, wo er war: mitten in einer entsetzlichen Wirklichkeit. *Ich sitze in einer Blutlache auf dem Fußboden in einem Horrorhaus.*
In seinem Kopf begann es wieder zu kreiseln. Aber er schaffte es, sein Handy hervorzuziehen und die 110 zu wählen. Er wusste nicht, wie lange er das Freizeichen hörte. Es erschien ihm unendlich lang. Dann endlich: „Polizei, Notrufzentrale."
„Mord ... zwei Tote ... Walheimer Straße in Feuerbach ... ganz oben ... die alte Villa am Wald ..."
Mehr konnte Adrian nicht mehr sagen.
Ein lautes Geräusch war an seine Ohren gedrungen. Es schoss bis in die Gehirnregion, in der es nur ums Überleben geht: Ein Poltern auf der Treppe! Adrian war hochgeschnellt, bis in die Haarspitzen überschwemmt mit Adrenalin, alle Instinkte geweckt, alle Sinne scharf, geweiteter Blick, Muskelspannung bis zum Anschlag.
Eine Waffe ... Wo ist eine Waffe? Da: die Figur auf dem Tischchen!
Die Eingangstür knallte zu. Adrian schaltete von Angst auf Angriff.
Der Mörder flieht. Ich muss ihn fassen.
Kein Gedanke an Konsequenzen. Adrian war blitzschnell bei der Tür. In der rechten Hand die Bronzefigur eines griechischen Philosophen. Vigdis folgte ihm dicht hinterher.

Der Mörder hatte die Tür zugeschlagen. Adrian drückte auf die Klinke und wollte die Tür öffnen. Er zog daran, aber sie ging nur einen kleinen Spalt auf. Adrian war aus Versehen beim Vorwärtsrennen mit dem Fuß gegen den Türkeil gestoßen und hatte den Keil dabei in den Türspalt gekickt. Nun blockierte der Keil die Tür und dann stand auch noch Vigdis so dicht hinter ihm, sodass er sich nicht richtig bücken konnte, um den Keil zu entfernen. Also musste er sich wieder aufrichten und sich zu ihr umdrehen und ihr bedeuten, einen Schritt zurückgehen. Dann zog er mit aller Kraft an dem Keil, bis er ihn schließlich unter der alten, schweren Eichentür gelöst hatte. Nun endlich kam er nach draußen.

Der Mörder hatte das Tandem auf den Weg geworfen. Es hatte sich in den Rosen am Torbogen verhakt und lag quer zum Tor. Adrian konnte nicht einfach darüber springen. Er musste vorsichtig über das Rad steigen und dabei aufpassen, dass er nicht in die Speichen trat oder von den Rosendornen gestochen wurde. Der Mörder hatte das Tor zugeworfen. Auch das klemmte, und auch das ging nach innen auf. Bis Adrian endlich sein Tandem aus dem Weg geschoben und das Tor geöffnet hatte, hörte er nur noch, wie eine Autotür zugeschlagen wurde und ein Motor ansprang.

Adrian rannte auf dem Weg bis zum Parkplatz. Er sah kein Auto mehr auf der Zufahrt. Konnte er das Auto mit dem Tandem verfolgen? Nein, das war zwecklos. Bis er auf der Straße war, war der Mörder schon längst im allgemeinen Verkehr untergetaucht. Wieder wählte Adrian die 110. Wieder schien es ihm endlos zu dauern, bis abgenommen wurde und als er sagte, dass ein Mord passiert wäre und dass schnell die Polizei kommen solle, sagte der Mensch am anderen Ende der Leitung: „Schon wieder ein Mord" und fragte „wo ist der passiert?"

Adrian drückte auf „Beenden" und lief den Kopfsteinpflasterweg nach unten Richtung Stadt. Auch von dort aus sah er kein fahrendes Auto auf dem Weg. Adrian schaute zu dem Parkplatz. Er erinnerte sich nicht mehr, welche Automarken dort gestanden hatten und welches Auto fehlte. Er war viel zu sehr mit Vigdis beschäftigt gewesen, als dass er sich solche Details gemerkt hätte.

Wann kam denn nun endlich die Polizei? Er lief zur Villa hoch. Dort stand Vigdis am Gartentor. Sie hielt sich an dem Jägerzaun daneben fest. Er schaute sie an. Sie schwiegen, warteten. Beide gefangen in dem Grauen, das sie gesehen hatten.

Es dauerte und dauerte, bis Adrian endlich ganz unten in der Stadt ein Blaulicht blitzen sah, und es schien ihm noch unendlich viel Zeit zu dauern, bis die Polizei bei ihnen war.

Polizei I

Adrian kam sich vor wie in einem Käfig. Er saß in einem kahlen Büro der Polizeistation. Die in hellgrün gestrichenen Wände hätten dringend einen neuen Anstrich gebraucht. Auf dem Fensterbrett standen ein verstaubter Kaktus und eine grüne Lilie, die offensichtlich wusste, wie man hier überlebt: Mit einem mitleiderregenden Eindruck, sodass Besucher sich genötigt sahen, ihr immer mal wieder einen Schluck Wasser zu reichen. Der eigentliche Bewohner des Büros kam augenscheinlich nur selten auf diese Idee. Das sparsame Mobiliar stammte aus den frühen 60er-Jahren, vielleicht auch aus einer noch älteren Epoche. Adrian beugte sich vor und begutachtete den hölzernen Aktenrollschrank. Der hat sicher schon die Weltwirtschaftskrise überlebt. Adrian rüttelte an dem Griff. Der Schrank war abgeschlossen. Adrian rüttelte stärker. Stabil. *Keine Chance, ihn aufzubekommen. Der überlebt auch noch das Internetzeitalter.*

Anfangs war Adrian froh gewesen, dass die Polizisten ihn in diesen kühlen Raum geführt hatten. Immerhin: Da war die eine Polizeibeamtin, die hatte ihm eine Flasche Mineralwasser auf den Tisch gestellt. Die Flasche hatte er in wenigen Sekunden geleert. *Die Polizistin im Vorzimmer. Die ist nett. Die wusste sofort, was zu tun war. Vom Aussehen her ein ganz anderer Typ wie Vigdis. ... Aber auch sehr attraktiv. ... Vor allem der Busen. Der ist ordentlich.*

Leider hatte die Beamtin ihm nichts zu essen gebracht. *Wäre ja auch zu viel verlangt gewesen. Den Sprudel hat sie ja schon aus ihrem eigenen Korb unter ihrem Schreibtisch geholt. Es gibt demnach auch unter Polizisten prima Menschen.*

Adrian hatte seit dem Frühstück nichts mehr in den Magen bekommen. Mittlerweile hatte er den Schock mit den Leichen verdaut. Bei dem Gedanken an die Toten fühlte er aber sofort wieder, wie die Magensäure die Speiseröhre hochkroch. Sein Magen schmerzte. *Wie lange das alles dauert.*

Durch die Glastür hörte er Stimmen, aber die Tür dämpfte den Schall. So konnte er die einzelnen Worte nicht unterscheiden. Ohnehin hätte er Schwierigkeiten gehabt, dem Gespräch zu folgen, denn seine schöne Begleiterin erzählte in ihrer seltsamen Sprache ihre Geschichte. Es war Esperanto, was die junge Schönheit sprach. Und nun war ein großer, grauhaariger Mann mit Silberbrille bei ihr und übersetzte, was sie sagte. Adrian stauchte zornig gegen das Tischbein. *Schmieriger, notgeiler Typ, dieser Esperantonkel. Hat gleich seinen Arm um ihre Schulter gelegt und sie bei jeder Gelegenheit angegrabscht.* Adrian hatte es genau beobachtet: Vigdis hatte sich gegen das Berührtwerden gewehrt. Das hatte den Esperanto-Papst aber wenig beeindruckt. Er hatte einfach weitergemacht. Adrian ärgerte sich. Je länger er wartete, desto mehr. Und jetzt war er richtig wütend und ungeduldig. Er trat erneut gegen das Tischbein. *Nikolaus Groß, der Esperanto-Oberguru! Drecks-Professoren-Typ. Der Esperantoguru hat es einfach nötig. Hat jeden Busen angestarrt. Natürlich auch den der netten Polizistin, die hier alles organisiert. ... Na ja, der ist ja auch nicht zu übersehen. Aber so wie der Espi geguckt hat, reduziert der sie nur auf ihren Busen.*

Adrian hatte das Bild noch genau im Kopf: Nikolaus Groß hatte erst dann von den großen Polizistinnen-Brüsten weggesehen, als die Polizistin ihm ein Foto von der Briefmappe gezeigt hatte, die auch Vigdis bereits so interessiert am Tatort besichtigt hatte. Erst als die Polizistin ihn gefragt hatte, was die Worte bedeuteten, hatte Groß von der üppigen Oberweite weggeschaut und einen noch gierigeren Blick bekommen.

Groß hatte gelesen: „Penéds bevin Johann Martin Schleyer e Friedrich Bergmann."

Und dann hatte Groß gesagt: „Das ist gar nicht Esperanto. Das ist Volapük, ebenfalls eine Kunstsprache, die Ende des 19. Jahrhunderts eine kurze Blütezeit erleben durfte. Auf der Mappe steht: Briefe zwischen Johann Martin Schleyer und Friedrich Bergmann."

Adrian hatte gesehen, wie nervös Groß wurde, als er dann gefragt hatte: „Und, wo sind die Briefe?"

„Das möchten wir auch gerne wissen", hatte ihm die Polizistin geantwortet und die Tür geschlossen, sodass Adrian nichts mehr von der Unterhaltung hatte hören können.

Im Raum nebenan saßen Vigdis, der leitende Polizeibeamte und als Dolmetscher Nikolaus Groß. Vigdis war erleichtert, sich mit jemand auf Esperanto unterhalten zu können. Sie war Teil des weltweiten Esperanto-Netzwerkes. Auch sie war froh, bei der Polizei zu sein. Noch immer stand ihr der Schweiß auf der Stirn. Von der Hitze und von dem Schock, der gekommen war, nachdem sie nicht mehr nur funktionieren musste, sondern wieder denken konnte. Sie zitterte. Was wäre geschehen, wenn sie gleich die richtige Adresse gefunden hätte? Läge sie dann ebenfalls tot vor dem Schreibtisch in der alten Villa? Sie und Adrian waren ja nur Minuten nach dem Mord in die Villa gekommen. *Warum ist der Mörder geflohen? Er hätte uns doch auch noch umbringen können ...*

„Nun bonvolu diri al mi de la komenco. Kial vi venis al Stuttgarto?"13) Der bärtige Esperantist beließ es nicht bei den Worten. Er tätschelte Vigdis, es sollte wohl nur freundschaftlich sein, mit der Hand mehrmals auf ihr Knie. Das brachte Vigdis wieder in die Gegenwart. Sie schob die Hand beiseite und rückte ein wenig von dem Alten ab.

Sie rekapitulierte: Die Polizisten hatten sie und ihren Begleiter schnell vom Tatort weggefahren. Das Tandem hatten sie zur Spurensicherung beschlagnahmt. Vigdis musste lächeln, als sie daran dachte, wie empört der Radfahrer-Adrian darüber gewesen war. Nun war sie also in diesem Polizeirevier in Stuttgart.

Die Beamten hatten versucht, auf Deutsch und auf Englisch mit ihr zu sprechen. Sie hatte nicht geantwortet. Stattdessen hatte sie einen Kugelschreiber und ein Blatt Papier vom Schreibtisch genommen und in Großbuchstaben ESPERANTO darauf geschrieben. Das hatte gereicht. Die Polizisten hatten ein paar Telefonate geführt und hatten dann auch schnell jemanden gefunden, der für sie dolmetschen konnte. Es hatte keine zwanzig Minuten gedauert, bis er da war: Nikolaus Groß, einer der nicht nur von der Statur und vom Namen her ganz Großen in der deutschen Esperantoszene. Typischer Professorentyp. Die grauen Haare waren gelockt und schon ein wenig zu lang. Ein dünner, weißer an der Kinnlinie entlanggezogener Bartstreifen und die goldene Brille gaben ihm den perfekten professoralen Habitus. Er trug trotz der Hitze einen grauen altmodischen Anzug mit weißem Hemd und blau-brauner Paisley-Krawatte. Die Schuhe waren sicher einmal teuer gewesen, jetzt aber vorne abgestoßen. Am Handgelenk trug er eine Stahl-Daytona. Der Herr Professor roch ein wenig nach Staub, Mottenpulver und altem Schweiß, vermischt mit schnell aufgesprühtem Herrenparfüm. Er hatte sie gerade aufgefordert, alles von Anfang an zu erzählen, warum sie nach Stuttgart gekommen war.

Vigdis kam mit seinem Erscheinungsbild nicht richtig klar. *Hat der sich absichtlich so gekleidet? Oder ist ihm das nicht bewusst, wie er wirkt? ... Ich habe mich ja auch bewusst als Hippiefrau angezogen. Wollte ein wenig wie aus der Zeit gefallen wirken.* Das passt vermutlich für viele mit Esperanto zusammen. Hat ja jetzt auch bei den Polizisten geklappt. *Die halten mich für ein wenig seltsam und machen alles für mich. So wie der Radfahrer-Adrian. ... Na ja, der ist natürlich auch scharf auf mich. Ich habe schon gewusst, warum ich Bein gezeigt habe.*

Sie lächelte. *Na ja, er hat ja auch viel von sich gezeigt. Hat mir gefallen, was ich gesehen habe – über 180 groß, breite Schultern, schmaler Knackarsch, Muskeln, Sixpack, durchtrainiert. ... Der hat sicher an jedem Finger zehn Frauen. ... Na ja, mir hat bisher auch noch jeder Mann aus der Hand gefressen, ... wenn ich das wollte.*

Sie kam in die Gegenwart zurück und schaute wieder zu Groß. Der Mann war schwer einzuordnen. Sie rückte vorsichtshalber noch ein Stück weiter von ihm weg, bevor sie begann: „Estis"14), sagte Vigdis und sie erinnerte sich an den Tag vor einem Monat auf Island, als ihre Schwester Finbogi ihr zugerufen hatte, auf den Dachboden zu kommen.

Rückblick Island

„Vigdis, komm schnell. Ich bin auf dem Dachboden. Ich habe etwas gefunden, das uns reich machen kann!"

Vigdis hörte die Stimme von Finbogi und verdrehte die Augen. Immer war ihre ältere Schwester auf der Suche nach dem schnellen Geld. Wie konnte ein Mensch nur so seine Seele daran hängen? *Finbogi, die ist so geldgierig, ... hat ja auch Buchhaltung gelernt. Zeigt mir immer wieder die Abrechnungen von unserem gemeinsamen Konto und wie sie das Geld hin und her geschoben hat. Heischt dann um Beifall, wenn sie mir zeigt, wie sie wieder irgendwo einen halben Prozentpunkt mehr herausgeschlagen hat. ... Ich lob sie ja dann auch und sag immer, dass ich nichts davon verstehe. Tu ich ja auch nicht. Interessiert mich nicht. Haushalten ist ganz einfach. Du musst nur weniger ausgeben, als du einnimmst. Dann musst du dich nicht mehr um Prozente und Geldanlagen kümmern, sondern kannst in dieser Zeit Schöneres tun.*

Vigdis legte ein Lesezeichen in das Buch, das sie gerade gelesen hatte und legte das Buch dann auf den kleinen Tisch vor ihrem Sessel. *Natürlich sehe ich, dass sie mehr Geld verbraucht als ich. So weit kann ich rechnen. Soll sie doch auf meine Kosten leben, wenn es sie glücklich macht.*

„Ich komme!", schrie Vigdis zurück. Sie saß in der Bibliothek des Herrenhauses ihres Onkels. Die war in den vergangenen Jahren zu ihrem Lieblingsplatz geworden. Bücherschränke aus altem Nussbaumholz säumten drei Seiten des großen Raumes. In die Schranktüren waren Sprossenfenster mit geschliffenen Gläsern eingelassen. So waren die Schätze dahinter vor Staub geschützt. Sparsame Intarsien-Arbeiten im Jugendstil-Dekor zierten die Möbel. Wertvolle Orientteppiche, zum Teil überlappend, dämpften die Schritte der Besucher. In den Ecken des Raumes standen Lesesessel. Daneben entweder ein kleiner Ablagetisch mit Tiffany-Lampe oder an Vigdis Lieblingsplatz, eine Stehlampe und davor ein kleiner runder Tisch, wo sie eine Wasserkaraffe, ein Glas und eine Schale mit Gebäck stehen hatte. Die Steh-Lampe mit ihrem bunten Glasschirm strahlte ihr Licht direkt über den Kopf der Leserin.

Die erhob sich jetzt widerwillig aus dem alten Ledersessel und genoss noch einmal die Atmosphäre des Raumes. Eine Deckenleuchte, ebenfalls Tiffany in geometrischem Dekor, tauchte den Raum in ein warmes Licht. Oberhalb der Terrassentür schien die Sonne durch ein Fries farbiger Jugendstilfenster, das sich über die gesamte Außenwand zog. Schwäne, Seerosen und Lilien wechselten sich ab. Abgeschlossen wurde das Fries links und rechts von zwei schmalen hohen Fenstern in gleichem Stil. Links ein Flussgott mit Bart und Dreizack, rechts eine zarte Wassernixe, nur mit langem Haar bekleidet. Diese Abschlussfenster reichten bis fast zur Bauchhöhe nach unten.

Neben der Terrassentür, deren Glasfüllung nur mit geometrischen Formen gestaltet war, stand ein großer Schreibtisch und auf der anderen Seite der Tür befand sich eine Sitzecke mit Sofa und niederem Couchtisch. An der einen Schmalseite des Raumes war ein offener Kamin, an der anderen stand ein Schrank mit Ablagefläche. Im unteren Teil, der durch zwei Türen verschlossenen war, waren hochwertige Spirituosen untergebracht. Armagnac, Cognac, schottischer und irischer Whisky, Gin … Im oberen Teil standen geschliffene Trinkgläser hinter zierlichen Sprossenfenstern. Die gesamte Einrichtung stammte aus der Zeit kurz vor dem Ersten Weltkrieg. Die Spirituosen waren nur unwesentlich jünger. Die Bücher nicht. Hier war die gesamte Weltliteratur von den Klassikern bis zu den aktuellen Bestsellern versammelt. Werke auf Englisch, auf Französisch, auf Deutsch, auf Dänisch, die meisten auf Isländisch. Jeder Sprache war mindestens ein Bücherschrank gewidmet. An der prominentesten Stelle direkt neben dem Eingang, stand ein Schrank voll mit Büchern in Esperanto.

Vigdis ging zur Terrassentür. Sie schaute prüfend zu den Fabrikgebäuden auf der anderen Seite des großen Parks. Sie hoffte, dass dort ihr Onkel Einar Jónson mit seinen Geschäften zu Gange war. *Einar wird sicher zornig werden, wenn er uns beide dabei erwischt, wie wir auf seinem Dachboden herumstöbern.*

Vigdis lief die schmale Treppe hoch zum Dachboden. Der reichte über die gesamte Hausfläche. An den Stirnseiten ließen zwei runde Fenster spärliches Licht in den Raum. Hier oben war alles heraufgeschafft worden, was unten keinen Platz mehr hatte und was nicht weggeworfen werden sollte. Staub lag fingerdick auf alten Möbeln, ausrangierten Haushaltsgeräten, Büchern, Zeitschriften, Spielsachen und Musikinstrumenten.

Finbogi saß unter einer freihängenden Glühbirne auf einem Stapel alter Bücher. Sie hielt einige Bogen Papier in den Händen.

Finbogi sah nicht aus wie eine Frau, die sich oft mit alten Büchern beschäftigt. Ihr Jeansminirock war zwei Nummern zu klein und gab den Blick frei auf einen hellblauen Schlüpfer. Auch das T-Shirt war viel zu eng und betonte ihre kleinen, sexy Speckröllchen an ihrem Bauch. Der Wonderbra hob und quetschte ihre Brüste zusammen. Vigdis schaute ihre Schwester an. *Sie macht wieder auf American Cheerleader.*

Früher hing Finbogi ab beim US-Army-Laden und nachdem der geschlossen hatte, nachdem das amerikanische Militär nahezu vollständig abgezogen war, beim Pizza-King und bei Mc Donalds. Finbogi war drall und zeigte gern, was sie hatte.

„Was hast du denn gefunden?", fragte Vigdis und setzte sich auf einen weiteren Bücherstapel neben ihrer Schwester.

„Hier diese Briefe!"

„Die sind ja in Volapük verfasst!", rief Vigdis, kaum dass sie den ersten Blick auf die Briefe geworfen hatte.

„Volapük, klar, so was kannst auch nur du erkennen! Kannst du sie lesen? Ich hab' immerhin rausgefunden, dass sie an unseren Ur-Urgroßvater Friedrich Bergmann gerichtet waren."

Vigdis zog kurz hochmütig die Augenbrauen hoch, bevor sie sagte: „Schlau, das steht ja auch auf den Umschlägen, aber Mensch! Ja, die sind ja von Johann Martin Schleyer höchstpersönlich geschrieben worden. Die sind tatsächlich von unschätzbarem historischem Wert!"

„Mein Gott!", jetzt verdrehte Finbogi die Augen. „Du und dein historischer Wert. Darauf ist gepfiffen. Ich vermute, dass das die Briefe sind, von denen uns unsere Großmutter immer erzählt hat. Die Briefe, die beweisen, dass uns mindestens die Hälfte der Fabrik unseres Onkels gehört! Der alte Volapükski interessiert doch keinen mehr!"

„Von wegen", zornig blitzten Vigdis Augen. „Wie kannst du das nur sagen! Johann Martin Schleyer war der erste, der eine funktionierende Weltsprache erfunden hat, die jeder erlernen konnte. Er hat nur den Fehler gemacht, dass er nicht zuließ, dass sich sein geistiges Kind weiterentwickelt. Somit hat er es selbst zum Tode verurteilt, indem er strikt verbot, auch nur die kleinste Veränderung vorzunehmen. Ganz im Gegensatz dazu Dr. Lazarus Zamenhof, der alle Rechte an seinem Esperanto freigab. Dadurch konnte sich Esperanto entwickeln und frei entfalten und ist nun eine lebendige Sprache, die auf der ganzen Welt gesprochen wird!"

Vigids hatte vor Begeisterung rote Wangen bekommen.
„Mit Englisch kommt man auch überall durch", sagte Finbogi trocken.
„Was steht denn nun drin in den Briefen?"
Vigdis beugte sich über die Briefe und begann zuerst stockend und
dann immer flüssiger zu lesen und gleichzeitig zu übersetzen.

Konstanz im Jahre des Herrn 1888
Lieber Friedrich,
noch immer kann ich es nicht verwinden, dass du dich dem Volapük
abgewendet und diesem Esperanto zugewendet hast. Du warst doch
mein geistiger Sohn. Du warst doch so überzeugt von dem Gedanken
einer allgemein verständlichen Weltsprache. Nur Volapük kann diesem Anspruch gerecht werden, denn es bleibt unveränderlich wie in
eine Form gegossen. Das Esperanto dagegen, du wirst sehen, wird
spätestens in 20 Jahren 100 verschiedene Dialekte haben und bald
werden die Menschen in Deutschland das Esperanto nicht mehr verstehen, das die Menschen in England sprechen. Weil dieser Jude
Zamenhof Veränderungen an seiner lächerlichen Sprache zulässt.
Hätte er sie von Anfang an so gut durchdacht wie ich mein Volapük,
dann hätte er es nicht nötig, darauf zu hoffen, dass ein Klügerer, als er
seine Sprache zum Guten fortentwickelt.
Denk darüber nach Friedrich! Und sei versichert, dass ich dich immer
aufnehmen werde, wie meinen eigenen Sohn wenn du wieder zu unserem herrlichen Volapük zurückfindest. Für dich und deine junge
Frau wird in meinem Haus in Konstanz immer Platz sein. Habt ihr
euch das gut überlegt? Nach Island zu ziehen, in das ewige Eis und
den dauernden Frost?
Gott sei mit dir, mein geliebter Friedrich. Es grüßt dich
Johann Martin Schleyer.

Der zweite Brief datierte aus dem Jahr 1891.

Lieber Friedrich,
welch harter Schicksalsschlag! Deine Frau im Kindbett gestorben! Ich
möchte dir keine Vorwürfe machen, aber ich denke eben, dass das
harte Klima auf dieser eisigen Insel nichts ist für das zarte Empfinden
einer europäischen Frau. Auch wenn deine liebe Angetraute eine Dä-
nin war und auch wenn die Nachfahren der Untertanen von Prinz

Hamlet im Allgemeinen kräftiger Natur sind. Die Dahingeschiedene, ich durfte sie ja kennenlernen, war doch von schwacher und so lieblicher Konstitution. Gott, der Herr hat dir wenigstens eure Tochter erhalten. Ich bete für dich und deine Tochter. Schick doch wenigstens das Kind nach Europa, wenn du selbst dort oben bleiben willst, um diese Aluminium-Companie zu gründen. Du denkst also tatsächlich, dass auf den Ländereien deiner geliebten Frau – Gott hab sie selig – durch die unterirdische Erdwärme so viel Kraft besteht, dass du eine ganze Fabrik damit unterhalten kannst?

Gott steh dir bei, bei allen deinen Unternehmungen. Es grüßt dich
Johann Martin Schleyer

Der letzte Brief stammte aus dem Jahr 1903.

Lieber Friedrich,
es freut mich, dass du dich nach so langer Zeit wieder dazu durchgerungen hast, mir einige Zeilen zu schreiben. Und wie deine vorigen Briefe auch immer noch in Volapük! Dein Geschäft scheint ja erfolgreich zu prosperieren. Wie großzügig doch deine Spende war, die ich sofort in die Arbeit für unser Volapük gesteckt habe. Danke dafür tausend Mal und danke auch für dein großherziges Versprechen, Volapük immer mit einem großen Anteil aus deinen finanziellen Erträgen zu unterstützen.

Und dass du dein privates Glück gefunden hast, freut mich natürlich auch. Deine zweite Frau hat dir nun den langersehnten Sohn geschenkt! Du siehst, das Vertrauen in Gott wird immer belohnt. Ich habe die Hoffnung nicht aufgegeben, dass dich dein Weg einmal wieder hierher ins schöne Konstanz führen wird. Du und deine Familie werden mir immer willkommen sein. Ich hoffe, dass ich mich dann mit deinen Kindern und deiner Frau ebenfalls auf Volapük unterhalten kann. Du lehrst sie doch meine Weltsprache?
Es grüßt dich herzlich
Johann Martin Schleyer

„Na ja, wenigstens du hast deine Lektionen in dieser seltsamen Sprache behalten", seufzte Finbogi, „Mir hat schon das Esperanto keinen Spaß gemacht. Weshalb sollte ich mich auch damit belasten? Ich sprech' ganz passabel Englisch."

„Englisch sprechen tatsächlich viele Menschen und irgendwie erfüllt es fast den Traum von Johann Martin Schleyer und Dr. Lazarus Zamenhof: eine für jeden verständliche Sprache zu sein. Aber eben nur fast. Wenn ich als Nichtengländerin Englisch spreche, bin ich dem Muttersprachler gegenüber im Nachteil. Das ist bei Esperanto nicht so, denn Esperanto ist für fast niemand die Muttersprache. Wer Esperanto spricht, muss einen Schritt auf den anderen zu gehen und sein Gegenüber muss den gleichen Schritt tun. Was dem Englischen zur perfekten Weltsprache fehlt, ist dieses gegenseitige Aufeinanderzugehen, diese gemeinsame geistige Seelenverwandtschaft. Das leistet nur Esperanto. Wann immer zwei Esperantisten auf der Welt zusammen kommen, werden sie sich gegenseitig helfen."

Wieder leuchteten Vigdis Augen und ihre Wangen röteten sich vor Begeisterung.

„Dass du dich da mal nicht täuschst! Seelenverwandtschaft pfuu!", Finbogi schnaubte verächtlich. „Ich glaube, unter den Espis gibt es prozentual genauso viele Schweinehunde wie unter den Isländern oder den Amerikanern. Aber egal, diese Briefe sind nun der endgültige Beweis, dass unserer Familienlinie der Grund und Boden gehört, auf denen unser Onkel die Aluminiumfabrik betreibt. Er spielt genauso wie schon sein Vater und Großvater den großen Fabrikanten und wir von der ungeliebten Seitenlinie der ersten Frau des Firmengründers dürfen immer nur Buchhalterdienste leisten."

„Na und was liegt dir denn daran? Wir haben doch unser Auskommen."

„Was mir daran liegt? Glaubst du, ich will hier versauern? Soll Reykjavík die einzige Großstadt sein, die ich kennengelernt habe? Ich will nach New York, nach Vegas, nach San Francisco und zwar nicht nur für ein paar Wochen Urlaub ..."

Jetzt bekam Finbogis Gesicht einen träumerischen Ausdruck.

„Also gut, dann gehen wir jetzt zu Onkel Einar, zeigen ihm die Briefe und sagen ihm, dass er uns auszahlen soll."

„Bist du verrückt? Der würde die Briefe glatt zerreißen! Wir müssen sie verstecken und dann wäre es gut, wenn wir auch die Briefe unseres Vorfahren hätten."

Vigdis merkte, wie ihr Puls schneller ging. Das wäre tatsächlich erstrebenswert: Die Originalbriefe, mit denen ihr eigener Urahn mit einem der bedeutendsten Sprachenschöpfer der Welt korrespondiert hatte, in Händen zu halten!

„Man müsste nach Konstanz in Deutschland fahren."

„Oder sonst wo hin, wo noch ein Nachkomme dieses Johann Martin Schleyers lebt."

Vigdis lächelte amüsiert: „Wenn er Nachkommen hatte, dann bestimmt keine Offiziellen. ... Schleyer war katholischer Priester ..."

Finbogi war fast ein wenig wütend, als sie antwortete: „Was bist du aber auch kompliziert. Der hat doch nicht im luftleeren Raum gelebt. Der hatte doch sicher Geschwister und Neffen und Nichten. Da wird sich ja was finden lassen. Schleyer ist ja kein so üblicher Name. Gab es da nicht in Deutschland diesen Promi, der ermordet worden ist?"

„Das war Hanns Martin Schleyer, Arbeitgeberpräsident in Deutschland. Der ist von den roten Terroristen erschossen worden. ..."

„Finbogi ... Vigdis ... wo seid ihr?"

Die beiden Schwestern hörten ihren Onkel rufen.

„Schnell, wir müssen die Briefe verstecken, da nimm du sie!" Finbogi steckte Vigdis die Briefe zu. Ihre Hand war kalt und feucht. Auch Vigdis war es unwohl. Ihr Onkel sah es nicht gern, wenn sie in seinem Haus herumstöberten. Sie nahm die Briefe und klemmte sie zwischen Bauch und ihren langen Wickelrock. Sie konnte gerade noch ihre Bluse darüber ziehen, als Einar Jónsons Kopf in der Luke der Bodentreppe erschien. „Ah, da seid ihr. ... Was habt ihr hier zu suchen?"

Seine Augen funkelten zornig hinter seiner Brille. Sein Kopf war gerötet.

„Onkel, du weißt doch, dass ich immer gern in alten Büchern stöbere", Vigdis versuchte ihrem Onkel zu schmeicheln und sie schaffte es tatsächlich, dass er nicht mehr ganz so zornig blickte.

„Ihr hättet wenigstens vorher fragen können, bevor ihr auf meinen Dachboden geht."

„Dein Dachboden, dein Dachboden, du tust immer so, als ob dir hier alles gehören würde", Finbogi zog mürrisch einen Schmollmund.

Das bisschen Lächeln, das Vigdis auf das Gesicht ihres Onkels gezaubert hatte, war wie weggeblasen.

„Natürlich ist das mein Haus. Ich arbeite ja auch jeden Tag dafür!"

Einar Jónsons Speichel spritzte bis zu Vigdis hoch. Er schrie wie ein gereizter Stier: „Immer ihr mit euren Andeutungen, dass euch die Fabrik gehören würde und meine Familie die eure ausgebootet hätte! Ihr habt halt auch nie dafür gearbeitet! In eurer Familie hat noch nie jemand unternehmerisches Risiko getragen! Immer nur maulen und wenig arbeiten! Da hat euch eure Großmutter einen Floh ins Hirn gesetzt. Da gibt es keine alten Briefe, aus denen sich irgendwelche Ansprüche ableiten lassen. Die hätte eure Oma längst gefunden, so neugierig wie sie war. Hier auf MEINEM Dachboden gibt es nur ungezählte Kisten mit Korrespondenz unserer Vorfahren zu den Espis dieser Welt. Die sind eventuell mal für einen Historiker von Bedeutung und deshalb werde ich sauer, wenn ihr mir hier oben was durcheinander bringt. Und jetzt raus aus MEINEM Haus!"

Einar Jónson sah aus wie ein Troll aus einer isländischen Saga. Das wenige Haar, das seine Glatze umkränzte, kringelte und sträubte sich in weißblonden Büscheln um seinen Schädel. Seine Augen quollen aus den Höhlen, bei jedem Wort spritzte sein Speichel. Sein gewaltiger Brustkorb hob und senkte sich wie ein Blasebalg bei jedem seiner schweren Atemzügen.

Die jungen Frauen mussten nach unten. Furchtsam quetschten sie sich an ihrem Onkel vorbei. Als Finbogi neben Jónson stand, hob der die Faust, als ob er sie schlagen wollte, ließ die junge Frau dann aber doch unbehelligt gehen.

„Uh, das war knapp!" Finbogi wischte sich den Schweiß von der Stirn, als sie neben ihrer Schwester die Straße entlang ging.

Vigdis sagte nichts. Sie presste zornig die Lippen aufeinander. *Finbogi ist so ein Schaf. Musste sie so etwas zu Onkel Einar sagen? Kann die sich nicht denken, wie er auf so einen Vorwurf reagieren wird? Und vor allem: Er hat Recht. Er müsste nicht so großzügig zu uns sein. Und dass er uns seine Großzügigkeit vorhin nicht vorgerechnet hat, rechne ich ihm hoch an.*

Die beiden Schwestern liefen am Rand der Hauptstraße zu ihrer gemeinsamen Wohnung. Das Mehrfamilienhaus, in dem sie wohnten, gehörte Einar Jónson. Es war etwa zwei Kilometer von seiner Fabrik entfernt. Einar vermietete die Wohnungen an Fabrikangestellte zu einem günstigen Preis. Die beiden Schwestern wohnten dort mietfrei.

Finbogi schloss die Tür auf und Vigdis lief sofort in ihren Teil der Wohnung, um aus ihrem Vorratsschrank einige Kekse und eine Tüte Grüntee zu holen. Finbogi stellte Teller und Tassen auf ihren Schreibtisch und während der Tee zog, fuhr sie ihren Computer hoch. Internetrecherche war angesagt. Das noch relativ junge Wikipedia gab mehr her als diese Suchmaschinen Yahoo, MSN Search oder Google.

Stichwort Johann Martin Schleyer bei Wikipedia: (* 18. Juli 1831 in Oberlauda; † 16. August 1912 in Konstanz) war ein katholischer Priester, Lyriker und Philanthrop. Er erfand um 1880 die Plansprache Volapük und war der erste Cifal der Bewegung, also deren ranghöchster Repräsentant. ... Schleyer war Großonkel des späteren deutschen Arbeitgeberpräsidenten Hanns Martin Schleyer, der 1977 von der RAF entführt und getötet wurde.

Vigdis und Finbogi fanden heraus, dass es in Stuttgart eine Hanns-Martin-Schleyer-Halle gibt und in Köln eine Hanns-Martin-Schleyer-Stiftung. Das half alles nicht wirklich weiter. Mit fortschreitendem Abend wurde Finbogi ungeduldig. Aber Vigdis suchte systematisch weiter. Längst war sie nicht mehr allein auf den Suchmaschinen unterwegs. Sie verfolgte hartnäckig jeden weiterführenden Link, jede Literaturangabe, jeden Hinweis. Sie loggte sich auf Universitätsservern ein und auf denen von Bibliotheken. Nach drei Stunden landete sie den Volltreffer. Auf der gefühlt zweihundertsten Internetseite fand sie einen Eintrag: Adrian Schleyer, wissenschaftlicher Mitarbeiter der Landesbibliothek Baden-Württemberg mit mehreren Veröffentlichungen zum Thema Kunstsprachen. Er wohnte in Stuttgart.

„Den besuch' ich", sagte Vigdis mit vor Aufregung heiserer Stimme.

Finbogi füllte sich ihre Tasse mit dem mittlerweile kalt gewordenen Tee, nahm einen Schluck und sagte: „Ja, ich glaube auch, dass es besser ist, wenn du fliegst. Du sprichst fließend Esperanto und kennst diese ganzen Sprachgeschichten und Bücher." Sie machte eine Pause und ein träumerischer Ausdruck kam in ihr Gesicht. „Ich wär ja auch gern in den Süden geflogen."

„Dann komm doch mit."

„Ich hab' doch gar keinen Urlaub mehr und außerdem", jetzt lächelte Finbogi. „Außerdem geh ich seit einer Woche mit einem geilen Typen. Er hilft, den traurigen Rest zu verwalten, den die Amerikaner von ihrer Militärstation zurückgelassen haben."

„Was du nur immer an diesen Amerikanern findest."

„Ach du, die sind halt gut drauf. Du solltest wegen der Sache mit unseren Eltern nicht alle über einen Kamm scheren. Mama und Papa hätten auch von einem besoffenen Isländer totgefahren werden können. Sei nicht immer so voller Vorurteile. Mein Neuer, der würde sogar dir gefallen. Ist kein so ein Cowboy-Typ aus Texas. Er stammt aus Boston, aus einer guten Familie. Wirklich, ich glaube, Jim würde dir gefallen."

Vigdis hatte Jim dann aber doch nicht mehr kennengelernt, obwohl sie noch vier Wochen hatte warten müssen, bis die Semesterferien begannen und sie ihre Reise hatte antreten können. Im Gegensatz zu ihrer Schwester, die in der Fabrik von Einar Jónson in der Buchhaltung arbeitete, studierte Vigdis an der Universität Reykjavik. Ihre Schwester hatte sie dann auf den Flughafen gefahren.

Vigdis pflegte seit dem Tod ihrer Eltern einen eigenwilligen Lebensstil. Der Unfall war an Vigdis dreizehntem Geburtstag passiert. Der Tag hatte so schön begonnen. Ihre Eltern waren zuerst mit ihr und Finbogi draußen in der blauen Lagune zum Schwimmen gewesen. Papa hatte sich den ganzen Tag für sie freigenommen. Er hatte ihr das Buch „Vojaĝo al Kazohinio" von Sándor Szathmári geschenkt. Daraufhin hatten sich Vigdis und ihr Vater den ganzen Tag nur noch auf Esperanto miteinander unterhalten. Finbogi hatte das mit der Zeit genervt und Mama war wieder einmal dazu ausersehen gewesen, die Spannungen zwischen den Schwestern auszugleichen. Aber das gelang ihr mit ihrer lieben, so verständnisvollen Art.
Zum krönenden Abschluss des Tages waren sie zusammen essen gewesen. Einen schöneren Geburtstag hatte Vigdis noch nie erlebt. Kerzen waren auf dem Tisch gestanden. Die Kronleuchter im Restaurant hatten alles in ein goldenes Licht getaucht. Auch Finbogi war wieder gut gelaunt gewesen und Mama und Papa hatten sich sogar Wein geleistet. Alles war so schön, so wunderschön gewesen, ... bis sie nach draußen gingen. Sie wollten zum Auto laufen, das auf der gegenüberliegenden Straßenseite geparkt war. Mama und Papa liefen voraus. Das Letzte, an das sich Vigdis erinnern konnte, waren quietschende Reifen und brutalen Schläge. Das Auto hatte Mama und Papa erfasst. Mama wurde unter die Räder gewickelt. Der schwarze, harte Reifen fuhr ihr über Rippen und Bauch, zerquetschte Leber, Magen und Milz. Blut schwallte aus ihrem Mund. Sie atmete noch zweimal. Ihre weit aufgerissene Augen voller ungläubigem Entsetzen starrten auf Vigdis. Die sah alles wie in einem Film zur gleichen Zeit: Wie ihre Mama starb und wie ihr Papa in die Luft geschleudert wurde.

Sie hörte, wie sein Kopf auf den Bordstein knallte. Bevor sie zu ihm rüberschaute, wusste sie bereits, dass auch er sterben würde. Der Knall, als sein Schädel auf der Steinkante zerplatzte. Das Blut, das viele Blut sofort auf der Straße. Seine Zunge aus dem Mundwinkel hängend, fast durchgebissen von den eigenen Zähnen. Sie spürte nur noch Finbogis Hand an ihrem Arm, wie die sich festgekrallt hatte. Dann ging Vigdis in die Knie und fiel auf die Seite. Das war vor zehn Jahren passiert.

Vigdis und Finbogi hatten jede ihre eigene Strategie entwickelt, um mit dem Trauma umzugehen. Da gab es viele Gemeinsamkeiten und die Schwestern kamen sich dadurch näher. Finbogi stürzte sich ins Partyleben, vor allem bei den Amerikanern und Vigdis ebenfalls. Finbogi wollte sich ablenken, Vigdis wollte sich rächen. Der Mann, der Mama und Papa totgefahren hatte, war ein amerikanischer Soldat gewesen, stockbetrunken und auf Drogen. Vigdis schminkte sich fünf Jahre älter und die betrunkenen Männer wollten alles glauben, was sie ihnen vormachte. Das Benehmen einiger amerikanischer Soldaten, wenn sie Freigang hatten, hatte Vigdis angeekelt. Und sie verallgemeinerte ihre Erfahrungen und übertrug ihren Ekel auf alle Amerikaner. Voller Hass verfolgte sie kompromisslos ihr Ziel. Als es wegen ihr zu mehreren handfesten Auseinandersetzungen gekommen war, war ihr Onkel eingeschritten. Einar Jónson hatte das Sorgerecht über sie bekommen und psychiatrische Hilfe ermöglicht. Danach war Vigdis wie ausgewechselt. Konsequent hatte sie sich seitdem geweigert, Amerikanisch oder Englisch zu sprechen, obwohl sie es ebenso wie Französisch in der Schule gelernt hatte. Außer Isländisch zuhause und Französisch während des Studiums sprach sie nur noch Esperanto. Die Sprache, mit der sie sich mit ihrem Vater während der letzten Stunden seines Lebens unterhalten hatte.
Vigdis interessierte sich nicht für Geld, sie hatte keinen Führerschein und kein Handy. An der Universität Reykjavik studierte sie Sprachwissenschaft mit dem Schwerpunkt Kunstsprachen. Französisch und Sport hatte sie belegt, um später eventuell als Lehrerin arbeiten zu können, wenn es mit der wissenschaftlichen Arbeit zum Thema Kunstsprachen nicht klappen sollte.
Gern war sie in der Einsamkeit Islands unterwegs, meist auf dem Rücken eines Islandponys, manchmal auch mit einem Mountainbike.

Bisweilen arbeitete sie als Reiseleiterin und zeigte einer Gruppe Touristen die wilde Schönheit der isländischen Natur. Bevor sie eine Gruppe übernahm, verteilte sie entsprechen der Nationalität der Teilnehmer kleine Vokabelhefte: Esperanto-Englisch, Esperanto-Französisch, Esperanto-Deutsch oder Esperanto-Spanisch. Mit Übersetzungen der wichtigsten Redewendungen und Worten für ihre Führung. Sie hatte die Übersetzungen selbst angefertigt und die Hefte auf eigene Rechnung drucken lassen. Das betrachtete sie als ihre Missionsarbeit für Esperanto.

Bei den männlichen Teilnehmern wuchs danach in der Regel das Interesse an der Plansprache außergewöhnlich schnell. Manchmal nahm sie einen Touristen, der sich besonders sprachbegabt gezeigt hatte, mit in ihr Bett. In der Nacht, bevor er wieder abreiste. Das erhielt ihr ihre Unabhängigkeit.

Polizei II

„Wir haben einen Verdächtigen gefasst!"
Zwei Polizisten mit einem schlanken Mann in ihrer Mitte betraten den
Raum. Der Mann schien Südeuropäer zu sein. Seine Haut war oliv-
braun und seine Haare waren schwarz und dicht und lagen wie ange-
klebt in kleinen Locken an seinem schmalen Kopf. Er beschwerte sich
laut und ohne Unterbrechung und so schnell, dass niemand im Raum
verstehen konnte, welche Sprache er sprach oder gar, was er sagte.
Seine Augen wanderten rastlos hin und her. Auf seiner Oberlippe
stand Schweiß. Seine Hände steckten in Handschellen. Er zitterte, als
er sich setzte und gleichzeitig weiter energisch schimpfte.
Der kleine Mann trug eine abgewetzte rote Lederjacke, ein weißes
Hemd und Jeans ohne Gürtel. Die Farben der Trikolore erkannte Polizeihauptkommissar Harald Scheufele, nachdem er eine Weile den
Ausführungen des Gefangenen gelauscht und erkannt hatte, dass der
Mann Französisch sprach. Scheufele lehnte sich zurück. *Der hat aber
einen furchtbaren Dialekt. – Vermutlich das französische Sächsisch.
Den verstehen sicher nicht einmal seine Landsleute, wenn er so in
Fahrt ist wie jetzt.*
„Der Kerl hat sich im Wald versteckt, hinter dem Haus, wo die Lei-
chen lagen und als wir ihm zuriefen, dass er stehen bleiben soll, ist er
weggerannt. Na ja, wir haben ihn erwischt", sagte der kleinere der
beiden Polizisten zu Scheufele.
Der Polizeihauptkommissar beugte sich vor und fragte: „Hatte der
Mann etwas in seinen Taschen und hat er einen Namen?"
Der kleine Polizist legte eine abgeschabte Aktentasche und einen
Geldbeutel auf die Kante des Schreibtischs seines Chefs, suchte dar-
in nach einem Ausweis und sagte, nachdem er den gefunden hatte:
„Sébastien Meunier. ... Scheint ein Landsmann der Ermordeten zu
sein. Kommt auch aus der gleichen Stadt wie sie: Thieviers ... noch
nie was davon gehört."
„Das ist im Südwesten von Frankreich, im Perigord. Hab' da mal Ur-
laub gemacht. Dort gibt es prima Gänseleberpastete", sagte Harald
Scheufele. Er war ein Mann, der aufgehört hatte zu zählen, wie viele
Verbrechen gegen Leib und Leben er schon aufgeklärt hatte – und
wie viele nicht. Ihn brachte so schnell nichts mehr aus der Ruhe. Er
sprach weiter: „Nun, ich kann zwar ganz passabel Französisch, aber

jetzt holen wir lieber noch einen Übersetzer. Dann kann uns Monsieur Meunier erzählen, in welchem Verhältnis er zu der toten Béatrice Forestier, gestanden hat."

Scheufele deutete auf Groß und Vigdis, die still auf den Stühlen vor seinem Schreibtisch gesessen hatten: „Die zwei sollen so lange im Nebenzimmer warten. Aber pass' auf, dass sie sich nicht mit dem Radfahrer unterhalten."

Der größere Polizist führte Groß und Vigdis in den Raum, wo Adrian die ganze Zeit über ungeduldig auf und ab gelaufen war. Als die drei hereinkamen, setzte er sich wieder auf seinen Platz.

Der kleinere Beamte war bei seinem Chef geblieben und wich Sébastien Meunier nicht von der Seite.

Der ist stolz wie Bolle auf seinen Fang, dachte Scheufele als er die zwei Männer vor sich betrachtete. *Muss den Kollegen nachher loben und ihm sagen, dass ich das nicht geschafft hätte.*

Scheufele schaute an sich herunter und strich sich nachdenklich über seinen Kugelbauch.

Rückblick Frankreich

„Béatrice war meine Verlobte", erzählte Sébastien Meunier eine halbe Stunde später, als die Dolmetscherin da war. „Vor zwei Tagen habe ich sie noch gesehen, und nun ist sie tot!" Sébastien verbarg schluchzend seinen Kopf in den Händen, die mittlerweile von den Handschellen befreit waren.

„Sie war so schön. ... Ihr blondes Haar war echt. Sie stammt ja von einem englischen Ritter ab, aus der Zeit des hundertjährigen Krieges. Das hat sie mir gesagt. Sie war ja so gebildet und so historisch interessiert. ... Das muss eine echte Liebesbeziehung zwischen ihren Vorfahren gewesen sein. Eine Ausnahme, denn in dieser Zeit haben ja diese dreckigen Engländer meine schöne Heimat verwüstet und meine Landsleute barbarisch drangsaliert."

Meunier zog eine Grimasse, als ob er damals dabei gewesen wäre.

„Hrmmm", räusperte sich Scheufele, trommelte mit seinen dicken Fingern auf den Schreibtisch und sagte auf Französisch: „Kommen Sie zur Sache."

„Béatrice ... Sie war so schön. Auch unser Chef, Gilles Rousset, hatte ein Auge auf sie geworfen. Ha! ... Da hatte er aber keine Chance gegen mich. Der ist ja 14 Jahre älter als Béatrice. Trotzdem, das hat mich natürlich in eine Zwickmühle gebracht: Rousset ist ja mein Chef. ... Habe ich das schon gesagt? ... Egal ... Ich wundere mich immer noch: Wie kann ein so gesetzter Mann wie er sich solch illusorische Hoffnungen machen! Er hat alles getan, um mit Béatrice Zeit zu verbringen. Hat sie von diesem Esperanto überzeugt. Hat sie abends zu seinen Treffen mitgenommen. Ha! ... Da hat er aber die Rechnung ohne mich gemacht! Ich habe so getan, als ob mich dieses Kauderwelsch auch interessieren würde. Da konnte er mich nicht abweisen, als Vorsitzender seines Sprachvereins. Ich bin immer mit dabei gewesen. Auch bei dem großen Treffen, das Rousset organisiert hat. Hätte es das doch nie gegeben, dieses Treffen dieser, dieser... Esperantisten!"

Das letzte Wort spuckte er aus wie ein ekliges Insekt, das einem aus Versehen in den Mund geraten ist.

„Dieser Adrian Schleyer war ja auch einer von denen. ..."

Nun spuckte Meunier tatsächlich auf den Fußboden des Polizeireviers.

„Na, na, na …", tadelnd blickte Scheufele sein Gegenüber an und hob den Zeigefinger.

Der kleine Franzose hatte sich in seinen Zorn hineingeredet. Die Übersetzerin kam kaum noch mit, so schnell sprudelte seine Geschichte aus ihm heraus: „Vor zwei Wochen, da war in Périgueux ein großes Treffen dieser Esperanto-Leute. Da kam Gilles Rousset, unser Chef … meine geliebte Béatrice und ich sind seine zwei besten Mitarbeiter. Wir ergänzen uns perfekt, ohne uns zwei hätte er die Fabrik schon längst zumachen müssen. Habe ich das schon erzählt wie…"

„Hrmmm", räusperte sich Scheufele, trommelte mit seinen dicken Fingern auf den Schreibtisch und sagte auf Französisch: „Das Esperanto-Treffen. Was ist da passiert?"

„Also, bei diesem Esperanto-Treffen, da kam Rousset ganz groß raus, denn er hat Briefe präsentiert, die ihm dieser Adrian Schleyer ein paar Wochen vorher gegeben hatte. Dieser Adrian Schleyer. Wäre er doch nie zu uns ins Perigord gekommen. Er hat meiner Béatrice den Kopf verdreht. Bevor sie ihn gesehen hat, hatte sie nur Augen für mich. … Ich habe genau gespürt, dass sie mich liebt. Warum sonst hätte sie mir, als sie vergangenes Jahr von ihrem Urlaub zurückgekommen war eine rot eingepackte Schokoladenpraline in Herzform geschenkt?"

Scheufele schaute kurz zur Decke. *Vermutlich ist sie mit Air Berlin geflogen und hat das Schokoladenherz nicht gegessen wegen der Kalorien.*

Dann schämte er sich ein wenig über diesen Gedanken, der ihm gerade durch den Kopf geschossen war, legte die Hände gefaltet auf den Schreibtisch, beugte sich zu Meunier vor und schaute ihn an, als ob er ihn bewundern würde.

Meunier sprach weiter: „Warum sonst hätte sie immer nur mich gebeten, Kaffee für sie zu holen? Oder einmal durfte ich ihr sogar schnell Strümpfe kaufen, im Supermarché gegenüber, weil sie sich an einem alten Holzstuhl im Aufenthaltsraum eine Laufmasche gerissen hatte, kurz bevor sie zum Chef zur Besprechung musste. Ich habe nur ein Blick auf ihre hinreißenden Beine werfen müssen und wusste schon die richtige Größe. Ja", und jetzt lächelte Meunier voller Überzeugung. „Ich kenne die Frauen. … Und wie Béatrice mich gelobt hat, weil ich so gut dieses Esperanto zu sprechen gelernt habe. Dieses Kauderwelsch … aber ich habe damit ihre Liebe gewonnen. Sie war so…"

„Hrmmm", erneut räusperte sich Scheufele, trommelte mit seinen Fingern auf den Schreibtisch und fragte nochmals auf Französisch: „Das Esperanto-Treffen. Wie ging es danach weiter?"
Damit brachte er Meunier wieder auf den Pfad seiner Geschichte zurück. Er sprudelte weiter:
„Ja, das Treffen. Seit diesem Treffen hat sie immer nur von diesem Adrian gesprochen. Er wäre so gebildet, so ein Kenner dieser komischen Sprache. ... Viel besser als ich ... Ein Deutscher zwar, aber das würde wieder einmal beweisen, wie sehr Esperanto die Menschen aller Nationen miteinander verbinden würde. ..."
Fingertrommeln und auf Französisch: „Hrmmmm ... das Treffen. Was ist danach passiert?"
„Ja, einige Tage nach dem großen Treffen, da hat dieser Schleyer wieder angerufen. Stellen Sie sich das vor: Mitten während der Arbeitszeit, direkt beim Chef! Was erlaubt der sich! Aber Béatrice hat abgenommen. Ich habe alles mitbekommen, weil ich ihr ja im Büro gegenüber sitze. So kann ich immer genau sehen, was sie tut und was sie braucht. Oh ja, das hat sie an mir geliebt. Meine Aufmerksamkeit, mein vollkommenes Wissen um ihre Bedürfnisse, mein ..."
Fingertrommeln und: „Hrmmmm ... was haben sie gesprochen?"
„Ja, der Deutsche. Der hatte es ganz wichtig. Er müsse die Briefe jetzt doch ganz schnell wiederhaben. Die Nachfahren des Verfassers hätten sich bei ihm gemeldet. Sie bräuchten die Briefe wegen einer Erbsache, und da die Esperantisten ja alle so prima zusammenhalten, hat er ihnen zugesagt, dass sie die Briefe bekommen könnten ... Ha!"
Zornig lachte Sébastien auf: „Der wahre Grund war der: Er wollte Béatrice wieder sehen. Sie sollte ihm persönlich die Briefe bringen ... und er hat ihr ja auch gleich angeboten, dass sie bei ihm übernachten könne, in seinem großen Haus. Der reiche Deutsche!"
Scheufele drückte auf den Kurzwahlknopf für das Telefon in seinem Vorzimmer. Nachdem sich die Kollegin gemeldet hatte, sagte er: „Die Isländerin und der Esperantoonkel sollen reinkommen."
Als Vigdis und Nikolaus Groß bei ihm im Büro waren, fragte er sie: „Hatten sie mit Adrian Schleyer vor seinem Tod Kontakt?"
Nachdem Groß die Frage übersetzt hatte, sagte Vigdis: „Jes. Post kiam ni eksciis lian adreson, ni parolis al li telefone. Sed tio daŭris kelkajn tagojn. Li forestis. En Francio. En Périgueux. Ĉe Esperanto-renkontiĝo kun Gilles Rousset. Ĝi estas ankaŭ en la Pasporto Servo.

Kiam ni fine telefonis, li diris al ni, ke li pruntedonis la leterojn. Sed li volis redoni la leterojn al ni."15)

Nikolaus Groß übersetzte: „Ja, sie haben miteinander telefoniert. Aber das hat einige Tage gedauert. Schleyer war verreist. Er war in Frankreich, in Périgueux, bei dem Treffen von unserem Esperanto-Freund Gilles Rousset. Und als sie endlich miteinander telefoniert haben, hat er gesagt, dass er die Briefe ausgeliehen hätte. Aber er könne sie wieder beschaffen."

Scheufele schaute seine Beamten an: „Die Geschichten scheinen zusammen zu passen. Wir müssen noch ermitteln, ob sie sich abgesprochen haben. Unsere Gäste dürfen alle wieder ins Nebenzimmer."

Zu dem großen Polizisten sagte er: „Pass auf, dass der Radfahrer nicht mit den beiden anderen spricht."

Als er mit dem anderen Beamten und der Polizistin vom Vorzimmer allein war, kratzte sich Scheufele am Kopf: „Es fehlen die verdammten Briefe und wenn ich diesen Esperantoonkel", er deutete mit dem Kopf zum Nebenzimmer, wo Nikolaus Groß, Vigdis, Sébastien Meunier, Adrian und der große Polizist saßen. „Wenn ich mir diesen Esperantoonkel so angucke und mich daran erinnere, was für gierige Augen er bekommen hat, als er von den alten Briefen erfahren hat ... Da könnten schon allein diese paar Blatt Papier für so manchen Motiv genug sein, einen Mord zu begehen."

Scheufele fuhr mit der Hand seinen ausrasierten Nacken hoch: „Fakt ist, die Briefe sind weg und entweder hat sie der Mörder oder der, der sie hat, ist in Lebensgefahr", Scheufele machte eine kurze Pause und sagte dann: „Und das ist der Chef der armen Ermordeten."

Scheufele blickte seine Kollegin an. *Was hat sie doch für große Möpse. Zum Reinbeißen. ...*

Laut sagte er: „Wir müssen die französischen Kollegen verständigen, dass sie auf Gilles Rousset aufpassen. Wenn er die Briefe noch hat und seine Angestellte ist einfach aus lauter Liebe zu Adrian Schleyer nach Deutschland gefahren, dann kann es gefährlich für Rousset werden. Denn dann sucht der Mörder bei ihm die Briefe."

Wieder strich sich Scheufele den Nacken: „Und dann müssen wir auch noch die isländischen Kollegen um einen Gefallen bitten: Sie sollen diesen Einar Jónson beobachten. Vielleicht bekommt er bald Besuch von einem Briefträger, der Blut an den Fingern hat. Wenn die Briefe tatsächlich beweisen, dass unsere nordische Schönheit Anteile an seiner Fabrik geltend machen kann, dann hat Jónson auch ein Motiv, einen Mörder zu beauftragen."

Jetzt blickte Scheufele durch die Tür direkt zu Meunier im Nebenzimmer: „Der Franzose aber, der ist der Hauptverdächtige. Liebe kann schnell in Hass umschlagen. Und Hass kann tödlich sein. Vor allem bei so einem Nervenbündel wie dieser Meunier eines ist."

Scheufele stand auf: „Im Moment hab' ich keine weiteren Fragen. Wenn Meunier der Mörder ist, dann hat er Spuren im Haus hinterlassen. Das finden wir raus. Solange bleibt er bei uns. Die anderen können gehen. Bis auf den Radfahrer. Mit dem haben wir noch ein Hühnchen zu rupfen."

Stuttgart I

Vigdis stand im Flur der Polizeistation. Nikolaus Groß kam aus dem Zimmer, in dem sie zuvor alle zusammen gewartet hatten und trat auf sie zu. Ein Schritt näher, als es ihr angenehm war. Er sagte: „Vi certe ankoraŭ ne havas hotelĉambron. Vi ankaŭ ne bezonas tion. Vi povus resti ĉe mi. Mi havas grandan domon kun gastĉambro."16) Menschen, die Esperanto sprechen, unterhalten ein weltweites Netzwerk, das es ihnen unter anderem ermöglicht, kostengünstig zu reisen. Vigdis hatte in ihrem „Pasporta Servo" auch Nikolaus Groß' Adresse gefunden.

Das Pasporta Servo ist ein Adressbuch, das jährlich von der Weltjugendorganisation der Esperantisten aktualisiert wird. Wichtig dabei ist, dass die Gäste Esperanto sprechen, denn die Gastgeber wollen die Sprache aktiv sprechen und üben. So war es für Vigdis nicht ungewöhnlich, dass Nikolaus Groß ihr anbot, sie in seinem Haus zu beherbergen. Sie schaute ihn an. *Ein Professor ... Anfang 50 ... keinen Ehering am Finger ... Hat der Polizistin immer wieder auf die Brüste geschaut. ... Na ja, das haben die anderen Männer auch. ... Natürlich auch Adrian. Wo bleibt der eigentlich? Verhören ihn die Polizisten noch, oder ist er ohne mich weggefahren?*

Sie schaute durch die offene Tür in das Zimmer hinter Nikolaus Groß. Der große Polizist hatte Adrian weggeführt, als sie und Groß entlassen worden waren. Es wurde langsam Abend. Sie musste irgendwo unterkommen. Auf Hotelzimmersuche hatte sie sich nicht eingestellt. Sie hatte erwartet, dass sie bei dem ermordeten Adrian Schleyer unterkommen würde. Sie hatte Durst und Hunger, und sie war müde und erschöpft. Die Erlebnisse des Tages hatte sie an ihre Grenzen gebracht. Noch einmal schaute sie zu Groß. Der wiegte sich von einem Fuß auf den anderen und blickte sie erwartungsvoll an. Vigdis lächelte spöttisch. Wie ein wackelnder Weihnachtsmann mit getrimmtem Bart. Nikolaus, sein Vorname passt zu ihm. Haben seine Eltern das schon bei seiner Geburt gewusst?

Sogar sein Mund stand ein wenig offen. So gespannt wartete er auf ihre Antwort. *Ob er mir heute Abend zu nahe treten wird? ... Gut möglich, aber ... er ist doch Esperantist! ... Er hat einen Ruf zu verlieren. Außerdem,... wir sollen morgen doch noch mal zur Polizei. ...*

Vigdis, das war hart, heute Nachmittag. Lass dir dadurch nicht das Vertrauen in die Esperanto-Gastfreundschaft untergraben.

Sie zögerte noch einen Moment, dann aber sagte sie zu Nikolaus Groß: „Volonte mi noktos ce via hejmo. Mi trovis vian nomon en la Pasporta Servo."17)

Sie lächelte und unterdrückte damit ein kleines, ungutes Gefühl, das noch einmal in ihr hochkommen wollte.

Nun ging ein Leuchten über das Gesicht von Groß, als ob er gerade den Hauptpreis in der Klassenlotterie gewonnen hätte. Und dann begann er auf einmal ganz viel und ganz schnell zu sprechen. So als ob er befürchtete, dass sie es sich noch einmal anders überlegen würde und er es mit seinem Wortschwall verhindern könnte. Er sagte ihr, dass er, obwohl er so bekannt in Esperantokreisen sei, seinen Eintrag nicht hätte löschen lassen. Er hätte fast jede Woche Übernachtungsgäste. Das wäre zwar viel Aufwand für ihn, aber das würde ihm gefallen, besonders weil er viele junge Gäste hätte. Dadurch würde er selbst ebenfalls jung bleiben. Er hätte extra für seine jungen Esperantofreunde ein schönes Gästezimmer mit Bad eingerichtet. ...

Noch einmal blickte Vigdis in das Zimmer, ob Adrian vielleicht doch noch zu der zweiten Tür wieder hereingekommen wäre. Aber er war nicht da. Stattdessen spürte sie eine warme, feuchte Hand an ihrem Oberarm. Nikolaus Groß wollte gehen. Vigdis machte sich los und sagte zu ihm: „Mia dorsosako ankoraŭ estas ĉe Adrian."18)

Nikolaus Groß warf die Arme in die Höhe und ging mit großen Schritten ins Vorzimmer zu der Polizistin mit der üppigen Oberweite. Wieder konnte er seinen Blick nur schwer von ihrer Pracht wenden. Aber dann gelang es ihm doch, ihr in die Augen zu sehen und zu sagen: „Bei dem jungen Mann mit dem Tandem ist noch der Rucksack meiner Begleiterin. Geben Sie ihm doch bitte meine Visitenkarte, damit er morgen das Gepäckstück bei mir vorbeibringt."

Damit überreichte er der Polizistin eine cremefarbene Visitenkarte mit geprägter Inschrift.

Wieder zurück bei Vigdis legte er von hinten seine Hand auf ihre Schulter und schob sie Richtung Ausgang. Auf dem Besucherparkplatz im Hof stand sein Auto, der neue 9-5 Sport-Combi von Saab. Sie stiegen ein und umsichtig fuhr Nikolaus Groß den Wagen vom Hof.

„Ĉu vi permesas al mi en via hejmo telefoni kun mia fratino?19) fragte Vigdis kurz darauf im Auto ihren Chauffeur.

„Nu, kompreneble", sagte Nikolaus Groß und tätschelte Vigdis Knie: „klar darfst du bei mir zuhause mit deiner Schwester telefonieren." Vigdis rückte so weit es ging zur Seite. Da nahm Groß wieder beide Hände an das Lenkrad. Aber wenig später berührte er ihren nackten Oberarm mit seinem Zeigefinger und deutete nach rechts: „La ĉefa stacidomo estas tie. Arkitektura gemo. Paul Bonatz konstruis ĝin."20) Groß erklärte Vigdis auch, dass nun der Stuttgarter Hauptbahnhof nach den Plänen von Christoph Ingenhoven tiefergelegt würde, dass aber der Bonatz-Bau erhalten bliebe.

Vigdis interessierte sich nicht so sehr für die Architektur von Bahnhöfen. Sie erinnerte sich aber, dass das mit dem Stuttgarter Hauptbahnhof nicht nur ein architektonisches Problem war. Anscheinend formierte sich Widerstand dagegen. Sie wusste nicht, wer da warum gegen den Bau war und wollte es auch gar nicht wissen. So fragte sie nicht danach und hörte nur höflich zu, als ihr Groß wenig später vorschlug:

„Se vi volas, mi montros al vi la Weißenhofsiedlung morgaŭ "21) Vigdis interessierte sich auch nicht für die Architektur der Weißenhofsiedlung. Zumal die Aussicht bestand, dass sie dieses architektonische Glanzstück eng umschlungen mit Nikolaus Groß erwandern müsste. Sie schob seine Hand von ihrem Oberschenkel weg und deutete auf einen Bus, der weiter vorne auf ihre Spur einscherte: „Atentu!"22)

Groß bremste vorausschauend und legte wieder beide Hände ans Lenkrad.

Nachdem sie seine Zudringlichkeit fürs Erste abgewehrt hatte, sagte sie: „Ne, mi iros al Francujo morgaŭ. Eble Rousset ankoraŭ havas la leterojn kaj lia dungito nur iris al Germanio pro amo."23)

Groß schaute Vigdis von der Seite an und grinste: „Estas tute eble. Ankaŭ mi ne redonus la leterojn."24)

Vigdis schaute ihren Fahrer an. Zweifel regten sich in ihr, ob es klug gewesen war, seine Einladung anzunehmen. Das hätte sie nicht von ihm erwartet. *So materialistisch kann doch ein Esperantist seines Formates nicht sein! Die Briefe für sich behalten zu wollen! Die Briefe gehören der Allgemeinheit. Sie hätten es verdient, in dem bedeutendsten Museum der Welt ausgestellt zu werden!*

Sie rückte noch mehr zur Seite. Am besten wäre es, sie würde noch heute Abend einen Zug nach Frankreich nehmen und nicht erst morgen, so wie sie es Groß gesagt hatte. Aber sie war erschöpft und hungrig und sie sehnte sich nach einer Dusche und einem weichen Bett. Es wird schon gut gehen. Mit dem werde ich fertig. *Wir sind ja in einer Stadt. Notfalls schreie ich die gesamte Nachbarschaft zusammen.*

Die Fahrt dauerte nicht mehr lange. Nachdem sie an der Weißenhofsiedlung vorbeigefahren waren, hielt sich Groß weiter auf der Höhe, bis er kurz danach in eine ruhige Anwohnerstraße einbog. Die Grundstücke und die Häuser waren deutlich größer als noch wenige Minuten zuvor, als sie noch im unteren Bereich des Stuttgarter Talkessels waren.

Groß hielt an. Sie standen vor seinem Anwesen. Eine Begrenzung mit weißen Mauersäulen trennte das Grundstück von der Straße ab. Zwischen den Mauersäulen waren schwarze Eisengitter aus geraden Rundstäben angebracht. Dahinter wuchs eine dichte, immergrüne Hecke. Kein Blick konnte sie von außen durchdringen. Nikolaus Groß betätigte den Funkschlüssel. Das schwarze Eisentor zu seinem Anwesen öffnete sich.

Die Villa, die Nikolaus Groß ganz allein bewohnte, war umgeben von einem Park und fast so groß wie die Villa von Vigdis Onkel in Reykjavik. Eine mit Marmor gepflasterte Einfahrt führte zu der Doppelgarage, die halb in den Hang gebaut war. An der Seite führte eine hellgraue Betontreppe den Hügel hoch zu der beeindruckend großen Villa – im Stil des Neoklassizismus in ausgeprägter Geometrie gebaut. Schmale, schwarze Gesimse strukturierten die weiße Fassade. Sie korrespondierten perfekt mit der schwarzen Tür, den schwarzen Fensterrahmen und dem schwarzen Schieferdach. Der Eingangsbereich war deutlich nach vorne abgesetzt. Akkurat in Kugelform geschnittene Buchsbäumchen in weißen, viereckigen Töpfen säumten den Treppenaufgang. Im Park standen hohe Koniferen. Der Rasen war sorgfältig gepflegt, kurz geschnitten, sattgrün, nahezu Golfplatz-Qualität. Nirgends gab es bunte Blumen oder irgendwo eine Stelle der Unordnung.

Vigdis kamen Zweifel, ob sie hier von Nachbarn gehört werden würde. Zögernd stieg sie die Treppe hoch. Nikolaus Groß öffnete die schwere Tür. Vigdis ging an ihm vorbei und stand in einer riesigen

Eingangshalle. Links und rechts standen Skulpturen von griechischen Göttern und Philosophen. Sie warfen ihre dunklen Schatten im Dämmerlicht des Abends auf den Marmorfußboden.

„Mi montras al vin vian ĉambron."25)

Nikolaus Groß fasste mit seiner Hand Vigdis Schulter und dirigierte sie in Richtung Gästezimmer. Er öffnete eine Tür und schob sie hinein.

„Tie estas via ĉambro kun banĉambro kaj necesejo. Vi povas duŝi vin tie. Mi portos al vin banmantelon."26)

Sie schaute zu ihm hoch. Aus seinem Mund kam eine Wolke von saurem Atem und Pfefferminzbonbon. Vigdis befreite sich aus seinem Griff und ging durch das Zimmer ins Bad. Sie hatte gerade die Handtücher gefunden, da stand Groß schon wieder im Zimmer mit einem Bademantel in der Hand.

„Dankon", sagte sie und nahm ihm den Mantel aus der Hand. „Mi poste baniĝos. Kie nun mi povas telefoni?"27)

Groß blickte ihr tief in die Augen. Einen kurzen Moment zögerte er. Ein Zucken ging über sein Gesicht. Er schaute auf ihre Brüste. Dann drehte er sich um und zeigte ihr das Telefon, das hinter einer Säule in der Eingangshalle versteckt war. Dann verschwand er durch eine Tür an der Hallenseite. Die Tür ließ er einen Spalt offen.

Vigdis konnte es hören, dass er sofort dahinter stehen geblieben war. Sie spürte geradezu seine Blicke in ihrem Rücken. Ja, sie bildete sich sogar ein, seinen schweren Atem zu spüren. Vigdis atmete tief ein und aus. Sie fühlte sich wie ein müdes Reh, um das sich langsam, aber unerbittlich die Netze eines grausamen Jägers zuzogen. *Du musst jetzt telefonieren. Reiß dich zusammen, Vigdis!*

Lange würde sie sich nicht mehr aufrecht halten können. Das frühe Aufstehen heute Morgen in Island. Der Flug in der engen Kabine mit dem dicken Sitznachbarn. Die Fahrt mit dem Tandem ... die beiden Toten. Und immer diese Hitze! Die Polizei, das ewige Warten, kaum etwas zu trinken und nichts zu essen. Die Muskeln in ihren Oberschenkeln zitterten. *Was macht Groß jetzt? Beobachtet er mich immer noch? Sicher belauscht er mich. Versteht er Isländisch?*

Im Grunde war es ihr egal. Hauptsache, sie konnte Finbogi alles erzählen. Doch was würde sie sagen, wenn Einar Jónson am Apparat war? Sie würde am besten gleich wieder auflegen.

„Bitte, bitte, Finbogi, geh ran", beschwor Vigdis leise ihr Glück. Es rasselte in der Leitung. Vigdis musste zweimal die lange Nummer

wählen, bis die Verbindung aufgebaut war. Endlich ertönte das Freizeichen. Beim fünften Mal hörte sie die Stimme ihrer Schwester. Die
Verbindung war schlecht.

Vigdis schrie in den Hörer. „Finbogi, stell dir vor, was ich erlebt habe!
Adrian Schleyer wurde ermordet! Ich kam nur wenige Augenblicke,
nachdem es geschehen war, dazu. Ein Zufall, dass ich noch lebe!
Vigdis erzählte ihrer Schwester alle ihre Erlebnisse. Finbogi hörte zu
und unterbrach sie nur mit gelegentlichen „Ahs" und „Ohs". Nur langsam ebbte Vigdis Redefluss ab.

„Und was willst du jetzt machen?", fragte ihre Schwester sie schließlich.

„Morgen fahr' ich nach Frankreich, zu diesem Monsieur Rousset nach
Périgueux."

„Pass bloß auf. Wenn der die Briefe noch hat, dann ist der Mörder
nicht weit!"

„Ja kann sein, aber du musst auch aufpassen. Die Vermutungen von
Scheufele, diesem Polizisten..."

„Du glaubst im Ernst, dass unser eigener Onkel ...?"

„Ich glaube gar nichts mehr. Onkel Einar ist sehr jähzornig, aber ..."
für Vigdis war die Vorstellung so ungeheuerlich, dass sie den Satz
nicht zu Ende sprach.

„Und jetzt übernachtest du bei diesem Nikolaus Groß?"

Vigdis schaute über ihre Schulter und hauchte in den Hörer: „Was soll
ich denn sonst machen?"

Sie hörte nur noch die empörte Stimme ihrer Schwester: „Du bist
wirklich blöd, dass du kein Handy hast. Wie willst du denn Hilfe rufen,
wenn der heute Nacht über dich herfällt? Ruf mich auf jeden Fall
gleich morgen früh an."

Vigdis hörte, wie Nikolaus Groß sich hinter ihr räusperte. Sie drehte
sich um und sagte zu ihm: „Mi finis."28) Dann lies den Hörer aus ihrer
Hand gleiten. Er kreiselte an der Schnur.

Nikolaus Groß beugte sich vor und nahm den Hörer auf. Sein Gesicht
streifte beinahe ihren Unterleib. Er schielte zu ihr hoch. Dann richtete
er sich auf, legte den Hörer auf die Gabel und sagte: „Mi preparis la
vespermanĝon."29)

Er führte Vigdis in ein kleines Zimmer. Dort waren auf einem runden
Tischchen Käse, Parmaschinken, Oliven und Weißbrot gedeckt. Zwei

Kerzen sorgten für stimmungsvolles Licht. In zwei geschliffenen Gläsern funkelte Rotwein. Im Hintergrund erklang klassische Musik.
Vigdis hatte keine Kraft mehr. Sie ließ sich auf einen der Stühle fallen, nahm sich mit den Fingern zwei Scheiben Parmaschinken und stopfte die in den Mund. Dazu ein Stück Baguette. Sie kaute und schlang. Jetzt Käse und Oliven. Wieder kauen, wieder schlingen. Wieder Brot. Da: Olivenöl, Salz und Pfeffer. Damit ein weiteres Stück Brot getränkt und gewürzt. Noch mal kauen, noch mal schlingen. Das gefüllte Wasserglas. ... In wenigen Schlucken leer. Da: die Karaffe. Das Wasserglas gefüllt und nochmals geleert. ... Aah ... Das war gut. Sie lehnte sich zurück ... und schaute direkt in die Augen von Nikolaus Groß.
Er saß ihr gegenüber. Er hatte sie die ganze Zeit beobachtet. Er sagte mit gepresster Stimme: „ Vi havis malfacilan tagon. Vi malsatis. Nun vi estas sata. Sed vi ankoraŭ varmiĝintas. Vi devas duŝi vin. Malvarmeta duŝo bonfartigos vin."30)
Er stand auf. Vigdis schaute ihn an. Sie war noch lange nicht satt. Aber immerhin hatten jetzt die Hungerkopfschmerzen nachgelassen. Er hatte wohl recht. Eine kühle Dusche würde ihr guttun. Sie erhob sich ebenfalls. Sie machte einen unsicheren Schritt vom Tisch weg. Ihr schwindelte. Sie wollte sich an dem Tisch abstützen, da war Groß schon zur Stelle und griff ihr unter die Arme. Er schob ihr zweimal einen Löffel von der Zitronencreme, die er als Nachtisch vorbereitet hatte, in den Mund und sagte: „Vi bezonas sukeron "31)
Dann begleitete er Vigdis bis vor ihre Zimmertür. Dort blieb er stehen und lächelte. Sie schwiegen. Groß lächelte noch immer. Vigdis sagte auch nichts. Groß sagte endlich: „Vi devas duŝi vin nun. Mi lasas vin sola."32)
Groß trat zurück. Vigdis zog die Tür hinter sich zu. Sie lehnte sich dagegen, atmete tief ein und aus. Was hatte er denn immer nur mit dem Duschen? Dreimal hatte er sie jetzt schon dazu aufgefordert.
Ihre Zimmertür hatte keinen Schlüssel. Sie horchte, ob Groß noch vor der Tür stand und wartete, zwei, drei Minuten. Als sie sich sicher war, dass er sich entfernt hatte, ging sie zum Bad. Die Badezimmertür hatte nur ein Schloss, das man von außen mit einer Münze öffnen konnte. Sollte sie überhaupt duschen? Es war noch immer so heiß und schwül. Die alten Fenster hatten die Hitze in die Räume gelassen. Vigdis lehnte sich an die Wand und schloss die Augen. Sie roch ihren eigenen Schweiß, fühlte ihre Erschöpfung. Sie atmete tief ein und aus.

Eine kühle Dusche würde ihr guttun. Wie wäre das schön: sich von kühlem Wasser berieseln zu lassen. Sie hatte sich entschieden. Das Bad war geräumig. Es bot Platz für eine große Walk-in-Dusche, ein Waschbecken und ein WC. Nicht einmal ein Bidet fehlte. *Eigentlich ganz solide, wenn nur nicht die ungewöhnlichen Fliesen wären. Die passen gar nicht zu dem übrigen Stil der Villa. Sollen wohl ein Mosaik vortäuschen. Aber das Muster mit den vielen dunklen Punkten und den hellen Rändern, das ist nur eingebrannt. Ein ungewöhnliches Design. Sicher teuer, aber nicht sehr schön.* Sicherheitshalber lief Vigdis nochmals zu ihrer Zimmertür und spähte nach Groß. Nichts. Vigdis ging zurück ins Bad, verschloss die Tür und zog sich aus.

Zwei Räume weiter saß Nikolaus Groß in einem abgedunkelten Zimmer an einem Schreibtisch mit drei Monitoren. Alle drei zeigten das Gästebad aus unterschiedlichen Blickwinkeln. Auf dem Schreibtisch gegenüber standen drei weitere Monitore. Zwei mit Blick auf das Gästebett und einer gab einen guten Überblick über den gesamten Raum.

Groß strich sich übers Kinn. *Mein kleines Vögelein. Ist so erschöpft. Aber nun kann es sich erfrischen.*

Er zoomte Vigdis Gestalt noch ein wenig näher zu sich heran. Sie knöpfte ihre Bluse auf und ließ sie fallen, löste ihren roten Spitzen-BH und stieg aus der Hose und dem Höschen. Nackt setzte sie sich auf die Toilette.

Hier muss ich noch eine Kamera anbringen. Direkt in der Schüssel. Groß merkte, wie ihm bei diesem Gedanken die Hose enger wurde.

Vigdis ging unter die Dusche. *Hier habe ich überall meine kleinen Augen. Ja, stell dich endlich unter die Dusche ... Aah ... herrlich ... das kalte Wasser macht ihr eine Gänsehaut ... Da! Ihre Brustspitzen sind schon ganz hart. ... Jetzt die Brüste einseifen. ... Ja, schön nach oben quetschten ... ups ... jetzt ist ihr eine aus der Hand geglischt. ... Wie schön die schwingt und federt. Jetzt aber auch noch unten rum sauber machen ...*

Vigdis tat ihrem heimlichen Beobachter den Gefallen, ohne es zu wissen.

Genau ... schön jetzt die Seife abduschen ... Oh wie aufreizend. Sie ist vollständig glatt. ... Mensch sieht das faszinierend aus. Ihre kleinen

Schamlippen ragen ja deutlich aus der Spalte. Gott sei Dank keine solche Kinderscham ... die Vulva einer erwachsenen Frau. Groß zoomte näher heran. *Wie rosig diese zarten Schamlippen sind mit feinen Fältchen. Wie bezaubernd die da unten heraushängen.* Groß hatte eine Erektion, so hart wie schon seit Jahren nicht mehr. *Ist das nicht schön? Sie gehört mir ganz allein. Kein Begleiter, der mich stört. Obwohl ... ist ja auch erregend, wenn zwei Liebe machen. ... Vielleicht masturbiert sie ja nachher. Eine Decke braucht sie ja nicht, bei der Hitze. Das Mittelchen, das ich ihr mit der Zitronencreme gegeben habe, müsste ja jetzt auch bald seine Wirkung tun. Ein leichtes Aphrodisiakum. Das wird sie für mich öffnen...*

Vigdis drehte das Wasser ab. Die kühle Dusche hatte ihr gutgetan. Die Kopfschmerzen waren weg. Schnell trank sie zwei Zahnputzbecher mit kaltem Wasser. Nackt lief sie durch das Zimmer, legte sich aufs Bett und schloss die Augen. Ich bin wohl sicher. Wenn Groß etwas von mir gewollt hätte, hätte er mich vorhin unter der Dusche überrascht.

Was für ein Tag. Das Bild der beiden Toten kam ihr wieder ins Gedächtnis. Wer hatte sie erschossen? Wer hatte den Auftrag gegeben? Würde Einar Jónson tatsächlich so weit gehen, einen Mörder zu beauftragen? Hatte er überhaupt Verbindungen zu Leuten, die so etwas machen? Er war oft auf Geschäftsreisen. Wer weiß, wen er alles kannte und Geld hatte er ja unvorstellbar viel. Aber zu ihr war er ja immer sehr nett gewesen, ... so weit ihm das sein raues Wesen erlaubte. So viele Fragen ...

Die Wirkung, die sich Groß von seinem Mittel erhofft hatte, trat nicht ein. Vigdis wurde schläfrig.

Meunier ... Meunier hat ein starkes Motiv, aber Adrian und ich haben doch gehört, dass der Kerl, der im Haus gewesen war, mit dem Auto weggefahren ist und Meunier ist im Wald neben der Villa erwischt worden. Steckt der Mörder mit Meunier unter einer Decke? Hat Meunier ihn beauftragt, weil er es selbst nicht übers Herz brachte, seine Geliebte zu töten?

Nur noch mühsam gingen die Gedanken durch Vigdis Kopf. Waren die Briefe selbst so viel wert, dass jemand dafür zwei Menschen töten ließ, nur um sie zu besitzen? Friedrich Bergmann, ihr Urahn, war jahrelang im Brennpunkt der Entwicklung von Volapük und Esperanto gestanden. Vigdis dämmerte langsam in den Schlaf. Nur mühsam stiegen noch einige Gedanken in ihr Bewusstsein. *Es ging ja hochemotional zu, damals. ...1888 als der gesamte Nürnberger Volapük-Verein zum Esperanto übertrat. Und Friedrich Bergmann hat ja Johann Martin Schleyer einen Teil der Erträge aus seiner Fabrik für Volapük zugesagt. ... Die Briefe haben nicht nur einen ideellen Wert. ... Idealisten werden schnell zu Materialisten, wenn sie ein paar Millionen vor Augen haben. ... Ich hätte die Briefe auch gern einmal in Händen gehalten. ...*

Vigdis drehte sich nach rechts auf ihre Schlafseite. *Adrian. ... was macht Adrian? Warum ist er so schnell weg? Mein Rucksack ist noch bei ihm. Ich muss morgen. ...*

Vigdis war eingeschlafen. Wenig später trat Nikolaus Groß in ihr Zimmer.

Polizei III

Adrian saß wie auf Kohlen. Er wurde noch immer von der Polizei festgehalten. *Vigdis mit dem Esperanto-Onkel weg. ... Dieser dämliche Scheufele. ... Hat mir das jetzt noch aufgehalst.*
„Wenn Sie schon da sind, das erspart ihnen und uns einen Weg. Es geht um die Drahtfalle, gegen die sie gefahren sind ... und was sich daraus entwickelt hat", hatte Scheufele gesagt und ihn zu einem Kollegen geführt. Adrians Einwand, dass er seine Erlebnisse schon der Polizistin im Vorzimmer zu Protokoll gegeben hätte, hatte Scheufele ignoriert.
Der Polizist, der auf ihn wartete, war jung und gut aussehend. Er machte einen korrekten Eindruck. Adrian konnte ihn sofort nicht leiden. *Dieser fiese Zug um den Mund. Das ist ein Drecksack. Der hat Zeugenvernehmung gelernt. Also keine Silbe zu viel sagen. Am besten nur ja, nein und hrmm. So ähnlich wie damals Willy Brandt zu Friedrich Nowottny.*
Die Antipathie war gegenseitig. Der Polizist hatte gesehen, dass Adrian ungeduldig war, aber er hatte ja Zeit. Zuerst kramte der Beamte umständlich in der Hängeregistratur seines Schreibtisches und tat so, als ob er nach etwas suchen würde. Dann zog er endlich die Mappe hervor, die er zuvor ganz vorne eingeordnet hatte und von der er die ganze Zeit gewusst hatte, wo sie sich befand. Schließlich entnahm er der Mappe langsam und sorgfältig einige Fotografien.
Adrian kochte innerlich. *Dieses hämische Grinsen. Das macht der absichtlich. Der sieht, dass ich wegwill.*
Adrian zwang sich zur Ruhe.
Der Polizist nahm einen Notizblock und richtete ihn gerade an der Kante seines Schreibtisches aus. Danach holte er sich einen Bleistift aus der Tasse, in der auch eine Schere, mehrere Kulis und ein Briföffner steckten. Er überprüfte die Spitze des Stiftes. Mit dem Ergebnis war er nicht zufrieden. Also nahm er einen Bleistiftspitzer aus der Schreibtischschublade und spitzte damit sorgfältig den Bleistift. Erst nachdem er diese Vorbereitungen getroffen hatte, wandte er sich wieder an Adrian.
Dessen Augen hatten sich zu Schlitzen verengt. *Mein Mantra, mein Mantra hilft: Überall und jederzeit Ruhe und Gelassenheit. Überall und jederzeit Ruhe und Gelassenheit. Überall und ...*

„Kennen Sie den", fragte der Polizist und schob Adrian ein Bild über den Schreibtisch zu. Darauf war ein Gesicht mit einer aufgeplatzten Lippe.

„Ja."

Der Polizist schaute ihn an: „Name?"

„Steffen."

„Nachname?"

„Reinhardt"

Der Polizist tat so, als ob er sich etwas aufschreiben würde. Dann schob er Adrian eine weitere Fotografie zu.

„Und den?"

„Tobias"

Ein Blick des Polizisten genügte und Adrian sagte: „Möckel."

Tobi hatte eine Schramme unterm Kinn.

Der Polizist lehnte sich zurück, verschränkte die Arme hinter seinem Kopf und fixierte Adrian. Dann beugte er sich wieder vor und notierte wieder etwas auf seinem Block. Adrian verdrehte verzweifelt die Augen. *Wie viele meiner Freunde haben die denn noch fotografiert?*

„Was ist mit dem. Kennen Sie den auch?"

Wieder schob der Polizist Adrian eine Fotografie zu.

„Michael Senftenberger."

Micha hatte nichts Sichtbares abbekommen.

Aber dann. Dann wurde es blutig. Systematisch und in aller Ruhe nahm der Polizist weitere Fotos aus der Mappe und präsentierte sie Adrian.

Adrian kannte weder den Jochbeinbruch noch die beiden gebrochenen Nasen, nur der arme Kerl, der ihn mit blutigem Mund und fehlenden Schneidezähnen angrinste, hatte Adrian schon ein oder zweimal gesehen, aber er sagte, dass er den auch nicht kennen würde. Adrian konnte seine heimliche Freude kaum verbergen. *Die grünen Taliban haben die Fresse vollgekriegt. Schade, dass ich nicht dabei war.*

„Hören Sie auf so zu grinsen", herrschte ihn der Polizist an. „Wissen Sie eigentlich, was Ihre Freunde angerichtet haben?"

Adrian hob fragend die Schulter und neigte den Kopf unschuldig zur Seite.

Der Polizist schaute ihn von oben herab an und begann zu referieren: „Über den freue ich mich, dass er eine Abreibung bekommen hat. Das sage ich jetzt aber nur als Privatmann und nicht als Polizist im

Dienst. Dieser Drecksack nennt sich Linksaktivist. Ist aber in meinen Augen ein Terror-Tourist. Heute in Stuttgart, morgen in Berlin und übermorgen in Hamburg. Immer da, wo er Randale verursachen kann. Lebt ganz gut auf Staatskosten, beißt aber die Hand die ihn füttert, nennt uns Polizisten Bullenschweine, kennt jedes juristische Schlupfloch, um den Staat auszunützen, hat noch nie gearbeitet und sich damit für das Gemeinwesen engagiert. Hält sich aber selber für links und damit per se für einen Guten. Hilft Asylanten, den Staat auszunutzen und mit Asylanten meine ich nicht die, die daheim tatsächlich in Lebensgefahr waren und sich hier mit viel Engagement in unsere Gesellschaft integrieren wollen, sondern die Pseudo-Asylanten von denen unsere Linksaktivisten ihre Drogen beziehen und von denen sich die hässlichen linken Frauen vögeln lassen, weil sie sonst von keinem anderen Mann angerührt werden. Aber jetzt noch mal zu dem Kerl da. Ja, der hat zur Recht eine Abreibung bekommen.

Adrian lehnte sich zurück. *Das hat der doch nur gesagt, um mich aus der Reserve zu locken. Macht wohl auf guter Bulle, böser Bulle in einer Person und denkt, ich sei rechtsradikal, nur weil ich Stress mit ein paar Umweltfanatikern habe.*

Adrian schwieg. Der Polizist wartete einen Moment, dann sprach er weiter: „Die anderen aber nicht. Der Mann mit dem Jochbeinbruch. Der ist Zahntechniker oder besser, der war Zahntechniker, denn bei diesem Beruf muss man mit beiden Augen sehr genau sehen können. Vermutlich wird er jetzt umschulen müssen, wenn das stimmt, was unser Arzt prognostiziert hat, dass er nämlich auf dem einen Auge, wenns hochkommt, noch zehn Prozent Sehkraft haben wird."

Mit kalter Stimme sprach der Polizist weiter: „Der, dem jetzt die Schneidezähne fehlen, … den kennen wir. … Lebt noch bei seiner Mutter, die ihn allein großgezogen hat. War vor einem halben Jahr noch in der geschlossenen Psychiatrie, weil er sein pubertäres Gehirn, seit er 14 war, konsequent mit Cannabis weggeraucht hat. Hat gerade die Kurve gekriegt und soll in einer Woche seine Ausbildung als Lagerarbeiter beginnen. … Ist nicht sicher, ob ihn der Betrieb noch nimmt, wenn er jetzt wie ein Schläger aussieht. Ich glaube auch nicht, dass ihm seine Mutter einen ordentlichen Zahnersatz bezahlen kann."

Der Polizist holte ein weiteres Foto hervor: „Dann der. Dem haben Ihre Freunde die Nase gebrochen. Der ist Sozialarbeiter, Streetworker. Den kenne ich auch. Geht mir zwar manchmal tierisch auf den Sack, wenn er jeden Kleinkriminellen raus pauken will, erspart uns aber zugegebenermaßen auch eine Menge Arbeit, weil er vielen Jugendlichen auf der Straße hilft, einigermaßen auf der Spur zu bleiben. Arbeitet praktisch rund um die Uhr, sieben Tage in der Woche."

Selbstzufrieden lehnte sich der Polizist zurück und beobachtete die Wirkung seiner Worte. Dann beugte er sich vor: „Sind Sie sich überhaupt sicher, dass Ihre Freunde die Richtigen verprügelt haben? ... Ich glaube ... nachdem was ich erfahren habe, ... eher ... nicht."

Adrian begann den Polizisten zu hassen. Vor allem, weil er zugestehen musste, dass er recht hatte. *Trotzdem, der Kerl ist ein Drecksack.*

„Sie haben heute Morgen mit diesem Tobias telefoniert?", fragte der Polizist.

„Hrrm."

„Wir wissen das", sagte der Polizist. „Was haben Sie ihm gesagt?"

„Ich hab' ihn gewarnt, dass die Umweltschützer Drähte im Wald spannen."

„Und dann haben Sie ihre Truppen mobilisiert?"

„Nein, dann hab' ich mein kaputtes Rad nach Hause geschoben und wurde von der Isländerin heimgesucht. Den Rest kennen Sie ja ..."

Der Polizist stieß sofort in die Lücke, die ihm Adrian geboten hatte und sagte: „Nein, erzählen sie mal."

Adrian verfluchte sich, dass er einen Satz zu viel gesagt hatte. Also stand er auf, öffnete die Tür und lächelte die Beamtin mit den großen Brüsten an: „Können Sie ihrem Kollegen das Protokoll meiner Vernehmung von vorhin geben?"

Er nahm den Türgriff in die Hand, so als ob er gehen wolle und sagte zu dem Polizisten: „Da steht alles drin."

Der Polizist grinste: „Ich möchte es aber von Ihnen hören. ... Setzen sie sich wieder."

Die Armbewegung des Polizisten ließ keine Widerrede zu.

Adrian setzte sich, lehnte sich zurück, verschränkte die Arme und schloss die Lippen.

Adrian wusste, dass er den Machtkampf verloren hatte. Am liebsten wäre er auf den Beamten losgegangen.

Sein Gegner sagte kühl: „Herr Schlayer, sie können gerne heute Nacht unser Gast sein. ..."

Adrian atmete tief ein und aus. Zählte in Gedanken auf zehn. *Das ist ein Sadist, der sitzt am längeren Hebel. Das weiß der, und das nützt er*

aus. Mit seiner Moralpredigt hat er zwar recht, aber der hält sich doch keinen Deut selbst daran. Der will, dass ich auf ihn losgehe.
Adrian begann widerwillig zu erzählen. Er ärgerte sich maßlos über sein Gegenüber und über seine eigene Machtlosigkeit. Und sein Gegner kostete seine Machtfülle aus. Immer wieder fragte er nach Details, tat weiterhin so, als ob er sich Notizen machen würde, wiederholte seine Fragen und insistierte immer mehr, je ungeduldiger Adrian auf seinem Stuhl hin und her rutschte.
Als Adrian schon nicht mehr glaubte, dass er an diesem Abend noch aus dem Verhörzimmer kommen würde, kam die Polizistin mit der großen Oberweite herein. Sie legte einen schmalen Ordner auf den Schreibtisch und sagte: „Da ist das Vernehmungsprotokoll. ... Brauchst du mich noch? Wenn nicht, dann würde ich demnächst heimgehen. Die Bahn nach Gaisburg fährt in zwölf Minuten."
Adrian beobachtet interessiert, wie gierig sein Gegenüber auf die Brüste seine Kollegin starrte. *Der Drecksack ist wie ausgewechselt. Der ist scharf wie ein Radieschen auf seine Kollegin.*
Er sah, wie der Vernehmungsbeamte plötzlich selbst unruhig wurde. Instinktiv wusste Adrian, was zu tun war. Er lehnte sich langsam zurück. Erst nachdem die Polizistin wieder aus dem Raum gegangen war, tat Adrian so, als ob er weiter erzählen wollte, in epischer Breite: „Wissen Sie, das mit den Drahtfallen, das ist ja so ..."
Der Beamte hörte ihm gar nicht zu. Er schaute durch die offene Tür zu seiner Kollegin. Die war dabei, ihre Sachen zu packen.
Hektisch rief er ihr zu: „Wenn du ein paar Minuten wartest, kann ich dich mitnehmen."
Dann schaute er zu Adrian und sagte: „Danke, sie können gehen."
Adrian stand auf und lief ins Vorzimmer zu der Beamtin. *Na denn ... da gibt mir der liebe Gott ja vielleicht eine Chance zur Rache.*
Mit voller Präsenz trat Adrian in den Raum. Die Polizistin hörte ihn kommen, sah auf, lächelte ihn an und wurde rot. Verlegen strich sie sich mit der linken Hand durchs Haar. Dann schaute sie kurz auf die Ablage hinter der Theke, suchte etwas, fand es, drückte ihm eine Visitenkarte in die Hand und sagte: „Hier, das hat mir Herr Groß vorhin für Sie gegeben. Die Isländerin wird heute bei ihm übernachten. Sie sollen ihr morgen ihren Rucksack dort hinbringen ... "
Als sie ihm die Visitenkarte übergab, berührten sich kurz ihre Finger. Sie stockte, schaute Adrian wieder in die Augen, fasste sich wieder in

ihr Haar und sagte: „Und ihr Tandem ... das ist freigegeben. ... Sie können es mitnehmen."

Sie deutete auf das Rad, das ihr gegenüber an der Wand lehnte.

Sie hat ein hübsches Gesicht ... und eine fantastische Oberweite ... Rache ist süß, Herr Vernehmungsbeamter. Adrian schaute ihr in die Augen, deutete auf das Tandem und sagte: „Ich hab' gerade einen Platz frei ... Ich muss auch nach Gaisburg ... Kommst du mit?"

Der Satz saß hundertprozentig. Sie schielte zu ihrem Kollegen ins Verhörzimmer, lächelte, wurde rot, berührte Adrian am Oberarm, alles gleichzeitig und sagte dann: „Gern."

Wer zum ersten Mal als Team Tandem fährt, sollte das am besten auf einer verkehrsarmen Fläche testen. Dazu war jetzt Zeit. Gemeinsam trugen Adrian und die Polizistin das Rad die drei Treppenstufen runter auf den Parkplatz im Innenhof, der jetzt nahezu leer war. Sie saßen auf, Adrian erklärte, sie hörte zu. Gemeinsam versuchten sie Tritt zu finden, das gelang, dann wieder nicht und einmal bekamen sie gerade noch rechtzeitig die Füße auf den Boden, bevor sie umkippten. Sie lachten, diskutierten, hatten Spaß und oben stand der Vernehmungsbeamte am Fenster, beobachtete sie und überlegte, was er machen könnte und es fiel ihm nichts ein.

Als sich Adrian und seine Begleiterin auf die Straße wagten, hatte der Feierabendverkehr nachgelassen. Die Menschen bewegten sich ruhiger. Die Abendsonne tauchte die Häuserfassaden in ein goldenes Licht. Alleebäume warfen ihre lange Schatten auf die Straße. Der Tageshitze war eine angenehme Abendwärme gefolgt. Straßencafés füllten sich und aus den Kneipen drangen Gespräche, Gläserklirren und entspanntes Lachen. Der Sommerabend in der Stadt versprach, schön zu werden.

Das Tandemgespann kam schnell und mühelos nach Gaisburg und wenig später standen sie vor Adrians Wohnung auf der Straße. Adrian wandte sich an seine Co-Pilotin: „Hilfst du mir noch, das Rad hochzutragen? Sind nur sieben Treppenstufen."

Sie nickte mit geröteten Wangen und blitzenden Augen. Sie sah sehr unternehmungslustig aus. Die Tandemfahrt hatte ihr gefallen. Sie waren schnell zu einem harmonierenden Team geworden.

Beim Hochtragen des Tandems zeigte sie sich im Umgang mit dem sperrigen Rad ebenso geschickt wie Vigdis einige Stunden zuvor. Als das Tandem an seinem angestammten Platz in Adrians Wohnung stand, lief sie mit ausgebreiteten Armen durch das Loft, drehte sich einmal um ihre Achse und rief: „Wow!"

„Pizza?", fragte Adrian, und nachdem sie genickt hatte, nahm Adrian zwei Pizzen aus dem Gefrierteil seines Kühlschranks und schob sie in den Ofen. Bis sie heiß waren, tranken sie ein kleines Bier und ein Glas Sekt. Adrian begann sie zu necken und sie spielte sein Spiel mit. Wie zufällig berührte er ihre Hand. Sie lachte, warf den Kopf zur Seite, griff sich in die Haare, leckte mit ihrer Zunge über die Lippen und schaute Adrian herausfordernd in die Augen. Dass die Pizzen fertig waren, registrierten sie nur noch am Rande. Gemeinsam holten sie die Fladen aus dem Ofen, lachten dabei und unterhielten sich, während sie die Pizzen zerteilten, mit den Fingern aßen, sich dabei bekleckerten, Spaß dabei hatten und schließlich, als nichts mehr übrig war, sich stumm in die Augen schauten.

Adrian gab ihr einen Kuss auf die fettigen Lippen. Sie erwiderte den Kuss und Adrian führte sie zu dem Sofa. Dort legte er seinen Arm um sie und sagte: „Wie schön du bist."

Dann streichelte er ihr leicht über die Wangen und öffnete ihr strenges Beamtenhemd, das den ganzen Tag über einen Knopf zu weit offen gestanden hatte und streichelte ganz zart über den Ansatz ihrer Brüste, die von einem festen BH gesichert waren. Sie ließ es mit einem Erschauern zu, schloss die Augen und flüsterte: „Du bist der Erste, der das so macht. Die anderen, die wollen immer gleich wühlen und kneten und drücken und reinbeißen."

Adrian antwortete nicht. Er umgab sie voller Zärtlichkeit, ging sanft auf jede ihrer Regungen ein und liebkoste sie achtsam. Und als er merkte, dass sie mehr wollte, fasste er sie kräftiger an und sie genoss sein Zupacken, die Stärke seiner Hände und seine Erfahrung. Sie zog ihm das T-Shirt über den Kopf und er öffnete ihren BH. Beherzt fasste er ihre Pracht mit beiden Händen und nahm eine ihrer Brustwarzen in den Mund. Er vergrub seinen Kopf in ihrer Fülle, verlor sich in ihrem Duft, in ihrer weichen Wärme. Doch sie wollte mehr. Sie öffnete ihre Hose und führte seine Hand zwischen ihre Beine und sie reagierte auf seine kreisenden Bewegungen, nahm sie auf, drückte sich gegen seine flache Hand und er spürte ihre Feuchte und ließ vorsichtig seinen Mittelfinger zwischen ihre Lippen gleiten.

Schließlich stand sie auf, nahm ihre kleine Handtasche, kramte darin und zog ein Kondom hervor. Sie nahm das Tütchen zwischen Zeige- und Mittelfinger und zeigte es Adrian. Der lachte, deutete auf die Schublade in dem kleinen Couchtisch und sagte: „Da sind auch welche drin."

Sie zog ihm und sich die Hosen herunter und legte sich auf ihn. Dann stemmte sie sich ein wenig hoch und präsentierte ihre großen Brüste mit den riesigen Warzenhöfen seinen Augen. Und weil das bisher alle Männer gemocht hatten, mit denen sie geschlafen hatte, begrub sie Adrians Gesicht in ihrem warmen Busen und der mochte es auch und genoss die Üppigkeit ihres Fleisches. Dann rutschte sie nach unten und nahm Adrians hartes Geschlecht zwischen ihre Brüste, presste sie zusammen, rieb sein Glied in ihrem Busen auf und ab und ließ jedes Mal auf seine Eichel Spuke tropfen, sodass sein Stück in ihrem Busen hin und her glitschte. Und als Adrian es schon fast nicht mehr aushielt, zog sie ihm das Kondom über. Adrians Glied war hart und pulsierte. Die Eichel war glänzend und dunkelrot. Adern umgaben prall gefüllt seinen Schaft.

Sie wechselte die Stellung, präsentierte Adrian ihre prachtvollen Backen und ihre triefenden Lefzen. Adrian stellte sich hinter sie, drang in sie ein, griff nach ihren baumelnden Brüsten und als er sich in ihr entlud, kam sie auch und schrie ihre Lust in die Kissen.

Die Nacht war erfüllt von ansteigendem Verlangen, Erfüllung, gegenseitigem Streicheln, Vertrauen und Genuss. Sie schliefen einige Stunden, fanden sich wieder, schliefen wieder ein, und erst als die Morgensonne durch die hohen Fenster schien, richtete sie sich auf und schaute Adrian in die Augen, die er gerade öffnete. Sie lächelte, küsste ihn auf die Lippen und sagte: „Ich mach' uns Kaffee."

Nackt lief sie zur Küchenzeile und nackt saßen sie beide am Frühstückstisch.

„Das hat Spaß mit dir gemacht", sagte sie und schaute ihm in die Augen. „Aber du und ich ... das würde wohl kaum lange gutgehen."

Adrian sagte nichts. Sie rührte in ihrer Kaffeetasse und sagte: „Ich war lang genug auf der Piste. Ich bin 31 und du 24. Meine Uhr tickt. Bei mir ist langsam Familienplanung angesagt und du", sie nahm einen Schluck Kaffee, „du musst dir erst noch die Hörner abstoßen."

Sie lief um den Tisch herum auf Adrian zu, setzte sich mit gespreizten Beinen auf seine Oberschenkel und führte seine Hände zu ihren Brüsten. Sie genoss es, wie er sie wie zwei schwere, reife Früchte hochnahm.

„Sind sie zu groß?, fragte sie.

„Sie sind prachtvoll."

„Und mein Arsch zu fett, mein Bauch zu dick und die Cellulite an den Oberschenkeln?"

„Fischst du jetzt nach Komplimenten?"

Sie lachte und strich sich eine Strähne ihres dunklen Haares aus dem Gesicht. „Die Männer schauen mir immer zuerst auf die Titten."

„Ist doch klar. Wer deinen Ausschnitt sieht, kann den Blick nicht abwenden."

Sie schaute an sich herunter und sagte: „Früher dachte ich immer, dass ich wegen meiner Möpse nie einen Mann finden werde, der mich als Partnerin ernst nimmt. Ich nahm an, dass ich für die meisten nur Fickfleisch bin. Ich hatte immer Angst, dass sich ein Partner hinter meinem Rücken bei seinen Kumpels über meine dicken Titten lustig macht und wollte sie mir deshalb sogar verkleinern lassen"

„Nicht alle Männer sind Arschlöcher."

„Ja", sagte sie und schaute Adrian in die Augen, „vermutlich nicht und deshalb zeige ich auch immer wieder mal gern, was ich habe."

Dann stand sie auf, zog sich an, ging zur Tür und sagte: „Tschüss."

Als sie die Tür öffnete, drehte sie sich nochmals um und sagte: „Oder gerne auch auf Wiedersehen", sie lachte: „Ein Kind darfst du mir nämlich gerne machen, aber erst, wenn ich den richtigen Vater dafür gefunden habe."

Dann war die Tür zu. Adrian schloss die Augen, lehnte sich zurück und lächelte. *Verrücktes Huhn. Mann war die scharf. Das war keine Rache, das war die heißeste Nacht seit langer Zeit. Ja, Elke, dich werde ich bestimmt nicht vergessen. Du bist eine klasse Frau. Der Mann, den du zum Vater deiner Kinder machst, wird sicher ein glücklicher Mann sein, egal, ob er Kuckuckskinder oder eigene Kinder mit dir hat.*

Adrian schaute sich in seinem Loft um. Wenn nicht der Rucksack der schönen Isländerin auf dem Boden gewesen wäre, hätte er glauben können, er hätte alles nur geträumt. Dann blickte er auf den Ablagetisch neben der Eingangstür. Dort lag sein Geldbeutel und darin steckte die Visitenkarte von Nikolaus Groß. Das erinnerte ihn daran, dass er heute noch etwas zu erledigen hatte.

Stuttgart II

Adrian stellte sich unter die Dusche. Danach ging er hoch zu seiner Schlafempore und suchte sich saubere Fahrradbekleidung aus seinem Kleiderschrank. Wieder unten nahm er die Visitenkarte aus seinem Geldbeutel. Nikolaus Groß, Doktor, Professor ... Der Mann wohnte am Killesberg. Die teuerste Wohngegend in Stuttgart und, wie in dieser Stadt üblich, nur mit einer rasanten Talabfahrt und einer umso steileren Bergfahrt zu erreichen. Das war es, was Adrian an Stuttgart liebte: diese heftigen Berg- und Talfahrten. Adrian schaute sich seinen Fuhrpark an. Welches Rad sollte er für die Fahrt wählen? Das alte oder das neue Rennrad? – Nein. Die Strecke führte auch durch Wald und über Schotterwege. Das würde den dünnen Reifen nicht guttun. Das T 700? *Würde passen. Ist aber zu wenig spektakulär für Nichtfachleute wie die Isländerin, obwohl die besten Komponenten darin verbaut sind. ... Klar: Das Enduro-Bike! Damit kann ich ihr auf dem Nachhauseweg auch den ein oder anderen Drop vorführen.*
Adrian setzte sich Vigdis' Rucksack auf und trug das Enduro-Bike auf die Straße. Er suchte sich die kürzeste Route mitten durch die Stadt. Wie erwartet herrschte zäh fließender bis stockender Verkehr, kaum dass er die Stadtmitte erreicht hatte. Aber das kümmerte ihn nicht. Denn: „Ampeln gelten in der Stadt für Radfahrer, die sportlich unterwegs sind, nicht. Einbahnstraßen und Fußgängerzonen haben für sie keine Bedeutung. Fußgänger und vor allem Autofahrer haben sich dem Radfahrer unterzuordnen und sind verpflichtet, ihm auszuweichen. Das gilt besonders auch für Rollstuhlfahrer, Kinderwagen- und Rollatoren-Schieberinnen, denn die sind lästige Hindernisse. Verkehrsregeln dürfen sportliche Radfahrer grundsätzlich zu ihren Gunsten auslegen." – Dieses ungeschriebene Gesetz aller Kamikaze-Radfahrer nahm auch Adrian für sich in Anspruch. Er kam schnell voran.
Als er vor dem Haus von Nikolaus Groß stand, war Adrian bester Laune. Er war die Strecke in Rekordzeit gefahren. *Mein Gott hat sich der Typ in seiner S-Klasse aufgeregt, weil ich an ihm rechts vorbei und dann noch über die Kreuzung gefahren bin. ... Ob der noch immer hupt? ... Egal, der steckt immer noch im Stau auf der Heilbronner Straße.*
Adrian klingelte. Nachdem er seinen Namen in die Sprechanlage gesagt hatte, ertönte der Türsummer. Die kleine Tür neben dem riesigen

schwarzen Eisentor öffnete sich. Adrian schob das Rad über die Einfahrt Richtung Villa. Am Treppenaufgang lehnte er das Bike an und ging die Steintreppe hoch zu der schwarzen Eingangstür. Dort standen Nikolaus Groß und Vigdis.

„Ah, da ist ja unser junger Sportler!" Nikolaus Groß breitete die Arme aus. Er trug den gleichen grauen Anzug wie gestern, die gleichen abgeschabten Schuhe und wieder ein weißes Hemd. Nur die Krawatte hatte er gewechselt. Die war jetzt blau-, braun-, weiß-kariert.

Adrian blieb stehen und wartete, bis sein Gegenüber die Arme wieder gesenkt hatte. Dann machte Adrian einen Schritt auf ihn zu, ergriff die Rechte von Nikolaus Groß und sagte: „Guten Morgen!"

Zu Vigdis sage Adrian „Bonjour" und sie antwortete mit: „Saluton kaj bonan matenon."

Sie trug einen viel zu großen Bademantel.

Sie sagte: „Vi alportis mian dorsosakon. Dankon. Bonvolu doni ĝin al mi. Mi vestas min nun." 33) Damit griff Vigdis nach ihrem Rucksack, den Adrian in der Hand hielt.

„Kommen Sie, wir gehen so lange, bis sich unsere junge Isländerin angekleidet hat, auf die Terrasse hinter dem Haus. Dort ist mein Frühstücksplatz im Sommer", sagte Nikolaus Groß.

Gemeinsam gingen sie durch die große Eingangshalle. Vigdis verschwand in ihrem Zimmer. Adrian und Groß gingen durch ein kleines Zimmer hinaus auf die Terrasse. Dort war ein Frühstückstisch gedeckt.

„Kaffee?" fragte Groß.

„Ja, gerne schwarz und ohne Zucker", sagte Adrian.

Sie setzten sich. Der Kaffee war gut.

„Sie fahren gerne Rad?"

„Ja, Downhill."

„Ahh..."

Adrian trank den Kaffee und nahm sich ein Stück Kuchen.

„Ja, ja, die Frauen ... Sie brauchen immer länger als wir Männer mit ihrer Toilette. Das ist das Los der Männer. Immer müssen wir auf die Frauen warten."

Adrian schwieg.

Hilflos verzog Groß sein Gesicht. Er fühlte sich dazu verpflichtet, Konversation zu machen. Aber über was redet man mit jemanden, der nicht mit einem reden will? Am besten über sich selbst und was man hat. Also begann Nikolaus Groß: „Das ist mein Geburtshaus hier. Mein Vater, aber vor allem mein Großvater haben den Grundstein für diesen Reichtum gelegt. Mein Großvater war 24 als der Erste Weltkrieg ausbrach. Übrigens ...", Groß zeigte auf die Rolex an seinem Handgelenk: „Die Uhr habe ich von ihm als Geschenk zur Kommunion bekommen. Hat damals schon über 1.000 Schweizer Franken gekostet. Heute zahlen Sammler dafür das Hundertfache. Mir ist sie aber mehr wert: Sie ist das Andenken an meinen Großvater. Als gläubiger Christ wollte er dem Vaterland nicht mit der Waffe dienen. Mit seiner beruflichen Erfahrungen als Kaufmann bewährte er sich aber in der Heeresversorgung, brachte es bis zum Oberquartiermeister und knüpfte die Kontakte, die er brauchte, um nach dem Krieg schnell gute Geschäfte zu machen. Manchmal, wenn ich mir das Triptychon „Großstadt" von Otto Dix im Kunstmuseum anschaue, denke ich, mein Großvater hätte für die zentrale Figur in dem Werk Modell gestanden. Mein Großvater war stockkonservativ und erzkatholisch. Das hat ihn dann auch davor bewahrt, Nazi zu werden. Was ihn aber sicher nicht daran gehindert hat, von der Naziherrschaft und dem Krieg zu profitieren. Immerhin, sein christlicher Glaube war prägend für ihn und Nächstenliebe war für ihn ein Gebot, wenn er direkt mit dem Elend eines Menschen konfrontiert war. Das Leid der vielen Kriegsversehrten war ihm abstrakt. Aber wenn ihn einer auf der Straße angebettelt hat, dann hat er ihm gegeben und zwar reichlich! Er hat auch den Fremdarbeitern in seinen Warendepots ein einigermaßen erträgliches Leben ermöglicht. Da hat er nie auf das Geld geschaut. Das kam ehrlich aus Überzeugung. Deshalb sind auch einige der Fremdarbeiter nach dem Krieg bei ihm geblieben oder sind sogar zu ihm zurückgekehrt."

Adrian überlegte, ob er schon am frühen Morgen anfangen sollte, zu gähnen. *Fremdarbeiter, dass ich nicht lache. Das war der Nazijargon für Zwangsarbeiter. Aber gut, ich will nicht urteilen. Jeder bastelt sich sein Weltbild und seine Familiengeschichte so zusammen, bis es für ihn passt.*

Und Adrian tat auch nichts anderes, als sich sein eigenes Weltbild zurechtzubiegen, als er sich zurücklehnte und dachte: *Die meisten, die heute dem rot-grünen Mainstream folgen, wären damals brave Parteigenossen gewesen. Ich aber wäre im KZ gelandet, weil ich Mit-*

läufertum, Dummheit und Ungerechtigkeit nicht ausstehen kann …
und sicher meine Klappe nicht gehalten hätte.
Groß ließ sich von dem desinteressierten Gesicht seines Gegenübers nicht bremsen. Er erzählte weiter: „Ja, die katholisch-christliche Erziehung hat auch mich geprägt. Stellen Sie sich vor: Ich wollte in jungen Jahren sogar Priester werden! Ende der 70er, als alle Welt die freie Liebe praktizierte, saß ich in einem Priesterseminar. Na ja, ich habe mich dann doch noch umentschieden. Habe Philosophie studiert und habe einen Lehrstuhl inne … Obwohl ich das finanziell nicht nötig hätte. Aber ein Mann braucht eben auch eine Aufgabe. … Nicht wahr?"
Beifallheischend schaute Groß zu Adrian.
Der blickte auf die Stadt unter ihnen. Es war schön hier, ein sonniger, warmer Morgen. Nur Groß, seine Grimassen und seine Geschichten störten.
„Ja, eigentlich hat mich Esperanto davon abgehalten, Priester zu werden", erzählte Nikolaus Groß unbeirrt weiter.
„Ich habe eine Biografie über Ludwik Lejzer Zamenhof gelesen, und er hat mich fasziniert. … Seine Weltoffenheit schon damals. Dann habe ich mir ein Wörterbuch gekauft und im Selbststudium Esperanto gelernt. Es fiel mir leicht, obwohl ich mich für völlig sprachunbegabt gehalten habe. Bald führte ich erste Korrespondenzen. Damals noch mit meiner mechanischen Schreibmaschine. Ich fand einen deutschen Zirkel von Esperantofreunden, machte Bekanntschaften mit Menschen in Frankreich, Großbritannien und Spanien. … Überall wurde ich freundschaftlich empfangen. Ich wagte erste Auslandsreisen außerhalb der ausgetretenen Touristenpfade und schloss Freundschaften in der ganzen Welt: in Mexiko, Japan, Ägypten, Kenia. Das Internet hat vieles vereinfacht. Und seit dem ich Skype habe, treffe ich mich fast täglich mit Freunden aus der ganzen realen Welt in der virtuellen Welt."
„Wie schön", sagte Adrian und schaute über die Schulter zum Haus. Vigdis erschien noch immer nicht.
Soll wohl nichts mehr werden mit mir und der Isländerin. Adrian trank den letzten Schluck Kaffee, stand auf und sagte: „Danke, war interessant. … Ich fahr' dann mal."
Groß sprang sofort auf: „Ah, schade, aber ja, wenn Sie schon wieder gehen müssen."

Zusammen gingen sie ins Haus. Vigdis war nicht da.

„Was ist denn das?" fragte Groß, als er auf dem kleinen Tischchen in der Mitte des Zimmers einige Geldscheine und einen Zettel fand.

„1.050 Euro", sagte Adrian.

Neben dem Geld lag ein Zettel. Adrian nahm ihn auf, warf einen Blick darauf und reichte ihn an Nikolaus Groß weiter. „Das kann ich nicht lesen. Ist vermutlich Esperanto."

Groß holte seine Lesebrille aus der Brusttasche seines Hemdes und begann zu lesen:

„Kara Nikolaus, kara Adrian,

dankegon por via helpo. Mi devas tre rapide veturi al Francio. Mi donas 1.000 eŭrojn al vi, Adrian, por via biciklo kaj 50 eŭrojn al vi, Nikolaus, pro tranokto ĉe vin.

Gis revido

Vigdis

Groß steckte einen 50-Euro-Schein in seine Hosentasche und übersetzte dann für Adrian: „Lieber Nikolaus, lieber Adrian, vielen Dank für eure Hilfe. Ich muss so schnell wie möglich nach Frankreich. Ich gebe dir Adrian, 1.000 Euro für dein Rad und dir, Nikolaus, 50 Euro für die Übernachtung."

Viele Grüße Vigdis.

„Das Rad ist das Dreifache wert!", schrie Adrian. „Ich will es wiederhaben. Wo ist sie hin?"

„Sie will nach Périgueux in Frankreich und sich im dortigen Esperantozentrum nach den Briefen erkundigen. Wir haben heute Morgen im Internet Zugverbindungen herausgesucht und auch schon eine Fahrkarte gekauft. Es gibt zwei Verbindungen mit guten Anschlusszügen in Paris und Bordeaux. Eine heute Morgen", Groß schaute auf seine Armbanduhr. „Der Zug fährt in zehn Minuten, den wird sie wohl nehmen wollen. … Halt!"

Er ergriff Adrian, der zum Ausgang wollte, am Arm: „Den kriegen Sie nie und nimmer mehr."

Adrian nahm die restlichen Geldscheine vom Tisch und steckte sie in seinen Geldbeutel. „Okay, Sie haben Recht, aber mein Rad hol' ich mir wieder. Sind sowieso gerade Semesterferien und ich hab' nichts zu tun. Wann sagten sie, fährt der nächste Zug?"

„Sie müssen doch da bleiben, wegen der Ermittlungen."

„Darauf ist gepfiffen. Ist die Isländerin dageblieben? Ich will mein Rad wieder!"

Zornig lief Adrian zum Ausgang.

„Lieber Freund," rief Groß ihm nach. Er hielt ein kleines Taschenbuch in der Hand. „Es wird eine lange Zugfahrt werden, und da Sie auf ihrer Reise wohl mit der Esperantowelt zusammentreffen werden, gebe ich ihnen ein Buch mit: Esperanto im Selbststudium. Ich habe daran mitgewirkt. Damit können sie die Fahrtzeit sinnvoll nutzen."

Adrian runzelte die Stirn, nahm das Buch und sagte: „Danke kann nicht schaden."

Er lief die Treppe hinunter. Als er durch die kleine Tür trat, schaute er nach rechts und nach links. Irgendwo musste hier eine Bushaltestelle sein. Ohne sein Rad kam er sich vor wie amputiert. In sieben Stunden würde der Zug fahren. Genug Zeit, seinen Rucksack zu packen und eine Fahrkarte zu kaufen.

Er trat auf die Straße und lief Richtung Stadt. Da hörte er, wie ihm Nikolaus Groß nachrief: „Halten Sie mich auf dem Laufenden. Sie haben ja meine Adresse. Und wenn Sie nicht weiterkommen: Ich habe überall auf der Welt Esperantofreunde. Die helfen auch ihnen, wenn ich sie darum bitte."

Adrian war weitergegangen. Er war froh, nicht mehr in der Gesellschaft von Groß zu sein. Jetzt drehte er sich aber doch um, winkte und rief Groß zu: „Danke!"

Nikolaus Groß schaute ihm nach und begann dann in der Einfahrt seines Anwesens auf und ab zu gehen.

Die vergangene Nacht war ganz und gar nicht so verlaufen, wie er sich das vorgestellt hatte. Nachdem er das Zimmer von Vigdis betreten hatte, war seine zuvor so harte Erektion zusammengefallen. Eine nackte Frau und er gemeinsam in einem Zimmer, das war mehr, als er hatte verkraften können. Erst als er wieder hinter den Schutzschilden seiner Monitore gesessen hatte, war es ihm gelungen, aus seinem halbsteifen Glied eine kümmerliche, traurige Ejakulation zu reiben.

Ich muss mit meinem Therapeuten darüber reden. Es war gut, was er mir gesagt hat, dass ich zuerst im unverfänglichen Rahmen Frauen berühren soll. Und er hat mir den guten Tipp gegeben, dass ich dabei auf deren Reaktionen achten solle und sofort damit aufhören müsse, wenn ich Widerwillen wahrnehmen würde, ... dass ich immer auf ihre Körpersprache achten soll. ... Bei Vigdis habe ich sofort gemerkt, dass sie meine Berührungen geliebt hat. ... Als ich im Auto meine Hand auf ihren Oberschenkel gelegt habe, hat sie sofort ihre Hand auf meine gelegt ... und dann hat sie meine Hand wieder an das Lenkrad geführt, weil sie gesehen hat, dass die Verkehrssituation brenzlich hätte werden können. ... Vigdis, mein Vögelchen, ... dabei warst du doch so erschöpft. Wie begeistert hast du mir dennoch zugehört, als ich dir von der Architektur Stuttgarts erzählt habe!

Nikolaus Groß hielt in seinem Auf- und Ab inne.

Ja, meine Nähe, meine Berührungen haben dir gefallen. Du suchtest Schutz. Warum hast du aber nicht auch einen Schritt auf mich zugemacht? Müssen wir Männer immer den ganzen Weg gehen? ...

Nikolaus Groß legte die Stirn in Falten und setzte sein Auf- und Ab in der Einfahrt fort.

Vermutlich ist sie zu schüchtern. Wahrscheinlich ist sie noch unberührt. Da konnte ich das nicht von ihr erwarten.

Nikolaus Groß stapfte mit dem Fuß auf.

Aber ich war nah dran! Näher als jemals an einer Frau! Jetzt bin ich soweit. Jetzt werde ich mich an eine Prostituierte wenden. An eine Escort-Dame von einer edlen Agentur. 40 Jahre alt sollte sie sein. Da sind die Frauen am schönsten. Und so eine wird ja dann auch genug Erfahrung haben. Ich werde mehrere Termine buchen. Zum Kennenlernen. Dann können wir so tun, als ob wir ein ganz normales Paar wären, das sich langsam näher kommt.

Wieder runzelte Groß die Stirn.

Aber zuvor frage ich meinen Therapeuten.

Esperanto I

Zu Hause angekommen, warf Adrian zuerst seine dreckige Kleidung vor die Waschmaschine und ging nochmals unter die Dusche. Dann setzte er sich in Boxershorts an seinen Rechner und buchte eine Fahrkarte nach Périgueux. Danach holte er seinen Tagesrucksack und begann zu packen. Einige Boxershorts, zwei T-Shirts, ein Hemd und einen Sweater. Dazu die Badehose und ein kleines Badetuch. Der Kulturbeutel kam in den Rucksack und auch das Esperantobuch fand noch Platz. Adrian zog den Reißverschluss zu. *Gut, nicht zu prall gefüllt. Man soll ja nicht übertreiben.*
Adrian legte noch eine Jacke dazu. *Mit den Klamotten, die ich anhabe, muss das reichen, egal, wie lang die Reise dauert. Aber gut, die Tube mit der Handwäscheseife kommt zur Sicherheit noch mit. ... Zur Not kaufe ich mir eben was zum Anziehen.*
Adrian griff zum Telefon und vereinbarte mit seiner Bank ein höheres Limit für seine Kreditkarte. Er schaute in den Kühlschrank und bereitete sich aus Karotten, Zucchini, Käse, saurer Sahne und Nudelresten einen Salat. Das Dressing aus frischem Zitronensaft und Olivenöl wurde selbstverständlich mit vielen klein gehackten frischen Kräutern von dem Hochbeet auf seiner Terrasse verfeinert. Dazu ein Bier.
Nachdem Adrian gegessen hatte, schrieb er seiner Raumpflegerin einen Zettel, den er gut sichtbar auf den Tisch legte: „Bin ein paar Tage weg. Bitte nehmen Sie alles Verderbliche aus dem Kühlschrank für sich mit nach Hause. Bitte Bett abziehen, die Wäsche waschen und die Spülmaschine laufen lassen. Danke."
Gab es noch etwas zu regeln? Adrian schaute auf den Terminkalender in seinem Rechner. *Nein, die nächsten Termine sind in drei Wochen: Fotoshooting in München und am nächsten Tag ein Stunt bei der Constantin Film. Und dann beginnt ja auch bald wieder das Semester. Bis dahin bin ich längst wieder zurück.*
Adrian entspannte noch eine halbe Stunde in der Hängematte auf seiner Terrasse, bevor er ein Taxi rief und sich zum Hauptbahnhof fahren ließ. Es war Nachmittag, als sein Zug Richtung Paris abfuhr. Das war die schnellste Verbindung von Stuttgart nach Périgueux.
Im Südwesten von Frankreich war Adrian noch nie gewesen. Wenn er Frankreich besuchte, dann besuchte er in der Regel gemeinsam mit seinen Eltern und seiner Schwester die Großeltern in der Bretagne.

Das war für ihn jedes Mal ein wochenlanges Fest. Grand-mère verwöhnte die ganze Familie mit ihrer Küche. Mit grand-père verbrachte er Stunden am Meer, am Strand oder sie fuhren mit dem kleinen Motorboot hinaus aufs Wasser und versuchten ihr Glück als Angler. Und wenn Mama, Papa, Adrian und seine jüngere Schwester Alica völlig gesättigt vom Land- und Seeleben waren, ging es auf dem Rückweg immer noch für mindestens eine Woche nach Paris. Mit Mama wurde es in keinem Museum langweilig. Abends schleppte sie ihre Familie zu Open-Air-Festivals, zu Autorenlesungen, Kleinkunstveranstaltungen, immer bis spät in die Nacht und am Vormittag stand dann schon wieder ein neuer Punkt auf dem Tagesprogramm.

„Du bist verrückt, du bist erbarmungslos, ich kann dich einfach nur lieben … Wenn nicht, müsste ich dich jetzt umbringen", sagte dann Papa jedes Mal, wenn ein neues Abendvergnügen anstand, machte dann aber bis zum bitteren Ende der Ferien begeistert mit und war schließlich froh, wenn er wieder in Freiburg in seinem Institut an der Uni war.

Adrian saß allein in einem Abteil. Er schaute durch das Zugfenster. Sie hatten gerade den Bahnhof Mannheim verlassen. Er freute sich auf Frankreich. *Eigentlich schleppe ich das Esperantobuch völlig unnötigerweise mit. Aber die Fahrt ist lang und vielleicht kann ich ja bald der Isländerin auf Esperanto die Meinung sagen, was ich von Fahrraddiebstahl halte.*

Adrian kramte das Buch von Nikolaus Groß aus seinem Rucksack. *Warum hat er mir das Buch geschenkt? Ist er so ein Esperantofanatiker, dass er jeden, der ihm in die Hände fällt, für die Kunstsprache gewinnen will? Oder sind die Briefe der Grund für seine Hilfe? Wenn Groß mir die Tür zur Esperantowelt öffnet, hofft er dann, dass er über mich an die Briefe kommt? Oder macht er sich Sorgen um Vigdis? Will er, dass ich sie für ihn beschütze? … Ist schon ein komischer Kauz, der Herr Professor. … Einerseits unangenehm, wenn er einen gleich umarmen will, andererseits irgendwie drollig, wie bemüht er sich hat. … Ach egal … gestört ist jeder, der eine mehr, der andere weniger.*

Adrian begann in dem Buch zu lesen. Zuerst las er darin, wie sich Esperantisten untereinander verhalten sollten. Dafür sollten, so stand es in dem Buch, die Esperantisten sich vor allem an die eine Regel halten: Untereinander nur Esperanto zu sprechen, wenn die Bekanntschaft über das Esperantonetzwerk entstanden ist. Krokodiloj, aligatoroj und kajmanoj waren demnach bei ernsthaften Esperantisten nicht beliebt. In dem Buch stand die Erklärung: Krokodiloj, das sind zwei Esperantisten mit gleicher Muttersprache, die sich in ihrer Muttersprache unterhalten. Eigentlich normal, dachte Adrian.

Aligatoroj, das sind zwei Esperantisten aus zwei verschiedenen Ländern, die sich in einer der beiden Muttersprachen unterhalten. Und Kajmanoj, das sind zwei Esperantisten mit unterschiedlichen Muttersprachen, die sich in einer dritten Sprache unterhalten, also zum Beispiel ein Deutscher und ein Franzose, die Englisch miteinander sprechen.

Adrian schaute auf seine Armbanduhr. Sie hatte den eleganten Chic, den Adrian bevorzugte: flaches Gehäuse aus 18-karätigem Gold, mechanisches Uhrwerk, Lederarmband. *Die ist zwar nicht so wertvoll wie die Daytona von Groß, habe ich aber auch von meinem Großvater geschenkt bekommen. Hoffentlich ist das die einzige Gemeinsamkeit, die ich mit Groß habe.*

Mit Umsteigen würde Adrian noch elf Stunden brauchen, bis er am Ziel war: Périgueux, die Hauptstadt der Departements Dordogne, mitten in der alten Kulturlandschaft Périgord im Südwesten von Frankreich.

Adrian blätterte in dem Buch weiter. Alle Substantive enden im Esperanto auf o, also la tablo – der Tisch, im Wen-Fall auf n: tablon – den Tisch. Für die Mehrzahl wird ein j angehängt: tabloj – die Tische.

Adjektive enden auf a, also bona: gut, Adverben auf e, bone: gut alle Verben in der Grundform auf i, also ami: lieben.

Die Gegenwartsform wird immer mit as gebildet, also mi amas: ich liebe, vi amas: du liebst.

Die Vergangenheit wird mit is gebildet: mi amis: ich liebte, die Zukunft mit os: mi amos: ich werde lieben.

Die Befehlsform endet auf u: amu!: liebe!

und die Möglichkeitsform auf us: amus: ich würde lieben.

Das war einfach. Adrian suchte sich im Wörterverzeichnis die Vokabeln zusammen und baute seinen ersten Satz auf Esperanto:

Donu al mi mian biciklon aŭ mi batos vian pugon.

Adrian grinste. Das würde er auswendig lernen: Gib mir mein Rad, sonst werde ich dir den Hintern verhauen. – *Nicht schlecht für den Anfang. Ist nicht so schwer, dieses Esperanto.*

Und das war ja auch ganz einfach: Die Vorsilbe mal bezeichnet das Gegenteil: Also amiko: Freund und malamiko: Feind.

Adrian war zweisprachig aufgewachsen. In der Schule hatte er Englisch gelernt und er hatte das große Latinum. So waren ihm viele Esperanto-Wörter logisch. Es gefiel ihm, dass Esperanto so offen war und dass es seinen Anwendern erlaubte, auch eigene Wörter zu bauen. Was ihn etwas irritierte, war, dass es manchmal für das gleiche Wort mehrere Ausdrücke gab. *Wie in anderen lebendigen Sprachen eben auch. ... Popo, ... Hintern, Gesäß, Arsch, Kehrseite. ... Gibt es noch mehr deutsche Bezeichnungen für diesen Körperteil?*

Und noch etwas gefiel ihm: Die Esperantisten schienen überhaupt nicht prüde zu sein. Unter dem Kapitel „Liebe und sich näher kommen" fand er eine Menge interessante Wörter und Redewendungen. Da lernte Adrian sofort einige auswendig:

Vi estas bela: Du bist schön.

Vi havas belajn okulojn: Du hast schöne Augen

Mi ŝatas vin: Ich mag dich

Aber auch kontraŭkoncipilo: Verhütungsmittel, pilolo: Pille und kondomo: Kondom

Hat sich Nikolaus Groß dafür eingesetzt, dass dieses Kapitel in dem Buch so ausführlich behandelt wird?

Adrian legte das Buch zur Seite. *War schon eine gute Idee, eine gemeinsame Sprache für alle Völker zu entwickeln. ... Alle Achtung, dass dieser Zamenhof zu dieser Zeit schon so weltoffen war und auch Anhänger gefunden hat. ... Leider nicht genügend, um damit Frieden zu erhalten. Der Chauvinismus in den europäischen Ländern war einfach übermächtig.*

Adrian schaute aus dem Zugfenster. *Ich habe ja heute noch unter dem französischen Zentralstaatsgedanken des 19. Jahrhunderts zu leiden. Muss jetzt nach Paris fahren, um in kürzester Zeit nach Périgueux zu kommen. Nur weil die vor 150 Jahren beschlossen haben, dass sich alles nach Paris ausrichten soll.*

Über diese Eigenart des französischen Schienennetzes hatten sich schon seine Eltern lustig gemacht. Adrian erinnerte sich an eines ihrer Gespräche, als der öffentliche Streit über den Stuttgarter Hauptbahnhof das erste Mal eskaliert war. Da hatte Adrians Mama zu seinem Papa gesagt: „Deine Schwaben sind die gleichen Kleingeister wie meine Franzosen. Wollen, dass man auch noch im 21. Jahrhundert in ihre Residenz rein und wieder rausfahren muss, obwohl man eigentlich nach München weiter fahren möchte und das Städtle gar nicht besuchen will. – Quelle horreur! Da wäre Stuttgart ja nur noch eine Station unter vielen anderen auf der Strecke!"

Papa hatte gelacht und gesagt: „Lass den Stuttgartern doch wenigstens ihren einen Kopfbahnhof. Die Pariser haben doch sechs."

Mama war empört über ihre Landsleute: „Ja, das ist ja auch irre. Ich muss, wenn ich von Stuttgart zu meinen Eltern nach Brest fahren will, in Paris den Bahnhof wechseln! Jeder muss zuerst nach Paris rein und wieder raus. Wenn ich in Lyon wohnen würde und mit dem Zug nach Bordeaux wollte, müsste ich zuerst nach Paris. Was bin ich froh, dass wir ein dickes Auto haben. Da können Umweltschützer noch so viel über mich schimpfen. Sollen die doch für vernünftige Zugverbindungen sorgen. Dann fahre ich damit. Ich will es bequem haben."

Die Erinnerung an das Gespräch belustigte Adrian. *Das habe ich mit Mama gemeinsam: wir sind für pragmatischen Umweltschutz, aber fanatische Umweltterroristen werden nie Freude an uns haben.*

Adrian musste in Paris umsteigen und in Bordeaux. Das kostete ihn jeweils über eine Stunde Zeit. Es gelang ihm schnell, jedesmal wieder einzuschlafen, wenn er einen Sitzplatz gefunden hatte.

Eine Nacht im Zug ist unruhig. Aber das machte Adrian wenig aus. Nach jeder Störung schloss er wieder die Augen, machte ein paar tiefe Atemzüge und war mit sich zufrieden. Zum Glück bin ich Etappenschläfer. *Da bin ich wie die Japaner. ... Die können auch überall ein paar Minuten pennen. ... Dieses Volk ist ganz ausgeschlafen. ... So wie ich ... harmmmmm.*

Nicht einmal die zwei holländischen Rucksacktouristen, die eine deutliche Wolke Cannabis-Duft in das Sechserabteil gebracht hatten und von Paris bis Poitiers ununterbrochen kicherten, störten Adrian in seiner Ruhe.

Périgueux

Das Licht der Morgensonne blendete Adrian und kitzelte seine Nase, als er in Périgueux aus dem Halbdunkel des Bahnhofs auf den hellen, schönen Platz davor trat. Ein Frühstück wäre jetzt nicht schlecht. Adrian orientierte sich kurz, ob es in der Nähe ein Café gab. Aber er sah nur einige Hotels, die kein Angebot für Passanten bereit hielten. Also würde er doch sofort zur Touristeninformation laufen. Dort erhoffte er sich Auskunft über das Esperantozentrum, von dem ihm Groß erzählt hatte. Adrian lief zurück zu dem Stadtplan im Bahnhof. Dort prägte er sich den Weg zur Touristeninformation ein. *Ich muss mich eben Richtung Osten halten und wenn ich wieder am Fluss rauskomme, bin ich zu weit gelaufen.*

Adrian lief durch die nächste Seitenstraße Richtung Stadtzentrum, wo die Touristeninformation sein sollte. *Auf dem Weg dorthin werde ich ja dann auch ein Café finden.*

Das Bahnhofsviertel nach dem repräsentativen Platz war wenig einladend. Die Gehwegplatten hatten breite Risse und waren teilweise so schräg, dass Adrian mehrmals aus dem Tritt kam. Vor den Häusern standen große Müllcontainer aus Plastik und strömten schon in der Morgensonne ihren üblen Geruch in die Umgebung. Wenigstens lag kaum Hundekot auf den Wegen. Adrian lief an schmutzigen, heruntergekommenen Häuserzeilen entlang. Doch das änderte sich, nachdem er einen großen Platz mit einem Brunnen in der Mitte erreicht hatte. Repräsentative, dreistöckige Häuser säumten den Platz und markierten den Anfang der weiterführenden Straßen. Adrian blieb stehen und orientierte sich an der Sonne. Dann nahm er die Straße, die Richtung Osten führte. Die Hausfassaden in dieser Straße waren instand gehalten. Es standen Bäume am Rand des Gehweges. Bald hatte er die Altstadt erreicht. Dort zeigte ihm Périgueux seinen ganzen Charme: den einer südfranzösischen Kleinstadt. Die Straßen waren gepflastert, sauber und meist den Fußgängern vorbehalten. Kleine Geschäfte, Tabac-Läden, Boulangerien und Pâtissierien wechselten sich ab. Das Touristenbüro fand Adrian schnell. Es war noch geschlossen. Nicht weit entfernt davon sah er ein Café, vor dem einige Tische und Stühle unter Sonnenschirmen standen, die schon aufgespannt waren. Adrian lief darauf zu. *Scheint schon offen zu haben.*

Er stellte seinen Rucksack neben einen Stuhl und setzte sich an ein Tischchen in den Schatten. Und dann wartete er. Der Ober stand am Tresen und kritzelte etwas in einer Liste. Er hatte Adrian noch nicht bemerkt. Also geduldete sich Adrian. Vermutlich war der Mann gerade mit irgendetwas sehr Wichtigem beschäftigt. Adrian streckte die Beine von sich und räkelte sich in der Morgensonne. Er hatte keine Eile. Aber es dauerte und der Mann schien ihn überhaupt nicht wahrzunehmen, denn nachdem er mit seiner Liste fertig war, rückte er die Gläser im Regal hinter der Theke in Reih und Glied. Adrian begann sich zu ärgern. *Eigentlich dürfte es für jemand im Service nichts Wichtigeres geben als die Kunden. Keine Wochenpläne, keine in Reihe aufgestellten Gläser und auch keine akkurat gefalteten Servietten. Das sind alles vorgeschobene B-Aufgaben für Dienstleister, die keine Freude am Umgang mit Kunden haben.*

Jetzt beobachtet Adrian den Ober ganz genau aus den Augenwinkeln. Er erkannte, dass ihn der Ober gesehen haben musste. *Vermutlich hat der Kerl einfach keine Lust, heute Morgen schon Kunden zu bedienen. Na, wenn du jetzt nicht bald deinen Hintern herbewegst, werde ich meinen Spaß mit dir haben.*

Adrian zähle langsam auf 60. Eine Minute war vergangen. Er rief: „Garçon!"

Adrian grinste. Natürlich wusste er, dass dieses alte Wort für Ober auch Junge bedeutet und bei dem gesamten Berufsstand verhasst war. *Nur die dümmsten Touristen benützen es noch und werden dann auch entsprechend von den als Junge bezeichneten Kellnern behandelt. Mal sehen, wie der reagiert.*

Der kleine Mann mit dem weißen Hemd und der schwarzen Hose schaute kurz auf, rührte sich aber immer noch nicht. Adrian trommelte mit den Fingern auf den Tisch. Erst als ein etwa 40-jähriger Mann in schwarzer Hose und hellblauem Hemd von der anderen Straßenseite herüber kam und sich an das Tischchen neben Adrian setzte, reagierte der Ober.

Offensichtlich war der Neuankömmling ein Stammgast, denn jetzt bewegte sich der Ober und marschierte eifrig Richtung Adrian und dem neuen Gast. Mit einem übertrieben freundlichen Redeschwall begrüßte er den Mann neben Adrian und nahm dessen Bestellung auf. Als er fertig war und ins Haus gehen wollte, rief Adrian: „Hallo!"

Jetzt konnte der Ober ihn nicht mehr ignorieren.

„Sie wünschen?", fragte er Adrian auf Französisch.

„Ich möchte gerne einen Kaffee und zwei Croissants", sagte Adrian auf Englisch.

„Ihr blöden Rucksacktouristen. Meint, ihr kommt mit Englisch überall durch, meint, ihr könnt euch in unseren schönsten Orten breitmachen und habt nicht einmal genug Anstand, zwei Sätze Französisch zu lernen", antwortete der Ober in einem rasend schnell genuschelten Französisch.

Adrian schob ihm die Karte unter die Nase, zeigte auf „Café au Lait", hob den Daumen, zeigte dann auf das Wort „Croissant" und hob Zeige- und Mittelfinger hoch. Das bedeutete „Zwei".

Der Ober zog geräuschvoll das Feuchte in seiner Nase hoch und warf den Kopf in den Nacken. Dann ging er wieder zum Tresen. Dort hantierte er zuerst eine Weile mit den Tassen und dem Geschirr, dann brachte er zuerst dem anderen Gast seine Bestellung, bevor er Adrian die Croissants und den Kaffee auf den Tisch knallte, so hart, dass der Kaffee in die Untertasse schwappte.

Adrian sagte nichts. Er trank seinen Milchkaffee, tunkte die Croissants darin ein und beobachtete die Leute, wie sie ihren Geschäften nachgingen. Bei aller südfranzösischen Lebhaftigkeit ging es hier weniger lärmend zu als in einer deutschen Stadt mit ihrer morgendlichen Hektik.

Als er sein Frühstück beendet hatte, hob Adrian den Arm und winkte dem Kellner. Er wollte bezahlen, aber der Kellner ignorierte ihn erneut. Also berechnete Adrian den Betrag, den er schuldig war, legte das Geld abgezählt auf den Tisch und stand auf. Jetzt sprang der Ober zu ihm an den Tisch.

„Sie haben noch nicht bezahlt", sagte er mit vorwurfsvoller Stimme.

Adrian schob das Geld, das auf dem Tisch lag, so weit zu dem Kellner, dass es auf den Boden fiel.

Dann sagte er: „Oh."

Und dann sagte er auf Französisch und so schnell, dass jedem klar wurde, dass er Nativspeaker war: „Du bist der unfreundlichste Kellner, den ich jemals gesehen habe. Jetzt heb das Geld auf und mach Platz. Und dann schließ dich im Keller ein und bediene nie mehr Gäste, denn das kannst du nicht. Eventuell machst du auch einen Kurs, um deinen Beruf endlich zu erlernen. Aber auf jeden Fall schreib dir hinter die Ohren oder sonst wohin, wo du es nie mehr vergisst: Die Kunden bezahlen dein Gehalt, ohne Kunden würdest du unter einer Brücke sitzen und höchstens dich selbst mit billigem Fusel bedienen."

Adrian schulterte seinen Rucksack, trat vom Gehweg auf die Straße, blickte sich noch einmal um und rief dem Kellner, der mit offenem Mund dastand, zu: „Nicht vergessen: Einen ... Kurs ... belegen ... Thema: Nur gute Kellner bekommen Trinkgeld, unfähige Idioten nicht!"

Der Stammgast am anderen Tischchen schaute zu Adrian, hob den Daumen und lachte.

Adrian lachte zurück und lief über die Straße zum Informationsbüro. Er war bester Stimmung. *Dem habe ich es gegeigt. Der Vollidiot hat mir ja auch genügend Zeit gegeben, mich vorzubereiten.*

Er schlenderte auf die Sonnenseite der Straße. Sein Ziel, das Touristeninformationszentrum war nur wenige Schritte entfernt. Eine dunkelbraune Holztür mit Messingbeschlägen, an der jetzt ein Messingschild „Ouvert" hing, erwartete ihn. Adrian öffnete die Tür und ein Glöckchen bimmelte mit hellem, silbernen Ton. Der Klang war nett und fröhlich. Adrian begann zu lächeln. Kaum hatte er den Raum betreten, fühlte er sich wie in einer anderen Welt. Totales Kontrastprogramm zu der unfreundlichen Szene soeben. Still war es hier, gläserne Deckenlampen gaben helles Licht, ohne kalt zu wirken. Adrian fühlte sich wohl in einer Atmosphäre kompetenter Dienstleistung, die sich sofort freundlich und selbstbewusst präsentierte. Als das Glöckchen wieder still war, hörte Adrian als Begrüßung: „Bienvenue - Willkommen!" und dann jeweils in der entsprechenden Sprache: „Sprechen Sie Französisch ... Englisch ... Deutsch ... Spanisch?"

Am Schalter stand eine etwa 50-jährige Dame, gepflegt mit einer grauen Strähne in ihrem sonst tiefschwarzen Haar. Die goldgefasste Lesebrille, die mit einer feinen Goldkette um ihren Nacken gesichert war, saß ganz vorne auf ihrer spitzen Nase und harmonierte gut zu ihrem dunklen Teint. Sie trug ein schwarzes Leinenkostüm. Adrian taxierte kurz. *Ihr Kostüm stammt sicher aus einer kleinen Boutique mit ausgesuchter Ware hier im Viertel. Sie wurde gut beraten. Gibt ihr einen perfekten Auftritt.*

Die Dame hatte eine angenehm ruhige und klare Stimme. Mit ihren kluge Augen schaute sie zu Adrian und wartete mit einem offenen und freundlichen Gesichtsausdruck auf seine Antwort.

„Wir können uns auf Französisch unterhalten. Meine Mutter stammt aus der Bretagne."

„Ohh, … da soll es auch sehr schön sein, aber sehr, sehr kalt", sie umschlang sich selbst mit den Armen und tat so, als ob es sie frösteln würde. Dann lachte sie und fragte: „Und, was führt Sie hierher, in die schöne Dordogne?"

„Ich suche das Esperantozentrum. Es soll hier eines geben."

Die Dame lachte wieder: „Esperantozentrum erscheint mir etwas übertrieben. Vor einigen Wochen gab es hier ein Treffen. Da kam ein netter Herr hier rein und gab mir einen ganzen Packen mit Flyern, mit denen für ein Esperanto-Treffen geworben werden sollte."

Sie beugte sich hinter den Tresen, suchte kurz und förderte dann einen Stoß bunter Faltblätter zutage. „Die meisten sind noch hier. Sie haben Glück, eigentlich wollte ich sie schon wegwerfen."

Sie öffnete eines der Faltblätter, überflog den Inhalt und sagte dann: „Das könnte ihnen weiterhelfen. Da steht als Herausgeber ein gewisser Monsieur Yves Dubonnet … und seine Adresse.

Sie riss einen der Stadtpläne von dem Block auf dem Tresen, machte mit dem Kugelschreiber ein Kreuz darauf und sagte: „Da sind wir und hier" – ein Sternchen mit dem Kuli: „Hier ist der Bahnhof."

Dann blickte sie suchend durch die Brille auf den Plan und zeichnete schließlich auf einer anderen Stelle einen Kreis: „Und da ist die Adresse des Herrn Yves Dubonnet."

Das Haus lag auf der anderen Seite des Flusses in einem Wohngebiet, das sich zwischen Fluss und einem kleinen Wäldchen erstreckte, ganz oben, fast schon versteckt im Wald.

Adrian schaute auf die Karte. *Nicht schon wieder so ein Försterhaus. Hoffentlich erwartet mich dort nicht wieder so eine blutige Überraschung wie ihn Feuerbach.*

Er steckte den Stadtplan in seine Tasche und bedankte sich bei der Mitarbeiterin des Touristenzentrums: „Sie haben mir den Tag gerettet und mir meine gute Laune wieder gegeben."

Auf der Straße orientierte er sich kurz, wo der Fluss war und lief los. Etwa zwei Kilometer Fußmarsch lagen vor ihm. Er fühlte sich wie ein Fisch im Wasser. *In Frankreich brauche ich bestimmt kein Esperanto.*

Adrian genoss den Spaziergang durch die langsam erwachende Kleinstadt. Als er auf der Brücke über die Isle stand, hielt er inne und beobachtete zwei Angler, die am Ufer saßen. Sie würden heute sicher

Glück haben, denn direkt unter sich sah Adrian einige große Forellen in dem grünen Wasser. Er blickte gegen die Sonne Richtung Wehr, und der Fluss blitzte und funkelte zu ihm herauf. Etwas oberhalb der Angler waren schon einige Jungen dabei, sich für den ersten Sprung in den Fluss vorzubereiten. Na, dann treibt nur schön die Fische zu den Anglern runter, dachte Adrian und setzte seinen Weg fort.

Er hatte sich die Strecke aus dem Stadtplan eingeprägt und lief den gemütlich ansteigenden Weg durch das Wohngebiet hoch zum Wald. Nach einiger Zeit kam er zu einer Wendeplatte, von der führte ein kleiner, geteerter Fußweg Richtung Wald. Adrian blieb kurz stehen und orientierte sich. *Hier muss es sein.*

An dem letzten Haus, direkt am Waldrand, von Bäumen umschattet, stand das Haus, das er gesucht hatte. Ein blank poliertes Messingschild prangte über der Klingel: Esperantocentro.

Esperanto II

Adrian klingelte. Es dauerte kaum eine halbe Minute, bis ihm ein Mann öffnete. Zwei wissbegierige braune Augen schauten Adrian unter buschigen Augenbrauen an. Das dichte, dunkelbraune Haar des Mannes war sorgfältig aus der Stirn gekämmt. Einzelne silberne Haare durchzogen die akurat geschnittene Mähne, die dem Mann bis kurz über die Schultern hing. Sein Bart war elegant in der Art der drei Musketiere zurecht getrimmt. Seine Statur mittelgroß, schlank und drahtig. Ein weißes Markenhemd aus Leinen, Designerjeans, ein hellbrauner Gürtel und darauf abgestimmte Lederschuhe vervollständigten seinen Auftritt. Adrian hatte, wie bei der Dame im Touristenbüro aufgrund des Äußeren sofort einen guten ersten Eindruck von seinem Gegenüber. *Ein legerer Mann von Welt. Seine Jeans haben mehr gekostet als ein Anzug von der Stange im Kaufhaus. Sind aber schon mindestens drei Jahre alt. Macht nichts bei der Qualität. Wenn der Mann etwas kauft, dann nur das Beste und das trägt er dann auf. ... Er könnte auch ein Schwabe sein.*

„Saluton. Mia nomo estas Adrian Schlayer. Mi serĉas Monsieur Gilles Rousset. Ĉu vi konas lin?"34) Adrian hatte sich die Sätze im Zug zusammengebaut und mehrmals leise vor sich hingesprochen.

„Klare mi konas Gilles. Envenu, juna amiko"35), die Augen des Mannes funkelten voller Freude und mit einer lebhaften Geste bat er Adrian in das Haus.

Adrian hatte sich einen weiteren Satz zurechtgelegt, mit dem er seinem Gegenüber erklärte, dass er erst mit Esperantolernen begonnen habe: „Pardonu. Mi estas komencanto.36)"

„Kein Problem, wenn du willst, unterhalten wir uns auch auf Französisch oder Englisch", sagte der Mann. „Darf ich mich vorstellen: Ich bin Yves Dubonnet."

„Französisch ist prima. Meine Mutter ist Französin. ... Aber vielleicht können wir auch ein wenig Esperanto versuchen, denn ich will es lernen."

Ein Freudestrahlen ging über Dubonnets Gesicht. Er führte Adrian in seine Bibliothek, sein Arbeitszimmer oder in sein Gewächshaus. Ganz sicher war sich Adrian nicht, welche Hauptfunktion der Raum hatte, den er betrat. An den Wänden standen hohe Regale, vollgestopft bis auf den letzten Zentimeter mit Büchern. Auch vor den Regalen stapelten sich Bücher. Auf manchem Stapel lag ein Blatt Papier mit einem schmutzigen Schuhabdruck. Die Bücher darunter mussten offensichtlich als Treppenstufen dienen, damit der Bücherwurm ganz nach oben an seine Schätze gelangen konnte. Eine Tür mit Sprossenfenster war halb geöffnet und führte auf die Terrasse. Vor dem Fenster daneben befand sich ein Schreibtisch mit schön gedrechselten dünnen Beinen. Darauf stand ein Flachbildschirm, der Rechner war unter dem Tisch platziert neben hohen Stapeln von Papier. Ein Drucker stand auf zwei Bücherstapeln, die exakt auf die gleiche Höhe ausgerichtet waren, obwohl sie aus den unterschiedlichsten Werken bestanden: Taschenbücher, Magazine, gebundene Bücher, manche mit Goldschnitt, andere mit farbigem Hochglanzeinband. Rechts davon war ein sonniger Erker mit einem runden Tischchen und zwei zierlichen Stühlen. Auf allen Fensterbänken standen üppig blühende Topfpflanzen. Auch oben auf den Regalen standen Töpfe. Die Ranken der Hängepflanzen wucherten bis fast auf den Boden. Die Sonne, die durch die Sprossenfenster und die Tür in das Zimmer schien, gab dem bunten Chaos eine freundliche, warme Atmosphäre – und machte den feinen Staub, der in der Luft hing, in ihrem goldenen Licht sichtbar.

„Oh, ich müsste einmal aufräumen. Meine Haushälterin schimpft immer mit mir, dass sich hier so viel Dreck ansammeln würde."

Das war aber nur eine pro forma Ausrede. Dubonnet selbst schien sich an dem Staub nicht sehr zu stören. Er führte Adrian zu dem runden Tischchen im Erker.

Dann sagte er: „Oh Entschuldigung, wir wollten doch auf Esperanto miteinander reden. Es ist einfach viel bequemer, wenn man in seiner eigenen Sprache spricht. Aber ich gelobe Besserung."

Dann huschte er aus dem Zimmer. Adrian hörte, wie er in der Küche nebenan geschäftig mit Tellern klapperte. Eine Kaffeemaschine begann zu rattern und wenig später trat Dubonnet wieder ins Zimmer. Auf einem Tablett balancierte er zwei große Tassen Kaffee, Milchbrötchen und Schoko-Croissants. Erst nachdem er Adrian versorgt hatte, setzte er sich ebenfalls und hörte sich die Geschichte seines Gastes an. Der versuchte sich in Esperanto, wechselte dann aber, weil es einfach noch zu mühsam für ihn war, mit einer Entschuldigung zu Französisch und am Ende seiner Geschichte fragte er: „Wie komme ich zu diesem Gilles Rousset?"

„Se vi volas, mi veturigos vin al Gilles poste. Li estas mia amiko. Li loĝas en Thiviers, kiu estas ĉirkaŭ 30 kilometrojn for. Li havas tie malgrandan konservofabrikon."37)
Dubonnet nahm einen Einkaufskorb und brachte Adrian etwas Obst. Dann sagte er:
„Sed nun mi devas butikumi. Mi revenos baldaŭ. Sentu vin hejme ĉi tie." 38)
Sprachs und verlies das Haus.
Dubonnet hatte offensichtlich völliges Vertrauen in seinen Gast, nachdem der sich so sehr mit Esperanto abgemüht hatte. Adrian holte sein Esperantobuch hervor. Die Zeit, bis sein Gastgeber wieder vom Einkaufen zurück war, wollte er nutzen, um noch ein wenig Esperanto zu lernen:
Es gibt nur einen bestimmten Artikel, nämlich la, damit bezeichnet man eine schon bekannte Sache oder Person, also: la ĝardeno: der Garten, la familio: die Familie und la domo: das Haus. Die weibliche Form für Mensch und Tier wird durch die Silbe in gebildet.
Das ist ja fast so wie im Deutschen, dachte Adrian. Der Freund, die Freund-in, der Bär, die Bär-in.
Im Esperanto wird das in jedoch vor der letzten Silbe eingeschoben, also: filo: Sohn, fil-in-o: Tochter, frato: Bruder, frat-in-o: Schwester, koko: Hahn, kokino: Henne. Und wenn es ein bestimmter Hahn war, dann hieß es la koko und eine bestimmte Henne heißt la kokino. Verniedlicht oder kleiner gemacht wird mit et. Adrian schloss das Buch.
Vigdis wird es sicher nicht gefallen, wenn ich sie dolĉa kokineto – süßes Hühnchen – nenne.
Nach etwa einer halben Stunde war Dubonnet wieder im Haus. Er verstaute einen Teil seiner Einkäufe im Vorratsschrank und im Kühlschrank. Trauben, Feigen und Birnen legte er in einen großen Einkaufskorb. Dazu kamen einige unterschiedliche Käsestücke, mehrere getrocknete Würste und vier Baguettes. Er sagte zu Adrian: „Das bringen wir Cécile mit. Wein wird die Gute bestimmt selber haben. Los fahren wir."
Die Haustür warf Dubonnet einfach zu, ohne sie abzuschließen. Dann führte er Adrian hinters Haus. Pflanzen überwucherten einen kleinen Hof, in dessen äußersten Ecke ein Pfirsichbäumchen stand, an dem schon die ersten reifen Früchte hingen. Am Zaun entlang blühten Ringelblumen, wuchsen Kapuzinerkresse und Schnittlauch. Zwei Reb-

stöcke waren am Haus und am Zaun entlanggezogen und bildeten mit ihren üppigen Blättern ein grünes Dach. Die Reben waren vollbehängt mit großen, dunkelblauen Trauben. Dort im Schatten stand Dubonnets Auto, ein Toyota Pick-up.

Dubonnet stieg ein und startete den Motor. Adrian hatte noch nicht richtig die Beifahrertür geschlossen, da drückte Dubonnet schon aufs Gaspedal. Dass die Räder auf dem bemoosten Kopfsteinpflaster der kleinen Zufahrt nicht durchdrehten, wunderte Adrian. Adrian war hohe Geschwindigkeiten gewohnt. Mit einem kurzen Blick auf seinen Fahrer vergewisserte er sich. *Dubonnet beherrscht sein Auto. Er kennt die Strecke. Keine Gefahr. Ich kann mich entspannen.*

Die Fahrt startete rasant und wurde auf dem Weg nach Thiviers nicht langsamer.

Dubonnet raste durch das alte Bauernland. Trotz der schnellen Fahrt konnte Adrian die Ruhe und die Stärke dieser alten Kulturlandschaft in sich aufnehmen, die sich heiß und kraftvoll vor ihm ausbreitete. Die Farben der Felder, der Wiesen und der Bäume waren gesättigt von der Sonne. Dunkelgrüner, dichter Bewuchs säumte die Flussläufe und spiegelte sich im Wasser. Sie fuhren durch schattige Wälder mit uralten Nussbäumen, Maronen, Eichen und Buchen, deren Stämme dick aus der Erde wuchsen und deren knorrigen Äste voller reifer Früchte hingen. Die Blätter waren tiefgrün, die Rinde der Baumstämme rissig, braun, schwarz, oder moosbewachsen saftig grün.

Weiße Kühe standen im Schatten dieser alten Bäume und bewegten sich nur langsam in der Mittagsglut. Manche Tiere lagen auch schon im saftigen Gras und genossen ihre zweite Mahlzeit, indem sie die erste vom Morgen wiederkäuten. Maronen- und Nussbäume säumten als Alleebäume die kleine Straße. Die Felder standen voll goldener Weizenhalme, deren schwere, dicken Ähren sich ein wenig im Wind hin- und herbewegten. Auf einer Wiese vor einem Bauernhof lief eine Herde weißer Gänse schnatternd zu dem kleinen Bach, der mitten durch ihre Weide floss. Zwei große Nussbäume auf der Gänseweide spendeten dem Federvieh Schatten.

Adrian gähnte. *Kein Wunder, dass die Steinzeitmenschen hier schon vor 20.000 Jahren Muse hatten, ihre Höhlen mit Meisterwerken zu verschönern.*

Die Wärme und der unablässige Wechsel von Schatten und Licht, das bei der Fahrt durch das Blätterdach der Bäume fiel, machten Adrian

schläfrig. Er vertraute Dubonnet, der wie ein Verrückter die enge Straße entlang raste und dabei unablässig sprach. Auf Esperanto. In kurzen, einfachen Sätzen, damit Adrian verstehen konnte, was er sagte.
Gilles – Gilles,
Li eksedziĝis – Er ist geschieden.
Kiel mi – Wie ich.
Li havas du infanojn – Er hat zwei Kinder.
Kiel mi – Wie ich.
Ili loĝas kun lia eksedzino – Die leben bei seiner Ex-Frau.
Kiel la miaj – Wie meine.
Lia eksedzino estas fiulino – Seine Ex-Frau ist ein Aas.
Kiel la mia – Wie meine.
Ŝi trompis lin – Sie hat ihn betrogen
Kiel la mia – Wie meine.
Sed mi bonŝancas – Aber ich habe Glück.
Li ankaŭ – Er auch.
Gilles havas fratinon – Gilles hat eine Schwester.
Ŝi estas pli bela ol mia eksedzino – Sie ist schöner als meine Ex-Frau.
kaj pli diligenta – und fleißiger
Ŝi faras la mastrumadon por Gilles – Gilles macht sie den Haushalt
kaj ŝi dormas kun mi – und mit mir schläft sie.
Bis hierher hatte Adrian noch folgen können, aber dann konnte er nur noch „Ah" und „Oh" sagen. Dubonnet hörte auf zu sprechen und zündete sich eine Zigarette an, während er einhändig durch eine enge Kurve raste. Adrian döste weg. Erst als Dubonnet bremste, schlug Adrian die Augen wieder auf.
Das Erste, was er sah, war sein Rad. Es lehnte an der Mauer eines kleinen Innenhofs, in dem Dubonnet die wilde Fahrt gestoppt hatte. Sie hielten vor einem langen, einstöckigen alten Bauernhaus. An der einen Seite umfriedete eine Natursteinmauer den Hof. Davor wuchs ein Nussbaum und gab dem niederen Haus Schatten. Auf der anderen Seite stand eine Scheune. An allen Mauern wuchsen Pflanzen hoch. Im Schatten des Nussbaumes gedieh ein dunkelgrüner Efeu. An der Scheune rankte sich ein Weinstock in der prallen Sonne über das Tor. An beiden Seiten des Hauseingangs wuchsen Rosen, übervoll mit roten Blüten. Adrian öffnete die Beifahrertür. Noch während er ausstieg, wurde die Haustür geöffnet und Vigdis und eine Frau Anfang vierzig traten aus dem Haus.

„Vi rapide sekvis min"39), um Vigdis Augen spielte ein zufriedenes Lächeln.

„Nu, mi volis rehavi mian biciklon."40) Diesen Satz hatte Adrian auswendig gelernt.

„Kaj Esperanton vi lernis ankaŭ nur kaŭze de via biciklo?"41) Jetzt funkelten ihre Augen selbstbewusst und amüsiert:

„Ĝi estas ... facila. Mi estas ... lingvotalenta."42) Diesen Satz hatte sich Adrian mit einigem Nachdenken selbst zusammengereimt.

"Ĉu vi havas ankaŭ aliajn talentojn? 43) Vigdis wusste, sie hatte ihn um den Finger gewickelt.

„Mi fikas tre bone."44) Das sagte Adrian ohne nachzudenken.

Dubonnet prustete los vor Lachen. Vigdis riss zuerst empört die Augen auf, dann ließ sie sich aber von seinem Gelächter anstecken und sagte schließlich trocken: „Ĉiuj viroj kredas tion "45)

„Kommt ins Haus, ihr seid sicher alle durstig und habt Hunger", sagte die Frau, die neben Vigdis stand auf Französisch und sagte dann: „Ihr könnt euch alle gern auf Esperanto weiter unterhalten. Mir ist das aber zu anstrengend."

Dubonnet verdrehte kurz die Augen, schaute aber dann voll Bewunderung auf die prachtvolle Kehrseite von Madame, die in der engen Jeans voll zur Geltung kam. Er nahm den Einkaufskorb von der Rückbank. Der hatte die wilde Fahrt unbeschadet überstanden. Dubonnet hatte ihn vorsichtshalber angeschnallt gehabt.

Im Haus war es dunkel und kühl. Die dicken alten Mauern hielten die Hitze ab und dämpften gleichzeitig die Geräusche von draußen. Die Fensterläden waren geschlossen. Die Fenster selbst waren jedoch geöffnet. So war gewährleistet, dass Adrian einen leichten, angenehmen Luftzug spürte, der durch die Ritzen der Fensterläden kam. Adrian blickte nach unten. Der Fußboden war mit dunkelroten und hellen Kieselsteinen gepflastert. Sie waren blank und rundgeschliffen von den Tausenden von Schuhsohlen, die in den vergangenen Jahrhunderten über sie gelaufen waren. Adrian erkannte ein geometrisches Muster. *Périgord, der Garten Gottes in Frankreich. Hier hatten einfache Bauern sogar Zeit, ihren Fußboden zu schmücken.*

Er setzte sich neben Dubonnet an den alten Holztisch, der lang und schmal in der Mitte des großen Raumes stand. Adrian grinste. *Fast wie bei mir zu Hause.*

Madame brachte auf einem Tablett einen Krug mit Wasser, eine Fla-
sche Rotwein und dickwandige Bechergläser. In die kleinen füllte sie
Wein in die großen Wasser. Erst als alle getrunken hatten, sagte sie:
„Darf ich mich vorstellen, ich bin Cécile Rousset. Ich passe auf das
Haus meines Bruders auf, solange er weg ist."

„Ja, ich kenne dich", lachte Dubonnet und fragte: „Darf ich dich bitten, dich nochmals so weit vorzubeugen, dass ich wieder einen Blick
in dein wunderbares Dekolleté werfen kann?"

Cécile erfreute sich sichtlich an dieser Huldigung ihrer weiblichen At-
tribute, gab Dubonnet aber zuerst in gespielter Empörung einen kleinen Klaps mit der flachen Hand auf den Kopf. Erst dann tat sie ihm
den Gefallen, beugte sich vor und gab ihm einen kleinen Kuss auf die
Wange.

„Rousset ist weg?" fragte Adrian.

„Ja, er ist gestern ganz überraschend nach Tanger aufgebrochen, um
sich mit einigen Espis zu treffen", sagte Cécile.

„Weißt du, ob er die Briefe dabei hat?", fragte Dubonnet.

„Mann, Mann, Mann, … diese Briefe. Die Polizei war ja gestern bei
mir, kurz nachdem Gilles weggefahren und kurz bevor Vigdis hier aufgetaucht ist. Perfektes Timing nennt man das. Die Flics haben mir
das Notwendigste erzählt. … Dass wegen den paar Blättern Papier
unsere liebe Béatrice hat sterben müssen … und der junge Deutsche
auch. Ich kann das nicht fassen."

Cécile Rousset schüttelte traurig den Kopf. „Kann gut sein, dass Gilles die Briefe dabei hat. Er ist ja ein wenig eitel, mein lieber Bruder
und steht gern im Mittelpunkt. Ja, es kann gut sein, dass er diese
Briefe in den Mittelpunkt seiner Vorträge stellen will. Da ist er begabt,
mein kleiner Bruder. Er hat immer gern alles aufgebauscht und hat
damit Erfolg gehabt. Ist ein kleines Marketinggenie. … Das tut ja unserer Fabrik auch gut. Aber dass ich für ihn alles regle und wie ein
fleißiges Bienchen die tägliche Arbeit mache, daran erinnert er sich
immer nur in seiner Weihnachtsansprache."

Cécile lächelte kurz. Adrian bemerkte sofort, wie zufrieden dieses Lächeln war. *Anscheinend hat sie bei dieser Arbeitsteilung trotz aller
Klagen einen ihr genehmen Platz gefunden.*

Sie sprach weiter: „Dann wäre Béatrice nur aus Liebe nach Deutschland gefahren. Kann ich mir gut vorstellen. Sie war ja wie aus dem
Häuschen, nachdem sie diesen Adrian Schleyer auf dem Kongress

kennengelernt hatte. Lichterloh brennende Liebe auf den ersten Blick. ... Sie hat nur noch von ihm gesprochen. ... Und ich habe ihr noch zugeredet, nach Deutschland zu fahren ... Ich habe geglaubt, das würde ihr guttun. ... Und dem kleinen Sébastien auch, dass er sie nicht mehr jeden Tag sieht."

„Sébastien, meinst du Sébastien Meunier?", fragte Adrian.

„Ja, Sébastien Meunier. Der hat ja mit Béatrice im gleichen Büro gearbeitet. Der war ja so verknallt in sie und hat es nicht wahrhaben wollen, dass sie nichts von ihm wissen wollte. Das war ja schon fast Besessenheit. Gilles hat sich schon überlegt, ob er ihn nicht einen anderen Arbeitsplatz gibt, damit Béatrice ein wenig vor ihm Ruhe hat."

„Er ist ihr hinterhergefahren und wurde von der Polizei im Wald beim Mörderhaus gefasst", sagte Adrian.

Cécile riss die Augen auf: „Was? Sébastien ist ihr nachgefahren? Der hat sich doch krankgemeldet. Meinst du, der hat ...", Cécile schüttelte den Kopf. „Das kann ich kaum glauben. ... Obwohl ... Du sagtest, die beiden sind erschossen worden? ... Nun Sébastien hat Waffen. Er ist Jäger..."

Dubonnet schaltete sich ein: „Jetzt mach' mal halblang. Wir sind hier fast alle Jäger... Aber gut. Sébastien ist ja wirklich einer, der schnell aus der Haut fährt und das mit Béatrice, das war schon nicht mehr normal, wie der ihr nachgestellt hat. Sie hat sich ja einmal bei einem Espitreffen bei mir ausgeheult, dass sie nicht mehr weiß, was sie wegen ihm tun soll. Er hat ihr schon das Leben schwer gemacht. Wenn der sie ermordet hat, dann wird das die deutsche Polizei schnell herausfinden. Da bin ich mir sicher."

Dubonnet legte kurz die Handflächen vor seinem Mund aneinander, dann griff er mit der Rechten sein Becherglas mit dem Wein und fasste zusammen: „Aber wenn nicht, dann läuft der Mörder noch frei herum und es muss nicht einmal sein, dass er auf der Suche nach den Briefen war. Es könnte ja auch ein ganz einfacher Raubmord gewesen sein. Tatsache ist aber, dass die Briefe fehlen. Entweder hat sie Gilles, dann müssen wir ihn über die ganze Sache unterrichten und ihn warnen, dass er womöglich wegen der Briefe in Gefahr ist oder ..."

Yves Dubonnet nahm einen Schluck Wein, blickte zu Vigdis und fuhr mit seinen Überlegungen fort: „... oder der Mörder hat die Briefe in Stuttgart eingesteckt. Dann ist er sicher bereits nach Island unterwegs, um sie seinem Auftraggeber, dem Onkel unserer lieben Vigdis, zu geben."

Dubonnet überlegte kurz, übersetzte dann aber doch alle seine Überlegungen in Esperanto.

„Mi ne kredas, ke mia onklo estas malantaŭ ĉi tio. Ni devas sekvi Rousset",46) sagte Vigdis und schaute Adrian an.

„Ĉu ni? Ĉu vi certas, ke mi veturos kun vi?",47) fragte Adrian. Das war nur noch ein letztes Aufbäumen seines männlichen Stolzes, kaum mehr ernst zu nehmen.

Vigdis setzte auch sofort nach. Sie legte ihm die Spitze ihres Zeigefinger unter das Kinn, drückte seinen Kopf hoch, schaute ihm in die Augen und sagte bestimmt: „Vi sekvis min ĝis ĉi tie. Vi ankaŭ plue sekvos min."48)

Kann es sein, dass sie das Rad nur gestohlen hat, weil sie mir einen Grund geben wollte, dass ich ihr nachfahre? Die hat mich doch ferngesteuert. ... Die macht mit mir, was sie will. Adrian kam sich blöd vor. Aber das machte ihm nichts aus, so lange er Vigdis in die schönen Augen blicken konnte.

Cécile war unterdessen aufgestanden, hatte Dubonnets Korb vom Tisch genommen und war damit in der Küche verschwunden. Nun kam sie wieder aus der Küche mit einer großen Platte voller Köstlichkeiten. Salatblätter, Radieschen und kleine Tomaten säumten den Rand. In der Mitte lagen auf der einen Seite verschiedene Käsesorten, auf der anderen dünn aufgeschnittener Schinken und die Würste, die Dubonnet mitgebracht hatte. Der war ebenfalls in die Küche geeilt und brachte einen Teller mit Scheiben von Foie gras und eine Schüssel mit grünem Salat. Er stellte Teller und Schüssel auf den Tisch und rieb sich die Hände voller Vorfreude: „Und als Vorspeise serviert uns Madame Omeletts mit Trüffel."

Adrians französische Hälfte übernahm die Oberhand. Er kostete jeden Bissen des opulenten und doch so einfachen Mahls. Seine Zunge würdigte die auserlesene Qualität jeder einzelnen Zutat. Er ließ sich Zeit, trank einen kleinen Schluck Wein und schaute auf Vigdis. *Sie genießt es auch ... Und wie ... Hätte ich nicht erwartet bei ihrer Figur und ihrer Herkunft. ... Auf Island soll es ja nur Stockfisch und kaltes Hammelfleisch geben. ... Mann, ist das schön, wie es ihr schmeckt. ... Fehlt nicht viel, dann leckt sie sich die Finger ... Klasse ...*

Sie ließen sich Zeit. Aßen in Häppchen, tranken winzige Schlucke Wein, unterhielten sich auf Französisch, während Dubonnet immer wieder für Vigdis in Esperanto übersetzte. Adrian hörte genau zu und versuchte dabei die richtigen Wörter auf Esperanto vorauszuahnen. Was ihm auch manchmal gelang. Er war zufrieden mit sich. Vor allem, weil Vigdis sein Bemühen erkannt hatte, ihn immer wieder auffordernd anschaute und anerkennend ihre Hand auf seine legte, wenn er richtig geraten hatte.

So war es Nachmittag, als sie endlich aufstanden und nach draußen gingen. Die Sonne schien nicht mehr ganz so heiß. Dubonnet legte den Arm um Madame Rousset. Er gab Adrian seine Visitenkarte und sagte: „Halt mich auf dem Laufenden."

Dann zeigte er zu seinem Auto und sagte: „Ihr könnt das Rad auf meinen Pick-up laden und damit zum Bahnhof in Périgueux fahren. Gebt den Schlüssel einfach in dem Café gegenüber des Touristenbüros ab. Ist nicht weit weg vom Bahnhof. Aber gebt den Schlüssel dem Patron und nicht seinem Kellner. Der Kellner ist ein Drecksack. Ihm hat früher das Haus und das Café gehört. Aber er hat sich dummerweise damals am Neuen Markt verspekuliert. So richtig Mitleid mit ihm hat aber niemand, weil er immer noch ein arroganter Schnösel ist. Na ja, sei's drum. Ich jedenfalls werde die nächsten Stunden hierbleiben."

Dann tätschelte er Madames Hintern, warf den Schlüssel Adrian zu und verschwand mit Cécile im Haus.

Adrian tat es fast ein wenig leid, wie er mit dem Kellner umgesprungen war. Er schaute auf Vigdis und dachte: endlich allein mit ihr. Laut sagte er: „Ni veturu."49)

Er wuchtete sein Rad auf die Ladefläche des Pick-ups. Dann warf er seinen Rucksack und den von Vigdis hinterher und stieg ein.

„Enaŭtiĝu,"50) sagte er zu Vigdis und sie stieg ins Auto.

Adrian startete den Motor. Die Straße war eng und kurvig. Dubonnet war sie vorher mit einem Affenzahn gefahren. Adrian fuhr langsamer. Er schaute zu seiner Beifahrerin. *Keine Angst, Mädchen. Bei mir musst du dich nicht am Türgriff festhalten. Ich bin keiner von diesen Vollgasidioten. Bei mir bist du sicher.*

Vigdis war von ihrer Heimat her holprige Straßen gewöhnt. Sie hielt sich nicht fest und manchmal, wenn die Kurve sehr eng war, ließ sie sich von der Fliehkraft an Adrian drücken. Adrian war sich nicht sicher, ob das Absicht war. Er hoffte es und behielt beide Hände am Lenkrad.

Sie waren schon eine gute Strecke gefahren, als Adrian hinter sich ein Motorrad im Rückspiegel auftauchen sah. Eine leichte Enduro, die schnell näher kam. *Sieht ein wenig lächerlich aus, dieser riesige Kerl auf dem kleinen Motorrad.*

Adrian schaute immer wieder in den Rückspiegel und weil das Motorrad ihm fast an der Rückstange klebte, fuhr er schneller, als er eigentlich wollte. Vigdis wurde noch öfter in den Kurven an ihn gedrängt und schaute sich dann auch mehrmals nach dem Motorradfahrer um. Adrian fuhr immer schneller und konzentrierte sich voll auf die Straße. Keine Gelegenheit mehr, die bäuerlich kraftvolle Landschaft zu genießen. Der Motorradfahrer ließ immer wieder den Motor aufheulen, fuhr immer wieder dicht heran und ließ sich dann wieder zurückfallen.

Dann kam eine kurze gerade Strecke. Der Motorradfahrer fuhr ihnen noch dichter auf und gab Vollgas. Adrian schaute wieder in den Rückspiegel. *Der wird doch auf dieser engen Straße nicht überholen wollen?*

Vigdis drehte sich nach hinten und fragte: „ Kia homo estas tiu?"51)

„Hastanta homo. ",52) sagte Adrian

„Memmortigonto",53) sagte Vigdis, als der Motorradfahrer zum Überholen ansetzte.

Es gelang. Mit einer blauen Wolke aus dem Auspuff verabschiedete sich der Motorradfahrer.

Jetzt hatten sie Ruhe. Adrian nahm den Fuß vom Gas. Nun konnte es nicht mehr weit bis Périgueux sein. Adrian schaute kurz zu Vigdis. *Soll ich jetzt mal meine Hand auf ihren Oberschenkel legen? … Ach was … Sie hat mich ja oft genug selbst berührt. Ich muss sie kommen lassen.*

Adrian fuhr über einen kleinen Hügel in eine enge Kurve und … trat voll in die Bremsen. Vor ihnen lag das Motorrad. Der Wagen brach hinten aus, Adrian lenkte dagegen, der Pick-Up schlenkerte auf die andere Seite, kam wieder in die Spur und kam Millimeter vor dem Motorrad zum Stehen.

„Ĉu vi estas vundita?"54) Adrian schaute zuerst zu Vigdis. Sie war, wie er angeschnallt gewesen. Der Sicherheitsgurt hatte sie stramm zurückgehalten. Ihre Augen waren vor Schreck weit aufgerissen.

Trotzdem sagte sie nach einer kleinen Pause mit sachlicher Stimme: „Ne, mi ne estas vundita. Mi fartas bone." 55)
Adrian stieg aus. Er lief nach vorne. Wo war der Motorradfahrer? Er musste im Graben liegen. Adrian rutschte zwischen dem Gestrüpp die Böschung hinunter zu dem kleinen Bachlauf. Er suchte zwischen Meerrettichblättern, Rohrkolben und Sauerampfer nach dem Verunglückten, konnte ihn aber nirgendwo liegen sehen.
Dann knallte ihm etwas an den Hinterkopf und dann wurde ihm schwarz vor Augen.

Stuttgart III

Sébastien Meunier stand auf der Straße in Stuttgart. Hinter ihm lag die Polizeistation. Er zitterte am ganzen Leib. *Die haben mich gehen lassen müssen. ... Ha! ... Das Sperma auf Béatrice stammt ja eindeutig nicht von mir. ... Ha! ... Der Deutsche, ... der hat jetzt seine Strafe. ... Huch! ...*"

Vollbremsung, quietschende Reifen, Hupen, empörtes Schreien: „Arschloch! ... Pass doch auf, du Arschloch!"

Sébastien war in Gedanken auf die Straße getreten. Er hatte nicht auf den Verkehr geachtet. Jetzt riss er vor Schreck die Arme in die Höhe und starrte entsetzt auf einen roten, älteren 3er-BMW, tiefergelegt mit Breitreifen und Chromfelgen. Der war nur wenige Zentimeter vor ihm zum Stehen gekommen. Sébastien bildete sich ein, Rauch an den Reifen zu sehen und dahinter schwarze Bremsspuren. Sébastien war geschockt und empört. *Das war knapp! Der muss ja gefahren sein wie ein Verrückter!*

In dem sportlichen Wagen saß ein sehr zorniger Mann, der ihn aus dem geöffneten Fenster mit hochrotem Kopf anschrie. Das musste sich Sébastien nicht gefallen lassen. *Auch das noch! Der hätte mich fast überfahren und schreit mich auch noch an!*

„Scheiß Deutscher!", schrie Sébastien zurück. Das hatte er einmal gelernt. Sonst sprach er nicht viel Deutsch. Und dann haute er mit der Faust auf die Motorhaube des BMWs.

Der BMW-Fahrer öffnete die Tür und nahm mit einer drohenden Bewegung seine silberverspiegelte Sonnenbrille ab. Er war ein bulliger, dunkler Typ mit dunkelgrünem T-Shirt, das sich über seiner breiten Brust und seinen dicken Armmuskeln spannte. Tätowierungen an den Armen, dicke Goldketten um den Hals, Dreitagebart und kurz geschorene schwarze Haare ließen Sébastien nichts Gutes erwarten.

Sébastien gab Fersengeld. Er rannte durch eine Seitengasse, dann durch die nächste, bekam Atemnot, blieb gebeugt stehen und keuchte nach Luft. Er hatte die Orientierung verloren. *Wo bin ich? Und wo ist der Büffel?*

Sébastien irrte durch die Straßen, immer wieder rückwärtsblickend aus Angst vor dem Muskelmann in dem BMW. Jemand anzusprechen und nach dem Weg zum Bahnhof zu fragen oder gar um Hilfe zu bitten, getraute er sich nicht. Das hätte vermutlich auch wenig Sinn gehabt. Erstens sah Sébastien niemand, der es mit seinem verärgerten Gegner hätte aufnehmen können, und zweitens würden hier wohl die wenigsten Französisch verstehen. Sébastien selbst sprach kein Deutsch und kaum Englisch. Nur wegen Béatrice hatte er sich Esperanto, diese für ihn nun nutzlose Sprache, ein wenig angeeignet. Aber das hätte hier auf der Straße sicher auch niemand verstanden. Er versteckte sich hinter einer Straßenlaterne und hoffte, dass der rote BMW nicht auftauchen würde. Nachdem das Auto auch nach fünf Minuten nicht in Sicht gekommen war, straffte sich Sébastien und versuchte sich zu orientieren.

Adrian Schleyer zu finden war einfach gewesen. Béatrice hatte seine Anschrift ja in ihrem Adressbüchlein notiert gehabt und das hatte er in regelmäßigen Abständen nach Neueinträgen durchsucht, *wenn sie in der Mittagspause war,* also an jedem Werktag. Als sie dann nach Deutschland gefahren war, hatte er sofort gewusst, wo er sie suchen musste. In Stuttgart hatte er sich nach seiner Ankunft einen Plan der Stadt gekauft. Den suchte er nun in seiner Aktentasche, seinem einzigen Gepäckstück. Ihm war klar, dass er noch in dem Außenbezirk der Stadt war, wo die Polizei ihn aufgegriffen hatte. Die Fahrt mit dem Polizeiwagen hatte ja nur wenige Minuten gedauert.

Nach einigem Hin- und Herdrehen des Stadtplans erkannte er, wo er sich befand: Er stand neben einem Drogeriemarkt und weiter unten die Straße entlang, da lag ein großes Elektrofachgeschäft. Das musste ungefähr die Richtung zum Bahnhof sein. Er lief auf dem Gehweg an der Seite einer breiten, dreispurigen Straße. Sein Weg lag in der prallen Sonne. Sébastien schwitzte und schaute sehnsüchtig auf die andere Straßenseite. Dort standen große Bäume, die ihren Schatten einer schmalen Grünfläche entlang der Straße spendeten. An dieser Seite führe aber der Radweg vorbei und nach der Erfahrung von vorhin traute er sich bei dem lebhaften Verkehr nicht, die Straßenseite zu wechseln. Er lief weiter und fluchte. *Die Deutschen sind doch für alles zu blöd. Kein Wunder, dass die den Krieg gegen uns verloren haben. Die wissen ja noch nicht einmal, an welcher Seite man an einer Straße die Bäume pflanzt.*

Sébastien kam zu einer freien Fläche, die wohl demnächst bebaut werden sollte. Ein Kran und zwei Bagger standen dort. Auch einige Schuttcontainer und eine Baubaracke auf Rädern waren hier abgestellt. Alles war ordentlich mit einem Bauzaun aus Metallgitter abgegrenzt. Sébastien sah auf der anderen Seite des Geländes Bahnschienen und suchte nach einer Lücke in dem Bauzaun, konnte aber keine finden. Also musste er um das gesamte Gelände herumlaufen, um zu dem Gebäude zu gelangen, das er für den Bahnhof hielt. Sébastien ärgerte sich. *Klar, beim Absperren sind die Deutschen gründlich. Die kommen nicht auf die Idee, dass mein kürzester Weg über das Gelände führen würde.*

Endlich hatte er es geschafft. Er befand sich in einem Gebäude, das wie ein Bahnhof aussah. Wie ein kleiner Bahnhof. Nicht wie einer von dem aus internationale Züge abfahren, etwa nach Paris. Er lief zu der Bäckerei im Gebäude und fragte: „Direction Paris?"

„Wenn Sie nach Paris wollen, dann müssen Sie zuerst zum Hauptbahnhof fahren. Von dort fahren dann Züge nach Mannheim oder Straßburg. So kommen Sie Richtung Paris."

„Direction Paris?"

Die Verkäuferin verdrehte die Augen, zeigte auf den nächsten Bahnsteig und sagte: „Ici"

Sébastien lief zu dem Bahnsteig. *So eine blöde Deutsche spricht kein Wort Französisch.*

Die freundliche Auskunft hatte er von einer kroatischen Bäckereifachverkäuferin erhalten, die vor einigen Tagen mit Auszeichnung ihre Ausbildung in Stuttgart abgeschlossen hatte und nun von ihrem Chef die kleine Filiale im Bahnhof anvertraut bekommen hatte.

Sébastien stieg wenig später in einen Regionalzug Richtung Stuttgart-Hauptbahnhof. Eine Fahrkarte hatte er nicht. Aber er hatte Glück. Er wurde nicht kontrolliert und stieg am Hauptbahnhof aus, nachdem er das Wort „Endstation" aus dem Lautsprecher gehört und richtig interpretiert hatte.

Am gleichen Bahnsteig stand abfahrtbereit ein weiterer Zug. Er hörte einige französische Sprachfetzen aus einem geöffneten Fenster und rannte zu einem Mann in Bahnuniform.

„Direction Paris?"

„Nein Richtung Straßburg."

Strasbourg? Das war egal, Hauptsache Frankreich. Wenn er erst einmal französischen Boden unter den Füßen hatte, dann würde er schnell weiterkommen. Sébastien stieg ein. Der Zug fuhr ab. Eine kurze Zeitlang ging alles gut. Dann kam die Fahrkartenkontrolle.

„Fahrscheine bitte."

„Comment?"

„Ticket ... Billet"

Ach so. Ja, das hatte er vergessen.

„Combien?"

Der Schaffner holte sein Fahrkartengerät hervor und berechnete den Fahrpreis nach Straßburg plus erhöhtem Beförderungsgeld. Er druckte den Coupon aus und hielt ihn Sébastien Meunier unter die Nase. Der riss vor Schreck die Augen auf.

„Das ist Wucher, das könnt ihr nicht mit mir machen. Ich bin Franzose. Du Schweinehund. So viel bezahle ich nicht. Du fickst mich nicht."

Zum Glück für ihn verstand der Schaffner kein Französisch. Aber es war dem Mann in etwa klar, was Monsieur Meunier meinte.

„Dann steigen sie eben in Ludwigsburg aus und laufen nach Frankreich. Ich bitte jedenfalls jetzt die Polizei um Amtshilfe."

„Darf ich vermitteln?", fragte ein Mann auf der anderen Seite des Ganges zuerst auf Deutsch und dann auf Französisch. „Ich komme aus Straßburg."

„Wie kommt dieser Arsch von Deutscher darauf, mich abzocken zu wollen? Dieser Chauvinist, der nimmt mich doch nur hoch, weil ich Franzose bin!", schrie Meunier seinem Landsmann empört zu.

„Es gibt Gesetze, mein lieber Freund. In Frankreich und in Deutschland. Und dazu gehört auch, dass Schwarzfahrer ein Bußgeld bezahlen müssen. Sogar einem Mann aus der Provinz müsste klar sein, dass er, wenn er ohne Fahrkarte erwischt wird, Strafe zahlen muss", sagte der Straßburger liebenswürdig.

„Der ist doch korrupt, der schiebt sich mein Geld in die eigene Tasche!"

„Bezahlen Sie einfach mit Kreditkarte, dann kann das nicht passieren."

Es dauerte fast bis Pforzheim, bis der Straßburger Sébastien überzeugt hatte, dass er besser und billiger davon kam, wenn er bezahlte, als wenn er an der nächsten Station von der Polizei abgeführt würde.

Sébastien überlies dem Kontrolleur seine Kreditkarte und schaute ihm zu, wie der die Karte durch sein Gerät zog. Erst beim vierten Mal funktionierte das und Sébastien unterschrieb den Quittungsausdruck. Er kochte vor Wut. *Alle schauen zu mir her, als ob ich ein Verbrecher wäre. Der Elsässer macht da keine Ausnahme.*

Monsieur Sébastien Meunier wollte keinen Menschen mehr sehen und schaute mit zornigem Blick zum Fenster hinaus. *Mein guter Landsmann, der Comte de Mélac war damals noch viel zu nachsichtig mit den Deutschen. ... Der hätte sie alle umbringen sollen ... und die Elsässer dazu.*

Meunier beschloss, in Périgueux eine Biografie von Ezéchiel de Mélac, zu kaufen. Mélac stammte aus dem Perigord und galt im 17. Jahrhundert als der schlimmste Mordbrenner, der jemals gelebt hatte. Meunier schloss die Augen. *Melac, du hast es denen allen gezeigt. Da ging schon mal was zu Bruch ... Das Heidelberger Schloss, ha! ... Damals sind alle Deutschen ausgerissen, wenn sie nur deinen Namen gehört haben. ... Aus Angst, dass deine Soldaten den deutschen Frauen zeigen, was richtige Männer alles können, ha! ...*

Die Gedanken an seinen Landsmann machten Sébastien Freude. Und dann stellte er sich vor, er wäre damals mit dabei gewesen und die Vorstellung daran verschaffte ihm Befriedigung und langsam wurde er ruhiger. An Béatrice dachte er nicht mehr. Die war ja jetzt tot.

Blut II

Adrian öffnete die Augen. Er lag auf der Ladepritsche des Pick-ups. Dicht vor seinen Augen drehte sich das Vorderrad seines Fahrrades. Er wollte aufstehen, aber seine Hände waren hinter seinem Rücken zusammengebunden. Sein Kopf tat weh und jede Bewegung verstärkte den Schmerz. Ihm war schlecht und ihm wurde mit jedem Augenblick noch übler. Der Pick-up rumpelte durch einen Wald. Viel zu schnell für Adrians Zustand. Sicher waren sie nicht auf einer befestigten Straße. Zweige peitschten über die Ladefläche und der Wagen holperte von links nach rechts. Jede Wurzel, jedes Erdloch machten sich mit einem harten Schlag für Adrian bemerkbar. Er sah, wie über ihm die Äste der Bäume und die Blätter hinweg rasten. Immer wieder blitzte stechend die Sonne durch das Blätterdach in seine Augen. Ihm war schwindelig, aber er zwang sich, die Augen offen zu halten. Er zwang sich dazu, sich zu orientieren. Dem Sonnenstand nach mussten sie Richtung Osten fahren. Er riss an seinen Handfesseln und meinte, er könne sie lockern. Adrian bewegte seine Beine. Gut, nicht gefesselt.

Der Wagen stoppte. Adrian rutschte mit dem Kopf gegen die hintere Wand des Fahrerhauses. Noch ein Schlag, der wehtat. Mühsam richtete er sich ein wenig auf.

„Sortez!", hörte Adrian einen Befehl. Schon dieses eine Wort genügte Adrian. *Das ist kein Franzose.*

Adrian schaute über die Laderampe und sah, wie ein riesiger Schwarzer in Tarnanzug Vigdis mit einer Pistole zum Aussteigen aufforderte. Der Kerl stieß Vigdis hinter das Auto. Vigdis Haare hingen ihr wild ins Gesicht. Sie stieß einen Schmerzensschrei aus und stolperte vorwärts. Adrian zerrte wie wild an seinen Fesseln.

Donnernd öffnete sich die Laderampe. Sofort erstarrte Adrian. Er schaute mit weit geöffneten Augen auf den Schwarzen. Der grinste. In der Rechten hielt er die Pistole, seine Linke hatte wie eine Stahlklammer den Arm von Vigdis umgriffen. Sie wollte sich losreißen, aber gegen den schwarzen Goliath hatte sie keine Chance. Im Gegenteil, je mehr sie sich wehrte, desto fester krallten sich seine Finger in ihren Oberarm. Der große Mund ihres Peinigers verzerrte sich zu einem Lachen. Er bleckte seine weißen Zähne zu Adrian und schrie ihm zu: „Je… montrer… baise… putain"

Adrian riss an seinen Fesseln. *Ganz bestimmt wirst du Vigdis nicht ficken.*
Der Schwarze beobachtete seine Bemühungen und lachte. Mit einem Ruck zog er Vigdis näher zu sich her: „Plus tard ... je ... montrer ... lui ... tuer."
Er zielte mit der Pistole auf Adrians Gesicht.
Dann stieß er Vigdis zu Boden: „déshabiller ... ou ... douleur."
Die Pistole zeigte auf ihren linken Knöchel. Sie verstand. Ihre Augen waren weit aufgerissen. Sie zitterte. Mit fahrigen Fingern nestelte sie an den Knöpfen ihres Kleides.
Adrian zerrte weiter an seinen Fesseln. Sie gaben langsam nach. Seine Handgelenke brannten wie Feuer. Jetzt war seine Chance. Jetzt, solange der Schwarze mit Vigdis beschäftigt war. Der konnte seinen Blick nicht mehr von ihren Brüsten wenden. Sie hatte den roten Spitzen-BH ausgezogen. Hell leuchteten ihre Brüste in der Sonne. Gierig kam der Schwarze näher. Das weiße Fleisch vor ihm zitterte. Er packte zu. Erbarmungslos krallten seine harten Finger in ihre weiche Brust. Dann zog er daran und das zarte Gewebe rutschte langsam aus seinen Fingern, bis er nur noch die Spitze hatte. Mit Zeigefinger und Daumen zwickte er die rosige Brustwarze. Vigdis schrie wie am Spieß. Brutal zog und quetschte und verdrehte er die zarte Spitze.
Er grinste: „s'amuser!"
Er stieß sie von sich und stellte ihr gleichzeitig ein Bein. Vigdis stolperte darüber und landete auf dem Boden. Ihre Brustwarze war blutunterlaufen. Vigdis hatte nur noch ein rotes Spitzenhöschen an.
„Déshabiller!", brüllte der Schwarze. Seine Stimme klang heißer. Wie ein Raubtier vor dem Sprung näherte er sich seiner Beute.
Vigdis reagierte fahrig, voller Angst. Sie zog die Beine an, griff sich an den Po, streifte das Höschen nach unten. Zog es über ihre Sneaker, die sie immer noch anhatte.
Der Schwarze kniete sich vor ihr auf den Boden und zwang ihre Knie auseinander.
„Aahhr" krächzte er, als er den Schatz zwischen ihren Beinen sah.
Adrian hatte sich befreit. Auf der Ladefläche des Pick-ups lag ein morsches Aststück, so dick wie ein Kinderarm und auch so lang. Das war bei der Fahrt durch den Wald abgebrochen und neben das Fahrrad gefallen. Er nahm den Ast und robbte zum Ende der Ladefläche.
Er ging in die Hocke, das Aststück nahm er mit beiden Händen und

streckte die Arme vor. Der Schwarze hatte noch nichts bemerkt. Er hatte die Hose heruntergelassen. Vigdis saß bewegungslos vor ihm, schreckensstarr wie eine verängstigte, zarte Gazelle, gefangen in einer Grube, vor der eine geifernde Hyäne auftaucht, die sie zerfleischen will.

Adrian schnellte nach vorn. Das spitze Ende des Astes traf die linke Niere des Schwarzen. Mit einem gellenden Schrei fiel er vornüber halb auf Vigdis. Deren Schockstarre war ihrem Überlebensinstinkt gewichen. Sie reagierte schnell und schob den Schwarzen zur Seite und drückte sich an ihm hoch. Auch Adrian stand. Der Schwarze stützte sich auf den Boden. Er wollte sich aufrichten. Die Pistole hielt er in der Hand, mit der er sich auf dem Boden abstützte. Mit voller Wucht sprang Adrian auf die Hand. Adrians Sportschuhe richteten keinen großen Schaden an. Trotzdem knirschte es, ein Knochen im Handgelenk oder ein dürrer Ast unter der Hand. Wütend schrie der Schwarze. Adrian rammte ihm den Ast ins Gesicht. Der Schwarze fiel nach vorwärts zur Seite. Die Hand mit der Pistole richtete sich auf Adrian. Der kickte dagegen und die Pistole flog im Bogen durch die Luft. Der Riese blutete an der Wange, wo ihn der Ast getroffen hatte, aber er wollte hoch. Adrian rammte ihm den Ast nochmals mit der Spitze ins Gesicht und schlug ihm dann den Ast auf den Schädel. Der Ast zerbrach. Der Schwarze verlor das Gleichgewicht. Fiel auf den Rücken. Adrian sprang ihm mit beiden Füßen auf den Rippenbogen. Der Schwarze krümmte sich, würgte, hustete. Wollte sich aufrichten. Und wieder trat Adrian zu, gegen das Gesicht, gegen die Schläfe und gegen das Kinn. Der Riese fiel nach hinten. Für den Moment hatte er genug. Adrian nahm die Pistole vom Boden. Sie war schwer. Er hatte noch nie eine Schusswaffe in der Hand gehabt. Adrian hatte Zivildienst geleistet. Mit Pistolen kannte er sich nicht aus. Mit aller Kraft warf er das Mordinstrument so weit er konnte in den Wald, einen Abhang hinunter. Der Schwarze regte sich. Nochmals bekam er einen Tritt, der ihn wieder zu Boden streckte. Gehetzt blickte sich Adrian um. Der Pick-up stand vor einer kleinen Schlucht. Bevor er ihn gewendet hätte, würde der Schwarze wieder auf den Beinen sein.

Adrian riss sein Rad von der Laderampe. Er warf Vigdis ihren Rucksack zu. Die stand mit dem Rücken an den Pick-up gelehnt da und schaute wie abwesend auf die Szene. Aber als der Rucksack vor ihren Füßen landete, reagierte sie sofort. Sie hob ihn auf und warf sich ihn auf den Rücken. Adrian schnallte sich seinen eigenen Rucksack vor den Bauch und griff Vigdis an der Hand.

„Sur mian dorson!"56)

Der Schwarze war mit stierem Blick auf die Knie gekommen. Wie ein angezählter Boxer torkelte er auf die beiden zu. Vigdis zog ihren Rucksack fest und sprang nackt auf den Rücken von Adrian. Der stand abfahrbereit über der Stange seines Rades. Kaum hatte sie sich festgeklammert, trat Adrian in die Pedale. Genau auf den Abhang zu.

„Ne!"57) schrie Vigdis.

„Tenu firme!",58) schrie Adrian und raste ins Tal.

Die Zweige peitschten ihnen in die Gesichter. Mit dem Rad hatte Adrian einen kleinen Erdrutsch verursacht. Steine und Erdbrocken rasselten an ihnen vorbei den Abhang hinunter.

Adrian war schon oft mit Rucksack Downhill gefahren. Aber noch nie mit so einer Last. Vigdis hing wie festgefroren auf seinem Rücken. Der rechte Arm über seiner Schulter, der linke unter seiner Achsel umklammerte sie mit beiden Händen ihre Handgelenke vor seiner Brust. Die Beine verschränkte sie vor seinem Bauch und presste sie so stark sie nur konnte zusammen. Der eigene Rucksack vor dem Bauch gab Adrian ein kleines Gegengewicht. Mit Vigdis auf dem Rücken war Adrian doppelt so schnell unterwegs wie sonst. Bremsen, das Hinterrad umsetzen, ein paar Meter nach unten, dann wieder bremsen, um seitlich abzurutschen. Bremsen loslassen, an einer Baumwurzel den Drall für die nächste Kurve holen, dabei Vigdis und die beiden Rucksäcke ausbalancieren und immer wieder mit aller Kraft den Schwung auffangen, nutzen zum Beschleunigen, zum Stoppen oder um wieder Fahrt aufzunehmen. Die Muskeln in seinen Oberarmen wurden hart. Die Handgelenke fühlten sich an wie in einer Schraubzwinge. In seinen Oberschenkeln kroch die Lähmung hoch. Die rasende Fahrt ging weiter. Die Unterarme wurden wie abgestorbene Hölzer. Die Finger krallten sich wie Eisenklammern am Lenker fest. Blätter und Zweige fetzten in sein Gesicht. Die Augen wurden zu schmalen Schlitzen, damit nur ja kein Ast das offene Auge traf. Die Oberschenkelmuskeln wurden hart, waren kurz davor, zu verkrampfen. Da! War das ein geteerter Weg in der Talsohle? *Wird schon so sein.*

Adrian ließ los. Das Rad schoss nach unten. Wurzeln, Erdlöcher, Steine: egal. Adrian wurde schneller, immer schneller. Vigdis krallte sich an ihm fest. Wurde geradezu ein Teil seines Körpers. Ja, jetzt waren sie zusammengeschmolzen: Adrian, Vigdis, das Rad. Jetzt war Adrian im Flow. In der absoluten Gegenwart. Das pure Glücksgefühl. Jetzt beherrschte er die Strecke, die Zeit – alles. Äste, Zweige: brachen ab, bogen sich zur Seite. Baumstämme wurden zu Slalomstangen, die er traumwandlerisch umkurvte. Wurzeln und Schlaglöcher waren nur noch dazu da, um sie für die Fahrt zu nutzen, kamen immer zum richtigen Zeitpunkt. Kein Schmerz, keine Angst mehr, nur noch völliges Vertrauen in dem Gefühl, ein ewiges Teil im ewigen Universum zu sein.

Sie waren unten. Auf dem asphaltierten Weg. Rollten aus.

Zitternd stiegen sie vom Rad und schauten sich in die Augen. Vigdis stellte sich auf die Zehenspitzen, umklammerte Adrians Kopf, zog ihn zu sich her und küsste ihn auf die Lippen. Küsste und küsste ihn voller Glücksgefühl über das neugewonnene Leben.

Nur der Rucksack auf seinem Bauch störte. Adrian schaute sie an. Sie stand nackt vor ihm. Sie standen auf einem kleinen Waldweg, der in weniger als fünfzig Meter in die Straße mündete.

„Vi devus vestiĝi." 59)

Vigdis schaute ihn an, kam in die Realität zurück, trat langsam einen Schritt zurück, hielt nochmals inne, realisierte, dass sie nackt war. Sie lächelte verwirrt und zog dann den Rucksack von ihren Schultern. Sie stellte ihn auf den Boden, öffnete ihn und begann darin zu kramen. Sie holte einen String heraus, zog ihn an, suchte nach ihrer blauen Leinenhose, schlüpfte hinein, nahm schließlich ein weißes Baumwollhemd aus dem Rucksack, zog es über und verknotete es vor ihrem Bauch. Zum Knöpfeschließen war jetzt keine Zeit mehr und einen zweiten BH hatte sie offensichtlich nicht dabei.

Als sie angezogen war, war sie wieder voller Tatendrang. Sie nahm den Rucksack auf, sprang erneut Adrian auf den Rücken, klammerte sich fest und rief lachend: „Los!"

Adrian trat in die Pedale. *Los ... das hat sie gelernt. Fehlt nur noch, dass sie mir die Sporen gibt.*

Die Straße ging stetig sanft bergab. So waren sie bald am Stadtrand von Périgeaux. Sie stiegen ab und Vigdis sagte zu Adrian:

„Ni ne iru al la polico. Ĝi nur haltigos nin. Ni devas sekvi Rousset kiel eble plej rapide."60)

Adrian nickte. Auch er wollte nicht zur Polizei. Er hatte keine Lust, wieder Stunden in einem Polizeirevier zu verbringen. Er glaubte nicht, dass französische Polizisten unterhaltsamer waren als ihre deutschen Kollegen. *Ich will mit Vigdis ungestört sein. ... Und wenn es nur in einem voll besetzten Zug nach Spanien ist.*

Gemeinsam liefen sie zu einer Bushaltestelle und warteten auf den Bus, der sie zum Bahnhof bringen sollte. Während sie nebeneinander in der Abendsonne auf der kleinen Bank saßen, hielt Vigdis Adrians Hand und ließ sie für keinen Augenblick los.

Außer ihnen warteten noch zwei ältere Damen, einige Jugendliche und ein paar Arbeiter auf den Bus. Eigentlich konnte ihnen hier nichts passieren. Trotzdem schaute Adrian immer wieder die Straße hoch, ob da nicht der Schwarze mit dem Pick-up oder auf der Enduro auftauchte. Erst als er neben seinem Rad im hinteren Teil des Busses stand und als der losgefahren war, ließ Adrians Anspannung ein wenig nach.

Am Bahnhof kauften sie Fahrkarten und einen Transportschein für Adrians Rad nach Madrid. Der Zug würde in einer Stunde abfahren.

Spuren I

Sie liefen zu dem Café, das Adrian schon am Morgen besucht hatte. Jetzt war mehr Betrieb und der Kellner flitzte unter den Augen des Patrons zwischen den Tischen hin und her.

Vigdis lief zum Tresen und fragte den Patron:

„Ĉu mi povas telefoni?"61)

Der Patron verstand und deutete zu dem altertümlichen Apparat, der an der Wand hing.

Adrian lächelte. *Dass es das überhaupt noch gibt: eine junge Frau ohne Handy. Sie ist schon ein wenig eigenwillig. Aber so klasse.*

Er winkte dem Patron und bestellte zwei Oranginas. Nachdem der Ober die runden Glasflaschen gebracht hatte, sog Adrian einen Schluck mit dem Röhrchen und überlegte. *Kann natürlich sein, dass der Schwarze gar nichts mit der Sache zu tun hat. Dass er ein desertierter Fremdenlegionär ist, der gesehen hat, dass neben mir eine blonde Frau saß, die er haben wollte ... und als Beigabe unser Bargeld. Würde seine rudimentären Französischkenntnisse erklären. ... Wenn er aber mit der Sache zu tun hat, dann ist er entweder von Rousset oder von Einar Jónson, dem Onkel meiner lieben Vigdis, beauftragt. Dann hat in beiden Fällen der Schwarze in Stuttgart meinen Fast-Namensvetter und die Angestellte von Rousset erschossen. Wenn er von Rousset beauftragt worden ist, dann deshalb, weil Rousset die Briefe behalten will. Damit ist der die größte Nummer in der Esperantowelt. Und wer weiß, wenn Vigdis Vorfahre, dieser Friedrich Bergmann, dem Volapük-Schleyer Anteile an seiner Fabrik zugesagt hat, dann geht es auch um viel Geld. Wenn die Esperantoleute behaupten, sie seien die legitimen Nachfolger der Volapükvereine, dann gibt es immer Rechtsanwälte, die gerne damit vor Gericht ziehen. Da kommt meist ein Vergleich heraus und der kann in diesem Fall einige Millionen Euro wert sein. Leicht verdientes Geld für einen Rechtsanwalt, dessen Honorar sich am Streitwert bemisst.*

Adrian saugte an dem Röhrchen in seiner Orangina. *Natürlich hätte dann Vigdis in Stuttgart daran glauben sollen. Denn sie wollte ja die Briefe zurückholen. Das hat Rousset gewusst. Die arme Béatrice ... Sie ist nur zufällig das Opfer geworden. Rousset hat ihr mit Sicherheit die Briefe nicht mitgegeben. Wahrscheinlich hat er es nicht einmal gewusst, dass sie nach Deutschland gefahren ist. Béatrice war so in*

Schleyer verknallt, dass sie ihn einfach hatte sehen wollen, Briefe hin oder her.
Adrian saugte laut die Reste der Orangina aus der Flasche. Er überlegte weiter. *Der Mörder hat alle Zeit der Welt gehabt. Bestimmt hat Nikolaus Groß seinen französischen Esperantofreund angerufen und ihn informiert, dass Vigdis ihn besuchen kommt. So wie der Vigdis angehimmelt hat, wollte er ihr sicher alle Wege ebnen. So ist der Drahtzieher der Morde aus erster Hand informiert worden. Der hat daraufhin seinen Handlanger zurückbeordert. Und mit dem Auto ist der in der Hälfte der Zeit von Stuttgart nach Périgueux gefahren, wie ich mit dem Zug über Paris gebraucht habe. Die hatten genügend Zeit. Der eine, um mit den Briefen zu verschwinden, der andere, um sich was für Vigdis und mich zu überlegen.*
Adrian legte die Stirn in Falten. *Aber wenn Einar Jónson der Auftraggeber ist? ... Dann kann der Schwarze in Stuttgart auch nicht die Briefe bekommen haben. Dann hat er, bevor er Schleyer und Béatrice Forestine erschossen hat, aus ihnen herausgefoltert, wo die Briefe sind: bei Rousset. ... Warum hat er dann in Thiviers nicht gleich zugeschlagen? ... Weil Rousset schon weg war. ... Deshalb musste er ein wenig rumbeobachten. ... Dann sind Yves und ich gekommen. ... Dann sind Vigdis und ich weggefahren und das war für ihn die Gelegenheit, uns umzubringen. Er musste ja annehmen, dass wir ihn in Stuttgart gesehen haben. Außerdem ist Vigdis natürlich jeden Spaß wert. Deshalb hat er uns auch nicht gleich umgebracht. War unser Glück, dass er so scharf auf sie war. Ja, scheiße, wenn das Hirn vom Schwanz gelenkt wird.*
Vigdis telefonierte noch immer. Adrian nutzte die Zeit. Er suchte die Visitenkarte von Yves Dubonnet und wählte die Handynummer, die darauf stand. Er musste es zehnmal läuten lassen, bis sich Yves meldete. Adrian erzählte ihm auf Französisch, was passiert war.
„Ihr wollt nicht zur Polizei gehen?"
„Nein, das würde uns nur aufhalten. Vigdis will so schnell wie möglich deinen Freund Gilles treffen. Ruf du an. Melde du dein Auto als gestohlen."
„Ja, das werde ich sofort machen. Polizei ist gut. Womöglich taucht der Mörder demnächst bei Cécile und mir auf. ... Macht es gut."
Abrupt und offensichtlich in Panik legte Yves auf. Adrian schob sein Handy in die Hosentasche. *Das glaube ich nicht, dass der zu euch*

kommt. Der ist hinter Vigdis und mir her. Mal sehen, mein lieber Yves, ob du bei der Polizei anrufst. Wenn du mit deinem Freund Gilles unter einer Decke steckst, dann wirst du das nicht tun. Dann bekommst du deinen Pick-up frei Haus von einem schwarzen Chauffeur geliefert. ... Bei der Polizei werde ich anrufen, ... wenn Vigdis und ich im Zug sitzen. Dann werde ich erfahren, ob du angerufen hast oder nicht und ... woran ich mit dir bin, mein lieber Yves.

Währenddessen stand Vigdis in der Ecke beim Telefon. Sie wählte die Durchwahl zu ihrer Schwester im Büro in Island. Sie musste es fünfmal versuchen, bis die Verbindung aufgebaut war. Sie war nervös und ungeduldig und dann meldete sich auch nicht Finbogi.

„Einar Jónson"

Vigdis sog erschreckt die Luft zwischen den Zähnen ein, reagierte dann aber schnell und meldete sich übertrieben freudig: „Ach hallo, Onkel Einar, schön, dich zu hören. Hier ist Vigdis. Kann Ich Finbogi sprechen?"

„Ah, Vigdis, ist ja nett, dass du dich auch mal wieder meldest. Wo bist du denn?"

Vigdis Gehirn lief auf Hochtouren. Sie improvisierte: „Ich bin in Frankreich und besuche ein paar Esperantofreunde. In Périgueux war ja ein Treffen europäischer Esperantisten, die sich auf den Universala Kongreso in Bangkok vorbereitet haben. Aber ich erzähle dir darüber, wenn ich wieder zu Hause bin. Die Eurostücke rattern hier nur so durch den Apparat. Kann ich kurz Finbogi sprechen?"

„Finbogi ist im Werk unterwegs. Kann ich ihr etwas ausrichten?"

„Nein eigentlich nur, dass ich doch noch ein paar Tage länger unterwegs bleiben will und dass ich deshalb unsere Kreditkarte noch stärker beanspruchen muss."

„Wenn du in Schwierigkeiten steckst, kannst du dich jederzeit auch an mich wenden."

„Ja, das weiß ich, aber ich bin nicht in Schwierigkeiten, ich möchte einfach noch ein Weilchen in Europa herumreisen. Nach Spanien vielleicht ... und vielleicht auch noch nach ... Portugal. Ich werde im Pasporto Servo die Adressen einiger Espis raussuchen, da komm' ich dann schon weiter. Ich brauch' eben nur etwas mehr Geld."

„Auch das kannst du von mir haben."

„Ja, ich weiß, danke, aber Finbogi und ich haben ja unser gemeinsames Konto und ich hab' die Partnerkarte der American Express-Karte von Finbogi. Jetzt hört das Gespräch gleich auf und ich habe keine Münzen mehr. ... Auf Wiedersehen."

Mit zitternden Knien legte Vigdis den Hörer auf die Gabel. *Das hat mir gerade noch gefehlt: Onkel Einar wollte ich am allerwenigsten von meinen Plänen berichten. Na ja, immerhin habe ich ihm nicht gesagt, dass ich nach Tanger fahren will. Ob er mir das mit Portugal geglaubt hat? ... Das nächste Mal rufe ich Finbogi direkt auf ihrem Handy an, auch wenn das noch so teuer ist.*

Sie kam zum Tisch zurück, trank die Orangina in einem Zug leer. Dann schaute sie auf die Uhr über dem Tresen und sagte:

„Ni devas ekiri. La trajno foriros post kvaronhoro."62)

Adrian bezahlte und sie liefen zum Bahnhof. Es gefiel ihm, dass sich an engeren Stellen des Weges oder wenn ihnen Passanten entgegenkamen, immer wieder ihre Oberarme berührten und dass Vigdis dabei kein einziges Mal zurückzuckte.

Liebe I

Kaum war der Zug angefahren, stellte Adrian zuerst die Rufnummernunterdrückung an seinem Handy ein und wählte dann die Notrufnummer der Polizei. Als abgenommen wurde, sagte er zu dem Beamten: „Ich bin von Périgueux nach Thiviers gefahren und da habe ich das Auto meines Freundes Yves Dubonnet am Straßenrand stehen sehen. Da saß aber nicht Yves drin, sondern ein großer Schwarzer. Ich mache mir Sorgen, weil ich Yves seit zwei Stunden nicht erreiche."

„Sie sagten Yves Dubonnet? Der hat vor einer halben Stunde sein Auto als gestohlen gemeldet. Wo sagten Sie, haben Sie das Auto gesehen?"

„Am Straßenrand Richtung Thiviers, etwa fünf Kilometer nach Périgueux."

„Wie ist ihre Name?"

„Was haben Sie gesagt? ... Die Verbindung ist ganz schlecht."

Adrian drückte auf den Knopf. Das Gespräch war beendet. *OK, Yves, du steckst nicht mit drin. ... Und wenn die Polizei jetzt die Straße und den Wald absucht, dann findet sie vielleicht deinen Pick-up oder das Motorrad oder den Schwarzen ... oder auch alle drei.*

Adrian lehnte sich zurück. Mit jedem Halt wurde der Zug voller. An jedem Bahnhof, an dem sie hielten, streckte Adrian den Kopf aus dem Fenster und scannte den Bahnsteig, ob er nicht einen hochgewachsenen schwarzen Mann zusteigen sah. *Ich bin paranoid. Woher soll der denn so schnell wissen, dass wir mit dem Zug nach Madrid fahren?*

Vigdis saß stumm neben ihm. Sie schien erst jetzt das kürzlich Erlebte zu verarbeiten. Sie hatte sich ihre Jacke übergezogen und zitterte, so, als ob es sie frösteln würde, dabei hatte sie Schweiß auf der Stirn. Immer wieder schaute sie zu Adrian. Der lächelte ihr aufmunternd zu und nahm ihre Hand. Da lehnte sie den Kopf an seine Schulter und schloss die Augen. Adrian genoss ihre Nähe still und passiv.

Aber sobald er mehr zur Ruhe gekommen war, machten auch ihm die Erinnerungen an das Geschehene zu schaffen. *Gott sei Dank habe ich eine Weile Krav Maga trainiert. Ich wäre sonst nicht so brutal gewesen. Es ging ums nackte Überleben. Der hätte mich erschossen. Ich war mit dem Tritt nur minimal schneller als er. Was hätte der mit Vigdis gemacht? Wir wären jetzt beide tot.*

Adrian merkte, wie sein Herz bei der Erinnerung plötzlich anfing, rasend schnell zu schlagen, wie mit einem Mal seine Hände zitterten. Nachträgliche Angst überwältigte ihn. Am liebsten wäre er aufgestanden, um vor seinen eigenen Gedanken zu fliehen. Tief atmete er ein und aus. Er schloss die Augen und zählte auf hundert. Er versuchte an etwas anderes zu denken. Es gelang ihm nicht. Immer wieder kamen die Momente des Kampfes in ihm hoch und damit die Todesangst. *Mein Mantra! Mit meinem Mantra kann ich dagegen ankämpfen: Überall und jederzeit Ruhe und Gelassenheit. Überall und jederzeit Ruhe und Gelassenheit. Überall und ...*

Sein Mantra half ihm auch diesmal. Endlich ließ ihn das Entsetzen wieder los. Endlich gelang es ihm, zuerst an nichts und dann an etwas anderes zu denken. Jetzt konnte er nach einer anderen Erinnerung suchen. ... Das freundliche Entgegenkommen von Yves, ... das opulente Mahl bei Cécile. Irgendwann erschien die Abfahrt durch den Wald vor seinem geistigen Auge. *Mann war das geil!*

Obwohl er auch bei der Abfahrt sein Leben riskiert hatte, wurde Adrian sofort ruhiger, als er sich an den Moment erinnerte, als er im völligen Vertrauen in seine Stärke die Bremsen losgelassen und nur noch im absoluten Moment gelebt hatte. Er konnte sich dieses Glücksgefühl des reinen Lebens wieder in Erinnerung rufen. Ein Lächeln erschien auf seinen Lippen. Sein Herz schlug wieder ruhiger. Das Zittern ließ nach. Adrian schaute zu Vigdis und legte ganz sacht seinen Arm um sie.

Der Zug fuhr durch die langsam einsetzende Dämmerung Richtung spanische Grenze. In Irún kam eine spanische Familie zu ihnen ins Abteil. Der Vater hatte schon einen deutlichen Bauchansatz. Die hohe Stirn, der hängende schwarze Schnurrbart und das Doppelkinn passten zu der Erscheinung eines braven, viele Überstunden machenden Büroangestellten. Die Mutter war einen halben Kopf kleiner als er. Sie hatte ein hübsches, rundes Gesicht, war sorgfältig geschminkt mit tiefrotem Mund und glutvollen Augen. Die zwei niedliche Mädchen waren angezogen, wie aus einem Prospekt für Kindermode entsprungen. Karierte Kleidchen, passende Haarschleifchen, weiße Söckchen, rosa Sandalen. Jede hatte sich behängt mit Halskettchen und Armbändchen aus glitzernden rosa Plastiksteinchen. Sie waren vielleicht vier und sechs Jahre alt und füllten das Abteil sofort mit Leben.

Das kleinere Mädchen baute sich vor Vigdis auf, schaute ihr in die Augen und sagte auf Spanisch: „Du bist so schön wie eine Prinzessin, aber warum schaust du so traurig?"

Dann spitzte sie ihre Lippen zu einem Kussmund und fragte: „Willst du einen Kuss? ... Mama sagt immer, wenn ich sie küsse, wird sie fröhlich."

Die Kleine neigte das Lockenköpfchen und schaute Vigdis fragend an. Die hatte die Worte zwar nicht verstanden, wusste aber sofort, was das Kind gesagt hatte und warf ihr einen Luftkuss zu. Das kleine Mädchen hatte sie zum Lächeln gebracht. Da lachte das Kind und kletterte zufrieden auf seinen Sitz. „Hast du gesehen, Mama? Ich bin eine Gute-Laune-Fee!"

Ihre Mutter küsste ihren Goldschatz auf die Stirn, nahm die Kleine in den Arm und lächelte zu Vigdis und Adrian.

Nun holte der Vater Karten heraus und bei dem Spiel gab es keinen Streit, sondern nur fröhliches Gelächter. Adrian beobachtet die Vier und schmunzelte. *Klar, Papa lässt ja auch seine zwei Prinzessinnen immer wieder gewinnen und macht sich selbst zum Clown. ... und die Mama hat sein Spiel durchschaut und reagiert mit gespielter Empörung, wenn er so theatralisch ein verlorenes Spiel beklagt.*

Die Familie hatte Adrian ein wenig abgelenkt, aber nun begann er wieder zu grübeln.

Wenn Rousset der Drahtzieher ist, dann hat er jetzt sicher schon von seinem Neger erfahren, dass auch der zweite Mordversuch fehlgeschlagen ist. Und wenn Rousset mit seiner Schwester telefoniert, dann wird er erfahren, dass Vigdis und ich auf dem Weg nach Tanger sind.

Adrain schaute Vigdis von der Seite an. *Es ist sinnlos, sie davon abhalten zu wollen, den Briefen hinterherzufahren.*

Sie schaute zurück und sagte: „Vi lernis rapide Esperanton."63)

Adrian antwortete: „Mi trovas ĝin fascina."64) Er war froh, dass sie ihn mit ihrer Feststellung auf ein anderes Thema gebracht hatte.

Adrian überlegte. *Ja, dieser Zamenhof hatte ja wirklich gute Ideen. Neben seiner Weltsprache wollte er sogar noch eine Weltreligion gründen. Eigentlich keine schlechte Idee. Aber klar, dass er daran gescheitert ist. Da ist er allen etablierten Religionsführern auf die Zehen getreten. Eine Universalreligion, das ist zu groß. So eine kleine, profitable Nischenreligion hätte sicher geklappt.*

Adrian grinste. *Ist ja ganz einfach. Da muss ich mir nur eine Zielgruppe aussuchen ... irgendwelche Verlierer. Denen mache ich vor, dass ich höheres Wissen habe und wenn sie mir nachfolgen, dann sind sie auserwählt und dürfen ihre niedrigsten Instinkte an allen Ungläubigen ausleben, denn sie tun damit ja eine gottgefällige Tat. Und auf alle, die nicht an meine Religionsversion glauben, wartet die Hölle im Jenseits. Und natürlich müssen meine Anhänger für mich arbeiten und für meinen Tempel spenden. Dass ich dadurch ein Luxusleben führe, ist meines Goootes Wille.*

Adrian holte das Esperantobuch von Nikolaus Groß hervor und begann damit, seine Gedanken in einfachen Sätzen auf Esperanto zu formulieren. Vigdis hörte ihm geduldig zu und unterstützte ihn hin und wieder mit langsam gesprochenen Vokabeln und Sätzen. Es dauerte einige Zeit, bis Adrian alle seine Gedanken in Esperanto ausgesprochen hatte. Aber es schien ihm gelungen zu sein, denn Vigdis lachte am Schluss und sagte: „Vi estas sarkasma. Sed vi pravas. "65)

Und dann fügte sie hinzu: „ Kaj se la fondo de la religio funkcius, ĝi havus la saman sorton kiel ĉiuj: fanatikuloj misuzus ĝin por siaj propraj celoj."66)

Adrian nickte. *Da hat sie wohl recht. Zamenhof wäre es genau so ergangen wie allen anderen Religionsgründern. ... Die neue Religion wäre schnell von Fanatikern für schlechte Ziele missbraucht worden.*

Mittlerweile war es dunkel geworden. Für die spanische Familie wurde es Zeit, zu essen. Papa holte aus dem Gepäcknetz einen der Koffer der Kinder und legte ihn sich auf die Knie. Mama holte aus ihrem großen Korb einige Servietten und Plastikschüsseln hervor und stellte alles auf den Koffer. Da gab es Weißbrote, Fleischklößchen und Oliven, eingelegte Pilze, Blutwurst und Käse, Patatas alioli, Serrano Schinken und eingelegte kleine Oktopusse. Und nachdem alles ausgebreitet war, sagte der Vater zu Vigdis und Adrian auf Spanisch: „Ihr seid eingeladen, greift zu. Wir haben genug."

Invitado – eingeladen – das verstanden auch Vigdis und Adrian, denn sowohl auf Esperanto als auch auf Französisch hatten ähnliche Laute die gleiche Bedeutung: inviti - einladen auf Esperanto und invité – Gast auf Französisch. Adrian und Vigdis griffen einige Male zu und tranken auch einige Schlucke von dem einfachen, guten spanischen Wein, den ihnen der Papa in kleinen Plastikbechern angeboten hatte. Und weil die spanischen Eltern beide etwas Französisch sprachen, kam eine stockende Unterhaltung mit Adrian zustande, und weil viele Esperanto-Wörter dem Latein oder romanischen Sprachen entstammen, konnte sich auch Vigdis ein wenig an der Unterhaltung beteiligen. Besonders die kleine Gute-Laune-Fee hatte Spaß daran, mit Vigdis Fremdsprachen zu üben. Da setzte die sich neben die Kleine und gemeinsam übten sie zuerst das spanische Wort und dann das Wort auf Esperanto:

„pan – pano (Brot), España – Hispanio (Spanien), viaje – vojaĝo (Reise), tren – trajno (Zug), ventana – fenestro (Fenster) und natürlich: princesa – princino (Prinzessin) …"

Schließlich aber wurden die beiden Mädchen müde. Vigdis half der kleinen Fee, es sich auf ihrem Sitz gemütlich zu machen und setzte sich dann wieder neben Adrian. Mama und Papa legten ihre Jacken über ihre Kinder und langsam wurde es still in dem Abteil. Vom Flur drang Licht herein und immer wieder, wenn der Zug durch eine Kleinstadt fuhr, schien helles Licht durch die Fenster.

Vigdis hatte sich an Adrian geschmiegt. Er schaute sie an. *Wie schön sie ist.*

Dann küsste er sie leicht auf die Haare und sie hob den Kopf. So konnte er sie auch auf die Lippen küssen und sie erwiderte den Kuss und er streichelte ihre Wangen und hauchte ihr Küsse auf die Stirn, ganz, ganz zart auf die Augenlider und immer wieder auf den Mund. Dann spürte er, wie sie ihre Zunge spitz und vorsichtig zwischen seine Lippen schob und er umkreiste ihre Zunge mit seiner und ihre Lippen öffneten sich und ihr Kuss wurde inniger. Später schob er langsam, sehr langsam seine Hand unter ihr Hemd und liebkoste behutsam ihre Brüste. Als er die Brustwarze, die der Schwarze so brutal gequält hatte, berührte, zuckte sie zusammen und er fuhr sofort zurück. Aber sie nahm seine Hand und legte sie auf ihre Brust, sodass er sie schützend umfasste. Vigdis schnurrte wie ein zufriedenes Kätzchen und sie wollte mehr. Ihre Hand fand den Weg in seine Hose und umfasste seinen hart gewordenen Schaft. Lautlos und liebevoll berührten und liebkosten sie sich und es war Vigdis, die seiner Hand den Weg in ihre Hose öffnete zu ihrer warmen und zarten und nassen Mitte.

Der spanische Familienvater war mit der fast geleerten Flasche Rotwein im Arm eingeschlafen, aber seine Frau beobachtete still und freundlich das Liebespaar. Der Zug raste durch die Nacht. In vollkommener Zärtlichkeit dämmerten sie in den Schlaf.

Es war noch früh am Morgen, als der Zug in Madrid einfuhr. Die Sonne tauchte den Bahnhof schon in helles Licht. Kreischende Bremsen und Signaltöne der ein- und ausfahrende Züge gaben bereits einen Vorgeschmack auf die kommende Rushhour. Aber noch erwachte erst die Geschäftigkeit des täglichen Betriebes. Adrian lief am Zug entlang zum Transportwagen und holte sein Rad. Vigdis wartete zusammen mit der spanischen Familie auf ihn. Nachdem Adrian sein Rad wieder hatte, liefen sie gemeinsam zum alten Teil des Bahnhofs mit seiner hohen Halle, den vielen Pflanzen, großen Palmen und Sträuchern.
„ Ĝi aspektas kiel Rejkjaviko ", sagte Vigdis. „ Ni ankaŭ havas forcejojn kaj palmojn tie."67)
Nun mussten sie sich von ihren Reisegefährten verabschieden und die kleine Gute-Laune-Fee war ein wenig traurig. Aber nachdem Vigdis ihr und ihrer Schwester in einem der Kioske Glitzer-Haarspangen gekauft hatte, konnte die kleine Fee schon wieder ein wenig lächeln. Sie drehte sich immer wieder um und winkte Vigdis zu, während ihre Eltern mit ihr und ihrer Schwester durch die große Halle liefen und schließlich hinter dem Ausgang verschwanden.
Vigdis und Adrian setzten sich an einen der Tische vor dem Schildkrötenteich und bestellten ihr Frühstück. Sie hatten über eine Stunde Zeit, bis ihr Anschlusszug nach Algeciras abfuhr. Von dort wollten sie nach Tanger übersetzen.
Adrian genoss es, einfach nur am Frühstückstisch zu sitzen, ab und zu einen Schluck Kaffe zu nehmen und Vigdis anzusehen. Nachdem die ihren ersten Hunger gestillt hatte, zog sie ihren Pasporta Servo hervor und suchte darin, ob es in Tanger einen Esperantisten gab, der sie aufnehmen konnte. Adrian beobachtete sie im Profil, wie sie konzentriert die Seiten umblätterte und bald darauf in eine der Seiten ein Eselsohr knickte. Sie schien fündig geworden zu sein. Sie blickte auf und sagte: „Bone. Mi trovis adreson. Nun mi devas telefoni."68)
Sie stand auf und lief zu der Telefonzelle neben einer der Säulen an der Seite des Bahnhofes. Es dauerte lange, bis sie fertig war. Aber das Warten machte Adrian nichts aus. Er fühlte die Wärme der Mor-

gensonne, die ihre Strahlen durch das Glasdach schickte. Er schaute Vigdis zu, wie sie telefonierte und erfreute sich einfach nur daran, sie zu sehen. *Sie ist so unglaublich schön. Wie nett sie sich mit der Kleinen verstanden hat. ... Wäre schön mit ihr auch so einen niedlichen Wonneproppen zu haben.*

Adrian riss entsetzt die Augen auf. *Adrian, spinnst du jetzt vollkommen? Du und Kinder?*

Adrian erinnerte sich, was ihm seine Mutter in puncto Kinder auf den Weg gegeben hat: „Adrian", hatte sie gesagt. „Sobald ich wusste, dass ich schwanger war, habe ich mir Sorgen um dich gemacht, denn dein Papa und ich haben uns so sehr ein Kind gewünscht. Während der Schwangerschaft hatten wir Sorge wegen einer Fehlgeburt. Vor der Geburt hatten wir Angst, ob alles gut gehen wird. Kaum warst du auf der Welt, haben wir jede Nacht mehrmals nach dir geschaut, ob du noch atmest, weil wir jeden Scheiß über plötzlichen Kindstod gelesen haben. Dann bist du allein in den Kindergarten gelaufen und wir hatten Angst, dass du von einem Auto überfahren wirst und als du in der Schule warst, machten wir uns Sorgen, dass du einem Kinderschänder in die Arme läufst. Jetzt bist du Stuntman und ich bin jedes Mal froh, wenn du wieder heil zurückkommst. Kinder haben bedeutet für Eltern das Größte, aber auch immer Sorgen zu haben. Und das wird noch so sein, wenn du 70 Jahre alt bist und ich 92. Kinder kannst du nur mit einer Partnerin haben, auf die du dich absolut verlassen kannst und nicht, weil es die Gesellschaft von dir erwartet oder aus einer Laune heraus wie einen Hund, den man sich an Weihnachten als Welpe kauft und ihn an Ostern aussetzt, weil er einem lästig geworden ist."

Adrian schaute zu Vigdis. *Sie ist so zwiespältig. Einerseits so liebevoll und fürsorglich, zu dem kleinen Mädchen und zu mir, als sie mich verarztet hat .... und andererseits so kompromisslos und berechnend. ... Ich glaube, mit dem Kinder machen, warten wir noch eine Weile.*

Vigdis hatte ihr Telefonat beendet und kam zum Tisch zurück. Sie schaute Adrian an, verhielt einen kleinen Moment, als sie ihn so nachdenklich vorfand und zog kurz die Augen zusammen. Dann lächelte sie. So unwiderstehlich, dass Adrian sofort das Denken einstellte.

Ohne Eile liefen sie später zum Zug, verstauten das Rad im Transportwaggon und fanden gleich zwei Plätze im nächsten Personenwagen.

„Kion vi trovis?"69) fragte Adrian, als der Zug nach Algeciras abfuhr.

„Mi telefonos al Ali Ben Akbar en Algeciras, kiam mi scios la horon de la transveturo. Poste li kunverturigos nin en Tanĝero. Ni povas tranokti ĉe li. Eble li ankaŭ scias, kie estas Rousset. Mi ankoraŭ ne demandis lin. 70)

Womöglich treffen wir Rousset auch bei diesem Ali, dachte Adrian. *Dann müssen wir diesen Ali-Akbar gar nicht mehr danach fragen, ob er weiß, wo Rousset ist. Ich glaube nicht, dass es eine gute Idee ist, bei dem Espi zu übernachten. Ein Hotel wäre mir lieber.*

Dann schaute er auf Vigdis. *Aber das ist bei ihr ausgeschlossen.*

Marokko

Adrian und Vigdis liefen auf der langen Pier in Tanger zur Stadt. Der weiße, staubige Boden blendete ihre Augen. Die Sonne brannte unbarmherzig vom wolkenlosen Himmel. Aber das war nicht der Grund, weshalb sie beide genervt waren. Sie waren von einer Horde aufdringlicher Männer umgeben. Kaum hatten sie die Fähre verlassen, waren alle Ankömmlinge von dieser Menge gieriger Männer umringt gewesen, die Touristen als Beute auffassten. Als Geldbeutel auf zwei Beinen, die nur einen Zweck hatten: von ihnen geleert zu werden. Am besten geschützt waren die Reisegruppen, die bereits an Bord von einem einheimischen Führer übernommen worden waren und die Personen, die offensichtlich Geschäftsreisende oder Marokkaner waren. Völlig schutzlos waren die Rucksacktouristen wie Vigdis und Adrian. Überall waren braune Hände, vor allem an den Frauen.

Adrian schaute den Männern bedrohlich in die Augen. Das nützte nur wenig. *Ich komme mir vor wie in einem Nazifilm gegen Moslems. Die Drecksäcke hier, die bestätigen alle Vorurteile, die ein Stammtischbruder gegen Muslime hegen kann.*

Auf Deutsch, Spanisch, Portugiesisch, Französisch und Englisch schrieen die Männer auf sie ein und fassten Vigdis an.

Adrian beobachtete ein anderes junges Paar. Adrian hörte, wie ein kleiner, dunkler Mann in gelbem T-Shirt auf sie einsprach. „Ah, aus München … Ich habe Jahre in München geschafft. … BMW sehr gutt. … Viel Geld verdient. Komm mit mir. … Ich zeigen Altstadt. Nix gut, dort allein, … aber mit mir sicher."

Die zwei vertrauten sich ihrem Fremdenführer an.

Wie naiv kann man sein?, fragte sich Adrian und beobachtete, wie ein Mann mit schwarzen Haaren und gierigen Augen Vigdis am Oberarm angefasst hat.

„Moment mal", sagte Adrian, ließ Vigdis einen Schritt vorgehen und drängte sich dann mit dem Rad zwischen sie und den aufdringlichen Menschen. Der wagte nichts dagegen zu tun. Adrian hatte ziemlich viel Schub in die Bewegung gelegt. Er war einen Kopf größer als der Einheimische und Adrians Körpersprache ließ den Marokkaner nichts Gutes erwarten.

„Vi prenu la biciklon",71) sagte er zu Vigdis. Die hatte sofort verstanden und übernahm das Rad. Adrian lief um sie herum auf ihre andere

Seite. Er kam gerade zur rechten Zeit, um einen anderen Aufdringling mit einer harten Schulterbewegung von Vigdis wegzustoßen. Dann endlich war sie auf beiden Seiten vor den Einheimischen geschützt. Links von ihr lief Adrian und auf ihrer rechten Seite konnte sie mit seinem Rad die zudringlichen Männer auf Abstand halten.

Adrian bahnte sich und Vigdis mürrisch einen Weg durch die Ansammlung der Männer. *Die sind aufdringlicher als die Nutten auf der Reeperbahn. Denen seh' ich doch sofort an, dass sie uns als Ungläubige verachten und uns übers Ohr hauen wollen. Die benehmen sich tatsächlich wie die Kanaken aus einem Bilderbuch für Nazis.*

Adrian erinnerte sich an seine Klassenkameraden aus Kurdistan. *Achmed und Ugur ... ihr würdet euch für eure Glaubensbrüder hier schämen.*

Er schaute auf Vigdis. Sie war überhaupt nicht aufreizend gekleidet mit ihrer Leinenhose, ihrem zugeknöpften weißen Hemd und der Jacke darüber. Trotzdem war sich Adrain sicher. *Wenn die Drecksäcke heute Nacht ihre bedauernswerten Ehefrauen vergewaltigen, dann haben sie das Bild von Vigdis Hintern als Wichsvorlage im Kopf.*

Vigdis rief immer wieder „Ĉu iu parolas Esperanton?"72), aber als Antwort hörte sie nur in den verschiedensten Sprachen: „Ich kenne ein Hotel ... sehr gut und sehr preiswert." Oder: „Ich kann euch die Altstadt zeigen." Oder: „Brauchst du Führer?" Oder auch: „Komm, wir gehen saufen."

Die aufdringlichen Männer ließen sich nicht abschütteln. In Adrian kochte der Zorn hoch. *Bis jetzt war es mir egal, ob einer schwarz, braun, weiß oder gelb ist. Hauptsache, wir haben uns irgendwie verstanden und uns gegenseitig respektiert. ... Aber die hier, die sind alle dreckiger Abschaum. Die haben keinerlei Respekt vor mir und schon gar nicht vor Vigdis, weil sie eine Frau ist. Diese Typen hier sind einfach alle nur Scheiße.*

Sie waren am Ende der Pier angekommen. Wo sollten sie hin? Der marokkanische Esperantist hatte Vigdis doch gesagt, dass er am Pier auf sie warten würde. Sie wollten sich schon Richtung Stadt bewegen, da endlich hörte Vigdis jemanden Esperanto sprechen: „Saluton. Mi parolas Esperanton. Mia nomo estas Ali Ben Akbar."73)

Ein junger Mann lächelte ihnen zu. Er trug einen hellen Maßanzug. Seine schwarzen Schuhe glänzten in der Sonne. Sein Haar war sorgfältig geschnitten. Er strahlte Ruhe und Sicherheit aus.

Zwei Schritte hinter ihm standen zwei Männer in dunklen Anzügen, mit denen niemand gern Streit anfangen mochte. Es genügten einige Worte des Neuankömmlings zu der Männermeute und Adrian und Vigdis wurden in Ruhe gelassen.

„Bonvenon – Willkommen", sagte Ali und breitete die Arme aus. Adrian nahm beide Hände, die Ali ihm entgegenstreckte und drückte sie. Vigdis war weniger reserviert. Sie ließ sich umarmen und auf die Wangen küssen.

Adrian atmete auf. *Ich habe schon an meinem Weltbild gezweifelt. Dieser Ali, der scheint in Ordnung zu sein.*

Der Marokkaner war mittelgroß und schlank und hatte freundliche Augen. Wie selbstverständlich nahm er Vigdis Rucksack, und auf dem Weg zu seinem Auto unterhielten sich die beiden auf Esperanto. Adrian lief nebenher und verstand nur wenig. Ali war genauso bewandert in Esperanto wie Vigdis, und schnell flogen die Worte zwischen den beiden hin und her.

„Pardonu, mi devas telefoni"74) , sagte Ali und zückte sein Handy. Er sagte einige Worte in das Gerät und wandte sich dann an Vigdis und Adrian: Bonvolu eniri en la aŭton."75)

Er öffnete die Tür zu einem schneeweißen Bentley.

Adrian und Vigdis schauten sich an.

„Mein Rad", fragend blickte sich Adrian um. Er konnte sich nicht vorstellen, wie er sein Fahrrad in diesem Luxuswagen transportieren sollte. Aber hier lassen wollte er es auch nicht.

„Dös passt scho. ... I hab' grad telefoniert. Do kimmt scho a Fahrer", sagte Ali auf Bayerisch.

Ein Mercedes Sprinter war vorgefahren und ein junger Marokkaner stieg aus. Adrian wollte ihm helfen, sein Rad zu verstauen, aber der junge Mann lehnte entschieden ab. Er schob das Rad in den Laderaum und verzurrte es sorgfältig. „Gutt so?", fragte er und Adrian nickte.

Adrian stieg mit Vigdis in den Fond des Bentleys. Ali hatte den Beifahrersitz nach hinten gedreht und saß ihnen gegenüber. Er gab dem Chauffeur ein Zeichen, und der fuhr los. Die zwei Männer in den dunklen Anzügen fuhren in einer S-Klasse voraus. Der Sprinter folgte dem Bentley. Kaum waren sie losgefahren, öffnete Ali den Kühlschrank und holte drei Gläser sowie eine Flasche Champagner heraus. Er schenkte ein und prostete Vigdis und Adrian zu. Nachdem er von Vigdis erfahren hatte, dass Adrian komencanto[76]) war, wechselte er ganz selbstverständlich zwischen Esperanto und seinem bayerischen Deutsch, je nachdem, mit wem er sprach.

„I hab' internationales Recht und Betriebswirtschaft in Paris und München studiert. In München hats mir besser g'fallen. Die Biergärten, d'Isar-Auen und des Weißbier ... ahh, dafür däd i jetzt sogar den Tschampagner stehen lassen."

Sie fuhren die Küstenstraße ein kurzes Stück nach Westen und folgten dann der Straße ins Landesinnere. Schließlich bog der Chauffeur nach rechts ab, in Richtung der bewaldeten Hügel über dem Meer. Dort lag das Anwesen von Ali Ben Akbar. Eine hohe, weiße Mauer, oben mit Stacheldraht und Videokameras geschützt, umgab die Anlage. Sie fuhren durch ein schmiedeeisernes Tor. Daneben war ein Wärterhäuschen. Davor waren Sandsäcke aufgeschichtet. Im Wärterhäuschen saßen zwei Männer mit automatischen Gewehren.

„Mir san vorsichtig g'worden. Man kann nie wissen, wo die Terroristen zuschlagen. Mei' Familie is sehr reich und den Fundamentalisten g'fällt unsere weltoffene Art nicht. B'sonders ned, dass mir a Schul' nur für Mädle bezahlen. Ond do lerned die Mädle ned d' Koran auswendig, sondern sie lerned lesen mit de europäische Klassiker und schreibe lerned se, indem se sich ihre eigene Gedanke über die Klassiker mached und aufschreibet. B'sonders dr Lessing beeindruckt se jedesmal. Nathan der Weise und die Ringparabel ... do geht so mancher a Licht auf. Und Nadurwissenschaften, vor allem Biologie und dr menschliche Körper is a Thema. Ond richtig rechne lerned se au ... Buchhaltung ... Do hat scho manche ihren Vadder gfragt, wo der Rest vom Geld blieba isch, des der jeden Monad verdient. Ond des gfallt denne Männer ned ... ond es g'fallt denne au ned dass i in Europa studiert hab' und dass mir ned regelmäßig in'd Moschee gehen. Mir sand eben Muslime so wie die meisten von euch Christen sand: An den hohen Feiertagen gehen mir ins Gotteshaus, weil des eben Tradition is, aber ansonsten lassen mir den lieben Gott... oder Allah ... einen guten Mann san."

Dann wurde Ali ernst: „Seltsam ... seitdem bekannt g'worden is, dass i Esperantist bin, sind die Bedrohungen stärker g'worden. Engstirnige Menschen vertragen die Idee, die hinter Esperanto steckt, offensichtlich ned: dass es a Sprach' gibt, die kei'm Volk g'hört und doch allen offen steht ... und die die Menschen aller Kulturen miteinander in Frieden z'ammenbringen kann. ..."

Sie stiegen aus. Der Mann im Sprinter zeigte Adrian, dass er das Rad in der Garage abstellen würde. Dann liefen sie ins Haus und standen wenig später in der riesigen Eingangshalle. Einlegearbeiten in Hell- und Dunkelblau, in Gold und Marmorweiß zierten den blankspiegeln-den Fußboden. Die Wände waren mit Mosaiken geschmückt. Sorgfäl-tig angebrachte direkte und indirekte Beleuchtung sorgte für das op-timale Licht. Dunkelgrüne Palmen und dunkelblaue Fenster mit gol-denen Stegen setzten zusätzliche Akzente. Adrian fühlte sich wie in einem Film aus Tausendundeine Nacht.

In der Mitte der Halle stand ein großer Waschtisch in Form eines run-den Brunnens. Ali lief auf einen der fünf Wasserspender zu, hielt seine Hände davor und sofort lief aus dem offenen Auslauf frisches Wasser. Daneben war ein Seifenspender, der ebenfalls berührungslos funktio-nierte. Nachdem sich Ali die Hände gewaschen hatte, benetzte er auch sein Gesicht mit kühlem Wasser. Dann nahm er eines der klei-nen Handtücher, die unter dem Waschtrog deponiert waren und trocknete sich ab.

Vigdis und Adrian taten es ihm gleich. Toll, dachte Adrian. Eigentlich müsste in jeder Wohnung, in jedem Haus im Eingangsbereich ein Waschbecken installiert sein, so dass man sich wenn man nach Hau-se kommt, sofort den Dreck abwaschen kann.

Ali sagte: „Halil zeigt euch euer Zimmer. Ihr wollt euch sicher ausru-h'n. Kimmt einfach in zwei Stund' wieder hier her. Dann ess'n mir g'-meinsam."

Ein junger, ganz in Weiß gekleideter Mann nahm die Rucksäcke von Vigdis und Adrian und führte sie zu ihrem Zimmer.

Es war kein Zimmer, es war eine Suite. Auch hier hatte die arabische Welt ihre ganze Pracht entfaltet. Der Fußboden war aus Marmor, die Wände waren mit Mosaiken verziert. Das riesige Bett stand erhöht unter einer Kuppel aus Glas. Rollos schützten vor der Sonne. Das Schlafzimmer ging unmittelbar ins Bad über. Dort stand ein riesiger Whirlpool und an der Wand war eine Walk-In-Dusche mit Regenhim-mel. Perfekt gesetzte Spotlights und indirekte Beleuchtung waren genau auf das Tageslicht abgestimmt und tauchten den Raum in ein geradezu magisches Licht. Ein frischer Duft von Limetten und Zitro-nen hing in der Luft, kaum wahrnehmbar und doch präsent. Ein leises

Summen war das einzige Anzeichen dafür, dass im Hintergrund eine Klimaanlage ihren Dienst tat. In diesem Luxusraum war alles ausgerichtet auf das Wohlgefühl seiner Bewohner.

Liebe II

Der junge Mann hatte die Rucksäcke auf einen Diwan neben der Tür gelegt und war dann verschwunden. Adrian und Vigdis waren allein. Beide atmeten tief ein und aus und nahmen die besondere Atmosphäre des Raumes in sich auf. Sie schauten sich in die Augen, waren ruhig und fühlten die Nähe des anderen, ohne sich zu berühren.

„Mi ŝatus duŝi min"77), sagte Vigdis schließlich und zog die Schuhe und ihre Hose aus. Den Tanga-Slip streifte sie gleich danach ab. Adrian fühlte sich wie im Paradies, als er sie anblickte, wie sie mit nacktem Unterleib vor ihm stand. Das etwas zu weite Hemd, das sie vor dem Bauch verknotet hatte, betonte noch ihre schlanken Beine und ihr perfekt geformtes Becken. Sie löste den Knoten und warf das Hemd auf den Boden. Sie ging in die Dusche, drehte sich um, blickte Adrian an und fragte: „Kion vi atendas?"78)

Ihre schneeweiße Haut war an den Armen und Beinen voller Kratzer, Macken und Schrammen, Spuren der wilden Downhillfahrt. Ihre rechte Brust war übersät mit dunklen, blauen und grünen Flecken und die Brustwarze war dunkelrot und blau von einem Bluterguss.

„Vi estas nekredeble bela",79) sagte Adrian.

Er zog seine Kleider aus und stellte sich zu ihr unter die Dusche. Ein warmer, weicher Regen aus der riesigen Kopfbrause hüllte sie ein. Sanft wechselte das Farblicht in der Dusche. Vigdis nahm die Cremeseife und fuhr damit über Adrians Haut. Er umarmte sie. Ihre nassen Körper glitschten aneinander. Sie genossen diese enge aneinander geschmiegte Glätte. Irgendwann stellte sie das Wasser ab und lehnte sich rückwärts an die Wand. Seine Lippen berührten ihren Mund und sie öffnete ihn weit und er machte seinen Mund noch weiter und ihre Lippen und Zungen schleckten und lutschten aneinander und umeinander und saugten und pressten und wurden eins in ihrer warmen, weichen Nässe und sein Schwanz ragte hart gegen ihren weichen Bauch. Der Speichel rann ihnen aus den Mündern den Hals hinab und sie fasste seine Latte und sagte: „Venu" und zog ihn an seinem Geschlecht auf das große Bett. Und Adrian überließ ihr die Initiative und machte, was sie forderte. Und sie bedeutete ihm, sich auf den Rücken zu legen. Und als er mit gespreizten Beinen dalag, setzte sie sich zwischen seine Beine und fuhr mit den Händen langsam an der Innenseite seiner Schenkel nach oben. Ihre Berührung kribbelte und kitzelte, und er fühlte sich wohl und konnte es kaum erwarten, bis ihre Hände wieder sein Geschlecht berühren würden. Sie fuhr mit der linken Hand an seinem harten Schaft nach unten, und als sie unten war, griff sie beherzt zu, klemmte den Sack zwischen Daumen und Zeigefinger und nahm die Eier fest in Griff. Erschreckt riss Adrian die Augen auf und richtete sich auf. Aber sie sagte nur beruhigend „Schschsch" drückte Adrian mit der flachen rechten Hand sanft auf die Kissen zurück, während sie mit der linken Hand weiterhin seine Eier festhielt. Das hatte Adrian noch nie zugelassen. Er atmete aus. Er überließ ihr seine Kronjuwelen. Noch nie zuvor hatte er sich einer Frau so ausgeliefert. Er schaute in ihre Augen und das Gefühl völligen Vertrauens überwältigte ihn. Er spürte ihre Finger, wie sie fest seine Eier umfassten. Nichts tat ihm weh, denn sie übte keinerlei Druck auf die Hoden aus. Noch nie hatte er sich gleichzeitig so erregt und so geborgen gefühlt. Sein Schwengel ragte steif in die Höhe, pulsierte und bewegte sich, als sie sanft und doch bestimmt an seinen Eiern zog und mit der anderen Hand die Stelle zwischen Sack und Anus massierte. Adrian konnte nicht mehr denken, er war ihr ausgeliefert. Alles, was sie machte, war richtig und gut und steigerte seine Erregung. Sie spielte mit seinem gesamten Gemächt, drückte ihre geschlossenen Lippen auf seinen Sack, saugte daran und biss zart mit den Zähnen in die Bällchen und der Schmerz war leicht und geil und sein Vertrauen war grenzenlos. Ihr Mund umfasste seine Eichel, die dick und dunkelrot glänzte. Sie leckte das Tröpfchen an der Spitze weg. Und während sie das machte, wechselte sie die Stellung und legte sich auf Adrian, so, dass er ihr Geschlecht direkt vor Augen hatte. Dick und triefend glitschten ihre Schamlippen über sein Gesicht. Gierig schlabberte er ihre Nässe, ihren Schleim, sog ihren Duft ganz in sich ein, knutschte ihre Lippen, zog sie tief in seinen Mund, bis er ausgefüllt war mit ihrem zarten Fleisch. Seine Zunge, sein Speichel, ihr Saft, ihr geschwollenes Geschlecht, sie wurden eins in ihrer Geilheit. Sie rutschte auf seinem Gesicht auf und ab und auf und ab, und sie stöhnte, und sie krächzte, und sie schrie. Ihre Pobacken zitterten, hoben und senkten sich, drückten auf und nieder auf seinem Gesicht. Sie verteilte ihren Saft auf seiner Nase, seinem Mund. Sein Schwanz ragte steil empor und sie nahm ihn auf mit ihrem Mund und steckte ihn tief in den Rachen, sie saugte und lutschte und würgte und liebte es, dass er ihr den Atem nahm und schluckte ihn tiefer und tiefer. Ihr

Speichel floss an seinem Schaft auf seinen Bauch. Erneut wechselte sie die Stellung. Sie setzte sich auf ihn und wie von selbst glitt sein Schwanz in ihre Grotte. Noch nie hatte er mit einem so harten Pfahl ein solch nasses Feld durchpflügt. Sie kamen zur gleichen Zeit. Ihre Schenkel zitterten, ihr Po klatschte auf seinem Unterleib, ihre Brüste bebten vor seinen Augen. Sein heißer Samen spritzte in ihren Bauch und spritzte und spritzte. Er bäumte sich auf und kam endlos und sie lief über und seine und ihre Nässe flossen aus ihr heraus und ihr Geschlecht war riesig und offen und rutschte auf seinem Schwanz auf seinen Eiern, und sie stöhnte und keuchte und schrie und lachte und sie war geil und voller Lust.

Und später wurden ihre Bewegungen ruhiger und zufriedener und sie streichelte seine Brust und sein Gesicht und schließlich legte sie sich wieder auf ihn und genoss seinen ruhig liegenden Körper. Und er umarmte sie und drückte sie ganz fest und sie presste sich an ihn und sie lagen da, als ob sie sich nie, nie wieder voneinander lösen wollten. Später, viel später, rutschte sie ganz langsam von ihm herab. Tief atmend lag sie neben ihm auf den seidenen Laken. Die Warzen an ihren Brüsten waren wieder flach. Die Blutergüsse und die Röte ihrer Erregung verschmolzen miteinander auf ihren Brüsten. Sie war am ganzen Leib rot und fleckig. Adrian genoss den Geruch ihres Körpers, ihres Schweißes und ihrer Nässe. Er streichelte sanft über die weiche, glatte Haut ihres Bauches. Sie kuschelte sich an ihn und sie liebten es beide, wie die Säfte ihrer Körper langsam auf ihren Leibern trockneten, und es war schön, dass sie alles alles miteinander teilten und den Geruch und die Spuren des anderen an ihrer Haut trugen.

Tanger

Es war spät geworden, als sie wieder aufstanden. Adrian wollte unter die Dusche, aber Vigdis sagte: „Ne, ne duŝu vin. Mi volas, ke ĉiuj ri-marku tuj, kion ni faris. Ni povas lavi niajn manojn sube en la halo. "80)

Sie schlüpften nackt in die Hausgewänder, die an der Garderobe hin-gen und machten sich auf den Weg in die Eingangshalle. Jeder konn-te sehen, dass sie miteinander geschlafen hatten, und Vigdis ver-stärkte dies, indem sie sich ganz eng an Adrian schmiegte, als sie in die Halle gingen. Das genossene Glück überstrahlte beide. Halil schaute sie mit großen Augen an. Er wartete, bis sie sich die Hände gewaschen hatten und führte sie dann in den Speisesaal. Auch hier standen üppige Grünpflanzen in großen Trögen an den Wänden, die mit kostbaren Einlegearbeiten verziert waren. Der Marmorfußboden wies ebenfalls aufwendige Muster auf.

Ali und eine junge Frau saßen nebeneinander auf kleinen Schemeln hinter einem großen runden niedrigen Tisch. Ali trug ebenfalls einen bequemen Hausanzug aus hellem Leinen mit dunklen und goldenen Applikationen an Ärmeln und Halsausschnitt. Er stand auf und sagte: „Permesu, ke mi prezentu: Soubida, mia edzino."81)

Und auch Soubida stand auf und sagte zu Vigdis: „Saluton" und zu Adrian in bestem Hochdeutsch: „Herzlich willkommen"

Soubida war klein und zierlich und sie war sorgfältig geschminkt. Ihr wertvoller Schmuck war perfekt auf ihren dunklen Typ abgestimmt. An den Ohren trug sie goldene Hänger mit Diamanten. Eine Goldkette reichte bis in ihr tiefes Dekolleté, wo sie dezent und deshalb umso wirkungsvoller Shimmering Powder aufgetragen hatte. Sie war bauchfrei gekleidet und an ihrem Nabel blitzte ein goldenes Piercing-kettchen mit Diamanten. Selbstbewusst und sehr sexy saß sie neben Ali, und die beiden waren sehr ineinander verliebt.

Soubida klatschte in die Hände und sagte: „Lasst uns essen."

Kaum hatten sie dreimal geklatscht, da kamen die Diener und brach-ten das Essen. Sie tischten Salat aus Orangen und geraspelten Gur-ken auf, Linsensuppe, Fisch mit Chermoula und Couscous, ge-schmortes Lamm und Süßkartoffeln und schließlich, als Vigdis und Adrian schon fast nichts mehr essen konnten, Dessert aus Pfirsichen, Eiscreme und Sahne.

Wie selbstverständlich tranken ihre Gastgeber Wein zum Essen.

„Wir haben uns auf einem Espitreffen in Berlin kennengelernt ", sagte Soubida und lächelte. „Am Anfang habe ich Alis Esperanto besser verstanden als sein Deutsch. Seine Münchner Freunde haben ihm einen fürchterlichen Dialekt beigebracht. Das is furchtbar, wie er spricht. Während ich in Hannover studiert habe. Und dort sprechen wir ja ein astraines Hochdeutsch."

„Von wegen astreines Hochdeutsch", stichelte Ali „Seit wann schreibt mr astrein mit a-i, so wie du es ausschprichscht? Und ist schreibt mr mit t hinten und nicht nur is, so wie du des so schlampig sogst. Ihr habt'ts in Hannover genau so an Dialekt wie mir in Bayern, nur wird euer Dialekt Schriftdeutsch g'nannt."

Adrian lachte.

Später, beim Kaffee, fragte Vigdis Ali: „Ĉu vi konas Rousset?"82)

„Certe", sagte Ali. „Ni renkontiĝis hieraŭ en la flughaveno."83)

„Kie li estas nun?"84)

„Li ekaviadis rekte al Bangkok."85)

Adrian verstand, dass Rousset nur kurz in Tanger gewesen war, um von dort nach Bangkok weiter zu fliegen.

„Ja", sagte Ali. „Mei Freund Gilles wollt' ja zwei Tage in Tanger bleib'n und auf mein'm Kongress sprech'n. Er hot mir au g'sagt, dass er wichtige Erkenntnisse über die Historie der Kunstsprachen hät', die er gern' vorstell'n wollt'. – Na ja, Kongress is' übertrieb'n. I hab' a paar Freund', G'schäftspartner und Politiker, für Esperanto interessiert und Gilles hät' die dafür begeistern soll'n. Er is als Redner a Phänomen. Aber dann hat er mir g'sagt, dass der Weltkongress in Bangkok des Johr richtig wichtig sei. Des hätt' er au erst jetzt richtig ei'schätza könne. Weil sich dort Leit' mit groß'm Einfluss treffen. Des hätt er vorher ned g'wusst. In Bangkok wird g'rad darüber beraten, wie man Esperanto in Asien und vor allem in China bekannter machen kann. Und weil i Gilles g'sagt' hab', dass i meine paar Freund' jederzeit wieder z'sammentrommeln kann, is' er direkt mit der Maschine am Abend weiter nach Bangkok g'flog'n. Er hat's eilig g'habt. Wollt nicht mit zu mir. Hat mir ned gsagt, was er no vorhat in Tanger. Hat a bissle rumdruckst. Da hab i ihn halt g'lasse und bin wieder heim. Er wollt' auf d'r Rückreis' dann bei mir vorbeischau'n."

„Kiom longe ankoraŭ daŭros la Universala Kongreso en Bangkok? 86)" fragte Vigdis. Sie hatte wegen der ganzen Aufregung mit den

132

Briefen den Universale Kongreso völlig aus dem Sinn verloren. Dabei hatte sie sich die Jahre zuvor immer bis ins letzte Detail über den jährlichen Hauptkongress des Welt-Esperanto Bundes informiert.

„Oh, der dauert scho no a Woch'", antwortete Ali zuerst auf Bayerisch und dann auf Esperanto.

Für Adrian klang das alles sehr fadenscheinig. *Rousset fliegt doch nicht im Zickzack um die Welt, um irgendwelche Kongresse zu besuchen. Der weiß doch mittlerweile, dass Vigdis und ich hinter ihm her sind. Der will uns doch nur hinter sich her locken, damit er uns dann in irgendeiner abgelegenen Ecke der Welt von seinem Auftragskiller umbringen lassen kann. Dem geht es nicht um den historischen Wert der Briefe. Ich bin mir fast sicher, dass es um Anteile an der Fabrik von Vigdis Onkel geht.*

Adrian schaute Vigdis an. *Und deshalb ist dein Onkel bei mir auch noch nicht aus der Nummer raus.*

„Ĉu vi flugos al Bangkok kun mi?87), fragte sie. Das war nur eine rhetorische Frage. Es war für Vigdis klar, dass Adrian mit ihr zusammen nach Bangkok fliegen würde. Wie von ihr erwartet, sagte Adrian: „Klare."

„Ihr könnt den Flug bei mir im Büro übers Internet buchen", sagte Ali.

„Dankegon", sagte Vigdis.

Soubida hob die Tafel auf und sagte: „Dann geht ihr jetzt den Flug nach Bangkok buchen und ich kümmere mich darum, dass die Terrasse nachher für uns bereit ist."

Ali führte Vigdis und Adrian in sein Büro. Das hätte dem Büro eines Dax-Vorstandschefs zur Ehre gereicht. Die Einrichtung war modern, westlich und von höchster Qualität. Der Prototyp eines HD-Flachbildschirms hing an der Wand gegenüber dem riesigen Schreibtisch, unter dem der Prototyp eines Mac Pro stand. An der Wand hinter dem Schreibtisch hingen zwei Originale von Andy Warhol. Der Blick vom Schreibtisch gewährte durch die gläserne Balkontür eine überwältigende Aussicht auf die Ausläufer der Stadt bis hin zum Meer.

Ali bat Adrian und Vigdis, auf der Sitzgruppe vor dem Schreibtisch Platz zu nehmen. Er selbst setzte sich an seinen Rechner und buchte für sie die Flüge, und als Vigdis ihn fragte, ob sie ihre Schwester anrufen dürfe, reichte er ihr das schnurlose Telefon seines Festnetzanschlusses. Er goß sich und seinen Gästen Eiswasser in hohe Gläser und garnierte sie mit Zitronenscheiben und Minzblättern. Dann führte er Adrian hinaus auf den Balkon, während Vigdis mit ihrer Schwester telefonierte.

Die hatte diesmal ihre Schwester sofort am Apparat.

„Finbogi, ich muss nach Bangkok. Rousset ist dort zum Universala Kongreso geflogen."

„Komm lieber heim. Der Kerl geht doch über Leichen. Jetzt hast du schon zweimal Riesenglück gehabt. Der wird doch sicher schon mit einem internationalen Haftbefehl gesucht. Hier war ja auch schon die Polizei. Ich werde dem Polizisten sagen, dass Rousset in Bangkok ist und dann wird er dort verhaftet und dann bekommen wir die Briefe früher oder später von der Polizei."

„Wenn er die dann nicht vernichtet hat. Nein, ich glaube, es ist besser, ich bleibe ihm auf den Fersen."

„Mensch Vigdis, mit dem ist nicht zu spaßen."

„Na ja, wir sind ja zu zweit."

„Das beruhigt mich wenig. Wenn du so verliebt bist, könnt ihr auch zu zweit nach Island kommen. So viel gibt unser Konto schon noch her."

„Danke, aber Adrian wird seinen Flug selbst bezahlen."

„Ich finde es nicht gut, dass ihr nach Bangkok fliegt. Aber wenn du etwas willst, dann hast du dich ja noch nie davon abbringen lassen."

„So ist es", sagte Vigdis und legte auf. Sie verharrte einige Augenblicke in ihre Gedanken vertieft vor dem Telefon.

Dann blickte sie auf und beobachtete Adrian und Ali durch das Fenster, wie die sich auf dem Balkon miteinander unterhielten. Vigdis kaute nachdenklich mit den Zähnen auf ihrer Unterlippe. Schließlich streifte sie mit ihren flachen Händen über Brüste, Bauch und Oberschenkel, schüttelte die offenen Hände kurz aus, wie um etwas aus ihrem Innern loszuwerden und atmete tief ein. Ein kleines Lächeln ließ ihr Gesicht erstrahlen und sie verhielt noch einen kurzen Augenblick. Dann warf sie den Kopf in den Nacken, öffnete die Balkontür und betrat wie eine Königin die Szene auf dem Balkon.

Ali hatte einen Flug für den nächsten Tag am Abend gebucht. Mit sechs Stunden Zeitverschiebung würden sie am übernächsten Tag um 12 Uhr Ortszeit in Bangkok landen.

„Genügend Zeit, dass wir euch morgen ein wenig Tanger zeigen können", sagte Soubida, als sie alle zusammen auf der großen Terrasse in der Loungegruppe saßen

Sie genossen den Sonnenuntergang über dem Meer und bewunderten, als es richtig dunkel geworden war, den Blick über die Stadt mit ihren Tausenden von Lichtern. Sie tranken marokkanischen Wein, eisgekühltes Wasser und knabberten an Maakouda, Briouates, panierten Pfannkuchen und anderem marokkanischem Fingerfood.

„Es tut mir leid, dass ihr so von meine Landsleid empfangn wordn seid", sagte Ali. „Aber glaubts mir, die wenigsten sind so. Aber für die em Hafn schäm i mi."

Adrian stellte sein Weinglas auf den Loungetisch und sagte: „Was glaubst du, wie ich mich für die dicken Deutschen schäme, die auf Mallorca jedes Jahr die Sau rauslassen ... oder für die Landsleute meiner Mutter, die Sorte von Franzosen, die so tun, als ob sie kein Wort Englisch, Deutsch oder Spanisch verstehen würden, wenn ein Fremder sie anspricht und es oft tatsächlich auch nicht richtig können und dann auch noch stolz sind auf ihre Borniertheit?"

Soubida hatte das Gespräch für Vigdis in Esperanto übersetzt und Vigdis sagte, als Soubida geendet hatte: „Mi pensas, ke mia fratino pravis. Ŝi iam diris, ke estas egala proporcio de idiotoj en ĉiu popolo."88)

Ja, dachte Adrian. Deine Schwester hat Recht. In jedem Volk, in jeder Menschengruppe gibt es Idioten, die ein schlechtes Licht auf ihre Gemeinschaft werfen. *Scheiße, dass man dann immer so schnell mit Verallgemeinerungen bei der Hand ist.*

Über ihnen strahlte die Sichel des Mondes in hellem Licht und die ersten Sterne kamen zum Vorschein. Eine leichte Brise wehte vom Meer herauf. Soubida kuschelte sich an Ali und fragte ihn leise: „Machst du mich heute Nacht wieder glücklich?"

Und weil ihre Gastgeber aufstanden, standen auch Vigdis und Adrian auf und gingen in ihr Zimmer. Und weil die Fenster offen waren, hörten sie, dass Ali und Soubida in dieser Nacht sehr glücklich waren.

Soubida saß allein am gedeckten Tisch, als Vigdis und Adrian am nächsten Morgen in den Speisesaal kamen. Sie sagte: „Ali muss arbeiten, aber ich habe Zeit, euch Tanger zu zeigen. Halil wird mich und euch begleiten. Tanger ist immer noch eine weltoffene Stadt, aber es gibt leider auch viele Männer dort, die meinen, sobald eine Frau alleine unterwegs sei, könnten sie aufdringlich werden. ... Deshalb geht Halil als meine männliche Begleitung mit uns mit. Das alles ist in den

vergangenen Jahren schlimmer geworden, seitdem so viele Rück-
ständige vom Land in die Stadt gezogen sind und die Religiösen immer mehr Zulauf bekommen. ... Trotzdem. Tanger ist eine wunder-
schöne Stadt. Sie wird euch gefallen."
Ein Chauffeur fuhr die Vier in der S-Klasse in die Stadt. Soubida vereinbarte mit ihm einen Termin, wann er sie wieder abholen sollte.
Dann liefen sie durch die Medina zur Kasbah hoch. Mit allen Sinnen
sogen Adrian und Vigdis die Atmosphäre der Stadt ein. Ihr Weg führte
sie durch enge, kleine Gassen mit farbig bemalten Häusern, entlang
an verzierten Hofeingängen, an weißgekalkten Wänden mit offen ver-
legten Elektroleitungen und Telefonkabeln. Häuser mit abblätterndem
Putz, kleine Läden mit Körben, Taschen und Tüchern, Telefonshops
und Souvenirläden wechselten sich ab. Sie liefen auf Gehwegen, die
unterschiedlichst belegt waren: mal mit wechselnden Bodenfliesen,
mal mit einfachen Pflastersteinen und dann wieder mit aufwendig ver-
legtem Pflastermosaik. Adrian achtete genau darauf. *Offensichtlich ist
nicht nur das Haus, sondern auch der Straßenabschnitt davor dem
Geschmack und den finanziellen Möglichkeiten des Besitzers unter-
worfen.*
Adrian bemerkte den Charme des Verfalls und den stetigen, kreativen
Kampf dagegen. Vigdis bewunderte die leuchtenden Farben, die
prachtvollen Ornamente an den Fensterläden, an den soliden Holztü-
ren oder auch an den einfachsten Verschlägen aus Blech.
Sie entdeckten Farben, wo sie niemand erwartet hätte: an Treppenstufen und über dem Kopf an der Unterseite der Mauervorsprünge,
wenn an einem Haus das erste Stockwerk auf die Straße ragte, sodass die Fußgänger darunter im Schatten laufen konnten. Sorgfältig
verputze Häuser standen gegenüber anderen, deren loser Putz nur
noch gehalten wurde vom guten Willen des Zufalls. Grüne Blattpflan-
zen standen in farbigen Töpfen auf Treppenabsätzen, herrlich blühende Bougainvilleen, Zitronen-, Orangenbäume, ... Feigen. ... Das Fest
für Augen und Nase wollte nicht enden.
Sie besuchten den großen Markt. Alles war duftgeschwängert. Gerüche nach Gewürzen, Leder, Zitronen und Minztee umgaben sie. Vigdis
kaufte eine kleine Flasche Olivenöl mit einer feinen Note von Zitro-
nenduft. Auf Adrians erstaunten Blick sagte sie nur: „Vi estos
feliĉa."89)

Sie setzten sich in ein Restaurant und aßen Couscous mit Huhn, Fisch und Gemüse zu Mittag und genossen die angenehme Wärme des Vormittags, die leichte Brise vom Meer. Am frühen Nachmittag, bevor es richtig heiß wurde, liefen sie durch die kleinen Gassen zum vereinbarten Treffpunkt mit ihrem Fahrer. Auf dem Weg zurück in den Palast von Ali und Soubida schmiegte sich Vigdis an Adrian: „So viele Farben, so viele Gerüche, so viele Stimmen und Menschen. ... Ich brauche Entspannung."

Als sie wieder in ihrem Zimmer waren, zog Vigdis Adrian unter die Dusche. Aber als er sie umarmen wollte, entzog sie sich ihm und deutete auf das Bett.

„Kuŝiĝu sur la ventro!"90), befahl sie und Adrian gehorchte und legte sich bäuchlings auf das Bett.

Sie kniete sich nackt neben ihn, öffnete das Ölfläschchen und hielt einen Moment inne. Dann berührte sie Adrian mit der flachen Hand am Steißbein und lies eine gute Menge Öl auf seinen Rücken fließen. Nun verteilte sie mit beiden Händen das Öl mit langen Strichen auf Adrians Rücken um die Schulterblätter herum bis hoch zum Nacken. Dort knetete sie kräftig die starken Muskeln und entlockte Adrian ein wohliges Seufzen. Nun führte sie die Hände zu den Seiten unterhalb der Achsel, tastete sich dann an der Wirbelsäule Wirbel für Wirbel nach unten bis zum Ausgangspunkt. Den Po bearbeitete sie mit den Ellenbogen und ging dann weiter zu den Oberschenkeln. Wie zufällig berührte sie manchmal sein Geschlecht und massierte dann, als sei nichts gewesen, weiter seine Muskeln. Und dann führte sie mit einer schnellen, kräftigen Bewegung ihren ganzen Arm unter seinem Körper, an den Genitalien vorbei, hoch zur Brustwarze. Noch nie war Adrian so wohlig überrascht worden. Langsam, mit geöffneter Hand fuhr sie an seinem Bauch entlang wieder nach unten, ignorierte wieder sein pulsierendes Geschlecht und widmete sich dann seinen Oberschenkeln, Waden und Füßen.

„Turnu vin"91) sagte sie schließlich, setzte sich hinter seinen Kopf und beugte sich vor. Adrian wollte ihre Brüste mit den Händen berühren, aber das gestattete sie nicht: „Faru nenion, nur ĝuu."92)

Und wieder gehorchte Adrian und überließ sich völlig passiv ihren kundigen Händen. Erst am Schluss massierte sie seinen Lingam mit viel Öl. Sie drückte seinen Penis leicht von außen mit den Fingern und arbeitete sich bis zur Eichel vor. Mit kreisenden Bewegungen ihrer Finger um seine Eichel brachte sie ihn schon fast um den Verstand. Mit dem Nagel ihres Zeigefingers stimulierte sie sein Penisbändchen und langsam und immer steigender brachte sie ihn schließlich zum Höhepunkt.

Nun legte sie sich neben ihn, legte ihren Oberschenkel über seinen Unterleib, drückte sich ganz nah an ihn und begann sich langsam an ihm zu reiben. Sie benutzte seinen harten Oberschenkel für ihre eigene Befriedigung. Danach legte sie ihre Hand über seine Augen, küsste ihn und sank dicht neben ihm auf die Kissen zurück.

Gedämpftes Sonnenlicht drang durch die Rollos und brach sich an den Glasverzierungen an den Wänden. Gedämpft drangen die Laute der Außenwelt zu ihnen herein. Sie genossen die ruhigen Minuten in völliger Gelöstheit, bis es Zeit war, sich für die Abreise zu richten.

Ali begleitete sie zum Flughafen. Sie fuhren wieder im Konvoi. Nachdem sie Adrians Fahrrad und ihre Rucksäcke aufgegeben hatten, sagte Ali: „I hab' einem Espi in Bangkok a E-Mail g'schrieben. Er heißt Sammai und er wird euch am Flughaf'n abholen. Er hebt a Schild hoch. Do hot er Esperanto draufg'schrieba."

Hoffentlich hat Sammai das Wort nicht in thailändischer Schrift auf sein Schild gemalt, dachte Adrian. Vigdis und er umarmten Ali zum Abschied und gingen durch die Personenkontrolle.

Thailand

Adrian und Vigdis bekamen Plätze in der Mittelreihe des Flugzeuges. Nahezu alle Plätze in der großen Maschine waren belegt. Da saßen Männer, denen Adrian sofort ansah, weshalb sie nach Thailand flogen. Da waren auch Geschäftsreisende, und da waren auch Paare, mit asiatischen Frauen und europäischen Männern. Adrian lächelte, als er sie beobachtete. *Auch wenn die europäischen Männer alle so aussehen, als ob sie in den 70ern keine europäische Frau bekommen haben und sich deshalb eine aus Thailand gekauft haben, haben die Ehen doch bis heute gehalten. Ihre Thaifrauen verhalten sich wie europäische Hausfrauen. Sie sind rücksichtsvoll miteinander und machen ihre Späße. Die alten Männer in der Gruppe werden mir fast sympathisch. Wenn die früher verklemmt waren, dann haben ihre Thaifrauen sie in den Jahren ganz schön locker gekriegt.*
Adrian wandte sich ab. Ich wäre froh, wenn ich auch so locker wäre.
Auch Rucksacktouristen und Reisegruppen waren im Flieger. Drei Reihen schräg hinter ihnen saßen ein Engländer und seine Frau. Adrian drehte sich immer wieder nach ihnen um, denn sie benahmen sich auffällig und sahen seltsam aus. Der Mann hatte dicke Tränensäcke unter den Augen und die Nase der Frau war breit und sah aus wie eingedrückt. Kaum war die Maschine in der Luft und die Anschnallzeichen erloschen, holte der Engländer eine Flasche Gin aus seinem Rucksack und nahm einen kräftigen Schluck. Aber da war schon die Stewardess bei ihm. Sie war eine kleine, rundliche Thaifrau und sie hatte alle Fluggäste am Flugzeugeingang mit zusammengelegten Händen vor der Nase und mit einer höflichen Verneigung begrüßt, aber jetzt war sie gar nicht mehr unterwürfig, sondern sehr resolut.
„Sie müssen die Flasche wieder in den Rucksack stecken", befahl sie dem Engländer in dessen Landessprache. „Wenn ich Sie nochmals mit der Flasche sehe, muss ich sie ihnen wegnehmen. Dann bekommen Sie die Flasche erst wieder, wenn wir in Bangkok sind." Der Engländer schaute sie still an und sie setzte energisch nach: „Haben Sie verstanden, was ich Ihnen gesagt habe? Stecken Sie die Flasche ein, sonst muss ich sie Ihnen wegnehmen."
Da nickte der Mann, senkte die Augen und verstaute die Flasche in seinem Rucksack. Aber er musste nicht lange warten, bis er wieder etwas zu trinken bekam. Die Stewards und Stewardessen brachten

Bierdosen, weißen und roten Wein und nach dem Essen gab es Cognac, so oft die Fluggäste einen haben wollten.

Adrian und Vigdis stellten die Rückenlehnen zurück und breiteten die Decken, die Thai-Airlines zu Verfügung gestellt hatte, gemeinsam über sich aus. Adrian öffnete noch die Klettverschlüsse seiner Schuhe. Das Licht in der Kabine ging aus und nachdem der Mann hinter ihnen noch dem Ehepaar vor ihnen eine gute Nacht gewünscht hatte, dämmerten sie weg. Ihr Schlaf wurde immer wieder unterbrochen. Mal mussten ihre Nebensitzer aufs Klo, mal stieß sie einer an, der an ihnen vorbei aufs Klo ging und einmal standen auch sie selber auf, um aufs Klo zu gehen und sich die Füße zu vertreten. Adrian hatte seine Uhr auf Thaizeit eingestellt, also den Zeiger um sechs Stunden vorgedreht.

Um zehn Uhr, für Adrian und Vigdis war es gefühlt um vier Uhr morgens, gingen die Lichter in der Kabine an und die Stewards servierten das Frühstück. Kurz nach 12 Uhr Ortszeit setzte der Flieger in Bangkok auf, und zwar so hart, dass garantiert jeder der Passagiere wach wurde.

Der Flughafen in Bangkok sah so aus wie all die anderen großen Flughäfen, die Adrian bisher kennengelernt hatte: Viel Stahl, viel Glas und viel Beton, endlose Gänge mit Laufbändern. An den Wänden hingen beleuchtete Werbetafeln mit englischer und das war der einzige Unterschied zu den anderen Flughäfen, die Adrian kannte, in thailändischer Schrift. Ebenso waren die Hinweistafeln beschriftet.

Nachdem sie ihre Rucksäcke und auch Adrians Rad vom Band gepickt hatten, ging es durch die Passkontrolle. Adrians Beamter war sehr ernst und Adrian musste ganz genau auf ein gelbes Feld mit zwei aufgemalten schwarzen Schuhabdrücken stehen und ganz genau auf ein rundes Ding gucken. Das war die Kamera, mit der er fotografiert wurde. Der junge Beamte daneben lachte und schäkerte mit Vigdis, aber der Beamte bei Adrian verzog keine Mine. Endlich heftete er den Einreiseschein in seinen Pass und winkte ihn durch.

Draußen warteten fünfzig Thailänder mit Schildern in den Händen „Firma Bosch" stand da drauf oder „Du Pont" oder „Mister Smith" oder „Monsieur Kéravec". Adrian und Vigdis suchten die ganze Reihe der Wartenden ab. Auf keinem Schild standen ihre Namen oder das Wort Esperanto. Also liefen sie durch die letzte Absperrung und gelangten in eine große Halle. Von deren anderen Ende kam ihnen ein kleiner Mann mit dickem Bauch entgegen. Mit beiden Händen trug er ein Schild, auf dem groß und deutlich „Esperanto" stand.

Adrian winkte dem Mann und der winkte mit dem Schild zurück. Und als er vor ihnen stand, sagte er: „Sawadie" und „saluton, bonvenon en Tajlando – hallo, willkommen in Thailand", und sein buntes Hawaiihemd sah ein wenig nach Urlaub aus. Sammai war klein und er hatte einen dicken Bauch, aber seine Schultern waren breit wie die eines Bären und seine Unterarme so stark wie Adrians Waden. Schweißperlen glitzerten auf seiner Oberlippe und seiner Stirn. Aber trotz der Eile, die er an den Tag gelegt hatte, um nicht zu spät zu kommen, war er nicht hektisch. Er strahlte Sicherheit und Kraft aus. Und als er Adrian und Vigdis voranging, mussten die sich sputen, um ihm zu folgen. Trotz seiner kleinen Schritte bewegte sich Sammai sehr schnell.

Der Himmel war grau, als sie aus dem klimatisierten Gebäude traten. Die Luft war heiß und feucht und traf sie wie ein Dampfhammer. Die Schwüle war für sie kaum zu ertragen. Die ersten Atemzüge fielen ihnen schwer. Warmer Tropenregen überschüttete sie von einem Moment auf den anderen. Sie liefen schwitzend zum Parkplatz. Nach wenigen Metern waren sie nass bis auf die Haut und konnten nicht unterscheiden, was an ihren Kleidern Schweiß und was Regen war. Sammai deutete auf einen weißen Mercedes mit Dachgepäckträger. „Nia amiko Ali diris, ke ni bezonas transporti biciklon."93)

Zusammen mit Adrian befestigte er das Rad auf dem Dach, während Vigdis im Auto auf sie wartete. Sammai hatte den Motor laufen lassen, sodass auch die Klimaanlage lief. Nach einer Minute begann Vigdis zu frieren und sie stellte die Anlage auf die niedrigste Stufe. Adrian und Sammai stiegen ein.

„Vi povos tranokti ĉe mi."94), sagte Sammai „Morgaŭ frue ni veturos al Hotelo Holiday Inn. La Universala Kongreso estas tie"95)

Die Straßen rund um Bangkok sind gut ausgebaut. Sammai fuhr über Brücken und Hochstraßen und Autobahnen, die nebeneinander und untereinander her führen und sich kreuzen und wie ein riesiges Labyrinth aussahen. Das Zentrum mit seinen Hochhäusern im Dunst rückte näher. Der Verkehr war lebhaft, aber noch staute er sich nicht. Sammai bog nach Norden ab, bevor sie ins Stadtzentrum kamen. Nach einiger Zeit wurden die Straßen enger, die Häuser kleiner und die Gärten um die Häuser größer. Erste Hütten tauchten auf. Die

Landschaft wurde ländlicher. Sie kamen an Palmenwäldern vorbei und schließlich fuhr Sammai in einen Feldweg, der zu einem großen, ganz aus Holz gebauten Haus führte. Sammai fuhr durch die offene Einfahrt und parkte in einem Carport neben einem alten roten Fiat Punto. Adrian nahm sein Rad vom Autodach und stellte es neben den Mercedes. Sammai nahm den Rucksack von Vigdis und gemeinsam liefen sie den Sandweg bis zum Haus. Kokosnusspalmen und Bananenstauden säumten den Weg. Am Ende des Weges, hinter einem kleinen Gartenzaun aus Holz stand ein kleines Puppenhaus auf einem soliden Holzpfahl. Es war sehr sorgfältig und aufwendig gebaut und sah aus wie die exakte Miniaturausgabe des eigentlichen Wohnhauses. Vigdis blieb davor stehen.

Sammai sagte: „Kiam ni konstruas domon, ni konstruas ankaŭ fantomdomon. Tiel ankaŭ la fantomoj, kluj antaŭe loĝis sur tiu loko, havas fantomdomon kaj ne estas koleraj. – Oni tion povas kredi aŭ povas nekredi."96)

Dann lachte er, und Adrian war sich sicher, dass es Sammai wichtig war, mit den Geistern, die auf seinem Grund und Boden gewohnt hatten, bevor er dort sein Haus gebaut hatte, in gutem Einvernehmen zu leben und dass er ihnen deshalb dieses besonders schöne kleine Geisterhaus gebaut hatte.

Vigdis nahm das Ganze nicht auf die leichte Schulter. Sie sagte: „Tion oni ankaŭ devas fari. Ankaŭ ni en Islando atentas tion. Oni ne rajtas kolerigi trolojn kaj elfojn. Kiam ni konstruas vojon, ni sekvas la konsilojn de prielfaj spertuloj. Se necese, ni konstruas ĉirkaŭvojon." 97)

Sammai nickte zustimmend. Wenn auf Island beim Straßenbau auf Trolle und Elfen Rücksicht genommen wurde, dann hatte er mit seinem Geisterhaus hier in Thailand sicher auch alles richtig gemacht.

Sie liefen durch den Garten zum Haus. Eine Frau und ein junger Mann standen auf der Terrasse.

Sammai stellte die beiden vor: „Kairi, mia edzino, kaj Niran, mia filo." 98)

Kairi, Sammais Frau, war etwa einen halben Kopf größer als er. Sie trug einen blauen, knöchellangen blauen Rock mit farbigen Verzierungen, ein rotes Oberteil und eine orangefarbene Jacke aus Seide. Ihr schwarzes Haar hatte sie mit Stäbchen am Hinterkopf zusammengesteckt. Auch Niran, ihr Sohn, war traditionell gekleidet. Er trug einen karierten Wickelrock, von einer Schärpe gehalten und ein rotes Hemd mit weiten kurzen Ärmeln. Auch er hatte seine langen, schwarzen Haare streng nach hinten gekämmt. Statt Stäbchen wie bei seiner Mutter, musste bei ihm ein Lederband die Haare an ihrem Platz halten.

Sammais Frau und sein Sohn begrüßten die Ankommenden mit dem traditionellen „Sawadie" und der Verneigung mit den zusammengelegten Händen und Adrian und Vigdis sagten auch „Sawadie" und legten die Hände vor den Nasen zusammen und verneigten sich.

Das Haus hatte keine Klimaanlage. Die brauchte es auch nicht. Es war nach traditioneller Art gebaut. Es stand unter Bäumen und war an allen Seiten offen. So wehte ein angenehmer Luftzug durch den Raum. Es war schattig und Adrian fühlte sich sofort wohl. Er lief durch den Raum und bewunderte die Schnitzereien an den Wänden, das schöne Holz der Tische und der Decke.

Sie setzten sich an den niederen Tisch inmitten des Raumes und wenig später servierten Sammais Frau und sein Sohn traditionelle thailändische Gerichte. Sie tischten Salat mit Shrimps auf und Garnelen mit Sauce. Kairi hatte kleine Frühlingsrollen frittiert und Gurken geschält und in kleine Stückchen geschnitten. Die wurden zusammen mit Basilikumblättchen gegessen. Dazu reichte Kairi verschieden gekochten Reis, duftend, scharf oder mild. Vigdis und Adrian nahmen die einzigartige Atmosphäre in diesem Haus in sich auf. Sie hörten Vogelstimmen von draußen, das leise Rascheln der Palmblätter im Wind und die leisen Stimmen ihrer Gastgeber, wenn die sich untereinander unterhielten. Sammai übersetzte immer wieder in Esperanto oder in Englisch, wenn seine Frau oder sein Sohn eine Frage an ihre Gäste stellten.

Sie ließen sich Zeit mit dem Essen und versuchten immer neue Zusammenstellungen der einzelnen Gerichte. Die Saucen waren scharf, aber es war nicht die primitive Schärfe, die jede Geschmacksknospe auf der Zunge tötet, wie es in Europa der Fall ist, wenn im Schnellimbiss eine Pizza diavolo oder ein Kebab „mit scharf" bestellt wird. Hier unterstrich die Schärfe den Geschmack eines jeden Gerichtes und auch nach dem hundertsten Bissen konnte Adrians Zunge Limetten- und Kokosnussaroma wahrnehmen und die Harmonie würdigen, die die Gewürze mit den einzelnen Zutaten eingingen.

Nach dem Essen führte Sammai seine Gäste nach oben und zeigte ihnen ihr Zimmer. Die Einrichtung bestand nur aus einem Futon, der auf einem einfachen Bettgestell aus dunklem Holz lag, einem halbhohen Schrank, zwei Sitzkissen und einem Tisch mit gebogenen, niedrigen Füßen. Neben dem Futon stand eine Nachttischlampe auf dem Boden und an der Decke hing eine Lampe, die mit ihrem Punktlicht gerade so viel Helligkeit erzeugte, wie es für die Orientierung in dem dunklen, holzvertäfelten Zimmer brauchte.

Vigdis und Adrian legten ihre Rucksäcke auf den Boden. Dann gingen sie nach unten und setzten sich auf der Terrasse in die Hollywood-Schaukel. Kairi hatte ihnen selbst zubereiteten Eistee gebracht und sich danach zurückgezogen. Adrian und Vigdis fühlten sich uneingeschränkt wohl in diesem naturnahen Haus in der angenehmen Wärme und der Ruhe.

Adrian trank einen Schluck Eistee. *Die Bewohner in Sammais Geisterhaus sind bestimmt hochzufrieden mit ihrer Behausung, die ihnen Sammai gebaut hat. Sonst wäre sein Haus nicht so absolut geerdet und wäre nicht ein so vollkommener Ort.*

Er schaute auf Vigdis. *Das mit den Trollen und Elfen hat sie ernst gemeint. Ich lerne immer neue Seiten von ihr kennen.*

Kongress

Die Sonne schickte bereits ihre kräftigen Strahlen durch das Blätterdach und das offene Fenster, als Adrian aufwachte. Ganz vorsichtig, um Vigdis nicht zu wecken, streckte er sich auf dem gemeinsamen Futon und räkelte sich aus dem Schlaf. Und dann hörte er bereits ein kleines, vorsichtiges Klopfen an der Tür. Es war Sammai, der sie behutsam daran erinnern wollte, dass sie an diesem Tag ein volles Programm vor sich hatten. Adrian schaute zu Vigdis. Sie war eben erwacht und lächelte ihn träge an. Adrian fühlte, wie sich ein allumfassendes Glücksgefühl in ihm ausbreitete.

Sie absolvierten schnell eine kleine Morgentoilette und gingen dann gemeinsam die Treppen in den großen Raum hinab, wo Kairi schon das Frühstück bereitgestellt hatte. – Die gleichen Speisen wie am Abend zuvor, nur frisch zubereitet. Als sie gegessen hatten, kam Niran herein und sagte ihnen, dass er sie ins Zentrum von Bangkok fahren würde.

Sie stiegen in den Mercedes und Niran fuhr Richtung Stadt. Der Strom der Autos wurde immer größer. Lastwagen abenteuerlich beladen und PKWs deren Marke nicht immer klar war, überholten sie oder fuhren langsam auf der linken Straßenseite, so dass sie ihrerseits überholt werden konnten. Anfangs kamen sie noch relativ zügig vorwärts. Im Zentrum jedoch wurde der Verkehr unbeschreiblich. Trotzdem hörte Adrian kaum jemanden hupen und irgendwie kamen sie noch voran. Sammai saß neben seinem Sohn und beugte sich nach hinten zu Adrian. Er erklärte ihm auf Englisch die Philosophie der thailändischen Autofahrer: „Wenn wir hupen, kommen wir auch nicht schneller voran. Also, warum sollen wir hupen?"

Hundert Meter vor dem Holiday Inn sagte Sammai zu Vigdis und Adrian: „Ni kuru pli bone nun, tiam ni estos pli rapidaj."99)

Also stiegen sie aus und liefen zum Hotel, wo der Esperanto-Kongress in wenigen Minuten beginnen sollte. Adrian nahm Vigdis Hand. *Hoffentlich bekommen wir dort Rousset gleich in die Finger und hoffentlich wartet dort kein schwarzer King Kong auf uns.*

Sie liefen die Einfahrt hoch zum Haupteingang. Kaum standen sie davor, da öffnete ihnen ein Hoteldiener die Glastür und sie waren in der riesigen Eingangshalle. Sie mussten nicht lang suchen. Schilder wiesen ihnen den Weg zum Kongresssaal. Vigdis lief zu dem Tisch am

Saaleingang. Der war belegt mit bunten Flyern, zusammengetackerten Din-A-4-Blättern, Kugelschreibern, Listen und Namensschildern. Dahinter standen mehrere Männer und Frauen, Asiaten, Afrikaner und Europäer. Sie unterhielten sich auf Esperanto miteinander, wendeten sich aber sofort Vigdis zu, als die vor dem Tisch stehen blieb.

„Mi ne aliĝis. Ĉu mi tamen rajtos iri en la halon",100) fragte Vigdis und zückte als Erkennungszeichen ihren Pasporta Servo.

„Kompreneble. Registriĝu ĉi tie."101), sagte einer der Männer und schob ihr eine Liste und einen Kugelschreiber zu.

„Mia amiko estas komencanto. Ĉu ankaŭ li povas eniri?",102) fragte Vigdis und deutete auf Adrian.

„Certe, li nur devas registriĝi."103)

Adrian hatte in etwa verstanden, was Vigdis mit ihrem Gesprächspartner gesprochen hatte. *Die nehmen jeden, auch wenn der Kongress gut besucht ist.*

Adrian füllte nach Vigdis die Teilnehmerliste aus. Das war einfach. Er musste sich nur an ihrem Eintrag orientieren. Dann nahm er ein Programmheft vom Tisch und blätterte darin. Was macht denn der hier?

Adrian hatte die Tagesordnung überflogen und den Namen des ersten Redners erblickt: Nikolaus Groß. *Und Gilles Rousset, hält der auch eine Rede?*

Adrian fand auch dessen Name auf dem Programm des Tages. Am späten Nachmittag war Roussets Vortrag an der Reihe.

Vigdis hatte über Adrians Schulter geblickt.

„Strange", sagte sie „Iliaj prelegoj estas preskaŭ identaj."104)

Adrian sah es auch, die Vorträge hatten fast das gleiche Thema. Im Programmheft stand: Nikolaus Groß: „Das Bedürfnis einer gemeinsamen Weltsprache entwickelte sich Anfang des vorigen Jahrhunderts eminent rapide." *Das wird langweilig.*

Adrian las weiter. Hinter Roussets Namen stand:„Vor hundert Jahren suchten die Menschen eine gemeinsame Sprache. Leider fanden sie mehrere." *Das verspricht unterhaltsamer zu werden.*

Adrian blickte zu Vigdis.

„Kiu surprizos ĉiujn kongresanojn per leteroj de mia praavo?"105), fragte die.

„Mi scias, ke tiu, kiu havas la leterojn, tiu estas aŭ la murdinto aŭ dunginto la murdinto"106), sagte Adrian.

„Li la leterojn probable ne montros."107)

„Verŝajne. Aliflanke, Tajlando estas malproksime de Eŭropo, kaj vanteco malsaĝigas vin. Ni simple ne videbliĝu."108)
Aber dazu war es schon zu spät. Sie waren bereits entdeckt worden und zwar von jemand, der offensichtliches Interesse an den Briefen hatte und ebenfalls eitel war.
„Saluton, Vigdis kaj Adrian!" hörten sie jemanden rufen. Sie drehten sich um. Nikolaus Groß stürmte mit raumgreifenden Schritten und ausgebreiteten Armen auf sie zu. Bevor sich Vigdis wehren konnte, umarmte er sie und drückte ihr drei feuchte Küsse auf die Wangen. Adrian umarmte er nicht. Aber er umgriff mit beiden Händen dessen Rechte und schüttelte sie so, als ob er feststellen müsste, ob der Arm noch fest an Adrians Körper befestigt war.
„Saluton, mia nomo estas Nikolaus Groß", stellte sich Groß Sammai vor und der revanchierte sich und sagte: „Saluton, mia nomo estas Sammai."
Groß schien es überhaupt nicht zu überraschen, dass Vigdis und Adrian in Bangkok waren. Für ihn war es wohl selbstverständlich, dass jeder, der auch nur im Geringsten mit Esperanto zu tun hatte, zu dem Hauptkongress des Welt-Esperanto-Bundes gekommen war. Er fühlte sich augenscheinlich wie in einer großen Familie: „Bone, ke ankaŭ vi estas ĉi tie. Mia parolado komenciĝos post dek minutoj. Ho, estas mirinde ĉi tie. Ĉiuj estas ĉi tie. Ni estas granda familio."109)
Und dann stürmte Groß schon weiter zu einem anderen Bekannten. Zwei ältere grauhaarige Damen tippelten ihm eifrig hinterher. Sie trugen Manuskripte unter den Armen und Kugelschreiber in den Händen. Die zwei waren aufgeregt und nervös und versuchten Groß einzufangen, um ihn aufs Podium zu bringen. Aber Groß begrüßte einen Gast nach dem anderen und kümmerte sich nicht um den Zeitplan des Kongresses. Mit viel Hartnäckigkeit gelang es den beiden Grauhaarigen schließlich doch, ihren Meister Richtung Saaleingang zu bugsieren.
Adrian, Vigdis und Sammai folgten. Etwa 500 Menschen befanden sich in dem Raum. Die Sitzreihen füllten sich schnell und Adrian, Vigdis und Sammai fanden Plätze an der Seite direkt neben dem Eingang. Ein buntes Völkergemisch hatte sich eingefunden. Asiaten, Europäer, Nordamerikaner, Schwarze, Braune, Weiße und alle redeten miteinander in Esperanto. Adrian hörte nur ein Gewirr von Stimmen. Die Aussprache der gemeinsamen Sprache war nicht immer gleich.

Aber Adrian sah, dass sich alle bemühten, einander zuzuhören und wenn das eine Wort nicht funktionierte, so lange probierten, ein neues Wort zu bauen, bis der andere verstanden hatte, was sein Gesprächspartner meinte. Die Verständigung klappte gut.

Nikolaus Groß war an das Mikrofon getreten und machte einen Soundcheck. Langsam wurde es still im Saal. Die letzten Gäste setzten sich oder fanden einen Stehplatz an der Wand des Saales. Adrian blickte sich um. Wie sollten sie in diesem Gedränge Gilles Rousset finden? Er kannte ihn ja nicht persönlich. Er hatte von ihm nur zwei Bilder gesehen. Eines in dem Salon von Yves Dubonnet, dem französischen Esperantisten. *Dem habe ich ja versprochen, dass ich mich melde und ihn auf dem Laufenden halte. ... Das habe ich vergessen. Muss ich morgen machen. Ob die mittlerweile seinen Pick-up im Wald entdeckt haben? Vielleicht auch das Motorrad und den schwarzen Schweinehund dazu? Wäre zu schön, um wahr zu sein. ... Ich sollte vielleicht doch noch heute Yves anrufen, um zu erfahren, was alles in Frankreich passiert ist.*

Das andere Bild von Rousset hatte Adrian vor sich. In dem Programmheft waren die Redner mit ihrem Konterfei abgelichtet. In Schwarz-weiß und in einer Größe von drei mal vier Zentimetern. Nicht sehr hilfreich. *Das einzig Markante an ihm ist sein übergroßer Walrossbart. Aber den kann er ja auch abrasiert haben.*

Adrian suchte systematisch Reihe für Reihe mit den Augen ab. Er entdeckte niemand, der Rousset auch nur ähnlich sah.

„Mi iras antaŭen,"110) sagte Adrian zu Vigdis und Sammai, „tiel mi povos vidi la vizaĝojn de la partoprenantoj pli bone. Tiam mi trovos Rousset, se li estas tie."111)

Adrian stand auf. Er wollte zur Bühne gehen und dann in das Auditorium schauen. Dann würde er die Gesichter der Teilnehmer von vorne sehen und würde Rousset schneller erkennen können. So war sein Plan.

Es war voll geworden, aber Adrian drängte sich langsam und vorsichtig und ständig „Pardonu min" sagend durch die Leute, die am Rand des Saales standen. Obwohl der Saal klimatisiert war, wurde es Adrian langsam heiß. Endlich war er vorne. Er stieg die Hälfte der Treppe zur Bühne hoch. Noch einmal schaute er auf das Bild von Rousset und stellte sich vor, wie er aussehen könnte ohne Bart und mit Kurzhaarschnitt. Dann überprüfte er systematisch jedes europäische männliche Gesicht im Saal. *Schade, dass nicht mehr Farbige und Frauen da sind, dann müsste ich nicht so viele überprüfen.* Reihe für Reihe überflog er mit konzentriertem Blick. Seine Augen brannten vor Anstrengung, aber so genau er auch suchte: Rousset fand er nicht. *Er ist nicht da.*

Adrian machte sich auf den Rückweg. Der war noch umständlicher und langsamer, weil jetzt die meisten Zuhörer schon gespannt auf die Bühne schauten und nur noch widerwillig auf die Störung reagierten und ihn durchließen. Nikolaus Groß hob an zu sprechen.

Als Adrian endlich wieder bei seinem Platz angekommen war, war Vigdis weg.

Blut III

„Ich habe einen Brief für Sie", sagte ein junger Thailänder, berührte Vigdis Oberarm und gab ihr einen verschlossenen Umschlag. Bevor sie sich bedanken konnte, war der Mann verschwunden. Sie riss den Umschlag auf und las den Brief. Wo war Adrian? Sie sah ihn ganz vorne am Podium. Die Sache war eilig, bis er bei ihr war, konnte es zu spät sein. Deshalb sagte sie zu Sammai: „Mi devas foriri por momento."112)
Dann drückte sie Sammai den Zettel in die Hand und sagte: „Bonvolu doni al Adrian la leteron."113)
Sie rannte aus dem Saal und zu der Treppe, die ins Untergeschoss zu den Toiletten führte. Sie öffnete die Tür zum Vorraum und dann spürte sie einen heftigen Stich im Oberarm und ihr wurde schlecht. Wie durch Milchglas sah sie eine große schwarze Gestalt und fühlte, wie sie gepackt wurde. Sie fühlte noch ein heftiges Brennen in ihrem Mund und im Hals, dann musste sie husten und dann spürte sie nichts mehr.
Der Schwarze legte sich ihren Arm um die Taille, unterfasste sie mit dem linken Arm unter der Achsel und eng umschlungen wankte er mit ihr die Treppe hoch und durch den großen Eingangsbereich des Hotels. Die Angestellten waren zu diskret, um Fragen zu stellen. Der Hotelboy öffnete ihnen dienstbeflissen die Glastür am Eingang, sodass der Schwarze mit seiner Beute ungehindert ins Freie kam. Draußen standen mehrere Taxis. Er lief zu dem vordersten in der Reihe und schob Vigdis auf die hintere Sitzbank des Taxis. Dann setzte er sich neben sie und sagte dem Fahrer eine Adresse in Patpong.
Der Fahrer stellte keine Fragen. In seinem langen Taxifahrerleben hatte er so viel erlebt, dass er den Touristen alles zutraute.
In der Mittagszeit war der Großstadtverkehr etwas ruhiger. So kamen sie schnell nach Patpong, dem Vergnügungsviertel von Bangkok. Sie fuhren die Silom-Road entlang, bogen in eine kleine Nebenstraße und fuhren anschließend in eine noch kleinere Straße. An den Straßenrändern reihten sich die Garküchen unter bunten Sonnenschirmen aneinander. Der Taxifahrer fuhr langsam. Mopeds überholten sie. Passanten liefen vor ihnen über die Straße. Niemand interessierte sich für das Taxi. Am Ziel angekommen, bezahlte der Schwarze den Fahrer, gab ihm ein großes Trinkgeld und zerrte Vigdis aus dem Wagen. Er lief

mit ihr durch einen Plastikvorhang in den Innenhof zum Eingang des Hotels. Sein Chef hatte ihm das Haus empfohlen: „Die stellen keine Fragen für wenig Geld", hatte Carl gesagt. „Wir haben in deren Keller auch schon einmal ein Verhör durchgeführt und die haben anschließend die Schweinerei beseitigt. Da gehen die ganz Abartigen hin, mit ihren Kindern, ihren Transen, ihren Tieren. ... Die vermitteln auch Ärzte, die Operationen durchführen ... in einem Hinterzimmer. Na ja, jeder wie er will ... Check ein bis zwei Tage vorher ein und zahl den hundertfachen Zimmerpreis. Dann kannst du die Blonde dort auch liegen lassen, wenn du mit ihr fertig bist. Die räumen dann weg, was du von ihr übrig gelassen hast. Kannst mit ihr deinen Spaß haben, Hauptsache, sie überlebt diesen Spaß nicht. Vergiss bei allem, was du machst, aber nicht, dass es um viel Geld für uns geht ... um sehr viel Geld."

Der schwarze Mann musste sich sputen. Seine Beute kam langsam wieder zu Bewusstsein und lallte und sabberte mit weitgeöffnetem Mund und halb offenen Augen. Er schaute sie an. *Die ist völlig weggetreten, sieht aber geil aus. Ich muss sie nachher zuerst wecken, dass sie auch spürt, was ich mit ihr mache. Ich hätte sonst keinen Spaß. ... Ich will sie schreien hören. Die hier sind so was gewohnt.*

Er schaute zu dem Mann an der Rezeption und legte ihm 500 Dollar auf den Tresen. Dann legte er seinen Zeigefinger auf seine Lippen und der Mann nickte. Der stellte wie erwartet, keine Fragen. Der Schwarze schleppte Vigdis die Treppe hoch, öffnete die Tür und schaute sich um. *Mein Zimmer, ... mein Schlachthaus.*

Neben dem riesigen runden Bett stand eine freistehende Badewanne. *Hier werde ich das weiße Stück Fleisch wieder wach bekommen und, nachdem ich meinen Spaß hatte, ersäufen.*

Der Schwarze drehte den Kaltwasserhahn auf. Dann zerfetzte er Vigdis das Hemd am Leib und zerrte ihre Hose nach unten. Vigdis kniete auf allen vieren auf dem Boden und ließ den Kopf hängen. Sie stöhnte, dann würgte sie, dann hustete sie und dann kotzte sie. Sie hob den Kopf und stierte mit weit aufgerissenen Augen den Schwarzen an. Der drückte sie in ihr eigenes Erbrochenes, wälzte sie darin hin und her, während er ihr die leichte Stoffhose in Stücken von den Beinen riss. Als sie nackt war, lachte er und krächzte ihr ins Ohr: „Time for taking a bath."

Dann zerrte er sie an ihren Haaren zur Wanne. Sie krallte ihre Nägel in seinen Oberarm. Dafür bekam sie eine knallende Ohrfeige, die ihr den Kopf zur Seite schlug. Der Schwarze zog sie an den Haaren und stauchte sie gleichzeitig mit dem Knie in den Bauch. So gab er ihr den Schwung, um sie mit einer kurzen Drehung ins Wasser zu werfen. Es war eiskalt. Schlagartig war Vigdis wach. Sie schrie, ging unter, schluckte Wasser und fühlte, wie der Schwarze ihren Kopf nach unten drückte. Ihr Herz raste. Die Luft wurde ihr knapp. Gerade noch rechtzeitig, bevor sie Wasser in die Lunge bekam, zog der Schwarze sie an den Haaren hoch und drückte ihr dann seine dicken Lippen, seine großen Zähne auf den Mund und biss ihr in die Lippen. Sie schlotterte vor Kälte und Angst. Er lachte: „Now we're having fun!"

Suche

„Kie estas Vigdis?"114), fragte Adrian Sammai.

„Apenaŭ post kiam vi foriris, juna tajlandano al ŝi donis leteron. Ŝi ĝin legis kaj diris al mi, ke ŝi tutrapide devas foriri." 115)

Adrian runzelte die Stirn. *Wer sollte ihr einen Brief zustecken? Warum hat der Kerl gewartet, bis ich nicht mehr bei Vigdis war? Und wo musste sie so schnell hin?*

„Jen estas la letero."116), Sammai steckte Adrian den Zettel zu.

Adrian nahm das Blatt Papier. Einige Sätze auf Esperanto standen darauf:

Saluton, Vigdis,

mi estas en danĝero. Nikolaus Groß volas la leterojn de Friedrich Bergmann. Sed mi volas doni ĝin al vi. Venu al la necesejoj en la kelo de la hotelo.

Gilles Rousset117)

Adrian konnte mittlerweile soviel Esperanto, dass er verstand, was auf dem Zettel stand:

Hallo Vigdis,

mir droht Gefahr. Nikolaus Groß will die Briefe von Friedrich Bergmann. Aber ich will sie dir geben. Komm in die Waschräume im UG des Hotels.

Gilles Rousset

Adrian war, als hätte ihm jemand einen Schwinger in die Magengrube geboxt. Sein Mund war mit einem Schlag trocken. *Wie kann sie nur so dumm sein? Sobald die Briefe im Spiel sind, setzt ihr Verstand aus.*

Er sagte zu Sammai: „La letero estis kaptilo. Al Vigdis minacas danĝero. Ni devas serĉi ŝin tuj."118)

Er drängelte aus dem Saal. Sammai folgte ihm. Der sah gar nicht mehr gemütlich aus. Sie rannten zur Treppe, die ins Untergeschoss führte. Dort war ein Schild, das den Weg zu den Restrooms wies. Sie rannten in die Damentoilette. Eine Putzfrau stand mit ihrem Wagen im Vorraum bei den Waschbecken. Adrian drängte sie zur Seite, Sammai folgte. Die Klofrau protestierte lauthals. Aber Sammai herrschte sie an und dann verdrückte sie sich hinter ihrem Putzwagen und sah zu, wie die beiden Männer unter jede Klotür spähten. Vigdis fanden sie nicht. Aber drei Damen kreischten empört und schimpften hinter ihnen her.

Adrian und Sammai waren schnell wieder draußen. Sie rannten in die Herrentoilette. Nur zwei Männer standen an zwei Pissoirs weit voneinander entfernt. Adrian und Sammai öffneten jede Kabinentür, aber Vigds war auch dort nicht. Eine schmale Treppe führte auf der anderen Seite des Gangs nach oben. Sie hasteten die Stufen hoch und kamen durch eine Tür neben der Rezeption heraus. Sie blickten sich um. Nirgends eine Spur von Vigdis. Die Angestellten an der Rezeption schauten sie erstaunt an. Der Empfangschef drückte sein Kreuz gerade und kam mit wichtiger Mine auf die beiden zu. Bevor er auch nur den ersten Ton sagen konnte, wurde er bereits von Sammai angeherrscht:

„Haben sie eine junge blonde Frau gesehen?"

„Ja vorhin ist eine in Begleitung eines großen, schwarzen Mannes zum Ausgang gegangen. Die beiden Herrschaften waren wohl sehr verliebt, denn sie haben sich eng umschlungen und sie schienen, mit Verlaub gesagt, schon etwas Alkohol getrunken zu haben."

„Wo sind sie hin?"

„Sie sind mit einem Taxi weggefahren."

Sofort nahm Sammai sein Handy, drückte eine Taste und als sein Gegenüber abgehoben hatte, bellte er einige Sätze in den Hörer. Er nahm Adrian am Arm und gemeinsam rannten sie zum Ausgang. Sammai sagte: „Ni baldaŭ ekscios, kien ili veturis. Ĉiuj taksiistoj serĉas ilin."119)

Sie setzten sich in das nächste Taxi und warteten. Adrian zählte die Sekunden. Die dehnten und dehnten sich und wurden zu Minuten und der Zeiger an der Uhr im Taxi kroch langsam und unerbittlich im Kreis. Zäh und schleppend verstrich die Zeit und noch immer meldete sich niemand bei Sammai. Wohin hatte der Schwarze Vigdis verschleppt? Adrian schloss die Augen und zählte langsam auf hundert. Zuerst auf Deutsch und dann auf Französisch. Am liebsten wäre er aus dem Taxi gestiegen und zu Fuß losgelaufen. Das untätige Herumsitzen machte ihn krank. Er fühlte einen stechenden Schmerz im Magen. Seine Hände zitterten. Er schaute auf Sammai. Der saß mit unbeweglichem Gesichtsausdruck neben ihm und blickte konzentriert nach vorn.

Das Taxi war klimatisiert. Draußen lastete die feuchte Luft des thailändischen Sommers. Erste Regentropfen fielen auf das Autodach und auf die Straße und steigerten sich schnell zu einem leichten Sommerregen. Die Scheiben beschlugen sich. Adrian beobachtete,

wie der Dunst immer höher an dem Glas nach oben kroch. Warten ...
zählen ... Geduld ... Da! Endlich klingelte Sammais Handy. Sammai
nahm ab, hörte eine Weile zu und schrie dann: „Ni havas ilin!"120)
Er gab dem Fahrer ein Zeichen. „Fahr los nach Patpong!"
Adrians Magen schmerzte noch mehr. *Die schlimmste Nuttengegend
von Bangkok. Da kann der schwarze Drecksack mit Vigdis alles machen.*
Der Taxifahrer nützte jede Abkürzung. Der Regen steigerte sich zu
einem Platzregen. Das nützte der Fahrer, denn jetzt fuhren die anderen Verkehrsteilnehmer vorsichtig und langsam. Der Taxifahrer hielt
sich an keine Verkehrsregel. Hoch spritzte das Wasser zu den Garküchen am Straßenrand, wenn er eine Pfütze durchfuhr. Er gelangte in
Rekordzeit nach Patpong. Sie fuhren durch das Vergnügungsviertel.
Der Regen ließ nach. Einzelne Sonnenstrahlen fielen hell durch die
Wolken. Die Beleuchtung an den Bars, Restaurants und Hotels pulsierte bunt und grell. White Uglys torkelten unter den triefenden Vor-
dächern hervor über die Straße, mühsam aufrecht gehalten von ihren
jungen, hübschen Begleiterinnen.
Blutjunge Mädchen, grell geschminkt, in BHs und Hotpants stellten
sich in den weniger werdenden Regen und riefen Adrian und Sammai
„Masaaaaasch" durch die geschlossenen Fenster zu. Der Fahrer fuhr
in Schrittgeschwindigkeit.
Adrian biss auf seinen Daumen. *Wie lang dauert das noch? Der Kerl
ist ein Killer, aber kein eiskalter Profi. In Frankreich wollte er Vigdis
auch zuerst vergewaltigen und uns dann erst umbringen. Trotzdem,
Vigdis Zeit läuft ab.*
Er suchte die linke Straßenseite ab, Sammai konzentrierte sich auf die
rechte Seite. An einer Hofeinfahrt, die durch einen Plastikvorhang vor
neugierigen Blicken geschützt war, stand ein Mann und winkte.
Sammai gab dem Taxifahrer ein Zeichen anzuhalten und sagte: „Tie
estas nia viro."121)
Sie stiegen aus. Der hellbeige Pastikvorhang war schäbig und
schmutzig und bewegte sich mit den kleinen Windböen, die die letzten Tropfen des Platzregens begleiteten. Sammai schlug den Vorhang
zurück. Der Hof war dreckig. Nur eine dünne Palme in einem großen
Tontopf linderte ein wenig seine Tristesse. Mercedes, Mitsubishis und
Fords waren in einer Reihe vor dem Haus geparkt.

„Sind sie da drin?", fragte Sammai den Mann, der ihnen gewinkt hatte.

„Ja."

„Fek! Tiu estas la plej malbona bordelo de Bangkok. Tie la negro povas buĉi Vigdis en ĉia trankvilo. La dungitoj estas tre diskretaj tie."122) Auf Sammais Stirn bildeten sich Sorgenfalten.

Adrian verstand: Das war der schlimmste Puff Bangkoks und die Mitarbeiter würden keine Fragen stellen. Der Schwarze hatte hier alle Zeit der Welt, um Vigdis zu vergewaltigen und umzubringen.

Sammai zog die Schultern hoch: „Ni eniras, kaj ni trovos Vigdis."123)

„Ein Zimmer für die zwei Herren?", fragte der Mann an der Rezeption und lächelte.

„Nein, haben hier ein Schwarzer und eine blonde Europäerin vor Kurzem ein Zimmer genommen?"

„Ich bin erst seit ein paar Minuten hier."

Sammai griff in seine Tasche und legte einen Geldschein vor den Angestellten. Der sah auf die Banknote und sagte: „Wie schon gesagt, ich bin erst seit ein paar Minuten hier."

Ein weiterer Geldschein folgte.

„Na ja, ich habe vorher mit meinem Kollegen gesprochen, aber ob das die Gäste sind, die sie suchen. ..."

Ein weiterer Geldschein folgte. „Die Zimmernummer."

„Oh, die weiß ich nicht."

Jetzt legte Sammai keinen Geldschein mehr auf den Tresen, sondern einen Ausweis. Schlagartig wurde das Gesicht des Angestellten noch gelber, als es ohnehin schon war.

„Nummer 169 im ersten Stock."

„Den Schlüssel." Jetzt legte Sammai wieder einen Geldschein auf den Tresen. Sein Gegenüber nahm ihn mit der einen Hand und mit der andern legte er eine Magnetkarte auf den Tisch. Zufrieden grunzte Sammai und tätschelte die Wangen des Angestellten.

„Ni rapidu."124)

Adrian und Sammai spurteten die Treppe hoch in den ersten Stock. Vor der Nummer 169 blieben sie stehen. Die Tür war aus altem, morschem Holz. Das moderne Schließsystem wirkte daran überdimensioniert und lächerlich. Vorsichtig steckte Sammai die Karte in den Schlitz an der Tür. Nachdem ein grünes Lämpchen leuchtete, drückte er behutsam die Klinke nach unten.

Kaum war das Schloss offen, rammte Sammai die Tür nach innen. Er stürmte ins Zimmer. Adrian hinter ihm her. Er sah den Schwarzen. Der stand vornübergebeugt über einer Badewanne. Er hatte sie gehört, blickte sich um, sah die beiden Männer und griff sie sofort an. Sein Kampfschrei gellte durchs Zimmer. Wie ein wütender Bulle raste er auf sie zu. Dann explodierte sein Karatestoß gegen Sammais Kinn.

Adrian beobachtete wie in Zeitlupe, was jetzt geschah. Sammai machte eine unmerkliche Bewegung zur Seite. Die Faust des Schwarzen ging ins Leere, aber bevor die Energie verpuffte, lenkte Sammai den Arm im Kreis zuerst nach unten und dann wieder nach oben, hoch hinter den Kopf des Schwarzen, der nun tief gebückt vor ihm stand, genau richtig für Sammai, der fast sanft mit seiner freien Hand in das Genick des Schwarzen griff und dann seinen ganzen Körper mit einem entschlossenen Schritt nach vorne bewegte und das alles in einer runden Bewegung, im ständigen Fluss mit der Angriffsenergie, die Sammai mit seiner Bewegung unterstützte, verstärkte und, als sie beide ihr Maximum erreicht hatten, frei gab.

In Wirklichkeit ging alles rasend schnell. Wie von einem Katapult geschossen, flog der Schwarze durch die offene Tür an Adrian vorbei in den Flur. Er krachte mit der Schulter in die gegenüberliegende Zimmertür. Die sprang auf und eine nackte Thailänderin und ihr weißer Freier schrieen geschockt und empört. Der Schwarze kullerte an dem weißen Mann vorbei durchs Zimmer auf die offene Balkontür zu und war im Freien. Noch immer konnte er den Schwung seiner Bewegung nicht kontrollieren. Er krachte gegen das morsche Eisengeländer, das gab nach und er flog nach unten. Adrian hörte einen dumpfen Schlag. Sammai rannte an dem überraschten Paar vorbei auf den Balkon und hatte schon wieder sein Handy am Ohr.

Adrian lief zur Wanne. Er rutschte aus. Auf dem Boden waren Wasserlachen und schleimige Kotze. Es roch sauer. Vigdis lag in der großen Wanne. Im Wasser schwammen Kotzbröckelchen, Kleidungsfetzen und lange blonde Haare, aber auch schwarze, gekrauste. Vigdis hustete und schnappte nach Luft. Ihr Gesicht sank unter die Wasseroberfläche. Immer weiter rutschte sie nach unten. Ihre Kraft ließ nach. Mit beiden Händen krampfte sie sich an der Wannenarmatur fest, ihre Finger lösten sich. Adrian griff ihr unter die Achseln und zog sie aus dem Wasser.

Sammai kam zu ihnen: „Li estas for. Li falis sur autotegmenton kaj tuj kuregis laŭ la strato."125)

Adrian hatte Vigdis auf das Bett gezogen. Dort saß sie. Nackt. Sie registrierte nicht, dass Neugierige vom Lärm angelockt ins Zimmer schauten und sie angafften. Sammai zückte wieder seinen Ausweis und drängte die Gaffer aus dem Raum. Adrian legte Vigdis ein Badetuch über die Schulter, setzte sich zu ihr aufs Bett und umarmte sie. Sie zitterte. In den Augen standen Tränen, aus der Nase lief Rotz, Speichelfäden troffen aus dem offenen Mund. Sie roch sauer nach Erbrochenem, nach Schweiß und nach Todesangst. Immer wieder überkam sie ein heftiger Schluckauf. Ihr Magen stülpte sich um, und dann schoss schleimiger, wässriger Mageninhalt aus ihrem Mund. Das Erbrochene sammelte sich vor ihr auf dem Bett. Adrian streichelte ihr vorsichtig über die Wange. Sie lehnte den Kopf an seine Brust, atmete schwer, zitterte.

Sie warteten, schwiegen. Adrian und Sammai blickten sich in die Augen. Da hörten sie, wie nach und nach Autos in den Hof fuhren. Schritte kamen nach oben und dann war das Hotelzimmer voller Polizisten. Eine Frau in Uniform mit einem großen braunen Koffer in der Hand drängelte sich nach vorne. Sie war eine Ärztin. Als sie die Situation im Zimmer überblickt hatte, blaffte sie einen der Polizisten an und der rannte nach unten zur Rezeption. Wenige Minuten später kam er mit dem Hotelangestellten zurück. Einige kurze, scharfe Worte der Ärztin genügten, dann gab ihr der Angestellte seinen Hauptschlüssel und wies zu einer Zimmertür schräg gegenüber. Die Ärztin führte Vigdis in das freie Hotelzimmer, gemeinsam mit Adrian, weil Vigdis sich nicht von ihm lösen wollte. Auch Sammai ging mit und schloss die Zimmertür.

Die Ärztin untersuchte Vigdis, dokumentierte deren Verletzungen und versorgte die Wunden. Sie nahm Proben von allen Körperflüssigkeiten, die an Vigdis klebten. Sammai notierte alles. Adrian beobachtete die beiden. *Die Ärztin scheint darüber erstaunt zu sein, dass Sammai das macht, aber es scheint ihr auch recht zu sein. ... Sammai, der ist ganz hoch angesiedelt bei der Polizei in Bangkok. Sonst hätten nicht alle, denen er etwas gesagt hat, sofort gespurt. Gott sei Dank. ... Allein hätte ich Vigdis nie gefunden.*

Er schaute auf Vigdis. Die stand noch immer unter Schock, ließ alles über sich ergehen. Ihre ganze verbliebene Kraft legte sie in den Griff, mit dem sie Adrians Hand umklammerte. Als die Ärztin fertig war, sagte Vigdis mit tonloser Stimme: „Ich will aussagen."

Sammai bedeutete der Ärztin mit einem Blick sich zurückzuziehen, aber im Zimmer zu bleiben. Dann schaute er Vigdis freundlich an. Und die begann zu sprechen und Sammai notierte alles, was sie sagte:

„Als ich den Brief gelesen habe, war mir alles so klar und einfach erschienen: Nikolaus Groß, diesem komischen Vogel, habe ich in diesem Moment alles zugetraut. Wie gierig der von den Briefen gesprochen hat. Außerdem hat der Kerl mich immer wieder unangenehm angefasst. Der ist doch nicht richtig im Kopf. Dazu ist er grenzenlos eitel und sehr reich. Er kann sicher mit seinem Geld einen Killer bezahlen, habe ich gedacht. Ich bin ohne zu denken in die Falle gelaufen. Die Falle, die Rousset mir gestellt hat.

Das Letzte, an was ich mich im Hotel erinnere, war ein stechender Schmerz im Oberarm, als ich durch die Toilettentür gegangen bin. Dann ein fester Griff und alles war wie im Nebel. Eine Autofahrt. Alles war schwarz. Dann sah ich bunte Lichter, schwankend, undeutlich. Stimmen, englisch, wie Asiaten es sprechen. Wir gehen eine Treppe hoch. Dann nur noch amerikanisches Englisch, heißer. Mir ist schlecht. Ich muss kotzen. Ich werde in meine Kotze gedrückt. Alles dreht sich um mich. Die Kleider werden mir vom Leib gerissen. Dann fühle ich eiskaltes Wasser und bin hellwach. Ich sehe den Schwarzen, der uns in Frankreich überfallen hat. Er reißt mich an den Haaren hoch. Ich hole tief Luft. Dann drückt er mir wieder den Kopf unters Wasser, solange, bis ich atmen muss und weiß, dass ich mit dem nächsten Atemzug ertrinke. Er weiß genau, was er macht. Rechtzeitig zieht er mich wieder hoch. Ich schnappe nach Luft, huste … Ich will mich wehren, aber er schlägt mir mit der flachen Hand und mit dem Handrücken ins Gesicht, links, rechts, links, rechts. Ich verliere fast wieder das Bewusstsein. Seine Hand krallt sich in meinen Arm. Er reißt mich zu sich her. Ich bin nur noch eine hilflose Puppe. Er beißt mir in die Schulter, dann in die Brust, kaut auf der Warze mit den Zähnen. Will sie mir abbeißen. Ich schreie vor Schmerz. Kann ihm mit dem Finger in das Auge stechen. Er lässt die Warze los. Jetzt fasst er mich am Po, klaubt mir in die Backen, zieht sie mit einem Ruck auseinander. Ich denke, er zerreißt mich. Dann geht er nach vorn, dringt mit zwei Fingern in mich ein, reißt mich auf. Dann fickt er mich. Ich bin trocken. Es tut so weh, es brennt, es reißt. Er hört nicht auf. Jeder

Stoß so hart, so tief, ... so erbarmungslos. Dann kommt er. Schwitzt und stinkt und grunzt. Aber er ist noch nicht fertig. Jetzt bohrt er mir den Finger in das Poloch. Ich kneife zusammen, aber er presst sich auf mich, schlägt mit der Faust auf meinen Kopf, auf mein Auge und dann ist er drin und bohrt und bohrt. Und dann ist er wieder draußen und ich muss seinen Finger ablecken und dann seinen Schwanz. ... so erniedrigend, ... so respektlos. ... Ich bin doch auch ein Mensch ... so wie er. ... Aber ich bin gar nichts mehr wert. ...Nicht einmal mehr leben darf ich. Er wirft mich wieder ins Wasser und drückt meinen Kopf nach unten und ich weiß, jetzt will er mich ersäufen und ich trete und kratze und boxe, aber das hält ihn nur wenig auf. Scheint ihm Spaß zu machen, denn er lässt mich immer wieder Luft holen. Ich schlucke Wasser, würge und kotze und huste. Und er schlägt mich und mir wird dunkel vor den Augen und ich klammere mich nur noch am Wasserhahn fest und dann ist der Schwarze weg und dann sehe ich dich Sammai und dich Adrian und ich weiß, jetzt bin ich gerettet, jetzt muss ich nicht mehr um mein Leben kämpfen."

Sie schluchzt und heult. „Ich bin selber schuld. Wie konnte ich nur so dumm sein? Geschieht mir recht. Ich bin so eine blöde Tussi."

Die Tränen fließen aus ihren Augen. Wässriger Schleim läuft ihr aus der Nase. Ihre Schultern zucken und Adrian drückt sie noch enger an sich und er weiß nicht, was er machen kann, um ihr zu helfen. Und er spürt in sie hinein und fühlt, dass sie immer weiter von ihm fortgeht. Hört, wie sie sich mit leisen Worten immer wieder selbst die Schuld gibt, sich selber anklagt. Er fühlt, wie die Spirale ihrer Gedanken immer weiter nach unten geht. In eine schwarze Schlucht ohne Hoffnung, voller Selbstekel, Selbsterniedrigung und Gefühlen von eigener Wertlosigkeit. Und als er schon denkt, dass sie ihm für immer entglitten ist in diese dunkle Welt, dass sie sich selbst aufgegeben hat, fühlt er, wie sich ihre Fahrt in die Tiefe an irgendetwas verhakt, wie ein kleines Rädchen in dem Getriebe der Fahrt eine andere Richtung gibt, wie sich ihre Gedanken sammeln und sich neu formieren. Wie ihr Geist langsam wieder auftaucht und er wieder etwas hat von der Kraft, die Adrian an Vigdis kennengelernt hat. Aber es ist eine andere Vigdis, die auftaucht. Es ist eine Vigdis, die er so noch nicht kannte. Eine Vigdis, die tief geschlummert hat, die schon einmal wach war und die jetzt wieder präsent ist. Stärker und schrecklicher als damals. Er merkt, dass sich Vigdis verändert hat. Dass alles, was zuvor sicher war, zu Staub zerfallen ist. Er sitzt vor ihr, wie vor wenigen Tagen in seinem Loft, als er sie das erste Mal gesehen hatte, und er weiß, wie damals, dass er alles tun wird, um sie für sich zu gewinnen und sie zu halten. *Die Karten sind neu gemischt, nichts, gar nichts ist sicher im Leben. Nur das, dass ich nicht mehr ohne sie leben will.*

Aufgetaucht aus diesem Meer voll Verzweiflung, Respektlosigkeit und Erniedrigung, sagte Vigdis mit klarer Stimme und in bestem Französisch, sodass Sammai sie nicht verstehen konnte: „Ich will Rache. Ich will den Schwarzen vor mir liegen sehen und dann schneide ich ihm die Eier ab und ziehe ihm die Haut in Streifen vom Leib. Ich will ihn schreien hören, wie noch nie ein Mensch vor Schmerzen geschrien hat. Er soll sich wünschen, dass er mich nie kennengelernt hat."

Sie schaute Adrian in die Augen und fragte: „Hilfst du mir dabei?"

und Adrian sagte „Ja."

Da küsste sie ihn und sagte: „Dann müssen wir jetzt los. Zu Rousset. Der Weg zu dem Schwarzen führt über ihn."

„Und die Polizei?", fragte Adrian.

„Er ist der deutschen und der französischen Polizei entkommen. Da wird er auch der thailändischen Polizei entkommen", sagte Vigdis.

Sie funktionierte wie ein gut programmierter Roboter. Sie lief zum Regal und nahm sich ein Handtuch. Damit trocknete sie sich die Haare. Dann lief sie zur Tür und nahm sich den seidenen Bademantel, der daneben an einem Haken hing und stellte kurz und knapp fest: „Der muss genügen."

Dann wandte sie sich an Sammai und sagte mit fester, beherrschter Stimme:

"Ni revenos al la Universala Kongreso. La parolado de Rousset finiĝos post kelkaj minutoj. Se li ne estos tie, ni scios certe, ke li komisiis la murdojn."126)

Sammai hatte die Veränderung von Vigdis sofort bemerkt. *Sie hat sich einen Panzer aus Glas angelegt. Sehr hart, aber auch sehr dünn und sehr zerbrechlich.*

Sammai kniff die Augen zusammen. *Und sie hat etwas vor. ...*

Er hatte nicht verstanden, was sie auf Französisch zu Adrian gesagt hatte. Aber sein Gefühl sagte ihm, dass sie aus irgendeiner Quelle Kraft geschöpft hatte und dass diese Kraft aus dem tiefsten Abgrund ihrer Seele gekommen war und ihr ein Ziel gegeben hatte. Sammai schaute Vigdis an. *Das ist momentan aber egal, woher ihre Kraft kommt. Hauptsache ist, dass sie etwas hat, das sie antreibt. Es wird lange Zeit brauchen, bis sie das alles verarbeitet hat. Sie wird Hilfe brauchen. Adrian scheint dazu bereit zu sein.*

Sammai nickte mit dem Kopf. Es konnte schon so sein, wie das die Isländerin sagte: Wenn sie zum Kongress zurückfuhren und dort feststellten, dass Rousset nicht für seinen Vortrag erschienen war, dann war das verdächtig. *Aber wenn er schlau ist, hat er sein Programm durchgezogen. Wir werden sehen.*

Sammai zuckte mit den Achseln und winkte Vigdis und Adrian, ihm zu folgen. Sie liefen aus dem Stundenhotel. Der Portier getraute sich nicht, den Kopf zu heben. Er tat so, als ob er sehr konzentriert irgendwelche Buchungen tätigen müsste.

Spuren II

Sammai öffnete die Hintertür eines der Einsatzwagen, winkte Adrian und Vigdis auf der Rückbank Platz zu nehmen, setzte sich dann neben den Fahrer und sagte: „Zum Holiday Inn."

Der Abendverkehr hatte begonnen. Die Autos stauten sich an den roten Ampeln und während sie hielten, drängelten sich die Roller- und Mopedfahrer links und rechts an ihnen vorbei nach vorne. Die Zweiräder sammelten sich im Pulk vor den Autos und wenn es grün wurde, rasten sie den Autos voran über die Kreuzung, wurden dann aber nach und nach wieder von den Autos überholt und an der nächsten Ampel begann das Spiel von Neuem. Manchmal waren die Kreuzungen auch verstopft und die Fußgänger nutzten die Gelegenheit, sich durch die stehenden Autos hindurch zur anderen Straßenseite zu schlängeln. So kamen Adrian, Vigdis und Sammai viel später am Holiday In an, als sie es gedacht hatten.

Sie liefen die Stufen neben der Hotelauffahrt hoch und gingen durch einen Seiteneingang ins Foyer. Rechts von ihnen war eine Bar und dahinter einige Sitzgruppen mit tiefen Sesseln. An fast jedem Tischchen saßen einige Gäste und mitten drin saß Nikolaus Groß. Ihm gegenüber saß der Walrossbart. Adrian war es klar. Der Kerl muss Gilles Rousset sein.

Groß und Rousset tranken jeder einen dunkelroten Cocktail und unterhielten sich auf das Prächtigste. Aber Nikolaus Groß hatte seine Augen und Ohren überall. Er schaute nach rechts, wenn eine Frau von dieser Seite her auftauchte und nach links, wenn da eine Schönheit zu sehen war und er lauschte nach hinten, sobald er eine Frauenstimme hinter sich hörte. Gleichzeitig nippte er an seinem Getränk und sprach auf Rousset ein. So dauerte es nicht lange, bis er Vigdis und ihre Begleiter entdeckt hatte.

Kaum hatte er sie gesehen, stand Nikolaus Groß auf und lief ihnen wieder mit theatralisch ausgebreiteten Armen entgegen: „Bonvenon miaj geamikoj. Mi sopiris al vi. Ĉu mi rajtas prezenti al vi Gilles Rousset? Vi sekvis lin tra duono de la terglobo."127)

Adrian wusste nicht, was er von dem Ganzen halten sollte. Da saß der Mann, der ihnen einen Killer geschickt hatte, seelenruhig bei einem Cocktail und tat so, als ob ihn kein Wässerchen trüben könnte. *Ist der so eiskalt?*

Rousset war nur mittelgroß, schlank und drahtig. Sein langes, braunes Haar hatte er nach hinten gekämmt, hinter einer runden Nickelbrille schauten zwei listige Äuglein erwartungsfroh zu den Neuankömmlingen. Der riesige Walrossbart verlieh Rousset eine gewisse altmodische Würde. Aber Adrian wollte sich nicht durch sein harmloses Äußeres täuschen lassen. Ebenso wenig Vigdis. Die packte Rousset am Kragen und gellte ihn an: „Ég á þig loksins! Svarti risinn þinn drap mig ekki! Það er ekki svo auðvelt að drepa Íslending!"128)

Vor lauter Wut hatte sie Rousset auf Isländisch angeschrien. Alle Gäste schauten zu ihnen her. Rousset wusste nicht, wie ihm geschah. Er schaute mit weitaufgerissenen Augen die blonde Frau an, die ihn am Hemd gepackt hatte. Sie hatte ungekämmte Haare, Kratzer und Blutergüsse im Gesicht, ein blaugeschlagenes Auge. Ihr Mund war wutverzerrt und die Unterlippe war blutverkrustet. Sie trug einen viel zu kurzen Bademantel aus Seide, unter dem die Brüste hin und her wippten. Sonst trug sie nichts, weder Schuhe noch Höschen. Das hatte er sofort gesehen. Der Bademantel wurde ja auch nur von einem Gürtel zusammengehalten. Sie sah aus wie dem Irrenhaus entlaufen. Er riss sich los und schrie auf Französisch: „La femme est folle!"129)

„Nein, die Frau ist nicht verrückt!", herrschte Adrian ihn auf Deutsch an.

Ein weiterer Wahnsinniger. Rousset drehte sich um und wollte fliehen.

„Hyud. Xyǔ thỉ nỉ"130), rief Sammai auf Thailändisch und stellte sich Rousset in den Weg. Der wollte Sammai zur Seite schieben, aber Sammai legte seine Hand auf das Handgelenk des Franzosen, lenkte dessen Vorwärtsbewegung in einen Kreis, übernahm mit seiner anderen Hand die Hand des Franzosen an der Kleinfingerseite, verdrehte ihm dadurch den Arm und stand nun hinter ihm und lenkte ihn immer weiter drehend auf den Boden. Schließlich lag Rousset vor Sammai, der die Hand des Franzosen mit seiner eigenen Hand an seinem Oberschenkel fixiert hatte. Rousset konnte keine Bewegung mehr machen, ohne sofort durch den Schmerz in seiner verdrehten Hand gestoppt zu werden. Sammai stand völlig entspannt über ihm und hielt ihn mit einem Minimum an Kraft fest. Rousset konnte nicht mehr fliehen.

„Please calm down"131), versuchte der Empfangschef seine Gäste auf Englisch zu beruhigen.

„Atendu, karaj amikoj. Ni klarigos ĉi tiun miskomprenon en Esperanto kaj ne per ĉi tiu babilona lingva konfuzo!"132) Nikolaus Groß war fasziniert von der Situation. Hier würde sein geliebtes Esperanto eine Feuerprobe bestehen.

Alle schauten sich an. Sammai lies Rousset frei. Der richtete sich auf und putzte demonstrativ seinen feinen Anzug. Der war aber nicht wirklich dreckig geworden, denn das Reinigungspersonal des Holiday Inn in Bangkok macht seine Arbeit gründlich.

Vigdis zog die Schultern hoch und sprudelte ihre Geschichte und ihre Anschuldigungen auf Esperanto heraus. Rousset hörte aufmerksam zu. Je länger Vigdis auf ihn einschrie, desto ungehaltener wurde er. Schließlich richtete er sich kerzengerade auf und spuckte ihr seine Empörung geradezu ins Gesicht: Vi trompas vin. Do vi pensas, ke mi dungis murdiston. Ĉu nur pro kelkaj leteroj?133)

Adrian sah ihn an. *Ja, wie der Anstifter für einen Mord sieht er tatsächlich nicht aus. Aber wer kann schon hinter die Stirn eines Menschen blicken?*

„Vi havas la permeson, serĉi la leterojn en mia ĉambro."134) Voller Stolz und Verachtung blickte Rousset Vigdis an. Aber dann grinste er und sah mit einem Mal aus wie der schmierigste Handelsvertreter, der ein Zimmermädchen anbaggert: „Kaj se vi volas, vi ankaŭ povas traserĉi min."135)

Wenn er schon anbietet, sein Zimmer und sich selbst durchsuchen zu lassen, dann hat er die Briefe bestimmt nicht, überlegte Adrian. *Andererseits ... vielleicht finden wir einen Hinweis ... den Schlüssel für ein Schließfach vielleicht ... oder den Mietvertrag für einen Banksafe.*

Sie fuhren mit dem Aufzug in den 17.Stock. In Roussets Appartement gewährte ein großes Bullaugenfenster einen überwältigenden Blick auf die Stadt und hinüber zum State Tower, wo laut Reiseführer die „sensationellste Bar ganz Bangkoks" auf dem Dach war. Es war diesig, es wurde langsam dunkel und in der Riesenstadt gingen die Lichter an.

Roussets Zimmer war zweckmäßig modern eingerichtet. Klare Formen in westlichem Stil. Gegenüber dem Doppelbett stand ein Sideboard mit Minibar, einigen Ablagefächern und Schubladen. Am runden Fenster standen eine Sitzgruppe und ein Schreibtisch. Gegenüber befand sich die Tür zum Bad und daneben ein in die Wand eingebauter Kleiderschrank. Bevor sie sich an die Möbel machten, hob

Sammai den gelben Läufer vor dem Bett auf und schaute, ob dort nichts versteckt war. Er prüfte auch den Teppichboden systematisch nach losen Stellen. Er fand nichts, ebenso wenig hinter dem Bild an der Wand oder an der Decke bei den Rollos.

Nun machten sich auch Vigdis und Adrian an die Arbeit. Sammai und Vigdis suchten nach alten Briefen. Adrian konzentrierte sich auf Schlüssel und Magnetkarten. Rousset und Groß saßen auf den Hotelstühlen und tranken den Alkohol aus der Minibar. Rousset schaute die drei Sucher hochnäsig und voller Verachtung an. Er hatte breitbeinig das eine Bein über das andere gelegt und stützte sich mit der rechten Hand auf den Tisch, wo sein Glas stand. So nahm er den maximal möglichen Raum ein. Immerhin war das ja sein Zuhause, das gerade auf den Kopf gestellt wurde.

Nikolaus Groß saß verlegen neben ihm und versuchte immer wieder ein Gespräch in Gang zu bringen, aber niemand wollte ihm so richtig antworten und so ließ er es schließlich bleiben, ging zur Minibar, holte eine zweite Flasche Weißwein und schraubte sie auf.

Sammai, Adrian und Vigdis suchten gründlich und systematisch, aber sie fanden nichts. Weder im Bett noch unter dem Bett, weder hinter dem Spiegelschrank im Bad, noch in dem Wassertank für die Toilette.

Rousset hatte zuerst zwei Gläser Weißwein getrunken und als die leer waren, sich aus dem Wodka und dem Tomatensaft in der Minibar eine Bloody Mary gemixt. Nachdem er auch dieses Glas leer getrunken hatte, hatte er die zwei Fläschchen Kräuterlikör aus der Minibar geholt und weil Nikolaus Groß ablehnte, beide hintereinander geleert. Dann saß Rousset eine ganze Zeitlang still auf seinem Sessel und stierte aus dem Fenster. Irgendwann hatte er damit angefangen, ungeduldig mit seinen Fingern auf das Sideboard zu trommeln. Schließlich stand er mit einem Ruck auf, ging zu Vigdis, die gerade aus dem Bad kam, stellte sich vor ihr auf und fragte sie, wie ein Rekrut seinen Offizier: „Ĉu mi nun senvestiĝu?"136)

Rousset wartete die Antwort gar nicht erst ab und zog sich seine Hose aus. Dann knöpfte er das Hemd auf und bevor ihn jemand stoppen konnte, ließ er auch die Shorts herunter. Er trug nur noch schwarze Socken und präsentierte spöttisch seine ganze Pracht.

Da kann man ja neidisch werden, dachte Adrian. *Bei dem Riesenschwanz fallen seine dünnen Beinchen gar nicht auf.*

Vigdis zog die Brauen hoch und sagte trocken: „Imprese. Ĉu ĝi eĉ pli grandiĝas, kiam ĝi staras, kaj ĉu vi tiam ankoraŭ havas sangon en via cerbo?"137)

Adrian lachte.

„Envio ridas"138) sagte Rousset zu Adrian und rümpfte höhnisch die Nase. Und dann wandte er sich an Vigdis: „Jen, cerbo estas ŝlosilvorto: vi devas serĉi en Islando. Via onklo havas kialojn mortigi vin. Mi legis la leterojn. Ili valoras duonon de la fabriko."139)

In Gedanken pflichtete Adrian ihm bei. *Wenn Rousset wegfällt, hat Vigdis Onkel Einar Jónson tatsächlich das stärkste Motiv für einen Mord.*

Auch Vigdis kam ins Grübeln. *Vielleicht hat Rousset tatsächlich Recht und Onkel Einar steckt hinter den Anschlägen. Das hätte ich ihm nie zugetraut. Er ist jähzornig … aber er hat sich mir gegenüber immer gut verhalten.*

Vigdis schob den Unterkiefer hin und her. *Anders bei Finbogi. Die hat er nie leiden können. Aber immerhin beschäftigt er sie seit vielen Jahren und zahlt ihr ein gutes Gehalt. … Ich muss Finbogi anrufen. Wenn die thailändische Polizei den Schwarzen nicht fasst und der fliegt nach Island, dann ist sie in Gefahr.*

Vigdis schaute zu Adrian. *Andererseits, wenn Onkel Einar die Briefe von dem Schwarzen bekommt, dann kann er die Briefe verschwinden lassen und alles könnte wie früher bleiben. … Nur, dass es in Stuttgart zwei Tote gegeben hat und der schwarze Drecksack mich vergewaltigt hat.*

Vigdis verzog den Mund. *Wir bleiben noch ein oder zwei Tage in Thailand. Wenn der Vergewaltiger bis dahin nicht gefasst wurde, ist er auf dem Weg nach Island. … Das wäre mir am liebsten. Da kenne ich mich aus. Da habe ich Heimvorteil für meine Rache. Ich locke ihn in die Wildnis.*

Sie blickte wieder zu Adrian. *Ob er mitkommt? … Sicher. … Er hat es versprochen. Er wird sein Wort halten. Er ist mir verfallen … Aber ich … Ich brauche ihn auch … vorhin wie die Luft zum Atmen.*

Trotzig reckte sie den Kopf in die Höhe. *Ich brauche ihn für meine Rache …*

Dann senkte sie wieder die Augen und blickte unsicher zu Adrian … *nur dafür?*

In ihrem Kopf drehte es sich. Sie fing wieder an zu zittern. Dann atmete sie tief ein, war wieder präsent in dem Zimmer und schaute Rousset in die Augen. Laut sagte sie zu ihm: „Pardonu min, se mi suspektis vin malprave, sed kial vi forkuris de ni?"140)

„Mi ne forkuris de vi. Mi vizitis miajn amatinojn. Unu en Tanger, alia en Bangkok. Homoj, kiuj parolas Esperanton, povas ankaŭ havi internaci ajnamatinojn."141) Stolz blickte Rousset Adrian an.

Adrian grinste. Ja, das traute er Rousset zu. So war das also, Rousset war gar nicht vor ihnen geflohen. Der alte Schwerenöter hatte nur seine Geliebten besucht. Die eine in Tanger, die andere in Bangkok.

Es klopfte an der Zimmertür. Sammai öffnete. Draußen stand eine Thailänderin. Sie war keines der üblichen Mädchen aus den Bars. Ohne Begleitung kommen junge thailändische Frauen nur schwer weiter als bis zur Drehtür der internationalen Hotels in Bangkok. Die Frau, die in der Tür stand, war etwa 40 Jahre alt, sehr apart und sehr verwundert, als sie ihren Liebhaber nackt und betrunken zwischen fremden Menschen sah.

„Mia amatino, vi venas en la ĝusta momento!"142), rief Rousset und torkelte der Fremden mit ausgebreiteten Armen entgegen. Sein Gemächt schlenkerte dabei voller Vorfreude nach links und nach rechts.

„Ni devus ekiri"143), sagte Sammai und mit Adrian, Vigdis und Nikolaus Groß im Gefolge verließ er Roussets Appartement.

Bangkok

In der Eingangshalle hatten sich Kongressteilnehmer und andere Hotelgäste in kleinen Gruppen zusammengefunden. Entweder warteten sie auf ihre Taxis oder auf ihre Bekannten oder Freunde. Die meisten wollten sich am Abend die Stadt ansehen. Manche der Anwesenden saßen auch an der Bar oder in einer der Loungesitzgruppen und tranken Cocktails. Die Unterhaltungen waren ruhig. Neuangekommene Gäste erledigten entspannt an der Rezeption ihren Check-in. Die prachtvollen Lüster gaben der Halle eine glanzvolle, fast goldene Beleuchtung. Die Klimatisierung war angenehm kühl, nicht zu kalt. Sammai wendete sich zu Nikolaus Groß und sagte: „Ĝis revido."144) Der schaute ihn nur fragend an und machte keine Anstalten zu gehen. Darauf schaute Sammai ihm fest in die Augen, machte eine unmissverständliche Handbewegung und sagte erneut: „Ĝis revido. ... Vigdis, Adrian kaj mi havas ion alian por diskuti. ... Solaj."145) Da endlich hatte Nikolaus Groß verstanden. Er näherte sich Vigdis, um sich von ihr zu verabschieden. Um der drohenden Umarmung zu entgehen, versteckte sich diese hinter Adrian und der schaute Groß direkt in die Augen und sagte zu ihm ebenfalls: „Ĝis revido."
Da endlich trollte sich Groß. Seine Schulter zuckte, als er mit seinen riesigen Schritten zu den Aufzügen lief. Aber dann hatte er seine beiden grauhaarigen Assistentinnen entdeckt, die gerade Richtung Ausgang trippelten und lief mit ausgebreiteten Armen auf sie zu. Und die beiden Damen schauten sich überrascht an, kichernd wie zwei junge Schulmädchen und begrüßten ihren Meister so freudig, als ob sie ihn schon Jahre nicht mehr gesehen hätten. Die drei hatten sich sofort sehr viel zu erzählen und Groß legte jeder der Damen einen Arm um die Schulter und dirigierte sie zu einer freien Sitzgruppe in der Nähe der Bar.
Sammai, Adrian und Vigdis setzten sich auf eines der Ledersofas direkt neben dem Eingang, möglichst weit entfernt von Groß und seinen Begleiterinnen. Sammai schaute zu Vigdis. Er sah ihr an, dass sie sich nur noch mit letzter Kraft aufrecht hielt. Sie stützte sich an Adrian, der den Arm um sie gelegt hatte, und schaute ihn unentwegt an. Unter ihrem linken Auge hatte sich ein großes Hämatom gebildet und das Auge schwoll zu. Ihre Unterlippe war dick und blutig. Am Hals hatte sie blaue Würgemale. Der Bademantel reichte ihr nur knapp bis

zur Hälfte ihrer Oberschenkel und ließ den Blick frei auf ihre zerschrammten Beine, die sie übereinandergeschlagen hatte. Auch ihre Arme hatten blaue Flecken und blutige Kratzer. Mancher der Gäste schaute irritiert zu der Gruppe mit der schönen, verletzten Frau und den zwei Männern, aber niemand traute sich, sie anzusprechen und zu fragen, ob sie irgendwelche Hilfe brauchten. Denn alle drei vermittelten den Eindruck, dass sie ungestört bleiben wollten. Sammai stand auf, lief zur Bar und kam nach einer Minute zurück mit zwei Plastikbeuteln gestoßenem Eis.

„Metu tion sur la okulon kaj sur la lipon",146) sagte er und Vigdis tat wie ihr geheißen wurde. Sie kühlte mit dem Eis die Schwellungen in ihrem Gesicht.

„Nun la taksio estas baldaŭ venonta kaj kondukos nin hejmen al mi. Mia edzino prizorgos vin."147)

Vigdis richtete sich mühsam auf und fragte hart: Kie estas la nigrulo? 148)

„Ni ankoraŭ ne kaptis lin, sed ni kaptos lin. Tio ne plu povas daŭri longe."149)

„Ĉu ni povas resti tiel longe kun vi?"150)

„Certe."151)

Adrian war froh, dass Sammai ihnen für die nächsten Tage Quartier bot. Unter der Pflege seiner Frau würde Vigdis sicher bald wieder körperlich auf die Beine kommen. Seelisch hatte Adrian seine Zweifel. Vigdis erschien ihm immer mehr so, als ob sie in einer Parallelwelt leben würde. Nur aufrecht gehalten von dem Wunsch nach Rache. *Ich kann dem Schwarzen nur wünschen, dass ihn die Thais fassen ... und mir auch. ... Wenn Vigdis ihn in die Finger bekommt, dann Gnade ihm Gott ... Und ich habe ihr versprochen, ihr dabei zu helfen.*

Adrian küsste Vigdis zart auf die Stirn. Sofort hob sie den Kopf, schaute ihm in die Augen, zog sich an ihm hoch und küsste ihn mit ihren blutverkrusteten Lippen auf den Mund.

Kaum saßen sie im Taxi, rief Sammai seine Frau an. So hatte Kairi Zeit, um Vigdis zu empfangen. Als das Taxi in den Feldweg zum Haus einbog, wartete Kairi schon am Geisterhäuschen. Kaum dass Vigdis ausgestiegen war, umfasste Kairi sie und führte sie zum Haus. Still geleitete Kairi Vigdis in das Badezimmer, wo sie alles für Vigdis vorbereitet hatte. An den Wänden standen auf dem Boden brennende Kerzen und gaben dem Bad ein warmes, leicht flackerndes Licht. Duftstäbchen erfüllten den Raum mit zartem, belebendem Duft. Die Wanne war mit Wasser gefüllt.

„Baniĝu varme.",152) sagte Kairi und nahm Vigdis den Bademantel von den Schultern, und als sie sah, dass Vigdis beim Anblick der Badewanne zögerte, sagte sie freundlich: „Neniel timu. Mi restas kun vi."153)

Sie führte Vigdis zu der Wanne und unterstützte sie beim Einstieg. Vigdis zögerte einen Moment. Aber als sie spürte, dass das Wasser warm war, tauchte sie den Fuß hinein. Sie schaute zu Kairi. Die machte eine freundliche, einladende Geste. Da vertraute sich Vigdis Kairi an. Die bösen Erinnerungen hielten sie nicht länger auf. Sie setzte sich in die Wanne, sog kurz die Luft ein, als das Wasser an ihre frischen Kratzer und Abschürfungen kam, aber dann gab sie ein wenig von ihrer Anspannung los und lehnte sich zurück. Kairi ließ einige Blütenblätter auf das Wasser regnen und tropfte etwas Heilöl in das Wasser. Sie betätigte einen Schalter und ganz leise ertönte sanfte Musik. Vigdis streckte sich aus und getraute sich endlich, die Augen zu schließen. Aber ihre Hand umklammerte fest Kairis Arm.

Vigdis atmete tief ein und aus. Ihr Herz hatte anfangs geschlagen bis zum Hals, aber nun wurde es ruhiger. Sie vertraute Kairi und ihre Augen füllten sich mit Tränen. Kairi hatte sie die ganze Zeit sanft mit beiden Händen berührt und hatte ihr mit ihrem Hautkontakt vertrauensvolle Nähe, Halt und die Gewissheit menschlicher Nähe signalisiert. Nun beobachtete sie still, wie Vigdis in der Wanne lag und weinte. Sanft und verlässlich hatte Kairi ihre offene Hand halb unter Vigdis' Schulter gelegt und mit der anderen Hand ihren Arm ergriffen. Aufmerksam reagierte sie auf jede Bewegung, auf jede Regung ihres Schützlings. Sie ließ Ruhe einkehren und als sie spürte, dass es dafür Zeit war, winkte sie Adrian heran, half Vigdis aus der Wanne, hüllte sie in ein weiches Badetuch und führte sie zu einem Futon auf dem Fußboden. Sie stillte die Blutungen ihrer Kratzwunden mit einem weichen Leinentuch und betupfte die Abschürfungen mit einer heilenden Salbe. Dann träufelte sie einige Tropfen warmes Öl auf Vigdis Bauch und verteilte es mit sanften Strichen. Ganz leicht massierte sie ihre Gliedmaßen und öffnete mit der Berührung ihrer Hände einen winzigen Spalt in dem Panzer, den sich Vigdis zugelegt hatte. Sie gab mit ihrer achtsamen Berührung der Liebe wieder einen kleinen Zugang zu

Vigdis Seele. Sie wartete und beobachtete still. Als Vigdis nicht mehr weinte, schob Kairi ihre Hand unter ihren Nacken und richtete sie auf. Dann führte sie Vigdis zu Adrian, der sie in ihr Zimmer geleitete. Haut an Haut lagen sie wach und still und eng umschlungen nebeneinander. Und in diesen Stunden gab Adrian Vigdis Kraft und Vertrauen allein mit seiner körperlichen Nähe, die nichts forderte und nur für sie da war, damit sie sich wieder aufrichten konnte, um wieder alleine stehen zu können. Sie lag lange wach und atmete still an seiner Brust. Als sie einschlief, war ihr Schlaf bleiern schwer. Sie lag regungslos wie versteinert, und Adrian war voller Sorge um sie und kontrollierte immer wieder, ob sie überhaupt noch atmete. Endlich fand auch er in den Schlaf.

Als die Morgensonne durch das Fenster auf ihre Gesichter schien, erwachten sie zur gleichen Zeit. Sie öffneten die Lider im selben Moment und das erste, was sie voneinander sahen, waren ihre Augen aus allernächster Nähe.

„Schöner kann der Tag nicht beginnen", sagte Adrian und küsste Vigdis auf die blutverkrusteten Lippen.

Sie gingen ins Bad und stellten sich gemeinsam unter die Dusche. Vigdis zog scharf den Atem ein, als das Wasser auf ihre frischen Kratzwunden kam. Adrian stellte schnell das Wasser ab und tupfte sie vorsichtig trocken. Auf einem Hocker hatte Kairi ein Tablett mit Pflaster, Tupfer und Heilkräuteröl bereitgestellt. Adrian versorgte damit das geschwollene Auge von Vigdis und einige Kratzer, die wieder aufgebrochen waren und bluteten. Dann zogen sie die Bademäntel an, die an der Tür hingen und liefen die Treppe nach unten.

Sammai, Kairi und Niran hatten auf Vigdis und Adrian gewartet. Die Morgensonne schien auf den eingedeckten Frühstückstisch. Sie setzten sich. Die Atmosphäre war ruhig und gesammelt. Kairi ergriff sofort wieder die Hand von Vigdis. Aber Sammai hatte sich vorgenommen, wieder etwas Normalität herzustellen. Er gab Niran ein Zeichen und gemeinsam mit seinem Sohn lief er in die Küche. Wenig später tischten Vater und Sohn auf. Es gab die gleichen Speisen wie am Abend.

„Ni tajlandanoj ĉiam manĝas la saman", 154) sagte Sammai mit einem kleinen Lächeln.

Na ja, bei der Vielfalt der Gerichte ist das ja auch kein Problem, dachte Adrian. Er schaute einen Moment auf Vigdis aber dann griff er zu. *Nützt ja nichts, wenn ich hungre.*

Er nahm sich frittierten Krabben und thailändische Suppe, süßsaures Hähnchenfleisch und gegrillten Fisch, einfachem Reis und Reis mit Gemüse und Reis mit Gewürzen.

Kairi legte Vigdis ausgesuchte Häppchen auf den Teller und nachdem sie Vigdis freundlich dazu aufgefordert hatte, nahm sich die ebenfalls einige Bissen von den Speisen. Sie aß nur wenig, aber Kairi war zufrieden, als Vigdis nach einer zweiten Tasse Tee fragte.

Draußen schrieen einige Papageien. Ein Gecko huschte über die Terrasse und ein zweiter flitzte von der Tür über den Holzfußboden hinter den Schrank neben der Küchentür.

Sammai lachte und sagte: „Ili alportas bonŝancon."155)

Er trank den letzten Schluck Tee aus seiner Tasse, stand auf und verbeugte sich vor Kairi und seinen Gästen. Dann nahm er seine alte, abgewetzte Aktenmappe von der Garderobenablage und öffnete die Tür.

„Mi iros al la oficejo nun"156), sagte Sammai. „Mi esperas, ke miaj kolegoj jam kaptis la nigrulon."157)

Dann deutete er auf seine Frau und sagte: „Kairi akompanos vin al la urbo poste. Vi devas butikumi. Vi bezonas belajn vestojn kaj bonajn ŝuojn. Ĉi-vespere ni iros al la Sky Bar en la State Tower. La atmosfero estas sensacia tie. Vi ricevos aliajn pensojn."158)

Er lief nach draußen zu dem kleinen Fiat seiner Frau, stieg ein und fuhr davon.

Sammai hatte die Frühstücksrunde leise und sanft dominiert. Nach seinem Weggang herrschte für einen Moment Stille. Seine bestimmende freundliche Präsenz fehlte. Sie schauten sich schweigend an und wussten nicht so richtig, wie sie den Gesprächsfaden wieder aufnehmen sollten. Adrian nahm einen Schluck Tee.

Kairi lächelte ein wenig nervös, denn nun fühlte sie sich dazu berufen, Sammais Stelle als Gastgeber einzunehmen und das beunruhigte sie, denn sie hatte Sorge, dass sie den Ansprüchen ihrer Gäste nicht genügen könnte. Schließlich gab sie sich einen Ruck und sagte schüchtern auf Englisch: „Ich hoffe, es hat euch geschmeckt. ... Nachher führe ich euch gerne zu den guten Modegeschäften in Bangkok. Aber bitte entschuldigt. Ich spreche nur wenig Esperanto. ... Englisch kann ich ein bisschen besser."

Vigdis hatte sie genau beobachtet. Als Kairi geendet hatte, legte Vigdis ihre Hand auf den Arm von Kairi und schluckte. Adrian sah, welche Überwindung es sie kostete, zu sprechen. Nach einer kleinen Pause und nochmaligem Schlucken sagte Vigdis in gutem Englisch: „Das ist gut so. ... Ich verstehe Englisch ... und ich kann es auch sprechen."

Adrian konnte es nicht glauben, was er da aus ihrem Mund hörte. Er schaute Vigdis in die Augen und sagte dann auf Französisch: „Du sprichst auch gut Französisch. Warum hast du mir das nicht gesagt? Dann hätte ich es leichter gehabt. Du weißt doch, dass meine Mutter Französin ist. Hast du sonst noch Geheimnisse vor mir?"

Vigdis erwiderte seinen Blick und sagte auf Französisch: „Man darf es den Männern nicht zu leicht machen."

Dann blickte sie wie abwesend in den Garten. Auf seine zweite Frage gab sie Adrian keine Antwort.

Sie machten sich zur Abfahrt bereit. Vigdis trug wieder den Rock und die Bluse, die sie anhatte, als Adrian sie kennengelernt hatte und ihre Jacke. Weitere Oberbekleidung hatte sie nicht in ihrem Rucksack. Von Kairis Sohn lieh sie sich einen Strohhut, den sie sich tief ins Gesicht zog, sodass ihr blaugeschlagenes Auge tief im Schatten lag. Von Niran bekam sie auch Flip Flops, denn Schuhe hatte sie keine mehr.

Niran war wieder ihr Chauffeur. Er fuhr mitten in die Stadt und hielt schließlich vor einem riesigen weißen Gebäudekomplex. Bevor seine Fahrgäste ausstiegen, verabredete er sich mit seiner Mutter, wann er sie wieder abholen sollte.

Kairi lief durch einen kleinen Einlass in dem niedrigen grünen Zaun vor der Shopping Mall und blieb vor einer Treppe stehen. Dann zeigte sie nach oben und sagte zu Adrian: „Du musst jetzt stark sein. Für manche Frauen ist das hier das Paradies auf Erden ... und für ihre Männer die Hölle."

Dann lief sie die Treppe hoch und führte Vigdis und Adrian in die Mall, wo unzählige Läden und Boutiquen auf sie warteten.

Adrian trat an das Geländer der ersten Ebene. *Das, was sie jetzt im Königsbau in Stuttgart bauen, würde fünfmal hier rein passen.*

Er schaute nach unten und nach oben. Kairi trat neben ihn und erklärte ihm: „Keine Angst, wir müssen nicht durch das ganze Gebäude gehen. Mode gibt es vor allem im ersten, zweiten und dritten Stock. Wenn du ein neues Handy willst, musst du die zwei nächsten Stockwerke durchsuchen und weiter oben gibt es Möbel und einige Restaurants und Fast-Food-Ketten. Ich schlage aber vor, dass wir nachher an einer Garküche auf der Straße zu Mittag essen."

Adrian lief ihr und Vigdis hinterher. Als sie das erste Stockwerk mit den Kleidern erreicht hatten, blieb er kurz stehen und atmete tief durch. *Ich verdiene ja viel Geld mit Mode. Trotzdem bin ich froh, dass es hier nur drei Etagen mit Klamotten gibt. Das reicht. Bin gespannt, wie sich Vigdis beim Einkaufen verhält.*

Er erkannte alle großen Modemarken, und als er auf die Preisschilder schaute, sah er, dass die Ware in Bangkok auch nicht günstiger zu haben war als in Stuttgart.

„Du musst auf Promotion achten", sagte Kairi, nachdem sie seine kaum verdeckte Ermittlung beobachtet hatte.

Vigdis sagte: „Zuerst brauche ich eine Sonnenbrille, um mein blaues Auge zu verdecken."

Sie lief zu einem Stand mit Brillen und kaufte dort die Sonnenbrille mit den größten und den dunkelsten Gläsern. Danach überließ sie sich ohne Eigeninitiative, völlig der Führung von Kairi. Adrian war in diesem Jahr schon für mehr als 40 Laufsteg-Auftritte und Fotoshootings gebucht gewesen. Er lief interessiert an den einzelnen Boutiquen vorbei und scannte mit den Augen die einzelnen Labels. *Hier gibt es alles, die aktuelle Fashion vom Laufsteg und die, die extra für die Promotion hergestellt wurde, zwar auch Original, kein Ramsch, aber billiger gemacht.*

Er hatte nichts dagegen, wenn Kairi den einen oder anderen Laden betrat und Vigdis mit sich hineinzog. Amüsiert beobachtet Adrian das Treiben in der Mall. Die Kleider-Etagen waren hauptsächlich von Frauen bevölkert, Einheimische und Touristinnen, junge und ältere. Die wenigsten kauften alleine ein. Meistens waren sie zu zweit oder zu dritt, mit Freundinnen oder ihren Müttern, schnatternd und begeistert von einer Boutique zur anderen rennend. Nur vereinzelt bemerkte Adrian einige Männer, die genervt im Schlepptau ihrer einkaufswütigen Begleiterinnen hinterhertrotteten. Adrian grinste. *An manchen Orten bestätigen sich einfach alle Klischees.*

„Das wird dir stehen", sagte Kairi schließlich und zeigte auf ein hellblaues Kleid.

„Vermutlich", sagte Vigdis. „Die Farbe passt zu meinen Haaren und meiner Haut."

Sie ging mit dem Kleid in die Umkleidekabine und kam eine Minute später wieder heraus. Das Kleid stand ihr hervorragend, nur war es tief ausgeschnitten und hatte Körbchen, sodass Vigdis Dekolleté hervorgehoben wurde. Aber ihre Brüste waren übersäht mit Blutergüssen, Bissspuren und blutigen Kratzern. Sie sagte trocken zu Adrian: „Hast du noch eine Hundeleine? Dann kannst du mich als Sklavin in der Sky-Bar präsentieren."

„Nein, dann denken die Leute, ich hätte dir auch das blaue Auge geschlagen und so brutal möchte ich nicht rüberkommen. Probier das aus."

Adrian hatte, während sich Vigdis umzog, in dem Laden nach einem anderen Kleid gesucht. Er reichte Vigdis ein klassisches kleines Schwarzes aus Seide mit dunklen, glänzenden Applikationen, hochgeschlossen bis zum Hals, ärmellos.

Kairi sog entsetzt die Luft ein, als sie das Preisschild sah.

„Dazu das Jäckchen. Das verdeckt die Blutergüsse an deinen Armen."

Und als Vigdis aus der Kabine kam, hatte Adrian schon die passenden Schuhe bereit: schwarze Sandalen mit Fesselriemchen und mittelhohen Pfennigabsätzen. Das Design verwendete die runde, silberne Schnalle gekonnt als dezenten Blickfang. Vigdis zog die edlen, kleinen High Heels an, drehte sich einmal um die eigene Achse und strich sich mit den Händen über Brüste, Bauch und Oberschenkel. Sie betrachtete sich im Spiegel. Das kleine Schwarze saß wie angegossen, betonte ihre hinreißende Figur. Sie fragte Kairi: „Darf ich so in die Sky-Bar? Sehe ich nicht aus wie eine Nutte?"

Kairi schüttelte vor Begeisterung den Kopf und sagte: „Du siehst aus wie eine Königin. So darfst du überall hin. Alle Männer werden dir zu Füßen liegen. Das Kleid ist seinen Preis wert."

Vigdis gab Adrian einen leichten Kuss und sagte: „Danke. Du hättest Modeberater werden sollen. Doch jetzt kaufen wir noch etwas Anständiges zum Anziehen für dich und für mich."

Adrian wusste, wo er das finden würde, was er wollte. Das hatte er sich vorhin beim Hin-und-Her-Schlendern gemerkt. Er lief zielstrebig zu den Läden in der Mall, die seine Lieblingsmarken führten. Er kaufte sich leichte Lederschuhe, eine dunkle Baumwollhose, ein Hemd und ein passendes Jackett, alles nur von den Edel-Marken. Er kannte seine Kleidermaße und wusste, was ihm stand. Mehr als zwei Anproben brauchte er nicht.

Vigdis zog ihn danach in einen Laden mit Freizeitkleidung. Dort kaufte sie sich geschlossene Sportschuhe, T-Shirts, ein Flanellhemd mit langen Ärmeln, warme Socken, Jeans und eine dicke Sportjacke.

Adrian schaute sie erstaunt an. Da sagte sie: „Du solltest dir auch noch etwas Warmes zum Anziehen kaufen. Der isländische Sommer ist kurz und es ist kälter als hier in Thailand."

Adrian freute sich. *Sie ist sich sicher, dass ich mit ihr nach Island fliege. Vigdis, ja, ich begleite dich, wohin du willst.*

Adrian kaufte sich ebenfalls ein Flanellhemd und dazu eine gefütterte Jacke. In einer Stunde waren sie mit all ihren Einkäufen fertig. Kairi schüttelte den Kopf und sagte: „Dafür brauchen normale Menschen zwei Tage."

Mit den Kleidertaschen bepackt liefen sie auf die Straße. Nach dem Aufenthalt in der klimatisierten Mall mussten sie sich an das feuchtheiße Klima auf der Straße erst wieder mit einigen tiefen Atemzügen gewöhnen. Kairi führte sie zu einer der Garküchen. Sie sagte: „Hier könnt ihr bedenkenlos auf der Straße essen. Hier machen die Garküchen viel Umsatz. Da ist alles frisch."

Sie stellten sich in die kurze Schlange vor einem der Imbisse und suchten sich wenige Minuten später ihr Mittagessen zusammen: frisch zubereitete Garnelenspieße, Reis, Gemüse, glasiertes Schweinefleisch, Nudeln. Adrian lächelte. *Sammai hat recht, sie essen tatsächlich immer das Gleiche ... aber immer wieder anders.*

Ablenkung

Abends fuhr der Sohn von Sammai und Kairi alle zum State Tower. Er parkte in der Tiefgarage. Dann fuhren sie mit dem Aufzug in den 64. Stock. Die Fahrt nach oben war rasend schnell. Sie traten aus dem Aufzug in ein mit grünem Marmor vertäfeltes Foyer. Am Tresen gegenüber dem Aufzug stand eine Angestellte in Hoteluniform. Sie musterte die Neuankömmlinge kurz und scannte deren Kleidung. Was sie sah, schien ihren Erwartungen zu entsprechen, denn sie nahm die dicke dunkelrote Kordel von dem Messinghaken und öffnete damit für die Gäste den Durchgang zur Terrasse.

„Vi povas eniri en la drinkejon nur kun ĝustaj vestoj"159), erklärte Sammai.

Sie traten aus dem Kuppelbau ins Freie und standen auf einer Terrasse über der Bar. Adrian genoss seinen Auftritt. *Das, was ich trage, passt mir hervorragend. Zudem bin ich in Begleitung der schönsten Frau der Welt. Alle Frauen schauen auf mich und die Männer schauen auf sie. Na ja, nicht alle …* Adrian grinste. *Die Schwulen schauen auf mich.*

Auf der Terrasse wehte ein angenehmer Wind. Dadurch war es trotz der Wärme nicht schwül, wie unten in den Straßen der Stadt. Sie liefen über die Freitreppe nach unten und begaben sich dann vor bis zur runden Bar über dem Abgrund.

Wie auf einer Modenschau, dachte Adrian. Er schaute zu Vigdis. *Sie geht auf ihren High Heels wie die Königin aller Laufstege.*

Auf dem Weg zur Bar erfreute er sich an den bewunderten Blicken seiner Zuschauerinnen und genoss gleichzeitig den atemberaubenden Blick auf das Lichtermeer der Millionenstadt. Das Summen des nächtlichen Straßenverkehrs drang nur noch leise zu ihnen herauf.

Die Bar war über den Rand des Hochhauses gebaut, sodass die Gäste direkt über der Tiefe schwebend ihre Drinks nehmen konnten. Sie war umlagert von Besuchern. Aber einige Stehtische davor waren noch frei. Sammai stellte sich an einen davon und winkte einem der Kellner. Der war sofort bei ihm und brachte ihnen wenig später ihre Getränke mit vielen Verneigungen.

Der Ausblick auf das nächtliche Bangkok war allein schon den hohen Preis der Getränke wert. Die fünf genossen ihre Drinks und die traumhafte Aussicht, die nachts auch nicht durch den Smog getrübt wurde.

Auf den großen, hellen Ledersofas fläzten sich Europäer und Amerikaner mit ihren jungen thailändischen Begleiterinnen. Die Bediensteten schauten mit kritischen Augen auf die Gruppe und nach einigen wortreichen Erklärungen der jungen Thailänderinnen rafften sich die westlichen Gäste zu einer etwas weniger nachlässigen Haltung auf. Später kamen noch einige junge Thailänderinnen mit superkurzen Miniröcken und hübschen Gesichtern auf die Terrasse. Auch zwei junge Männer waren dabei. Sie waren alle sehr passiv und sprachen keinen der Gäste an, denn auf sie hatten die Aufpasser gleich bei ihrer Ankunft ein Auge geworfen. Die Männer in den korrekten Hoteluniformen liefen auch sofort zu den Gästen, wenn die zu nah an die Balustrade traten. So vermittelte die Hotelsecurity allen Besuchern ruhig Sicherheit und Autorität. Adrian war sich gewiss, dass sie sofort eingegriffen hätten, wenn die Mädchen zu auffällig geworden wären.

Adrian überlegte. *Wir sind keinen Schritt weiter gekommen. Ich traue weder Rousset noch Groß. Aber Vigdis Onkel ist jetzt der Hauptverdächtige. Den kenne ich noch nicht. Aber das wird sich bald ändern.*

Adrian trank einen Schluck und stellte sein Bierglas wieder auf den Tisch. *Übermorgen fliegen wir nach Island. Wenn bis dahin der Schwarze nicht gefasst ist, hat es keinen Sinn mehr zu warten. Dann ist er schon längst auf dem Weg nach Reykjavik.*

Adrian schaute Vigdis an, nahm sein Glas wieder hoch und prostete ihr zu. Und dann schaute er zu Sammai. *Der sieht so harmlos aus. ... Aber wie einfach und elegant er mit dem Schwarzen fertig geworden ist. ... So etwas habe ich noch nie gesehen.*

„Kie vi lernis viajn ruzojn?"160), fragte er Sammai.

„Mi ekzercis de tridek jaroj ĉiutage aikidon"161), sagte der.

Adrian nickte. *Aikido also. Habe schon mal davon gehört. Soll ja unschlagbar sein, wenn man es kann. Ich glaube aber nicht, dass ich die Geduld dazu hätte, 30 Jahre jeden Tag zu trainieren. Meine zwei Jahre Krav Maga haben mir in Frankreich geholfen, dass ich den Schwarzen anzählen konnte. Aber nur, weil ich ihn von hinten überrascht habe. In dem Puff gestern hätte ich mit meinem bisschen Krav Maga gegen den keine Chance gehabt.*

Adrian trank einen weiteren Schluck aus seinem Bierglas. *Was macht Sammai genau? Er hat eine hohe Autorität. Aber sicher nicht so was Geradliniges wie ein deutscher Polizeipräsident. In Thailand erscheint mir alles etwas verschlungener.*

Sammai lächelte. Er schien den Abend zu genießen.

„Ĉu vi kaptis la nigrulon?"162) fragte Adrian.

Sammai lächelte nicht mehr: „Li malaperis. Mi pensas, ke li estas usonano. Ili ĉiam prenas siajn homojn ekster la landon. Ne gravas, kion ili faris."163)

Adrian verstand: Der Schwarze war wie vom Erdboden verschwunden. Vermutlich mit der Hilfe seiner Landsleute, den Amerikanern. *Sammai scheint in dieser Hinsicht nicht viel von Amerikanern zu halten.*

Nach Mitternacht brachen sie auf und fuhren wieder zu Sammais Haus.

Auch in dieser Nacht war Adrian für Vigdis da, sobald sie ihn brauchte. Sie schlief schlecht. Immer wieder jammerte sie im Schlaf, schreckte auf oder schlug um sich. Adrian nahm sie in die Arme, beruhigte sie, streichelte sie wieder in den Schlaf, gab ihr zu trinken, deckte sie zu, wenn sie zu zittern anfing und kühlte mit einem feuchten Tuch ihre Stirn und ihren Körper, wenn sie zu schwitzen begann.

Sie verbrachten auch den Vormittag im Bett. Erst um die Mittagszeit standen sie auf, duschten und aßen den Imbiss, den ihnen Kairi vor die Tür gestellt hatte.

Vigdis wich Adrian nicht von der Seite. Nach dem Mittagessen legten sie sich wieder auf das große Bett in ihrem Zimmer. Adrian hielt Vigdis in den Armen und jetzt endlich gelang es ihr, ein wenig zu entspannen und sie dösten nebeneinander, bis die größte Mittagshitze vorüber war.

Am Nachmittag klopfte Sammai an ihre Tür. Adrian öffnete und Sammai fragte: „Ĉu vi volas rezervi vian flugon nun?"164)

Adrian nickte und gemeinsam mit Vigdis ging er in das Zimmer von Niran, wo der modernste Computer des Hauses stand. Sie buchten ihren Flug nach Reykjavik. Danach gingen sie wieder ins Wohnzimmer. Sammai sagte zu ihnen: „Iru al la hotelo Oriental por vespermanĝi ĉi-vespere. Mi rezervos du sidlokojn por vi sur la teraso. Ĝi estas tre romantika. Taŭga por juna paro."165)

Adrian schaute zu Vigdis und weil sie zustimmend nickte, bat er Sammai für sie zwei Plätze auf der Terrasse des Hotels Oriental zu reservieren.

Später rief Sammai für sie ein Taxi. Als sie einstiegen, gab er Adrian seine Visitenkarte und sagte ihm, dass er die dem Taxifahrer zeigen solle, dann würden sie ganz sicher ohne den kleinsten Umweg zum Hotel Oriental und auch wieder so zurückgefahren werden.

Vigdis saß neben Adrian auf der Rückbank des Taxis. Sie trug die dunkle Sonnenbrille und hatte ihren Mund tiefrot geschminkt. Auf ihre Beine und Arme hatte sie sorgfältig Abdeckcreme verteilt. So war von ihren Verletzungen kaum noch eine Spur zu sehen.

Das Taxi hielt vor dem Haupteingang des Hotels Oriental. Adrian und Vigdis liefen durch die Rezeption, traten auf die Terrasse und blieben sprachlos stehen. Sie fühlten sich wie in einem Traum. Adrian konnte kaum fassen, was er sah, hörte und fühlte. Er legte seinen Arm um Vigdis Hüfte und sie verweilten nebeneinander, um die Eindrücke aufzunehmen. Eine leichte, kühle Brise wehte vom Fluss zu ihnen herüber und machte den Aufenthalt in der Tropennacht auch ohne Klimatisierung erträglich. Es war warm und überall waren Lichter. In den Bäumen, auf den Booten im Fluss, gegenüber an den Hochhäusern, am Weg und in den Büschen. Leise Musik spielte. Gedämpfte Unterhaltung drang von den Tischen an ihr Ohr. Die Gäste waren alle gut angezogen. Die Damen zeigten sich in feinen Sommerkleidern. Die Herren trugen Anzüge oder zumindest Jacketts und lange Hosen. An einer großen Theke war das Essen für das Abendbuffet angerichtet. Es war wunderschön verziert mit Blumen, Früchten und funkelnden Gläsern. Die Sitzgruppen daneben erlaubten einen freien Blick über den Fluss und seine tausend Lichter und auf die Boote und die Pflanzen und die Gebäude am Ufer. Die kleinen Wellen im schwarzen Wasser brachen die Lichter der Großstadt und des Mondes tausendfach und glitzerten und blitzen und strahlten zu ihnen herauf.

Ein Kellner führte sie an ihren Platz, nachdem Adrian ihm gesagt hatte, dass sie reserviert hatten. Vigdis war wie am Vorabend gekleidet. Sie zog die Blicke aller Anwesenden auf sich. Adrian war unbändig stolz auf sie und gleichzeitig fühlte er, wie dünn dieser Panzer war, den sie angelegt hatte.

„Essen Sie à la carte oder nehmen Sie das Buffet?", fragte der Keller und sie wählten das Buffet, weil Sammai ihnen das empfohlen hatte.

„Einen Aperitif?", fragte der Kellner und Adrian wählte selbstverständlich zwei Pastis, denn das lag ihm mütterlicherseits im Blut.

Er bestellte auch eine Flasche Weißwein und es dauerte keine zwei Minuten, bis der Kellner ihnen ihre Getränke gebracht hatte. Nachdem die serviert waren, prosteten sie sich zu und Adrian schaute

Vigdis lächelnd an. *Wie glücklich sie doch aussieht. Sie genießt den Moment und denkt nicht an das, was war und was noch werden kann.* Sie standen auf und holten sich am Buffet ihre Vorspeisen. Die Auswahl war überwältigend. Salate mit Fisch und Garnelen und Gemüse, Brot, Reis, Frühlingsrollen. Dazu die unterschiedlichsten Soßen. Sie ließen sich Zeit, genossen die ruhige Atmosphäre, die vielen Lichter, die Wärme der Nacht.

Nach den Vorspeisen waren sie eigentlich schon gesättigt, aber sie griffen auch zum Hauptgang. Da gab es Fleischspieße und Fischspieße und gegrillten Fisch und Lammbraten und Gänsebraten und ...

Adrian schaute Vigdis an. *Wie sorglos sie das Essen genießt. Kein Gedanke an Kalorien, ... wie ein Kind, das seine Freude hat.*

Sie waren satt. So satt, dass sie eigentlich nichts mehr hätten essen müssen. Aber das Nachtischbuffet lockte und sah so verführerisch aus, mit Papayas und Melonen, mit Mousse au Chocolat und Crème brulée und mit süßem Reis und Eis und Vanillepudding. Alles war in kleinen Portiönchen angerichtet und jede noch so kleine Leckerei war noch ein bisschen extra dekoriert. So nahmen sie wieder Teller vom Buffet und füllten sie und es landeten immer wieder neue Leckerbissen auf den Tellern und im Mund.

Vergnügt schaute Vigdis Adrian an. Ihre Augen leuchteten voll sinnlicher Freude ob der opulenten kulinarischen Genüsse. Sie leckte sich die Fingerspitzen und wischte sich mit dem Handrücken über die fettigen Lippen. Adrian schaute sie an. *Was bei anderen Frauen primitiv aussehen würde, sieht bei ihr süß und sexy aus.*

Endlich lehnten sie sich zurück. Es passte nichts mehr in sie hinein, außer dem kühlen Wein in ihren Gläsern. Sie genossen die Ruhe und die Atmosphäre, die auf der Terrasse herrschte, die leise Hintergrundmusik, die gedämpften Unterhaltungen an den Nachbartischen. Nur von einem Tisch etwas weiter weg, hörten sie etwas lauteres Männer-Gelächter. Aber das störte nicht weiter.

„Nimmst du auch noch einen Espresso?", fragte Vigdis später Adrian und sagte, als der den Kopf schüttelte: „Dann hole ich mir einen."

Sie stand auf, gab Adrian einen kleinen Kuss und lief zur Kaffeebar. Adrian schaute ihr nach. *Ihr Po,... ihre Beine,... ihr Gang, ... diese dezenten High Heels. ... Sie ist unwiderstehlich. ... Sie ist eine Königin.*

Als Vigdis hinter der Kaffeebar verschwunden war, schaute Adrian auf den Fluss und beobachtete, wie eine Fähre mit hell erleuchtetem Pagodendach ablegte.

Dann hörte er Vigdis schreien, auf Englisch: „Du schmieriger Typ! Lass deine Finger von mir!"

Blitzschnell stand Adrian auf und rannte zur Kaffeebar. Dort standen Vigdis und ein feister Mann. Sein Gesicht war käseweiß. Schweiß stand auf seiner Stirn und seiner Oberlippe. Mit rot unterlaufenen Augen stierte er Vigdis gierig an und lallte: „L l lady ... komm mit mir. ... Ich k k kenne in Losss A angeles jeden. ... Ich mach' dich zum Star. ... Ich z z zahl dir 1.000 Dollar für die Nacht. ... Komm jetzt. ... Ich hab' die größte Suite hier."

Er fasste Vigdis am Handgelenk und wollte sie zu sich herziehen. Die befreite sich, indem sie ihren Arm zwischen Daumen und Zeigefinger aus der Hand ihres Angreifers herausriss. Sofort knallte sie den Rücken der freigewordenen Hand dem Mann auf die dicken Lippen. Der torkelte rückwärts auf das Buffet. Halt fand er erst, als er mit der Hand in ein Tablett mit Vitello tonnato patschte. Bis zu diesem Zeitpunkt war das schön angerichtet mit Zitronenscheiben, Kapern und Basilikumblättchen auf dem Tisch. Danach war es auf dem Anzug des Fetten verteilt.

Vigdis schrie ihn auf Englisch an, damit er auch verstand, was sie mit überschlagender Stimme kreischte: „Du Drecks-Ami! Glaubst du, du kannst mit deinen Dollars jede Frau zur Nutte machen? Du kannst doch gar nicht so viel zahlen, dass sich eine Frau auch nur eine Minute mit dir abgibt! So abstoßend wie du bist!"

Adrian musste nichts tun. Der betrunkene Amerikaner floh zu seinen Kumpels am Tisch neben der Kaffeebar. Die begrüßten ihn johlend und feixten zu Vigdis herüber.

Die dreckigen Bemerkungen der Männer brachten Vigdis ganzen Hass auf die Amerikaner zum Ausbruch. Sie wurde ungerecht und brüllte die Männer an dem Tisch an: „Ihr Amerikaner seid doch der Abschaum der Menschheit! Aber was will man auch anderes von einem Volk erwarten, das als seine größten Nationalhelden zwei Massenmörder verehrt: General Custer und Billy the Kid!"

Darauf baten die Kellner Vigdis und Adrian, zu gehen.

Vor dem Hotel stiegen sie in ein Taxi, das vor dem Eingang auf Fahrgäste gewartet hatte.

„Lass dir nicht den schönen Abend verderben", sagte Adrian und legte den Arm um Vigdis.

Die zitterte vor Zorn: „Es ist so ungerecht, dass wir gehen mussten und nicht diese Drecks-Amerikaner."

„Na ja, die fette Qualle hätte auch ein Europäer sein können, oder ein Chinese."

„Nein, das war klar, dass das wieder ein Ami war. Die sind alle verkommenes Pack. Allein schon, was seine Kumpels mir zugerufen haben. ... Zuhause tun sie fromm, ächten öffentlich Alkohol und Sex, sind aber selbst die größten Pornoproduzenten, und wenn sie im Ausland sind, vergehen sie sich an Minderjährigen. Hast du gesehen, wie jung die Thalländerinnen an deren Tisch waren?"

„Nicht alle sind so."

„Sag mir ein Gutes nur eines, das aus Amerika kommt."

„Zum Beispiel ihre Schriftsteller, die alle auf ihre herbe Art mit dem American Way of Life abgerechnet haben. ... Angefangen bei Jack London, Mark Twain und John Steinbeck über Ernest Hemingway, John Updike und Charles Bukowski bis hin zu Bret Easton Ellis und James Ellroy. ..."

„Stimmt", sagte sie trotzig und mit Sarkasmus in der Stimme. „Besonders die zwei Letztgenannten haben ihre Landsleute sehr treffend beschrieben."

Sie waren eine Zeit lang still. Dann küsste Vigdis Adrian und sagte: „Ich muss telefonieren."

Adrian gab Vigdis sein Handy. Sie rief ihrer Schwester an. Die Verbindung im Stadtgebiet von Bangkok war innerhalb kürzester Zeit aufgebaut.

„Finbogi, Adrian und ich fliegen morgen nach Reykjavik."

Für einen Augenblick war es still in der Leitung, dann hörte Vigdis die Stimme ihrer Schwester: „Was bin ich froh, dass Du endlich wieder heimkommst." Wieder entstand eine kurze Pause, bis ihre Schwester weitersprach: „Stell dir vor: Gestern Abend habe ich einen großen Schwarzen gesehen, wie er zu Onkel Jóhnson ins Büro gekommen ist."

Vigdis wäre vor Schreck fast das Handy aus der Hand gefallen: „Finbogi, du darfst keine Minute mehr allein bleiben. Der Schwarze ist ein

Mörder. Bist du noch mit deinem Freund von der Air-Base zusammen? Der muss nachts bei dir bleiben und tagsüber musst du immer mit Leuten aus dem Büro oder der Fabrik zusammen sein. Wir sind übermorgen Nachmittag in Reykjavik."

Vigdis drückte den Knopf, um das Gespräch zu beenden. Sie schaute aus dem Wagenfenster. *Adrian Schleyer und Béatrice Forestier hat es nichts genützt, dass sie zu zweit gewesen sind.*

Liebe III

Kurz nach Mitternacht waren Adrian und Vigdis wieder zu Hause bei Sammai. Er und seine Familie schliefen bereits. Der Mond schien hell durch die offenen Fenster, so mussten sie kein Licht anmachen, um in ihr Zimmer zu gelangen. Vigdis setzte sich auf das Bett und zog ihre High Heels aus. Sie schaute zu Adrian und fragte ihn: „Warum schläfst du nicht mehr mit mir? Ich habe doch in den vergangenen Tagen und Nächten gespürt, wie oft du eine harte Erektion hattest, wenn du neben mir gelegen bist. Ekelst du dich vor mir, weil ich entehrt wurde?"

Adrian riss vor Erstaunen die Augen auf. Er war völlig erschüttert über diesen Gedanken. Sofort lief er auf Vigdis zu, nahm ihren Kopf in beide Hände, schaute ihr in die Augen und sagte: „Du wurdest nicht entehrt. Der Einzige, der bei dieser Sache seine Ehre verloren hat, ist der Drecksack, der dir das angetan hat."

Adrian setzte sich neben sie und nahm sie in den Arm: „Und, wenn ich eine Erektion habe, bedeutet das nicht, dass ich sofort losrammeln und abspritzen will, sondern dass ich mich sehr wohlfühle und mit allen Sinnen die Situation genieße. ... Und diese schönen Gefühle müssen nicht zwanghaft mit einem Orgasmus abgeschlossen werden."

Sie schwieg und schaute auf den Fußboden. Ihre Hand hatte sie auf seinen Oberschenkel gelegt und ihre Finger krallten in den Muskel, wie um sich zu vergewissern, dass Adrian da war, dass er real war. Sie schaute immer noch auf den Fußboden, als sie wieder anfing zu sprechen. Es lag eine gewisse Härte in ihrer Stimme, als sie sagte: „Auf Island gilt eine alte Reiterregel: Wenn du vom Pferd gefallen bist, steig am nächsten Tag wieder aufs Pferd. Denn sonst wirst du nie wieder reiten."

Sie schaute unverwandt weiter auf den Boden. Der Griff ihrer Finger wurde fester. Die Zeit dehnte sich. Endlich sprach sie weiter. Diesmal mit festem Ton: „Ich möchte nicht, dass mir das Dreckschwein für alle Zeiten die Freude am Sex nimmt."

Und nun lockerte sich ihr Griff, wurde zart und sie schaute auf. Sie blickte Adrian in die Augen. Ihr Blick war schüchtern und zerbrechlich, als sie ganz leise fragte: „Adrian, zeigst du mir wieder, wie schön Sex sein kann?"

So verletzlich hatte er sie noch nie gesehen. Er sage nichts. Ganz vorsichtig zog er ihr das Kleid über den Kopf. Darunter war sie den ganzen Abend über nackt gewesen.

„Wie schön du bist ... wie wunderschön."

Behutsam berührten seine Lippen ihre Haut am Hals, da, wo er in die Schulter übergeht. Adrian küsste sie leicht und seine Lippen wanderten zart über ihren Körper. Mit den Fingerspitzen streichelte er sanft ihre Haut, sparte bei seinen Berührungen auch nicht ihre Verletzungen aus, deutete hier nur mit einem Hauch einen Kuss an. Später, viel später, als er merkte, dass sie dazu bereit war, widmete sich seine Zunge ihrem Geschlecht. Er spürte, wie die Anspannung in ihr nachließ, wie sie sich ihm mehr und mehr öffnete. Ihr Unterleib wölbte sich seinem Gesicht entgegen. Sie griff ihm in die Haare und drückte seinen Kopf auf ihre Mitte, bewegte sich langsam, rhythmisch, hielt inne, genoss, was er mit der Zunge, mit seinen Lippen machte und als sie ihn dann nach langer, langer Zeit, nach oben zog, drang er vorsichtig in sie ein, und ihre weiche, enge und glatte Wärme war bereit für sein hartes Glied, hatte es erwartet, umfing es und alles war gut und richtig und sanft und aufmerksam und in inniger Harmonie kamen sie gemeinsam zur Erfüllung.

Sie lagen noch lange wach nebeneinander, berührten sich an den intimsten Stellen, küssten sich. Und dann übernahm Vigdis wieder die Initiative und als Adrian bereit dazu war, setzte sie sich auf ihn, führte sein Glied in sich ein und ritt ihn, bis sie nochmals gemeinsam zum Höhepunkt kamen. Erst nun war sie befriedigt, kuschelte sich an Adrian und schlief ein. Diese Nacht war ihr Schlaf ruhig. Zufrieden und geborgen wie ein sattes Baby lag sie neben ihm und auch Adrian konnte entspannen und schlief durch bis zum nächsten Morgen.

„Eigentlich brauchen wir größere Rucksäcke, um unsere Kleidereinkäufe zu verstauen", sagte Vigdis am nächsten Morgen, als sie beim Packen waren. Sie lief nach unten zu Kairi und fragte sie nach einer großen Plastiktasche. Am Flughafen würden sie bestimmt einen Koffer kaufen können. Aber Kairi lief sofort in den Keller und kam wenig später mit einem roten Koffer zurück.

„Wir haben nur noch diesen einen Koffer. Den kann ich euch schenken. Sammai und ich verreisen nicht mehr. Der Koffer ist aus Pappe aber sehr stabil. Damit sind wir nach Australien und nach Japan geflogen. Bitte entschuldigt. Er sieht nicht mehr gut aus."

Vigdis verneigte sich vor Kairi und sagte: „Vielen Dank für dein schönes Geschenk."

Dann lief sie mit dem Koffer nach oben und verstaute ihre und Adrians neue Kleider darin. Sammai und Adrian befestigten unterdessen Adrians Rad auf dem Dachgepäckträger von Sammais Mercedes.

„Du willst es nicht hierlassen? Ich könnte es verkaufen und dir das Geld schicken", fragte Sammai. Adrian schüttelte den Kopf: „Wegen dieses Rades bin ich Vigdis in dieses Abenteuer gefolgt und in Frankreich sind wir nur mit diesem Enduro-Bike dem Mörder entkommen. Das Rad ist mir mehr wert als Geld."

„Verstehe", sagte Sammai.

Er und Kairi fuhren Adrian und Vigdis zum Flughafen. Sie liefen gemeinsam durch die große Halle zu der Gepäckaufgabe und standen wenig später vor der Personenkontrolle.

„Ohne euch würde ich nicht mehr leben", sagte Vigdis beim Abschied. „Ihr habt mir das Leben gerettet, du Sammai mit deiner Stärke und du Kairi mit deiner Güte. Ich möchte euch so gerne wiedersehen. ... Darf ich das?"

Da nickten Sammai und Kairi und als sie sich zum Abschied umarmten, weinten Vigdis und Kairi und auch Sammai und Adrian hatten Tränen in den Augen, obwohl sie ihre Verabschiedung auf einen männlichen Händedruck beschränkten.

Hart und dreckig

Der Mann saß auf einem schmalen Bett in einem schäbigen Hotel in Reykjavik. Er schaute aus dem Fenster in den trüben grauen Himmel Islands. Hier war nichts los. Die Minuten verstrichen. Schließlich stand er auf und schaute in den Spiegel an der Tür. An dessen Seiten waren braune Flecken, wo sich die Verspiegelung schon vor Jahren abgelöst hatte. Staub lag auf der oberen Kante des einfachen Holzrahmens. *Mangelnde Professionalität, das ist es, was meine Vorgesetzten mir vorgeworfen haben. ... Das hat mich hier her gebracht.*

Der Mann knirschte mit den Zähnen. Er war wütend. Was sollte das heißen, mangelnde Professionalität? *Ich bin der Beste gewesen bei den Navy SEALs. In Somalia habe ich vier Kämpfer allein umgenietet. In Afghanistan noch mal dreizehn. Da war ich weiß Gott sehr professionell. Und ihre Weiber? Die waren doch alle verdeckte Kombattanten. Wen juckt es, dass ich noch meinen Spaß mit ihnen gehabt habe, bevor ich sie aufschlitzte? Tot ist tot und die konnten danach keine Amerikaner mehr umbringen.*

Der Mann lief wütend im Zimmer auf und ab. Rausgeschmissen haben sie mich, unehrenhaft entlassen haben sie mich. *Der eigentliche Grund war, weil ich schwarz bin. Meine weißen Brüder sind alle noch bei der Army, obwohl sie noch mehr gemacht haben als ich. Sie haben für mich ausgesagt. Meine Brüder waren alle korrekt. Hat aber nichts genützt. Wenn ein Bauernopfer gebraucht wird, dann wird der schwarze Mann genommen. In der Legion war es nicht viel anders. Schwarze, Braune, Gelbe, Weiße: Wir waren alle Brüder. ... Aber dann wieder: der Schwarze muss gehen, obwohl auch die anderen über die Nutte drüber sind. Die scheinheiligen Franzosen!*

Der Mann stauchte mit der Sohle seines Kampfstiefels gegen das Bettgestell. *Buchten mich ein und schmeißen mich dann raus wegen der Tussi! Der hat es doch gefallen, dass ich sie gefickt habe!*

Jetzt grinste der Mann. *Aber die Kontakte zu meinen Brüdern, die habe ich noch. Mann, was sind wir doch für eine geile Truppe! Egal, ob noch in einer Armee oder schon draußen: Wir sind die Schattenkrieger! Elitekämpfer aus allen Spezialeinheiten dieser beschissenen Welt. Wir wissen, wie es läuft. Wir stehen für einander ein und jeder darf so viel Spaß haben, wie er will. Meine Fresse, was haben meine Brüder doch für Spitzen-Verbindungen zu den großen Tieren.... Und wie schnell haben sie mich jedes Mal rausgeholt. Die wissen, was ich wert bin.*

Jetzt lachte der Mann. *Wenn das die Offiziellen wüssten. ... dass ich jetzt auf ihre abgewrackte Militärbase hier aufpasse. ... Beauftragen private Sicherheitsdienste dafür. Weil wir billiger sind. Klar sind wir billiger, wenn wir nebenher die Drogen- und Waffengeschäfte um die Basen herum abwickeln können. ... Nur hier in Island läuft nicht viel. ... Ich muss weg von hier. Aber zuerst will ich noch meinen Spaß.*

Der Mann legte sich wieder auf das Bett, verschränkte die Arme hinter dem Kopf. Er wurde nachdenklich. *Es hätte auch alles ganz anders laufen können. Wenn ich eine Chance bekommen hätte. Grandma hat an mich geglaubt. Wegen ihr hab' ich eine Zeitlang von den Drogen gelassen. Hätte es bis aufs College geschafft. Aber sie ist ja gestorben und ich hab' als Einziger kein Stipendium bekommen. Klar, ich bin ja auch schwarz. So blieb mir wie vielen anderen Schwarzen auch nur die Army, um aus meinem Loch rauszukommen. Da habe ich gelernt, wofür sich die weißen reichen Jüngelchen zu schade sind: Für Amerika ins Feuer zu gehen. Das hat mich zu dem gemacht, was ich heute bin: Ein professioneller Killer. ... Scheiße*

Der Mann stand auf und trat ans Fenster. *Egal.*

Er verscheuchte die trüben Gedanken mit einer Bewegung seiner rechten Hand über die Augen und konzentrierte sich auf neuere Erinnerungen. Er war nach Stuttgart geflogen ... in diese beschauliche Stadt. *Von wegen mangelnde Professionalität. Ich war bestens vorbereitet. Adresse und Bild des Mannes, den ich aufsuchen sollte ... hatte ich im Kopf. Ebenso, um welche Schriftstücke es ging. ... Das habe ich mir alles fest ins Gedächtnis eingeprägt. Da gibt es keine Spuren. ... Volle Professionalität.*

Gut, in Stuttgart, das ist scheiße gelaufen. *... Die Tussi! Hab ich damit rechnen können, dass das so eine geile Nutte ist? Hab sie auch erledigen müssen. War Teil meines Auftrages. Zuerst den Kerl. Schuss in den Oberschenkel, ohne zu fragen. Dann die Tussi. Schwanz ins Maul. Dann den Kerl bedroht. Pisst sich ein vor Angst. Gesagt, was ich haben will. Er holt die Scheißbriefe raus. Zweiter Schuss in den anderen Oberschenkel. Er ist schon ganz weg. Muss aber ansehen, wie seine Nutte mir den Schwanz lutscht. ... Gefällt ihr. Ist klar ... bei meinem Schwanz. Sie kniet und ich schieß ihr in den Oberschenkel. Sie schreit und ich lade auf ihr ab. Mann ist das geil! Der Kerl protestiert. Das* *reicht. Jetzt knall ich ihm in den Kopf. Der Kürbis des Typen zerplatzt. Noch ein paar Kugeln in ihn rein. Jedes Mal ruckt er hoch. Ich lach mich kaputt. Aber die Tuss heult Rotz und Wasser. Ich geb ihr einen Schuss in den Bauch. Schräg von oben. Ein besserer Streifschuss. Das beruhigt sie. Zwei weitere Schüsse rein, jeweils etwas tiefer in den weichen Bauch. Jetzt seicht sie auf den Fußboden. So eine beschissene Pisserin! Ich lass ihre Haare los und wichs nochmal auf sie ab. Dreh sie um, geb ihr noch ein paar Schüsse in den Knackarsch. Jetzt ist sie halbiert. Ich lache. ... Aber meine Sinne sind überall. Ich spüre, dass sich Menschen nähern. Ich renn hoch in den ersten Stock. Kontrolliere die Waffe. Scheiße. Keine einzige Patrone mehr drin. Nicht im Magazin und nicht im Lauf. Ich bin leergeschossen. Der Typ da unten, der sieht nicht aus, als ob mit ihm zu spaßen wäre. Ist durchtrainiert. Vermutlich Kampfsportler. Wird Schwierigkeiten machen. Eine Schlampe ist bei ihm. Sieht geil aus. Egal, ich hab zweimal abgespritzt. Dort im Wald, da strolcht ein kleiner Brauner rum. Der sieht schnell aus. Die kann ich nicht alle drei erledigen. Sind viel zu viele Typen in ihren Scheiß-Schrebergärten in der Gegend. Ich muss abhauen. Muss die Dokumente in Sicherheit bringen. Das ist mein Auftrag. ... War leicht, zu verschwinden. Ich war wie ein Schatten ... eben hochprofessionell.*

Der Mann legte sich wieder aufs Bett. Ich bin ohne Probleme nach Frankfurt gefahren. *Gute deutsche Autobahn! Nur ein wenig viel Verkehr, aber ich halte mich an die Geschwindigkeitsbegrenzungen. Wieder professionell. Stell das Auto in ein Flughafenparkhaus. Dort steht es bestimmt immer noch. Kostet sicher mehr Parkgebühr, als es noch wert ist. Egal. Ist ordnungsgemäß gekauft worden, mit falscher Identität. Professionell eben. Will gerade nach Island einchecken. Da kommt ein neuer Auftrag rein: Könnte sein, dass ich von dem Typen und der Fotze gesehen wurde. Soll sie beide erledigen. Aber zuerst muss ich den ersten Auftrag erledigen: Muss die Briefe nach Island schicken. Dann soll ich nach Périgueux. Scheiße, wo ist das? In Frankreich. Bekomme weitere Details. Fahre mit gemietetem Auto nach Kehl. Gebe es ab. Laufe über die Brücke nach Straßburg. Leihe mir ein schweres Motorrad. Alles ganz offiziell, nur mit falschem Namen. Fahre damit nach Lyon. Gebe es ab und fahre mit dem Bus weiter. Dann klau ich die leichte Enduro. Keiner hat mich gesehen oder angehalten. Bin eben professionell.*

Jetzt setzte sich der Mann auf und knallte zornig die Faust der rechten Hand in seine linke Handfläche. *Die zwei haben verdammtes Glück gehabt. Scheiße, wie schnell ist der Kerl doch mit dem Rad den Abhang runter ... mit der nackten Schlampe auf dem Rücken! Da bin ich nicht mehr nachgekommen. War froh, dass ich selber nicht erwischt wurde. Die haben ja fix nach mir gesucht. Aber gut, einen von uns erwischen sie nicht so einfach. Was sind wir doch für eine geile Organisation. Dauerte nicht lang, dann wussten wir, wo die zwei hinwollten: Bangkok, ... die geilste Stadt der Welt.*

Er kniff die Augen zusammen und lachte böse. *Ja, irgendwann reißt auch die längste Glückssträhne. Für die Aktion im Hotel hat meine Organisation ja auch perfekt gearbeitet. Den Franzosen weggelockt. Den Brief noch rechtzeitig gefaxt bekommen. Übergabe an die Isländerin, als sie alleine war. Wäre egal gewesen. Ich hätte ihren Stecher auch gleich im Klo umgelegt. Aber so war es besser: Ich hab' die Schlampe gekriegt. Mann war das ein Spaß! Die wird seitdem jeden Tag daran denken und sich in der Erinnerung an meinen dicken Schwanz einen runterholen.*

Der Mann verzog sein Gesicht. *Scheiße, eigentlich hätte ich sie erledigen sollen und ihren Typen auch. Ist mir nicht gelungen. ... Wurde gerügt deshalb.... Aber egal. ... Erledige ich es eben in den nächsten Tagen. Die sind ja auf dem Flug hierher. Vorher ficke ich das weiße Stück Fleisch aber nochmal nach Strich und Faden durch.*

Der Mann wurde nachdenklich. Die Vorstellungen einer weiteren Vergewaltigung und weiterer Morde hatten einen üblen Beigeschmack. *Grandma ... Grandma ... dir könnte ich heute nicht mehr unter die Augen treten ... Was ist nur aus mir geworden?*

Minutenlang stierte er auf die kahle Wand gegenüber seinem Bett. Um das Grübeln abzubrechen, griff er schließlich zum Handy und wählte eine eingespeicherte Nummer. *Ich brauche jetzt etwas zum Ficken. Das wird mir die dunklen Gedanken vertreiben.*

„Kann ich nachher deinen GL haben? Ich muss Vigdis und ihren Freund abholen", fragte Finbogi ihren Onkel. Sie stand in seinem Büro. Eigentlich hätte sie noch einige Stunden zu arbeiten gehabt. Aber sie wusste, ihr Onkel Einar nahm das nicht so genau. Finbogi zog die Augen zusammen. *Vor allem dann, wenn es um Vigdis geht.*

„Da kannst du doch auch mit deinem Toyota fahren", Einar Jónson schaute unwillig, wie immer, wenn Finbogi etwas von ihm wollte.

„Der Freund von Vigdis hat sein Fahrrad dabei und das passt bei mir nicht rein."

„Von mir aus", Jónson warf Finbogi den Schlüssel zu wie einem Hund einen Knochen. Ihm lag nichts an seinem Luxusauto. Er ärgerte sich darüber, dass er es sich von dem Mercedes-Vertreter hatte andrehen lassen. Das Auto war seiner Meinung nach für Angeber in Mitteleuropa konzipiert. Auf den Schotterstraßen von Island fühlte er sich damit overdressed. Mit fast sadistischer Freude fuhr er regelmäßig Beulen und Kratzer in die Karre. Er verpasste dem Auto die Schrammen, die er gern dem Autohändler ausgeteilt hätte. Und jedes Mal, wenn er wieder beim Autohaus mit einer Beule vorfuhr, sagte er dem gelackten Menschen: „Da sehen sie mal, ihr Schönwetterauto. Nichts hält es aus."

Und es machte ihm dann Freude zu sehen, wie der Verkäufer vor ihm katzbuckelte und wie der sich wand und sich nicht getraute, ihm zu sagen, dass er ihn für einen schlechten Autofahrer hielt und so ein teueres Auto für ihn viel zu schade sei.

Hoffentlich reißen sie mit dem Fahrrad etwas an der Innenausstattung kaputt, dachte Einar Jónson, als Finbogi mit dem Schlüssel davon ging.

Finbogi fuhr mit dem GL zum Supermarkt. Sie war keine gute Köchin. Aber weil sie geizig war, musste sie ab und zu sich selbst etwas warm machen. Sie wollte nicht immer essen gehen. Selber kochen war billiger. Vor allem Tiefkühlpizza, Dosenravioli und, obwohl sie Isländerin war, auch gern einmal Fischstäbchen. Das waren ihre Standardgerichte. Zur Rückkehr ihrer Schwester hatte sie ein geradezu aufwendiges Essen geplant. Sie kaufte zwei tiefgefrorene Hähnchen, einen Eimer Kartoffelsalat und einige Brötchen. Wieder daheim entfernte sie die Plastikfolie bei dem ersten Hähnchen, legte es in eine Schüssel und stellte es in den Kühlschrank. Sie hatte das zweite gerade zur Hälfte ausgepackt, da klingelte ihr Handy. Es war Jim.

„Was machst du, du geile Schlampe?", fragte er sie mit seiner heißeren Stimme. Finbogi biss sich auf die Lippen. Jim. War noch Zeit dafür? Ja! ... und sie brauchte ihn. Sie hielt einen Augenblick inne. Nein, sie WOLLTE ihn auch.

Von einem Moment auf den anderen tauchte Finbogi ein in seine Welt voller Gier, Geilheit und hartem, bösem Sex. Einer Welt, die ihrer Stimmung entsprach seit vielen Monaten. Sie stürzte sich hinein, wie in eine riesige Welle um sich von ihrer Wucht mitreißen zu lassen. Finbogi warf alle Konventionen und ihre Disziplin über Bord. Mit rauer Stimme krächzte sie in den Hörer: „Ich steck mir die Hand in mein Loch und dehne es aus für deinen Riesenschwanz."

Dann drückte sie auf den Beenden-Knopf ihres Handys, griff sich den Autoschlüssel und rannte aus der Wohnung.

Jim, Jim, Jim: sein Körper, seine Kraft, seine unbändige Kraft. Das war das, was sie jetzt wollte, das, was ihr seit Wochen gefehlt hatte, das, was sie von ihren noch dunkleren Gedanken, ihren Dämonen, die sie seit Monaten quälten, ablenken konnte.

Sie lutschte an drei Fingern gleichzeitig, während sie wie in Trance durch die leeren Straßen von Reykjavik fuhr. Sie hielt am Straßenrand, direkt vor seinem Hotel, hastete an der Rezeption vorbei hoch in den zweiten Stock. Klopfte wild an seiner Tür.

Er machte auf. Da stand er, groß, nackt, sein Penis war hart und ragte ihr entgegen.

Aaaach! Sie sprang ihn an, hielt sich an seiner Schulter fest, dachte gerade noch so weit, dass sie die Tür zurummste. Ihr Höschen: Seine Finger rissen es weg zur Seite, keine Zeit, es runterzuziehen. Finbogi raste. Er rammte seinen Ständer in ihren Körper. Hart, brutal. Er kam. Sofort. Zuckte, konvulsives Aufbäumen, sein Schrei in ihrem Ohr, sein heißer Samen in ihrem Bauch.

Er warf sie aufs Bett. Finbogi riss sich die Bluse auf. Als er wieder in sie eindrang, wölbte sie sich ihm entgegen und schlug ihm gleichzeitig mit den Fäusten auf den Kopf. Er grunzte. Er würgte sie. Sie kratzte ihn. Presste ihre Beine mit aller Kraft um seinen Bauch. Zwei Verzweifelte in einem Ringkampf voller Wut, Hass und Gier. Sie kamen zur gleichen Zeit.

Aber sie hatten noch nicht genug. Sie drückte ihm ihr nasses Geschlecht ins Gesicht. Er biss hinein, zog mit den Zähnen an ihrem Fleisch. Sie stöhnte, vor Schmerz und Wollust. Fasste ihn an den Ohren. Drückte ihn weg. Steckte sich selbst die Finger hinein.

Jetzt packte er sie an ihren Haaren. Führte ihren Mund an sein Geschlecht.

Sie nahm seinen halbschlaffen Penis in den Mund. Ließ die Zunge um seine Eichel kreisen, unterstützte die Arbeit ihrer Lippen, ihrer Zähne mit der Hand, die an seinem dicken Glied auf und abrieb. Er wurde wieder hart und steif, drückte ihr den Penis tief in den Schlund. Sie würgte. Er zog ihn aus ihrem Mund. Sie wusste, was er wollte, legte sich auf dem Boden auf den Bauch, streckte den Hintern in die Höhe, zog sich die Backen auseinander und präsentierte ihre Öffnungen. Er nahm sie von hinten.

Noch einmal kamen sie zur gleichen Zeit. Und dann endlich, endlich hatten sie genug für den Augenblick.

Schwer atmend lagen sie nebeneinander auf dem alten, verstaubten, fleckigen Teppichboden. Zwei Wracks auf der Klippe einer namenlosen Insel.

Der Rausch war vorbei. Übrig blieb ein schales Gefühl. Wie verkatert schaute Finbogi auf Jim.

Minuten vergingen, bis es ihnen gelang, einige Worte miteinander zu wechseln. Kein Wort zu ihrer Beziehung. Nur Geschäftliches.

„Carl war ziemlich sauer auf dich, aber ich konnte ihn wieder beruhigen", sagte Finbogi. „Du sollst hier warten. Nicht aus dem Zimmer gehen. Du bekommst dein Essen geliefert. Weitere Anweisungen erfolgen allein über mich. Ist in letzter Zeit zu viel passiert. Nicht nur das mit dir. Die Polizei überwacht ihn. Carl muss vorsichtig sein. Er darf jetzt keine direkte Verbindung zu dir haben. Die sind informiert, was in Deutschland, Frankreich und Thailand gelaufen ist. Die suchen nach einem großen schwarzen Mann aber keine Angst: Die Leute im Hotel, die werden von Carl bezahlt. Die melden nichts."

Jim zuckte gleichgültig mit den Schultern: „Soll mir recht sein. Hab ja hier im Zimmer einen Fernseher."

Er stand auf und schaltete das Gerät ein. Ein Zeichentrickfilm flimmerte über die Mattscheibe des alten Röhrengerätes.

Scheint ihn nicht zu interessieren, was läuft. Hauptsache irgendwas, dachte Finbogi. Der alte Filz des Fußbodens stach ihr in den nackten Hintern. Sie stand auf und schaute auf die Uhr. Es war schon spät, viel später, als sie gedacht hatte. Sie musste sich beeilen. Sie ging ins Bad und stellte sich unter die Dusche. Dann trocknete sie sich ab, schlüpfte in ihre Kleider und schaute zu Jim. Der lag immer noch auf dem Bett und starrte auf den Fernseher. „Tschüss!", rief sie und lief nach draußen. Nicht einmal für einen Abschiedskuss hatte es gereicht. Auf diesen Gedanken war keiner von beiden gekommen.

So schnell sie konnte, fuhr Finbogi nach Hause. Dort holte sie das Hähnchen aus dem Kühlschrank, zog den Plastikbeutel mit den Innereien aus seinem Bauch und legte es in eine feuerfeste Form. Dann entfernte sie den Plastikbeutel des Hähnchens, das sie in der Spüle vergessen hatte, entnahm ihm ebenfalls die Innereien und legte es in eine andere Form. Sie öffnete den Eimer mit dem Kartoffelsalat und verteilte den Inhalt mit einem Löffel in zwei Schälchen. Weil sie sich beeilen musste und hektisch wurde, entglitt ihr der Löffel und fiel auf den Boden.

„Scheiße!", fluchte sie und weil die Zeit knapp wurde und sie sich nicht mehr zur Besteckschublade in der gegenüberliegenden Küchenzeile umdrehen wollte, füllte sie mit der Hand den Rest des Kartoffelsalates in das dritte Schälchen. Schnell wusch sie sich die Hände mit kaltem Wasser, stellte die Hähnchen in ihren ofenfesten Formen in den Backofen und schaltete den Timer ein. Dann rannte sie aus der Wohnung wieder zum Auto, um Vigdis und ihren Freund vom Flughafen abzuholen.

Reykjavik

Adrian schaute beim Landeanflug aus dem Fenster. Reykjavik glich mehr als alle anderen Städte aus dieser Perspektive einer Spielzeugstadt. Die Häuser hatten bunte Dächer, die Straßen waren breit und nur von wenigen Autos befahren. Die Hallgrímskirkja überragte die Innenstadt. Es gab nur ein paar Hochhäuser. Das Wasser war leuchtend blau, das Gras der Anlagen dunkelgrün und in der Ferne strahlte an den Bergen weiß der Schnee. Noch nie hatte Adrian eine so klare Luft über einer Großstadt gesehen wie in Reykjavik.

„Wir heizen mit Erdwärme", erklärte ihm Vigdis, die ihm über die Schulter schaute. „Schau das große flache Gebäude dort. Das ist die Fabrik meines Onkels. Gleich daneben das Bürogebäude. Dort arbeitet Finbogi. Und gegenüber da ist das Herrenhaus. Ich darf dort die Bibliothek benutzen. In dem riesigen Haus wohnt Onkel Einar ganz allein mit seinem Sohn Thór."

„Wo wohnst du?"

„Schau vom Herrenhaus nach rechts die Straße entlang. Siehst du die große Hauptstraße, auf die sie mündet? An der Kreuzung links und dann geht es fast zwei Kilometer gerade aus. Dort hinten auf der rechten Straßenseite. Da steht unser Wohnblock. Siehst du ihn? Das rote Gebäude. Er hat nur drei Stockwerke und ist lang gestreckt. Finbogi und ich wohnen im Erdgeschoss."

Adrian sah das Gebäude. Er küsste Vigdis leicht auf den Mund und sagte: „Du erklärst gut."

Er atmete ihren Duft ein. „Und, du riechst gut."

Sie freute sich über das Kompliment, lachte und sagte: „Ich bin froh, wieder zu Hause zu sein."

Es war wenig Betrieb im Flughafen und es dauerte nicht lange, bis sie ihre Rucksäcke, ihren Koffer und Adrians Fahrrad hatten. Sie schlenderten langsam zum Ausgang. Von einem der Läden in der Halle winkte ihnen eine junge Frau zu und Vigdis winkte zurück. „Das ist Jördis, sie jobbt am Flughafen während der Semesterferien."

Als sie durch die Glastür nach draußen gingen, kam ihnen ein Mann um die 50 entgegen. Er grüßte kurz und sagte: „Hey Vigdis."

„Das war Alvar. Der hat früher für meinen Onkel gearbeitet und ist jetzt seit drei Jahren bei der Feuerwehr am Flughafen. Feuerwehrmann, das war schon immer sein Traumberuf."

Vor dem Flughafengebäude stellten sie sich auf den halb leeren Parkplatz und warteten. Vom Taxistand rief ihnen ein Fahrer zu: „Hey Vigdis, soll ich dich nach Hause fahren?"

Er hatte auf Isländisch gerufen und nachdem Vigdis abgelehnt hatte, sagte Adrian: „Du kennst hier jeden."

Ein kleines Lächeln flog auf Vigdis Lippen. Sie sagte: „Das ist nicht nur bei mir so. Wir Isländer kennen uns und wenn nicht, dann kennen wir jemand, der den kennt, den wir kennenlernen wollen."

Es wehte nur ein leichter Wind. In der Sonne war es einigermaßen warm. Adrian genoss zuerst die klare, kühle Luft nach dem feuchtheißen Klima Bangkoks. Doch nach einiger Zeit holte er seine Jacke aus dem Koffer und zog sie an. Vigdis stand noch immer mit ihrem leichten Jäckchen im Wind. Sie hielt die Arme ein wenig vom Körper weg, hatte die Augen geschlossen und atmete wie trunken die kristallklare Luft.

Adrian schaute sie an. *Sie tankt sich voll mit Lebenskraft. ... Ja, hier ist ihr Ursprung. ... Sie ist von unglaublich klarer Schönheit – wie diese Insel. ... Und in ihr schlummert die gleiche eruptive Gewalt wie in den Vulkanen hier unter der dünnen Erdkruste.*

„Wo bleibt deine Schwester?", fragte Adrian nach einer Weile. „Müssen wir uns Sorgen machen?"

Vigdis öffnete die Augen und zuckte mit der Schulter: „Vermutlich nicht. Wenn der Schwarze ihr etwas getan hätte oder wenn ihr sonst etwas passiert wäre, hätte ich das bereits in der Flughafenhalle erfahren. Hier passiert nicht viel, ohne dass es nicht bald alle wissen. Finbogi hätte es verstanden, sich bemerkbar zu machen. Man muss schon Isländer sein, um hier vor einem Isländer etwas geheim zu halten. ... Und das gelingt meist auch nicht länger als ein paar Stunden. Sie wird schon kommen. Vermutlich sitzt sie über irgendwelchen Rechnungen für Onkel Einar. Da vergisst sie schon mal die Zeit."

Adrian schaute sie erstaunt an. Also erzählte ihm Vigdis noch mehr von Finbogi: „Auf ihre Rechenkünste ist sie richtig stolz, meine ältere Schwester. Ist ja gut, dass sie es kann, aber sie muss mich ja damit nicht dauernd belästigen. Ich behellige sie ja auch nicht mit irgendwelcher Literatur, die ich neu entdeckt habe. Ich weiß doch, dass sie sich nicht dafür interessiert. Also lass' ich sie damit in Ruhe. Ist nicht immer einfach mit ihr. Vielleicht wäre es auch besser, wenn wir uns demnächst getrennte Wohnungen suchen oder zumindest wieder die Wand zwischen unseren beiden Wohnungen einziehen lassen."

Vigdis schaute Adrian an und sagte: „Versteh' mich nicht falsch. Wir hatten einige geile Jahre miteinander. Da war niemand in Reykjavik vor uns sicher. Aber seit ein, zwei Jahren reizt mich das immer weniger. Während sie immer noch denkt, sie würde etwas versäumen, wenn sie nicht jeden Abend um die Häuser zieht. Fast kommt es mir so vor, als ob ich die Reifere bin, obwohl sie vier Jahre älter ist als ich."

Sie warteten fast eine Stunde, bis Finbogi endlich auf den Parkplatz fuhr.

„Hast du Jim nicht mitgebracht?", fragte Vigdis ihre Schwester. „Ich habe angenommen, du bist bei ihm, dass du jetzt erst kommst."

„Ihr werdet euch morgen sehen", antwortete Finbogi. Sie lachte.

Irgendwie sieht ihr Lachen schief aus, dachte Adrian. *Ist das die tief stehende Sonne oder weshalb schaut sie Vigdis nicht in die Augen?*

„Schön, dass du wieder da bist", sagte Finbogi, umarmte Vigdis überschwänglich und warf gleichzeitig einen Blick zu Adrian. „Willst du mir nicht deinen Freund vorstellen?"

Vigdis reagierte sofort. Sie umarmte Adrian ein wenig übertrieben, fast theatralisch und gab ihm einen langen Kuss. Adrian ließ es geschehen. *Die beiden müssen dringend einiges miteinander klären. Da stimmt gar nichts zwischen den zwei.*

„Jen Adrian",166) sagte Vigdis. „Li estas nomumita por la germana olimpika teamo en rapid-montbiciklado malsupren. Li estas la pinta modelo por Yves Saint Laurent. Li estas riskaktoro por Daniel Craig en Casino Royale. ... kaj mi amas lin."167)

Nichts davon stimmt, dachte Adrian. *Es gibt keine deutsche Olympiamannschaft für Downhill. Ich habe zwar schon für YSL gearbeitet, aber bestimmt nicht als Topmodel. Und Stunts für den neuen James Bond-Film habe ich auch gedreht, aber nicht für Daniel Craig. ...*

Bang schaute er zu Vigdis und sein Herz schlug ihm bis zum Hals. *Wenn aber das Letzte, das sie gesagt hat, stimmt, dann ist alles andere egal.*

Finbogi schaute Adrian in die Augen, leckte sich über die Lippen, fuhr sich mit der Hand durch die Haare und wölbte Adrian gleichzeitig mit dieser Bewegung ihre Brüste entgegen. Sie sagte: „Vigdis bekommt immer die cooleren Männer als ich."

Adrian schaute ihr zuerst ins Dekolleté und dann in die Augen. *Wenn Vigdis nicht da wäre, dann würden wir zwei ins nächste Flughafenklo gehen und vögeln. ... Aber ganz bestimmt nur mit Pariser. Die treibt's mit jedem. ... Herrgott ist das ne scharfe Braut.*
Laut sagte er: „Saluton. Mi ĝojas renkonti vin. Vigdis diris multon pri vi."168)
Finbogi warf einen schiefen Blick auf Vigdis und sagte ganz unschuldig auf Englisch: „Ich spreche leider nicht gut Esperanto. Ich bevorzuge Englisch. Ich hoffe, wir können uns auf Englisch miteinander unterhalten."
Vigdis zog unwillig die Augenbrauen zusammen: „Mi ne ŝatas ĝin, kiam vi volas ludi kajmanon."169)
Adrian lachte. *Die zwei sind sich nicht grün. Auch wenn sie beide den Anschein wahren wollen. Finbogi neidet es ihrer Schwester, dass ich bei ihr bin. Vermutlich ist Finbogis Jim einer dieser Typen, die ein bisschen Wind machen können. Netter Kumpel mit einigem Erfolg bei Frauen, aber im Grunde einer wie viele. ... Aber Vigdis ist auch nicht ohne. Die hat nicht umsonst so dick mit mir aufgetragen. Da herrscht ein erbitterter Konkurrenzkampf zwischen den beiden Schwestern. Würde mich nicht wundern, wenn Finbogi mich später noch mehr anmacht. Die zwei zwingen mich schnell Stellung zu beziehen.*
Er versuchte es dennoch, sich nicht festzulegen, legte den Arm um Vigdis und sagte: „Tiam ni parolas Esperanton kiam ni estas triope." 170) Und dann lachte er und sagte zu Finbogi auf Englisch: „Und wenn Vigdis mal auf die Toilette muss, dann unterhalten wir uns auf Englisch."
Vigdis hatte selbstverständlich verstanden, löste sich aus seiner Umarmung, schaute ihm in die Augen und sagte kurz angebunden: „Mi ne devas iri al la necesejo ofte."171)
Da küsste Adrian sie, umarmte sie eng und sagte auf Französisch: „Am liebsten unterhalte ich mich mit dir allein."
Die Fronten waren geklärt und Vigdis belohnte ihn mit einem langen Kuss.
Finbogi hatte verstanden, obwohl sie kein Französisch sprach. Sie drehte sich abrupt um und stakste zu dem GL. Vigids nahm Adrians Hand und folgte ihr. Finbogi legte die dritte Sitzreihe im GL um und schaute ihre Schwester und Adrian auffordernd an. Vigdis öffnete die Heckklappe und Adrian schob sein Rad ins Auto. Nachdem er mit

den Rucksäcken und dem Koffer das Rad abgepolstert hatte, setzte er sich zusammen mit Vigdis auf die mittlere Sitzreihe und Finbogi nahm am Steuer Platz. Während der Fahrt sprachen sie wenig.

Finbogi parkte vor dem Wohnblock, wo sie und Vigdis wohnten. Es roch gut nach Brathähnchen, als Finbogi aufschloss.

Die beiden Schwestern hatten das unterste Stockwerk für sich. Ursprünglich waren das zwei Wohnungen gewesen, aber die beiden Schwestern hatten die Wand dazwischen herausgerissen und so ein riesiges gemeinsames Zimmer geschaffen. Beide hatten separate Schlafzimmer, Küchen, Bäder und Arbeitszimmer. Für Adrian war sofort klar, wo Vigdis wohnte. Auf ihrer Seite standen Bücherregale, die bis an die Decke reichten. Finbogis Seite war ausstaffiert mit weißen Büromöbeln, Plüschtieren und einem schönen, großen Esstisch aus dunklem Massivholz. Davor standen Plastikstühle in verschiedenen Popfarben, ein Designerstuhl aus Drahtgeflecht und zwei Holzstühle, die bestimmt einmal zusammen mit dem Tisch verkauft worden waren. An den Wänden hingen Poster von Film- und Musikstars: Michael Jackson, Marilyn Monroe, Kurt Cobain, Charles Bronson: alle wild durcheinander, schwarz-weiß, Farbfotografien oder Künstlerdrucke. Adrian konnte keine Systematik dabei erkennen. *Immerhin sind sie alle gerahmt und unter Glas. Das zeugt von einer gewissen Wertschätzung.*

Zwischen den Bildern entdeckte Adrian einen Kupferstich von Carl Friedrich Gauß und eine Farbfotografie von Konrad Zuse. Adrian trat näher an die beiden Bilder heran. *Sicher weiß Finbogi etwas über diese zwei Rechenkünstler und kann etwas über sie erzählen. Aber diese Verehrung ist nicht echt. Die Bilder hat sie doch nur aufgehängt, um ihrer Schwester und Besuchern wie mir zu imponieren.*

Wie zur Bestätigung hörte er Finbogi sagen: „Carl Friedrich Gauß, das war der Fürst der Mathematiker und ohne Konrad Ernst Otto Zuse würden wir heute noch mit Rechenschieber arbeiten. ... Mir würde das nichts ausmachen. ... Ich habe das gelernt und kann das noch. Aber ich bin ihm dankbar, dass wir heute Computer haben. Gauß und Zuse: die zwei sind für mich die größten Genies der Mathematik. Sie haben ...“

Vigdis verdrehte die Augen und räusperte sich.

Adrian drehte sich zu ihr um, sagte zu Finbogi: „Interessant“ und schob dann sein Rad zu Vigdis Seite der Wohnung. Dort lehnte er es an eines ihrer Bücherregale. Vigdis warf die Rucksäcke daneben und weil sie sah, dass Finbogi sie beobachtete, umarmte sie Adrian von hinten. Der hatte sofort verstanden, spielte ihr Spiel mit und drehte sich zu ihr um. Vigdis zog seinen Kopf zu sich her, schmiegte ihren Unterleib an ihn und küsste ihn lang und intensiv.

Finbogi war wie versteinert stehen geblieben. Sie war schroff unterbrochen worden. Das war unhöflich und respektlos gewesen. Sie beobachtete Adrian und Vigdis. Sie war gekränkt. Doch dann zog sie die Augen zusammen und rief auf Englisch gespielt munter: „Hey, ihr Turteltäubchen, Essen ist fertig."

Sie setzten sich an den Tisch und Adrian musste als Mann die Hähnchen zerteilen. Er schnitt das erste in zwei Hälften und servierte es den beiden Schwestern. Dann schnitt er auch das Zweite entzwei und nahm sich eine Hälfte. Es war vielleicht nicht ganz durch, aber es schmeckte gut. Ganz im Gegensatz dazu der Kartoffelsalat.

Der schmeckt furchtbar, dachte Adrian. *Den hat sie aus dem Eimer im Supermarkt gekauft. Entsetzlich.*

Aus Höflichkeit aß er das Schüsselchen zur Hälfte leer und nahm sich zwei Brötchen. Es standen nur eine Plastikflasche mit Sprudel und einige Plastikflaschen mit Cola auf dem Tisch. Kein Bier und kein Wein. Alkohol ist in Island sündhaft teuer. Finbogi hatte bei ihrem Einkauf darauf verzichtet. Adrian hielt sich an den Sprudel.

„Du hast den großen Schwarzen gesehen, wie er zu Onkel Einar ins Büro gegangen ist?", fragte Vigdis ihre Schwester.

„Wenn ich es dir doch sage. Der Neger war vorgestern in der Früh bei Onkel Einar."

Vigdis überlegte. *Wie hat das der Schwarze geschafft? Von der Zeit her ist es möglich. Aber wie ist das Schwein überhaupt aus Thailand herausgekommen? Sammai hat ja vermutet, dass er, weil er Amerikaner ist, von seinen Landsleuten unterstützt worden ist.*

Vigdis biss voller Zorn ein Stück von dem Brot ab, das sie in der Hand hielt. *Diese Scheiß-Amerikaner. Die können sich im Ausland gegenüber den Einheimischen die größten Verbrechen leisten. Die Amis pauken sie raus und lassen sie dann laufen.*

„Wir müssen morgen unbedingt zum Landhaus von Onkel Einar fahren. Dort ist der einzige Ort, wo er noch die Briefe versteckt haben kann", hörte sie Finbogi sagen.

„Du kannst recht haben … Wenn du, wie du sagst, Onkel Einars Büro durchsucht hast. … Warst du auch in seiner Wohnung?"

Finbogi schwieg.

Die Konversation zwischen den Dreien gestaltete sich schwierig. Finbogi und Vigdis verfielen immer wieder ins Isländische, wenn sie miteinander sprachen. Adrian klinkte sich aus, weil seine Esperanto-Versuche für ihn zu mühsam wurden. Finbogi verstand kein Französisch und Vigdis hasste Englisch. Adrian beschränkte sich darauf, ab und zu zu lächeln. Er hatte seine Hand auf den Oberschenkel von Vigdis gelegt und es genügte ihm, dass sie seine Hand immer wieder streichelte und sie nach einiger Zeit viel weiter oben und weiter innen an ihrem Schenkel platzierte.

Die zwei Schwestern hatten sich immer weniger zu erzählen. Schließlich gähnte Vigdis, reckte beide Arme in die Höhe und sagte: „Mi estas laca. Ni enlitiĝu"172)

Im Bett zog Vigdis Adrian auf sich und sie liebten sich in enger, stiller Vertrautheit in der Dunkelheit. Und Adrian war glücklich, dass Vigdis diesmal keine Show für ihre Schwester abzog, die sie zweifellos hätte hören können. Aber ihre körperliche Liebe war etwas, das wohl auch nach Vigdis Willen nur ihnen beiden gehören sollte.

Um ein Uhr in der Nacht schlug Adrian die Augen auf. Er war hellwach. Ihm war übel. Er drehte sich auf den Rücken und atmete langsam und tief. Aber das nützte nichts. Er drehte sich auf die linke Seite. Da wurde ihm noch schlechter. Er wälzte sich auf die rechte Seite und stöhnte. Vigdis neben ihm schlief tief und fest. Er hielt es nicht mehr aus. Er stand auf. Ihm war schlecht und in seinem Darm rumorte es. Sterne tanzten vor seinen Augen. Seine Arme waren pelzig und es summte in seinen Ohren. Er stellte sich ans offene Fenster und atmete tief durch, aber auch das nützte nichts. Also ging er ins Bad. Hinter der Tür stand ein Putzeimer. Den nahm er und setzte sich auf die Schüssel. Er wartete. Jetzt konnte es nicht mehr lange dauern. Und dann stülpte sich sein Magen um. Adrian reierte in den Eimer. Kaum war der erste Schwall draußen, konnte er nichts mehr halten. Die Scheiße schoss in einem dicken Strahl aus ihm raus. Er saß da, umarmte den Eimer mit der Kotze und wartete auf die nächste Reaktion seines Körpers. Er atmete langsam und vorsichtig den Mief aus Scheiße und Kotze. Um ihn herum drehte sich alles. Das Summen in seinen Ohren wurde lauter und lauter. Nur mit Mühe konnte er die Augen offen halten. Er sah blinkende Sterne, die immer schneller auf ihn zurasten, kreisförmig in einem immer irreren Tempo. Tief atmete er ein und stellte vorsichtig den Eimer vor sich auf den Boden, aber während er sich noch bückte, krampfte sich wieder sein Magen zusammen und er schmiss den Eimer um. Fahrig richtete der den halb leeren Eimer wieder auf, hielt den Kopf hinein und reierte und schiss und kotzte und würgte gleichzeitig und hustete die letzten Bröckel aus dem Hals und den letzten dünnen Strahl aus dem Darm. Pisste – neben die Schüssel. Erst als nichts mehr aus ihm rauskam, setzte er sich auf den verschmierten Fußboden und lehnte sich an die Wand. Der Gestank aus Kotze und Pisse und Scheiße umwaberte ihn, aber er fühlte sich ein wenig leichter und er schaffte es sogar, den Kopf zu heben. Vigids stand nackt in der Tür. Wie lange hatte sie ihn so schon beobachtet? Egal.

„Ich helfe dir", sagte sie. Adrian versuchte aufzustehen, aber seine Knie gaben nach. Bevor er fiel, fing sie ihn auf und stützte ihn. Er war schwer. Sie rutschte mit ihren nackten Füßen auf der Glitsche aus. Rammte mit dem Fuß gegen die Türschwelle. Das tat weh, gab ihr aber Halt. Es kostete sie ihre ganze Kraft, Adrian aufzurichten. Er stank. Er war mit Kotze beschmiert. An der Innenseite seiner Beine liefen braune Streifen nach unten. Aus seinem Penis tröpfelte Urin. Sie umfasste ihn unter der Achsel. Zog ihn an sich, eng. Schweiß, Kotze, Pisse, Scheiße pappte Haut an Haut, beschmiert von oben bis unten half sie ihm auf dem Weg zur Dusche. Adrian zitterte vor innerer Kälte. Er stellte sich breitbeinig in die Duschwanne, stützte sich mit den Händen an der Wand ab. Sie duschte ihn mit warmem Wasser, seifte ihn ein. Mit bloßen Händen. Unter den Achseln, zwischen den Beinen, im Analbereich. Adrian zitterte am ganzen Leib. Sie drehte die Temperatur der Dusche heißer. Wusch ihm die Seife vom Leib. Sie trocknete ihn mit einem Handtuch, führte ihn zum Bett. Deckte ihn zu. Er schnatterte mit den Zähnen, krümmte sich, zitterte, schlotterte.

Sie lief zum WC, zum Bad. Öffnete weit die Fenster. Ließ frische, kalte Luft herein. Putzte das Klo, das Bad. Nackt, selbst beschmiert. An der Wand, auf dem Boden und in der Schüssel: Überall waren braune und grüne Spritzer und Schleimspuren. Auf dem Boden Pisse. Sie wischte nass, verwendete immer wieder neue Bodenlumpen, wrang sie aus, leerte das Dreckwasser x-mal ins Klo, und als sie schließlich zufrieden war, nahm sie eine Flasche Sakrotan und desinfizierte das gesamte Schlachtfeld. Anschließend stellte sie sich ebenfalls unter die Dusche, wusch sich die Haare, seifte sich gründlich ab. Duschte sich sauber. Trocknete sich ab, schloss die Fenster. Schaute wieder zu Adrian. Der lag im Bett und zitterte. Hatte Schüttelfrost. Seine Zähne klapperten in irrem Stakkato.

Vigdis legte sich zu ihm. Sein Körper war trocken und heiß, aber er fror. Sie legte ihr Bein, ihr so langes Bein über seine Hüfte. Presste die warme Haut ihres Bauchs an ihn. Drückte ihre weichen Brüste an seine Wangen. Umarmte ihn mit ihrem ganzen Körper. Bewegte sich sacht hin und her. Streichelte ihn. Schützte seinen Nacken mit der Hand vor der kalten Luft. Sagte viele, viele leise Worte der Liebe. Beruhigte ihn, wiegte ihn wie ein krankes Kind.

Erst am Morgen wurde er ruhiger und driftete in einen tiefen, bleiernen Schlaf. Er merkte nicht, dass Vigdis aufstand.

Vigdis duschte erneut, zog sich ihre Leggins in Lederoptik und ihre Joggingschuhe an, zog sich ein Shirt mit langen Ärmeln über und dann einen Kapuzenpullover, der ihr nur halb über den Po ging. Sie lief rüber zu Finbogis Teil der Wohnung und setzte sich an den Frühstückstisch. Finbogi kam aus ihrem Schlafzimmer. Auch sie war sportlich gekleidet: hohe Wanderstiefel mit dicker Profilsohle, Trekkinghose und ein Flanellhemd. Vigdis wunderte sich ein wenig. *Wann habe ich sie das letzte Mal so gesehen? Normalerweise läuft sie doch eher rum wie eine Cheerleaderin kurz vor dem Auftritt.*

„Adrian ist krank, wahrscheinlich eine Salmonellenvergiftung", sagte Vigdis.

„Oh scheiße ich hab' das eine Hähnchen gar nicht abgespült und gleich in den Backofen getan." Finbogi schlug sich vor gespieltem Ärger die Hand vor den Mund und riss die Augen weit auf. „Wie geht es ihm, müssen wir einen Arzt holen?"

Das ist typisch Finbogi, dachte Vigdis. *Im Haushalt ist sie die absolute Pottsau.*

Laut sagte sie: „Ich glaube, das ist nicht nötig. Er hat heute Nacht alles von sich gegeben. Da wird keine Salmonelle mehr in ihm drin sein. Wir sollten ihn schlafen lassen. Dann geht es ihm bis Mittag wieder gut."

„Aber wir müssen ins Landhaus von Onkel Einar."

„Warum bist du dir so sicher, dass die Briefe im Landhaus sind?"

„Ich hab' den Schwarzen gesehen, wie er zu Onkel Einar gekommen ist und ich hab' gesehen, wie sie dann sofort losgefahren sind und ich bin ihnen ein Stück nachgefahren. Sie sind Richtung Grindavik, wo Onkel Einar sein Haus hat."

„Und was ist, wenn der Schwarze noch dort ist?"

„Ist er nicht. Ich hab' auch gesehen, wie er von Onkel Einar beim Flughafenhotel abgesetzt worden ist."

„Du meinst, der Schwarze ist schon wieder weg?"

„Würde für die beiden wohl einen Sinn ergeben. Onkel Einar wird wohl kaum Interesse daran haben, einen Mörder bei sich zu beherbergen. Der hat ihm seinen Lohn ausgezahlt und dann dafür gesorgt, dass er möglichst schnell von hier verschwindet."

Vigdis nickte mit dem Kopf. Das war plausibel. „Und was sagen wir, wenn Onkel Einar uns in seinem Landhaus erwischt, wie wir es gerade bei der Suche nach den Briefen auf den Kopf stellen?"

„Wir nehmen einfach Thór mit. Der geht doch jedes Wochenende ins Landhaus von Onkel Einar. Und wir sagen, dass du nach deiner Rückkehr in der blauen Lagune baden wolltest und dass wir deshalb Thór mitgenommen haben. Ist ja die gleiche Richtung."

Vigdis schaute noch einmal zu Adrian, bevor sie losfuhren. Er schlief tief und fest. Sie legte ihre Hand auf seine Stirn. Er hatte normale Temperatur. *Heute Nachmittag wird er wieder aufwachen. Bis dahin bin ich längst wieder da. Er wird es gar nicht merken, dass ich weg war.*

Auf die Idee, ihm eine Nachricht zu hinterlassen, kam sie nicht. Sie fuhren mit Einar Jóhnsons Mercedes zur Fabrik und stellten das Auto auf den Chefparkplatz. Finbogi gab den Schlüssel an der Rezeption ab. Vigdis wartete schon bei Finbogis Toyota und damit fuhren sie zur Schule. Dort warteten sie, bis Thór, der einzige Sohn von Einar Jóhnson und seiner Ex-Frau Olivia aus dem Unterricht kam. Vigdis erinnerte sich. *Es war eine schmutzige Scheidung gewesen und Onkel Einar hat das alleinige Sorgerecht durchgesetzt. Natürlich hat er vor der Hochzeit auf einen Ehevertrag bestanden. Onkel Einar setzt sich in solchen Sachen immer durch. Olivias Abfindung war überschaubar gewesen, hat er mir gesagt. Thór hat seine Mutter nicht lange vermisst. Wieso auch? Ich war ja da. Und Olivia hat sich ja auch nie um Thór gekümmert. Der Junge war für sie nur Mittel zum Zweck gewesen, Onkel Einar an sich zu binden. Ist angeblich ungewollt schwanger*

geworden. ... Dass ich nicht lache! ... Die war ausgebildete Kranken-
schwester. Thór war ihr von Anfang an nur lästig. Dabei ist der Kleine
so niedlich.

Die Schulklingel läutete und wenig später rannten Horden von Schul-
kindern über den Pausenhof zur Straße.

„Vigdis!", schrie Thór begeistert, als er die beiden Schwestern sah.
Über sein ganzes Gesicht strahlte ein freudiges Lachen. Aber dann
wurde er schnell wieder ernst, denn er war ja immerhin schon zwölf
Jahre alt und durfte sich vor seinen Klassenkameraden keine Blöße
mehr geben.

Vigdis hätte ihm am liebsten über seine struppigen, hellblonden Haare
gestreichelt, aber auch sie nahm sich zusammen, und so cool wie
möglich begrüßten sich die beiden.

Thór war wahnsinnig stolz auf seine schöne Tante und in seiner Klasse wollten die Jungs alles von ihm über sie wissen: Hat sie einen
Freund? Mag sie Fußball? Hat sie dich schon mal geküsst? Mensch
gib's doch zu so einen Gutenachtkuss doch sicher! Besucht sie euch
oft? Hast du sie schon mal nackt gesehen?

Seine andere Tante, Finbogi, bedachte Thór dagegen nur mit einem
kurzen Seitenblick und begrüßte sie knapp mit einem gelangweilten
„Hey Fin".

Dann krabbelte er auf den Rücksitz. Er patschte mit der Hand auf den
Sitz neben sich und rief mit heller Stimme: „Vigdis, komm, bitte! Setz
dich neben mich!" Vigdis tat ihm den Gefallen und kletterte auf die
Rückbank.

Finbogi verzog den Mund nach unten und ließ den Motor an. Sie stieß
so abrupt nach hinten, dass sie fast eines der Schulkinder angefahren
hätte, wenn sich das Mädchen nicht mit einem schnellen Sprung zur
Seite gerettet hätte. Dann würgte Finbogi den ersten Gang rein und
fuhr mit radierenden Reifen los. Vigdis schaute irritiert hoch: „Mensch
Finbogi, was ist denn los?"

„Ach halts Maul. Ich will halt jetzt endlich die Briefe."

Vigdis zog unwillig die Augenbrauen zusammen. Es kam schon mal
vor, dass Finbogi grob zu ihr war. *Finbogi tut immer nur so cool. Wenn*
die mitgemacht hätte, was ich erlebt habe, hätte sie jetzt einen Ner-
venzusammenbruch. Die glaubt sich jetzt kurz vor dem Ziel. Die Briefe
und damit die Millionen von Onkel Einar zum Greifen nah. Ich fasse
das nicht. Sie geht mir auf den Wecker. Ist wohl besser, wenn ich mir

eine eigene Wohnung suche. Etwas Abstand wird uns beiden guttun. Ich kümmere mich morgen darum.

Finbogi fuhr Richtung Osten. Schnell hatten sie die letzten Häuser von Reykjavik hinter sich und die geteerte Straße wurde zur Schotterpiste. Rechts von ihnen lag das tiefblaue Meer. Links, noch fast am Horizont, sahen sie die Dampfschwaden der Reykjanes-Halbinsel, einem der Hochtemperaturgebiete Islands. Dort baden die Touristen in der weltberühmten blauen Lagune und dort hatte Einar Jóhnson sein Ferienhaus und sein privates Thermalbad gebaut, nachdem die Fremden immer mehr geworden waren. Dort verbrachte er am liebsten die Wochenenden mit seinem Sohn.

Finbogi fuhr unkonzentriert und hektisch. Mal ganz langsam, so als ob sie etwas suchen würde und dann wieder rasend schnell, wenn sie über eine flache Ebene kamen. Die Gegend war einsam. Ab und zu war ein Steinhaufen auf der Straße geschichtet. So wie früher, als es keine anderen Wegmarken auf Island gab. Manchmal zeigte auch ein verrostetes Straßenschild die Richtung nach Grindavik.

Finbogi bog von der Küstenstraße Richtung Süden ab, ins Innere der Halbinsel. Jetzt fuhr sie langsam und konzentriert. Vigdis wunderte sich. *Was hat sie? Sie kennt doch den Weg. Sie sucht tatsächlich nach etwas.*

Dann tauchte vor ihnen eine alte, verlassene Wellblechbaracke auf. Sie war das einzige Gebäude, das von einer früheren Forschungsstation für Geothermie übrig geblieben war.

Finbogi rutschte auf dem Sitz hin und her und sagte: „Ich glaub', hier halten wir mal kurz an. Ich muss Pipi."

Vigdis verdrehte die Augen. *Kann Finbogi nicht noch eine Viertelstunde warten, bis wir bei Onkel Einars Haus sind?*

Offensichtlich war das Bedürfnis zu dringend. Finbogi fuhr mit ihrem Toyota bis kurz vor die Baracke und stieg aus.

„Wartet hier", sagte sie, zog den Schlüssel ab und lief hinter das Gebäude. Vigdis und Thór blieben sitzen und beobachteten die Rauchsäulen, die in einiger Entfernung aus dem Boden stiegen.

Es dauerte nicht lange, bis Finbogi zurückkam.

„Ich glaube, ich muss dir Jim nicht mehr vorstellen, ihr kennt euch ja bereits", sagte sie und schaute Vigdis mit einem bösen Glitzern in den Augen an. Neben Finbogi stand der riesige Schwarze.

Spuren III

Adrian lag im Tiefschlaf. Schwarz und fest war es in seinem Kopf. Er bewegte sich nicht. Er atmete flach. Manchmal atmete er fast eine Minute gar nicht, dann aber hob sich plötzlich sein Brustkorb wieder für einen schnellen, schnarchenden Atemzug und sein Kopf wälzte sich zwei-, dreimal hin und her. Von außen drang nichts zu ihm in sein Innerstes.

Aber irgendwann war da doch etwas. Ein ständiges, ein penetrantes Klingeln. Es drang durch die tiefen Schichten seines Schlafes in sein Unterbewusstsein und es schrillte dauerhaft und regelmäßig. Mit jedem Ton tauchte er ein wenig weiter aus dem Tiefschlaf hoch und das Klingeln drillte und bohrte sein Bewusstsein auf. Es hörte kurz auf und dann klingelte es wieder, ununterbrochen, unerbittlich.

Adrian schlug die Augen auf. Als er sich aufsetzte, hingen seine Arme ohne Kraft an ihm herunter. Kaum konnte er die Füße auf den Boden stellen. Das Klingeln kam aus Finbogis Teil der Wohnung. Wo sind die Frauen? *Warum gehen sie nicht ans Telefon?*

Schwankend lief Adrian quer durch das große Wohnzimmer zu Finbogis Schreibtisch. Er konnte kaum laufen, alles drehte sich um ihn. Wie durch Watte hörte er das Klingeln. Es hörte und hörte nicht auf. Endlich hatte er den Schreibtisch erreicht. Er musste sich abstützen. Noch immer klingelte das Telefon. Adrian nahm den Hörer und im gleichen Moment kippte er zur Seite. Im Stürzen riss er die Schreibtischunterlage mit sich. Und dann war er wach, denn das, was darunter zum Vorschein kam, fetzte auf ihn ein wie ein elektrischer Schlag.

Am Hörer war Einar Jóhnson. Ungeduldig und besorgt klang seine Stimme. Er sprach isländisch und als Adrian auf Englisch sagte: „Ich verstehe nicht.", fragte Jóhnson ebenfalls auf Englisch: „Ist Thór, mein Sohn, bei euch. Sind Vigdis und Finbogi nicht da?"

Nein, Thór war nicht hier. Adrian wusste aber, wo Finbogi und Vigdis waren. Vor ihm auf dem Boden lagen die Briefe, nach denen sie so lange gesucht hatten. Adrian war es schlagartig klar: Finbogi hatte den Mörder beauftragt und jetzt war sie mit Vigdis irgendwo in der Einsamkeit Islands unterwegs, um sie endgültig aus dem Weg zu schaffen. *Bestimmt ist auch der große Schwarze bei ihnen.*

Mit klopfendem Herzen hörte Adrian, was ihm Einar Jóhnson berichtete: „Meine Haushälterin sollte Thór von der Schule abholen und zu meinem Landhaus fahren. Aber er wurde schon vorher von Finbogi und Vigdis abgeholt. Das hat mir eine Lehrerin gesagt, die es gesehen hat. Sie mussten es eilig gehabt haben, denn Finbogi soll wie der Teufel vom Schulhof gefahren sein."

Es war kurz still in der Leitung, dann sprach Jóhnson weiter: „Ich hab im Landhaus angerufen. Sie sind nicht dort."

„Finbogi will Vigdis ermorden und vermutlich Thór auch, wenn sie den extra abgeholt hat. … Ruf die Polizei. Aber das reicht nicht. Wir suchen sie auch. Ich bin in zehn Minuten bei dir in der Fabrik. Ich erkläre dir alles."

„Du musst mir nichts erklären. Die Polizei hat mich informiert, was in Stuttgart passiert ist. So ein Blödsinn! Als ob aufgrund dieser alten Briefe irgendwelche Anrechte hergeleitet werden könnten! Du hast recht: Vigdis und Thór sollen sterben. Dann ist Finbogi meine einzig noch lebende Verwandte. Dann muss sie nur noch mich aus dem Weg räumen. Ich warte auf dich. Zehn Minuten. Keine Sekunde länger."

Adrian warf den Hörer auf die Gabel und wollte zu seinem Bett laufen, wo der Rucksack und der Koffer mit seinen Kleidern lagen. Adrian knickte ein. Die Kraft in den Beinen verließ ihn. *Zucker, ich brauche Zucker. Da gibt es doch noch Cola im Kühlschrank!*

Adrian hangelte sich zum Kühlschrank. Ja, da war eine Flasche. *Verschlossen, gut.*

Adrian schraubte den Verschluss der Plastikflasche ab und trank zwei Schlucke. Fast wären die ihm wieder hochgekommen. Ich brauche eine Grundlage.

Gehetzt schaute sich Adrian um. *Da! Die Salzstangen!*

Er griff sich eine Handvoll Salzstangen, die vom Abend noch übrig geblieben waren, stopfte sie in den Mund, kaute das trockene Gebäck, nahm ab und zu einen kleinen Schluck Cola, um den bröckeligen Brei runterzubekommen. Rannte währenddessen zum Bett, zerrte aus seinem Rucksack frische Unterwäsche. Zog sich an. Kaute, schluckte und trank, während er sich die Hose überzog, sein Sweatshirt überstreifte und die Klettverschlüsse seiner Schuhe anzog. Zwei Schokokekse noch mit dem letzten Schluck Cola. Hinunter damit, während er schon die Tür öffnete. Er warf die Colaflasche auf den Boden, schnappte sich sein Rad.

Die Schaltung knirschte, als er den höchsten Gang einlegte, kaum dass er das Pedal das zweite Mal nach unten getreten hatte. Jetzt war er wieder in seinem Element. Die Angst um Vigdis gab ihm seine Kraft zurück und machte ihn schnell wie nie. Er war überflutet mit Adrenalin. Er raste die Straße entlang. Wenig Verkehr. Aber da: eine rote Ampel. Er überholte die zwei Autos, die davor standen, bremste ab, schwenkte hinter dem Lkw, der direkt vor der Ampel wartete, nach rechts, hob das Vorderrad an, um über den Bürgersteig zu kommen, kurvte um zwei Fußgänger und war um die Ampelkreuzung nach rechts in die Seitenstraße abgebogen in der perfekten Technik eines New Yorker Fahrradkuriers. Adrian raste die Straße entlang zum Bürogebäude von Einar Jóhnson, einem schlichten, grauen Zweckbau. In manchen Büros brannte bereits das Licht und schien nach draußen. Regenwolken beeinträchtigten schon am Nachmittag das Tageslicht. Vor dem Gebäude waren zwei Rasenflächen mit einigen Koniferen angelegt. Dazwischen befand sich ein kleiner Parkplatz, von dem man direkt zum Haupteingang gelangte.

Auf dem Parkplatz stand ein kräftiger Mann mit Glatze und wenigen hellgelben Haaren über den Ohren. Neben ihm stand ein GL, der auf dem Chefparkplatz direkt neben dem Eingang geparkt war.

„Adrian", sagte Adrian.

„Einar", sagte Einar. „Gib mir dein Rad und steig ein."

„Die Polizei?"

„Kommt nicht. Die werden erst aktiv, wenn jemand 24 Stunden vermisst wird."

Einar öffnete die Heckklappe und warf Adrians Rad ins Auto. Normalerweise wäre Adrian ob der groben Behandlung seines kostbaren Rades in Rage geraten, jetzt kümmerte ihn das nicht. *Wo ist Vigdis? … Lieber Gott, ich mach' alles für dich … mach' bitte, … dass ich sie rechtzeitig finde.*

So wie Einar aussah, schickte der zur gleichen Zeit ein ähnliches Stoßgebet für seinen Sohn in den grauen Himmel Islands. Jóhnson startete den Motor. Die Räder drehten durch, als er vom Hof fuhr. Er raste wie der Teufel und jagte das Auto über die Schotterpiste Richtung Westen.

„Wo können sie sein?", fragte Adrian.

„Wenn ich einen Menschen verschwinden lassen wollte, dann würde ich mit ihm Richtung Südküste der Halbinsel fahren."

Einar Jóhnson drückte bei diesen Worten noch mehr aufs Gaspedal. Ständig scannte er die Landschaft mit den Augen, ob er nicht die Gesuchten sehen würde. Währenddessen erklärte er Adrian mal abgehackt, mal fließend, die Geologie Islands: „Die Reykjanes-Halbinsel, ... ist viele Quadratkilometer groß. Dort ist die Erde noch ganz jung. Krýsuvík ist geothermisches Naturschutzgebiet. ... Dort sind dampfende Solfataren, heiße Quellen und noch heißere Schlammlöcher, ... sehr beliebt bei Wanderern. Seltún ist dort das bekannteste geothermische Feld und über Plattformen gut begehbar. Aber wehe, du verlässt den ausgeschilderten Weg und kannst die Zeichen der Natur nicht deuten. Die Erde hat hier nur eine sehr dünne Haut. Es gibt dort Stellen, ... wenn du da drauftrittst, da bricht die dünne Erdkruste und du versinkst bis zum Knie ... oder noch tiefer ... in heißer Lava. Und wenn du dann deinen Fuß herausziehst, dann klebt daran 1.000 Grad heiße Lava. Die ist zäh, den Brei kriegst du nicht so schnell ab. Wenn du dann im Krankenhaus bist, ist dein Bein durchgegart."

Verzweifelt schaute Einar zu Adrian: „Dort werden sie sein. ... Ich hab doch gemerkt, dass Finbogi was gegen Vigdis vorhat. Immer wieder diese Andeutungen wegen der Briefe und dass Vigdis an allem Schuld sei, dass sie, Finbogi, noch nicht von Island weg sei. Ihre kleine Schwester sei doch behindert. Immer hätte sie wegen ihr zurückstecken müssen. ... Ich hab es so satt bekommen. ... Hab mir überlegt, Finbogi rauszuschmeißen."

Einar schaute wieder über die Landschaft, sah aber die Gesuchten nicht. Er schüttelte den Kopf und murmelte mehr zu sich selbst als zu Adrian: „Aber dass sie jetzt tatsächlich auch Thór mit reinzieht. ... Die geht aufs Ganze."

„Die werden ja kaum über den Touristenweg gehen", sagte Adrian. „Wie kann man denn über das Lavafeld laufen, ohne selbst einzubrechen?"

„Du musst eben auf den hellen Flächen laufen. Nur da, wo der Boden noch dunkel ist, ist die Erdkruste so dünn, dass ein Mensch einbricht." Einar Jóhnson räusperte sich. „Ganz so sicher ist das natürlich auch wieder nicht. Es kann auch umgekehrt sein. Es kommt auch auf dein Gewicht an oder ob der Regen die Oberfläche abgekühlt hat oder ob gerade starker Wind bläst. Dann verändern sich die Farben des Bodens. Du musst die gesamte Natur beobachten. Es reicht nicht, wenn Du nur die Nase auf den Boden hältst und die Farben studierst. Na ja, wenn du lang genug auf Island gelebt hast, dann kannst du dort rumlaufen und die Chance ist groß, dass du heil wieder rauskommst. Aber das ist nicht allen gelungen. Machen deshalb auch nicht viele Isländer. Wir sind ja nicht blöd. Wir wissen: Dort ist schon so mancher verschwunden und nie wieder aufgetaucht. Die Erde schließt sich schnell über ihrem Opfer und wo soll man anfangen zu suchen?"

Wieder schüttelte Einar den Kopf. „Dass sich Finbogi dort hintraut. Ihre Eltern haben sie und Vigdis, als die noch kleine Mädchen waren ein paar Mal dort hin mitgenommen und ihnen erklärt, auf was sie achten müssen. Aber Finbogi ist seit Jahren nicht mehr weiter in der Natur gewesen als bis in die Gewächshäuser von Reykjavik. Wie groß müssen doch ihre Gier und ihr Hass sein."

Einar bog eine kleine Piste ab. Nach einigen Minuten hielt er an und sagte: „Wir sind da. Hier haben wir den besten Überblick."

Er hatte vor einer Klippe gehalten. Adrian stieg aus und blickte über ein weites Feld unter sich. Dampfschwaden stiegen aus der Erde. Laut war es hier. Es schien ihm so, als ob die Erde ihre Geburtswehen hinausschreien würde, während sie neues Land formte und wieder einschmolz, um es dann erneut herauszupressen und wieder zu verschlucken. Es gluckste und sprudelte, es rumorte und krachte und knirschte. Und über allem lag ein scharfer Geruch von Schwefel, der Adrian in die Nase biss und seine Augen reizte. Zu allem Überfluss wurde der Himmel dunkel. Schwarze Wolken hatte sich aufgetürmt. Ein Sturm blies Adrian erste dicke Regentropfen ins Gesicht.

„Da sind sie! Wir sind zu spät!", verzweifelt zeigte Einar auf eine Gruppe von Menschen, fast direkt unter ihnen auf der Ebene. Sie liefen auf einen Schlammpfuhl zu.

Abrechnung

„Wo bringst du uns hin?", fragte Vigdis ihre Schwester. Sie standen am Rand eines aktiven geothermischen Feldes.

„Zu eurem Grab", sagte Finbogi und lachte böse. „Zu eurem Gemeinschaftsgrab."

Sie schaute zu Thòr und sagte: „Na Thór, das hast du dir doch schon seit Langem gewünscht, ganz nah bei deiner schönen Tante zu liegen. ... Mich kannst du ja nicht so leiden, oder?"

„Du bist eine böse Hexe", schrie Thór und kämpfte mühsam mit den Tränen.

Finbogi lachte: „Eines würde mich interessieren Thór: Bekommst du schon einen Steifen mit deiner kleinen Nudel, wenn du an Vigdis denkst? Hast du schon einmal gewichst und an ihren Arsch gedacht?"

Finbogi grinste: „Zu schade, da geht der Junge hin und hat noch nie gefickt. ... Aber im Tod seid ihr ja bald vereint."

Sie sprachen Isländisch. Jim verstand kein Wort. Der große Schwarze stieß nur immer wieder die beiden Gefangenen mit der linken Hand vorwärts. In der Rechten hielt er eine Pistole und bedrohte sie damit. Sie liefen über ein Gebiet, das ihm nicht behagte. Die Gefangene wies ihnen den Weg. Er hielt sich peinlich genau in ihrer Spur. Der Boden war ihm nicht geheuer.

„Wie willst du denn ohne mich zurückfinden?", fragte Vigdis ihre Schwester.

„Oh, darum musst du dir dann keine Sorgen mehr machen. Ich bin Isländerin wie du und ich erinnere mich noch an das, was Papa uns erklärt hat. So blöd wie du denkst, bin ich nicht. Ich weiß, auf was ich achten muss. Der Weg zurück ist ja nicht allzu weit und außerdem", sie lächelte Jim verführerisch an, „wird Jim vorausgehen. Er ist zwar schwerer als ich, aber an das wird er nicht denken. Ich tu ein bisschen ängstlich und dann wird er das schon machen. Die Männer sind so blöd ... alle, ... aber Jim ist geil zum Ficken."

Vigdis blieb stehen. Wenige Meter vor ihnen blubberte ein Schlammloch. Heißer Wasserdampf stieg auf. Es roch nach Schwefel. Vigdis spürte die Hitze des Bodens durch die Sohlen ihrer Schuhe.

„Ja, Endstation", sagte Finbogi. „Was bist du doch für eine Scheiß-Schwester gewesen. Seit deiner Geburt haben sich Mama und Papa nur um dich gekümmert und es war DEIN Geburtstag, als sie beide zu Tode gekommen sind. Mit mir haben sie nie im Restaurant gefeiert. Wärst du nicht gewesen, würden sie noch leben. Vigdis, Vigdis, immer nur Vigdis! In der Schule und bei den Amerikanern. Alle haben mich nach dir gefragt. Ob ich sie mit dir bekannt machen könne. Was du gerne isst. Welche Filme du schaust. ... Immer nur Fragen, wie sie an dich rankommen können. Ich konnte gar nicht so gut mit ihnen ficken, dass sie darüber dich vergessen hätten. Schau doch nur Jim an, wie gierig er dich anstiert! Aber weißt du was? Ich lass ihm sein Vergnügen. Er wird dich ficken, bis du vor Schmerzen schreist, weil du es nicht mehr aushältst, was er mit dir tun wird. Ich weiß, wie er fickt. MIR macht das Spaß, aber ich weiß auch, was er mit den Frauen in den Kampfgebieten gemacht hat und das ist, weiß Gott, kein Spaß mehr. Da möchte ich gern zusehen und danach, wenn er mit dir fertig ist, treibe ich dich in den schönen Whirlpool hier." Finbogi deutete auf das heiße Schlammloch.

„Lass wenigstens Thór laufen. Er ist doch noch so jung."

„Jung ist er schon, aber alt genug, um als Zeuge zu dienen. Außerdem, er muss sterben. Weißt du warum?", Finbogi stierte Vigdis mit weit aufgerissenen Augen an. Sie sah wie irrsinnig aus. Sie fing an zu schreien. In ihren Mundwinkeln bildeten sich Spuckebläschen. Sie kreischte: „Der Junge steht mir im Weg. ... In der Erbfolge für die Fabrik. Diese Lösung ist mir erst gekommen, als du schon weg warst, um die dämlichen Briefe zu finden. Ich brauch sie gar nicht! Wenn du und Thór tot seid, dann bin ich die Einzige, die die Fabrik von Onkel Einar erbt. Der ist ja gar nicht unser richtiger Onkel. Das haben wir immer nur so zu ihm gesagt, weil er es immer so dick mit Mama und Papa hatte. Genauso wenig sind wir die Tanten von Thór. Wir sind Großcousinen oder Urgroßvettern oder wie immer du das nennen willst. Tatsache ist: Wir sind die einzigen noch lebenden Verwandten von Einar und stammen alle von Friedrich Bergmann ab, dem Gründer unserer Fabrik. Ich habe da richtig Ahnenforschung betrieben. Und wenn ihr beide jetzt gleich tot seid, dann muss nur noch Einar sterben. Dafür wird Jim sorgen."

Wieder lächelte sie Jim an, neigte den Kopf zur Seite und strich sich durch die Haare. Der lachte zurück und streichelte Finbogi über die Wangen. Das war eine sehr zärtliche Geste für ihn.

Er scheint sie tatsächlich zu lieben, dachte Vigdis.

Finbogi nahm Jims Hand, führte sie von ihrem Gesicht weg, drückte seine Hand kurz und wandte sich dann wieder an Vigdis: „Das habe ich mit Carl alles schon geplant. Carl ist der Chef von Jims Organisation. Jim wird nachher, wenn euer Fleisch hier in diesem Suppentopf gar gekocht wird, Onkel Einar erschießen. Dann wird Jim von seiner Organisation außer Landes gebracht. Nach Afrika. ... Da fällt der gar nicht auf. Da sehen sie alle gleich aus ... schwarz wie er. Da finden sie ihn nie. Jim wird der König in einem Negerkraal und Carl und ich genießen unser Leben weit weg von diesem beschissenen Island. ... Hast du noch einen letzten Wunsch, Vigdis? Irgendwelche schlauen Worte?"

„In deiner Rechnung taucht nirgends Adrian auf."

„Adrian, dein toller Adrian! Wo ist er denn jetzt? Der liegt krank im Bett, der Hosenscheißer. Und nachher, wenn alles vorbei ist, werde ich zu ihm gehen und ihn trösten. Das wird mir nicht schwerfallen. Wie gierig der mir am Flughafen auf die Titten gestarrt hat. Und wenn ich ihn dann gefickt habe, ich glaube nicht, dass er so gut wie Jim ist, dann bekommt er von mir eine kleine Giftspritze, die mir Carl auch schon besorgt hat. Sieht dann aus wie ein Herzinfarkt. ... Verständlich auch bei einem jungen Sportler, wenn er erfahren hat, dass seine große Liebe einen erbärmlichen Tod im heißen Schlammpfuhl erlitten hat. ... Ich werde ihm die Einzelheiten mit Genuss schildern und jetzt los!"

„Was macht ihr mit Thór?"

„Keine Angst, den erschießen wir, bevor wir ihn in das Schlammloch werfen. Da sind wir großzügig. Ist ja noch ein Kind."

Finbogi lachte. „Los jetzt los, du Fotze. Du warst die längste Zeit meine Schwester!" Sie stieß Vigdis in Richtung Schlammloch. Heiß schlug ihr der Dampf ins Gesicht.

„Aber vorher wird gefickt!", schrie Finbogi und riss Vigdis die Leggins nach unten. Jim näherte sich ihr.

Blut IV

„Wir können sie nicht mehr einholen!", schrie Einar.

„Möglich ... aber einen Versuch habe ich!", grimmig zerrte Adrian sein Rad aus dem Wagen. „Ruf du die Polizei. Ich fahr da runter."

Einar schaute ihn ungläubig an. *Da geht es senkrecht nach unten. Wie will er das schaffen? Er hat recht. Ich muss die Polizei rufen. Vielleicht schaffen die es noch mit dem Helikopter.*

Einar griff zum Handy und wählte den Notruf.

Adrian stand an der Klippe und schaute nach unten. Saugte so viele Informationen auf, wie er nur konnte. *Zuerst geht es mehrere Meter nach unten bis zu der kleinen Felsplattform dort drüben. Der Spalt von der Kante bis dorthin? ... weit. Die Plattform muss ich bekommen. Ich springe von oben. ... Wie geht es weiter? ... Da der Grat ... führt steil weiter nach unten. ... Könnte funktionieren, ... wenn es dahinter keine größeren Spalten oder Klüfte gibt. Wenn ... Scheiße ... Ich habe Angst.*

Adrian zitterte. Jetzt regnete es wie aus Eimern. Er konnte gerade noch erkennen, wie Finbogi Vigdis die Hose nach unten riss. Sein Zittern steigerte sich zu Schüttelfrost. Der Sprung war weit. Sehr weit. Würden die Steine halten oder unter ihm abbrechen, sodass er in die Tiefe stürzen würde? *Unten geht Vigdis in den Tod.*

Er schlotterte. *Wir sind in ein paar Minuten vereint ... und wenn es im Jenseits ist.*

Er bleckte die Zähne. *Wenn das stimmt, was Einar mir erzählt hat, dann bekommt Vigdis heute ihre Rache. ... Oder...*

Adrian hörte auf zu denken. Er fuhr einige Meter zurück. Jetzt drehte er das Rad. Er rollte an. Adrenalin schoss in seine Adern.

Er legte den höchsten Gang ein. Trat mit voller Kraft in die Pedale. Steigerte die Geschwindigkeit. Raste mit irrsinniger Geschwindigkeit auf den Abgrund zu. Jetzt gab es kein Zurück mehr. Da, die Kante: Mit explosiver Wucht drückte er sich ab und spürte sofort, dass er den richtigen Moment verpasst hatte. Unter ihm der Abgrund. Er schrie seine Angst in den Himmel. Die Plattform schien ihm unerreichbar. Viel zu schnell verlor er an Höhe. Sie war noch so weit weg. Er reckte den Kopf nach vorn, flog weiter, landete mit dem Vorderrad knapp auf der Felsplattform und rutschte sofort ab.

Ein kleiner Vorsprung unter der Kante gab den abbrechenden Steinen ein wenig Widerstand. Adrian nützte ihn instinktiv. Drückte sich ab, drehte sich dabei um seine eigene Achse und kam mit dem Hinterrad auf die Plattform. Er riss den Lenker hoch und kam auch mit dem Vorderrad auf festeren Grund, trat wieder an, um von der Kante wegzukommen, rutschte an ihr entlang, gewann aber an Höhe, kam endlich auf die Plattform und musste sofort seitlich versetzen, um nicht in den gegenüberliegenden Spalt zu stürzen, drückte sich ab, gab dem Rad in der Luft eine andere Richtung, lenkte es auf den Grat und raste auf der Kante den Berg hinunter. Alles in Millisekunden.

Jetzt war er wieder eins mit dem Universum. Der Grat war nur wenig breiter als seine Reifen. Breit für ihn wie eine Rennbahn. Er war im Flow. Hielt sich auf der Mitte. Vorne: Der Grat ist abgebrochen. Da! Auf der linken Seite einige Meter unter ihm: ein kleiner Hang. Dazwischen ein Loch, mehrere Meter. Adrian reagierte sofort. Keine Zeit zum Denken, nur richtiges Handeln zum richtigen Zeitpunkt. Er riss die Lenkergabel nach oben und trat mit aller Kraft in die Pedale. Tanzte mit dem Hinterrad auf dem schmalen Grat. Das Rad machte einen Satz und Adrian war drüben. Er raste nach unten. Jetzt war alles leicht. Er stand auf den Pedalen und hielt den Lenker eisern mit den Fäusten auf der Polterpiste. Er ließ die Bremsen los, hatte alle Kraft seiner Hände am Lenker. Schneller, schneller. Der Regen peitschte ins Gesicht. Der Wind tobte ihm entgegen. Steine rasselten neben ihm den Hang hinunter. Er holte sie ein, wurde schneller als die Lawine. Das war es, das pure Leben. Adrian lachte grimmig und stolz. Er war unbesiegbar. Da, da sind sie!

Sie hatten ihn noch nicht bemerkt. Der Wind riss an ihren Kleidern und nahm jedes Geräusch hinter ihnen fort. Da: der breite Rücken des Schwarzen! Adrian raste mit voller Geschwindigkeit auf ihn zu. Kurz vor dem Aufprall ließ er das Rad steigen und krachte dem Riesen mit explosiver Wucht in das Steißbein, genau in dessen Körperschwerpunkt. Ein entsetzter Schrei von Finbogi. Der Schwarze schoss an ihr vorbei und stürzte zu Boden. Die Pistole flog ihm aus der Hand. Er wollte sich mit den Händen abfangen, aber als seine Rechte den Boden berührte, gab die weiche Erde nach und sein Arm verschwand bis zum Ellbogen in der heißen, weichen Lava. Der Schwarze schrie fürchterlich. Er krümmte sich auf dem Boden. Langsam, mühsam, er brauchte seine ganze Kraft und es dauerte ewig, zog und zog und zog er seinen Arm aus dem heißen, aus dem glühend heißen Gesteinsbrei. Dick, zäh wie eine riesige fette Made klebte der rauchende klebrige Schlamm an seinem Arm. Jim kam auf die Knie und richtete sich auf.

„Nicht!", schrie Finbogi, aber es war zu spät. Halb wahnsinnig war Jim vorwärtsgetaumelt, direkt auf die Stelle zu, wo er gerade eingebrochen war. Richtung Schlammpfuhl. Ein Schritt weiter. Die dünne Erdkruste krachte und knackte. Sein rechtes Bein versank in der heißen Lava. Tiefer und tiefer sank er ein, bis zum Knöchel bis zur Wade. Jim schrie und schrie. Sein Bein steckte bis unter dem Knie fest im heißen, im feuerheißen Erdreich. Jim fiel nach vorne und wälzte sich um die eigene Achse und schrie noch mehr, weil er sich jetzt mit dem heißen Brei an seinem Arm auch noch die Brust verbrannt hatte. Er schrie und brüllte: „Help me! Help me please! It hurts so much! Help me, please! Please, please, pleeeaaase! Er schrie und wimmerte und weinte über die unerträglichen Qualen in seinen Brandwunden, über die reißenden Zähne, die sich feurig in sein Fleisch fraßen und nicht aufhörten und weiterbissen, unerbittlich, unersättlich, über die heißen Lanzen, die sich bis zu seinen Knochen drillten und drehten und nicht aufhörten und weitermachten. Und als er keine Hilfe bekam und die Schmerzen immer größer wurden und die Schmerzen seinen ganzen Körper vereinnahmten und hochkrochen, bis in seinen Kopf und alles in ihm umfassten, da wurden seine Klagen leiser und auch sein Schluchzen und er erinnerte sich an seine Großmutter, wie sie ihn in den Arm genommen hatte, nachdem ihn wieder einmal sein Vater und seine Mutter windelweich geprügelt hatten und er heulte: „Grandma, please. Help me, pleeeaaase. Grandma! It hurts so much."
Und dann konnte er nicht mehr schreien und wimmerte nur noch: „Grandma, Grandma it hurts... so much... so much." und auch das Kinderweinen wurde leiser und schließlich wurde er still und lag nur noch da, grotesk verrenkt mit dicken Klumpen von schwarzer, rauchender Lava, aus der es glutrot hervorschimmerte, am Bein und am Arm. Zitternd lag er da. Nur noch ab und zu kam ein Schluchzen über seine Lippen.
Es roch nach verbranntem Fleisch, nach Schwefel, nach unerträglichem Schmerz, nach Höllenqual.

Adrian, Vigdis, Finbogi und Thór standen da, versteinert, unfähig zu sprechen, etwas zu tun. Schockgebannt von der unmenschlichen Szene.

In Adrians Kopf lief ein Film ab. *In jedem Hollywoodstreifen würde jetzt der Held zu seinem Gegner laufen. Es würde saugefährlich sein und er würde es kaum schaffen und selbst in Lebensgefahr kommen, aber er würde nicht aufgeben und dann würde er seinen Gegner in letzter Sekunde retten und dann den Behörden übergeben und der Held würde einige dekorative Schrammen haben und ganz fertig sein und die Schönheit an seiner Seite würde ihn in den Arm nehmen und alles würde gut sein. Cut. Ende.*

Adrian schaute die Schönheit an seiner Seite an. Vigdis blickte unverwandt auf das schaurige Schauspiel. Ein leises Lächeln umspielte ihre Lippen. Adrian konnte seine Augen nicht von ihr wenden. *Sie genießt ihre Rache.*

Er machte einen Schritt auf Jim zu. Sofort fasste Vigdis ihn an der Hand und schüttelte fast unmerklich den Kopf. Das war ein Befehl. Adrian blieb stehen. Auch er spürte, wie dünn die Erdkruste war, wie seine Schuhsohlen warm wurden.

Thór saß mit bleichem Gesicht neben Vigdis auf dem Boden, zwei Schritte von ihm entfernt lag die Pistole, mit der ihn Jim noch vor wenigen Augenblicken hatte erschießen wollen. Der Junge weinte und konnte seine Augen nicht von dem Unglücklichen wenden.

Finbogi stand nur einen Schritt weit weg. Sie schaute auf die Waffe. *Ich schnapp mir die Pistole und erschieße sie alle drei und dann sage ich, dass Jim sie erschossen hätte. Aber scheiße, ... die werden ihn verhören, wenn er überlebt. ... Wird er nicht. ... Der ist ja jetzt schon fast hinüber. Zur Sicherheit schmeiß ich das Rad auf ihn. Das wird für weitere Brandwunden sorgen. Das überlebt er nicht.*

Adrian war nach dem Zusammenprall von seinem Rad abgesprungen. Das Enduro-Bike lag zwischen ihnen und Jim. Langsam beugte sich Finbogi zu der Waffe.

Thór hatte die Bewegung links neben sich bemerkt. Er blickte auf Finbogi und wusste sofort, was sie vorhatte. „Nicht!", schrie er und schnellte zu der Pistole. Er bekam sie vor Finbogi zu fassen und barg sie unter seinem Körper.

„Du kleine Ratte!", schrie Finbogi, bückte sich und zog Thór mit beiden Händen auf den Rücken.

„Nein!", schrie Thór und trat nach ihr. Adrian war sofort da und boxte Finbogi die Faust auf die Nase. Es knirschte, Blut schoss aus beiden Nasenlöchern. Finbogi ließ von dem Jungen ab. Mit gebeugtem Oberkörper stierte sie Adrian von unten hasserfüllt an. Der trat drohend zwischen sie und den Jungen. Sie wich zwei Schritte zurück. Da spürte sie die Hitze des Schlammpfuhls hinter sich und blieb stehen. Und so standen sie da und warteten und es dauerte lange, sehr lange, bis Hilfe kam.

Endlich blinkte hinter der Klippe ein Blaulicht. Es war ein Polizeiauto. Dahinter folgte ein Krankenwagen. Männer stiegen aus. Thór winkte. Er hatte seinen Vater sofort gesehen. Vorsichtig näherte der sich ihnen. Drei Polizisten folgten ihm. Thór lief ihnen entgegen und rief „Papa, wir brauchen einen Arzt."

Der stieg gerade aus dem Krankenwagen und kam mit einem Koffer auf sie zu. Hinter ihm liefen zwei Sanitäter. Als der Arzt bei der Unglücksstelle war, sagte er einige Worte zu den Sanitätern und die liefen zum Krankenwagen zurück. Die Männer bewegten sich langsam und vorsichtig. Sie hatten Angst einzubrechen, wenn sie rennen würden. Es dauerte viele Minuten, bis sie mit zwei Leitern und einer Trage zurückgekommen waren. Sie schoben die Leitern zu Jim und krochen dann zu ihm. Gemeinsam zogen sie ihn auf die Leitern und brachten ihn endlich auf sicheren Grund. Der Arzt schaute Jim nur kurz an und schüttelte dann traurig den Kopf. Dann zog er sein Handy hervor und telefonierte mit dem Krankenhaus, während er neben der Bahre herlief, die von den zwei Sanitätern zum Krankenwagen getragen wurde.

Polizei IV

Nach und nach trafen noch weitere Polizeiautos ein. Polizisten führten Adrian und seine Begleiter zu den Wagen. Der Krankenwagen war mit Jim abgefahren. Ein Polizist kümmerte sich notdürftig um Finbogis Nase.

„Wie ist das denn passiert?", wollte er von ihr wissen.

„Der Neger wollte gerade Vigdis erschießen, da hab ich mich in seinen Arm geworfen, um das zu verhindern. Da hat er mir mit dem Pistolenknauf ins Gesicht geschlagen und mir die Nase gebrochen. Dadurch war er aber abgelenkt und dann ist Adrian ihm von hinten in den Rücken gefahren und er ist in die heiße Lava gestürzt."

„Lügnerin!", schrie Thór. „Du wolltest uns erschießen und nur weil ich dir die Pistole weggeschnappt habe, ist dir das nicht gelungen. Und weil du mich in die Lava werfen wolltest, hat Adrian dir auf die Nase geboxt."

„Das werden wir alles auf dem Revier klären", sagte Valur Fannarson, der Einsatzleiter, ein mittelgroßer, drahtiger Mann mit hellgelben Haaren und hoher Stirn. „Dann kann mir jeder seine Geschichte erzählen und ich such' mir die aus, die mir am besten gefällt."

Er deutete auf Finbogi und sagte zu dem Polizisten, der sie verbunden hatte: „Kümmere du dich um sie. Bring sie aufs Revier, aber pass auf, dass sie dir nicht ausbüxt und lass dich von ihr nicht um den Finger wickeln. Ich komme nach, sobald ich hier fertig bin."

Er lief zu den Beamten, die ihre Arbeit am Tatort machten. Polizisten fotografierten den Schlammpfuhl, die Pistole, die wieder auf dem Boden lag, die Stelle, wo Jim eingebrochen war und Adrians Fahrrad, das immer noch da lag, wo Adrian es hingeworfen hatte. Sie machten auch Fotos von dem Steilhang, den er hinabgefahren war und von den Spalten, die er übersprungen hatte.

„Unglaublich", sagte der Polizist mit dem Fotoapparat immer wieder. „Unglaublich", sagte auch Fannarson und schüttelte den Kopf. Anerkennend nickte er Adrian zu. Die Beamten waren von Adrian geradezu begeistert. Schließlich klopfte Fannarson Adrian auf die Schulter, hob dessen Rad auf und schob es unter den Steilhang. Dann winkte er Adrian zu sich her, damit er ein Erinnerungsfoto mit ihm bekam. Der Polizist mit dem Fotoapparat musste sich vor ihnen auf den Boden legen und sie von unten fotografieren, sodass die Steilwand hinter ihnen hoch und bedrohlich aufragte.

Fannarson hatte sich nur fürs Notwendigste um Jim und Finbogi gekümmert. Die hatte er seinen Männern und dem Arzt überlassen. Er würde sich noch bald genug mit den beiden auseinandersetzen müssen. Dazu hatte er wenig Lust. Aber Adrian und Vigdis, die wollte er jetzt noch ein wenig alleine für sich haben. Zuerst sagte er zu Einar Jóhnson: „Fahr mit Thór aufs Revier. Wenn ihr was braucht, sagt es nur. Ihr bekommt alles, was ihr wollt."

Dann klopfte er Thór kurz auf die Schulter und sagte: „Mann, bist du klasse! Dein Vater kann stolz auf dich sein."

Zu Vigdis und Adrian sagte er: „Ihr fahrt mit mir nach Reykjavik."

Dann schob er Adrians Rad in seinen BMW X 5 und wies Adrian und Vigdis die Plätze zu. Adrian saß auf dem Beifahrersitz und Vigdis musste auf dem Rücksitz Platz nehmen.

Valur Fannarson war begeisterter Mountainbiker und hatte sich selbst schon ein paar Mal an kleinen Hängen als Downhiller versucht. Aber dass jemand diesen Steilhang auf dem Grat schaffen würde, das hätte er nicht für möglich gehalten. Adrian war sein Held. Begeistert fragte er ihn aus, wie er das geschafft hatte. Welche Tricks man dafür üben müsse. Wie lange er schon trainiere. Adrian hörte nur mit halbem Ohr zu und antwortete einsilbig. Endlich sagte er: „Entschuldige bitte. Das, was ich gerade erlebt habe, beschäftigt mich sehr. Morgen oder übermorgen vielleicht, da können wir ja mal zusammen auf die Piste gehen."

„Abgemacht!", rief Fannarson begeistert und dann ließ er Adrian in Ruhe.

Adrian fühlte sich nicht als Held. *So eine Scheiße. Es ist alles so gekommen, wie ich es mir vorgestellt habe. Ich wollte, dass der Schwarze ... nein, er hat einen Namen, ... dass Jim ... in die Lava fällt. ... Hab ja auch geglaubt, dass er das verdient hätte.*

Adrian schaute trotzig hoch. *War ja auch meine einzige Chance gegen diesen Riesen.*

Adrian schaute auf seine Hände. *Aber als er dann drin lag, da war er doch nur noch ein Mensch, der Hilfe brauchte. ... Aber was hätte ich schon tun können? Das haben sie uns ja schon beim Zivildienst beigebracht, dass wir zuerst auf den Eigenschutz achten müssen, bevor wir anderen helfen. ... Hätte Vigdis mir sagen können, wie ich ihm hätte helfen können?*

Adrian schaute über die Schulter zu Vigdis. Die lächelte ihn an und gab ihm mit ihren wunderschönen Lippen einen Luftkuss. *Weiß sie, was ich denke? Ist sie stolz auf mich? Denkt sie, dass Jim seine gerechte Strafe erhalten hat? Ist sie so eiskalt?*

Adrian fühlte sich schlecht. Das zum Erbarmen kindliche Wimmern nach der Großmutter, das klang ihm noch immer in den Ohren. *Was habe ich doch für ein grausames Elend verursacht. So habe ich mir das nicht vorgestellt.*

Adrian schaute wieder zu Vigdis. *Ich habe alles richtig gemacht. Wenn nicht, läge sie jetzt tot in der Lava und Thór mit ihr. Ja, ich habe Vigdis und Thór gerettet. Aber der Preis, der Preis war sehr, sehr hoch. Ich glaube nicht, dass ich den abbezahlt bekomme. ... Hat sie ihre Rache genossen? Hat sie sich das so ausgemalt? Ich kann das nicht glauben. Keinem Menschen ist so etwas zu wünschen, auch nicht aus Rache, auch nicht, wenn er selbst viel Schlimmes getan hat.*

Adrian schloss die Augen. Er wollte an nichts mehr denken. Aber als er die Augen geschlossen hatte, tauchte das Bild von Vigdis in seinen Gedanken auf. Es war kein festes Bild. Es war ein Kaleidoskop und das begann sich zu drehen. Ein Kaleidoskop aus allen ihren Facetten, die sie ausmachten, aus allen Teilen ihrer Persönlichkeit, die sie kennzeichneten: Ihre Schönheit, so überirdisch, ihre Geilheit, so animalisch, der zärtliche Sex mit ihr, so sanft, so behutsam. ... Ihre Verletzlichkeit, so zerbrechlich, dass er sie fast an die ewige Dunkelheit des Wahnsinns verloren hätte. ... Aber auch ihre Kälte, so berechnend ... ihre Überheblichkeit, so genau wissend ob ihrer Wirkung. ... Dann wieder ihre kindliche Genussfreude, so sinnesfroh. ... Furchtbar: ihr mörderischer Hass, böse, nachtragend und ihr unbändiger Wunsch nach Rache: so eiskalt, so voller sadistischem Genuss. ... Und engelsgleich: ihre liebevolle Fürsorge, so aufopfernd, hautnah ... den schlimmsten Dreck nicht scheuend. ... Und einfach nur schön: ihr freundlicher Umgang mit Kindern. ...

Die Bilder in Adrians Kopf drehten und drehten sich. In ihm öffnete sich eine Schleuse. Die Anspannung der vergangenen Stunden schwappte über ihn. Die Angst, die schreckliche Vorstellung, was IHR alles hätte passieren können.

Akuter Zuckermangel überkam ihn. Alles Adrenalin in ihm war restlos verbraucht. Adrian zitterte und schlug sich mit den Fäusten gegen die Stirn, um sich wieder zu fangen. Das Karussell in seinem Kopf verlangsamte seine tobende Fahrt und stoppte.

Fannarson schaute ihn besorgt an. Er reichte ihm einen Traubenzucker aus der Ablage seines Autos und sagte: „Wir sind gleich da. Dann bekommst du Kaffee, Wasser und etwas zu essen."

Wieder saßen Adrian und Vigdis in einem Polizeirevier. Adrian hatte einen Kaffee und ein trockenes Stück Sandkuchen vor sich stehen. Er blickte sich um. *Wir könnten auch in Stuttgart bei der Polizei sitzen, so wie es hier aussieht: akute Mangelverwaltung bei der Büroausstattung. ... Sehen alle Polizeibüros auf dieser Welt gleich aus?*

„So, jetzt erzählt mal, was ist passiert?", fragte Valur Fannarson, nachdem alle in seinem Büro Platz gefunden hatten. „Finbogi, fang doch bitte an."

Finbogi stand an der Wand. Der Polizist, der sie bisher bewacht hatte, stand dicht neben ihr am Fenster. Finbogi holte tief Luft und sagte: „Ich hab' eine Blasenentzündung und deshalb muss ich oft auf die Toilette und als ich mit Vigdis und Thór nach Grindavik gefahren bin, da hab' ich es nicht mehr ausgehalten und wollte hinter der alten Wellblechbaracke an der Straße mein Geschäft machen. Aber da hat der Schwarze gelauert und der hat mich und Vigdis und Thór bedroht und mich gezwungen, nach Seltún zu fahren."

Thór war die ganze Zeit still neben seinem Vater gesessen. Jetzt sprang er auf und schrie voller Empörung: „Das stimmt doch alles nicht. Du hast ihm doch geholfen. Du hast mich doch gehalten, als ich weglaufen wollte und du ..."

Thór brach ab und Tränen füllten seine Augen.

Valur Fannarson stand auf, lege seine Hand auf die Schulter des Jungen und sagte: „Du musst nicht weitersprechen."

Thór schluchzte und stotterte: „Sie hat gesagt, sie hat ge ge saga ggt..."

„Finbogi hat gesagt, wenn er ganz ruhig bliebe, dann würde ihr Jim ihn als ersten erschießen. Das würde ganz schnell gehen. In zwei Sekunden sei das vorbei", sagte Vigdis mit leiser Stimme, die aber so schneidend war, dass sie jeder im Raum klar verstehen konnte.

„Du dreckige Fotze!", schrie Finbogi und stürzte sich auf ihre Schwester.

Adrians alte Reflexe funktionierten. Er warf Finbogi die halbausgetrunkene Tasse Kaffee und das angebissene Stück Kuchen, die er beide in den Händen gehalten hatte, ins Gesicht. Gleichzeitig schnellte er hoch und rammte Finbogi die rechte Faust in den Bauch, sodass sie gegen den Schreibtisch von Fannerson flog. Der griff in ihre Haare. Sie wollte hoch, aber Fannerson riss ihr den Kopf an den Haaren nach hinten. Adrian und der Polizist fassten jeder einen Arm von ihr. Sie tobte wie wild, stauchte mit ihren Wanderstiefeln nach dem Unterleib des Polizisten. Der konnte sich gerade noch zur Seite drehen, so dass er keinen größeren Schaden erlitt. Von draußen drängelten Polizisten in den Raum. Gemeinsam gelang es ihnen, Finbogi zu bändigen. Sie fesselten ihr die Hände mit Kabelbindern auf den Rücken und banden auch ihre Beine an den Knöcheln und unter den Knien zusammen. Aber ihren Mund hatten sie ihr noch nicht verschlossen.

„Ich hasse dich," schrie sie und spuckte Vigdis ins Gesicht. „Immer hast du Glück. Ich hätte dich als Kind schon dort reinwerfen sollen, wo heute Jim gelandet ist."

Sie versuchte Adrian zu treten und schrie: „Scheißkerl, du hast meinen Jim zum Krüppel gemacht. Aber er ist Amerikaner. Er arbeitet in einer geilen Organisation. Carl hat gesagt, er ist eine Million Dollar wert und die wird sich Carl von dir holen."

Sie tobte und schrie. Adrian hörte sie noch, als sie schon längst aus dem Raum war und ein Stockwerk tiefer in eine Zelle gesteckt wurde. Valur Fannarson wartete, bis von unten kein Toben mehr zu hören war. „Unser Arzt wird ihr etwas zur Beruhigung gegeben haben", sagte er und dann sagte er: „Moment!", denn sein Telefon klingelte. Fannarson nahm ab und hörte eine Weile still zu. Schließlich sagte er „Danke" und legte auf.

„Jim Wilson ist operiert worden", sagte er. „Sie haben ihm das rechte Bein und den rechten Arm amputiert. Knie und Ellbogengelenk haben sie retten können. Er liegt im künstlichen Koma. Vermutlich kommt er durch. Er liegt auf der Intensivstation. Zwei Polizisten bewachen ihn. Es wollte schon ein Mann von den Amerikanern zu ihm. Wie die das so schnell mitbekommen haben? Vermutlich hören sie unseren Funk ab. Meine Männer haben den Amerikaner abgewiesen. Deshalb ist der jetzt auf dem Weg zu uns."

Fannarson räusperte sich und strich sich mit der Hand über seine Schläfe und das rechte Ohr. „Ich glaube, es ist besser, wenn ihr jetzt alle verschwindet. Besonders du, Adrian. Der Amerikaner hat wissen wollen, wer seinen Landsmann so übel zugerichtet hat."

Fannarson grinste: „Wenn du jetzt wegfährst, muss ich ihm nicht sagen, wo du zu finden bist. Wir haben in Island ein Datenschutzgesetz, auch wenn unsere amerikanischen Freunde darauf pfeifen."

Fannarson strich sich mit der Hand wieder über die rechte Gesichtshälfte und sprach weiter: „Wir Isländer sind zwar ein wenig ab vom Schuss des Weltgeschehens, aber wir sind nicht blöd. Als wir den Anruf des deutschen Kollegen bekommen haben, haben wir Einar Jóhnson und Finbogi beobachtet. Bei Einar ist uns nichts aufgefallen und wir haben dann gestern mit ihm über die Sache in Stuttgart gesprochen."

Er schaute zu Vigdis und sagte: „Also Vigdis, dass du dich dafür hergegeben hast, nach den Briefen zu suchen. Die haben doch höchstens ein bisschen Sammlerwert. Einars Rechtsanwälte hätten mit euren Hackfleisch gemacht, wenn ihr damit irgendwelche Ansprüche vor Gericht hättet geltend machen wollen."

Vigdis wollte etwas einwenden, aber Fannarson achtete darauf gar nicht und sprach weiter: „Aber Finbogi hat einen sehr schlechten Umgang. Sie wurde mehrmals mit Carl Anderson gesehen. Das ist der Chef der Firma, die hier für die Amerikaner die Militärbase abwickeln. Und das ist ein ganz übler Haufen. Wir haben das recherchiert. Viele Elitekämpfer aus allen Armeen dieser Welt, Entlassene oder noch Aktive im Dienst. Nach außen hin alles höchst ehrenwert und leider mit besten Beziehungen zu hohen Politikern. Nicht nur zu den Amerikanern. Die Männer von Carl Anderson werden immer dann angefordert, wenn sich eine offizielle Regierung nicht die Hände schmutzig machen will. Und zur Tarnung betreibt die Organisation von Anderson harmlose Überwachungsaufträge. Wie hier auf Island. Aber auch dann können sie die Finger nicht von schmutzigen Geschäften lassen. ...Drogenhandel, Prostitution, illegale Einwanderung inklusive Menschenschmuggel, Waffenhandel: das ganze Programm. Hat man ihnen aber bisher nie nachweisen können. Die sind clever und gut vernetzt. Wie gesagt, bis in hohe politische Kreise überall auf der Welt. ... Schlimmer als Mafia und Yakuza zusammen. Dieser Carl Anderson, das ist kein unbeschriebenes Blatt. Ist ein ganz ausgebuffter Hund. Finbogi ist seine Geliebte. Die haben Jim Wilson nur als Werkzeug benutzt. Schwarze Menschen zählen für die nicht viel. Deshalb glaube ich nicht, dass Anderson viel Zeit, Energie und Geld darauf verschwendet, Jim in irgendeiner Form zu rächen. Da ist Anderson zu sehr Geschäftsmann. Es sei denn, Finbogi bringt ihn dazu. Aber das glaube ich nicht. Finbogi ist für Carl Anderson austauschbar. Außerdem wird sie jetzt erst einmal einige Jahre im Knast verschwinden."

Fannarson stand auf, machte seinen Rücken gerade und reckte seine Brust nach vorn: „Dafür werde ich mein Möglichstes tun, und ich erreiche in der Regel das, was ich will. Bis Finbogi wieder draußen ist, hat Carl sie vergessen und schon mindestens zwei weitere Geliebte verbraucht."

Fannarson blickte auf Adrian und sagte: „Trotzdem, Adrian: Es ist besser, wenn du weg bist, bevor sein Mann hier aufkreuzt."

Heimfahrt

Einar Jóhnson fuhr Adrian, Vigdis und Thór nach Hause. Vigdis saß mit Thór in der mittleren Sitzreihe, Adrians Rad war hinten verstaut. Adrian saß vorne neben Einar. Und Einar erzählte ihm von Vigdis und Finbogi. Dabei war es ihm egal, dass Vigdis hinter ihm saß und alles mithören konnte.

Er sagte: „Finbogi und Vigdis, das sind vielleicht zwei verrückte Hühner. Vigdis ist zwar jetzt lieb und nett, aber sie hat auch eine andere Seite ... eine sehr, sehr schwierige Seite. Die kam zum ersten Mal zum Vorschein nach dem Tod ihrer Eltern, Mann, was habe ich mir wegen ihr die Nächte um die Ohren geschlagen! Ich wurde ja zu ihrem Vormund bestimmt. Vigdis war ja gerade erst 13 geworden, als ihre Eltern starben. Sie hat sich dann den Alkohol und die Drogen reingepfiffen, dass ich befürchten musste, sie verliert den Verstand. Finbogi hat da auch mitgemacht, konnte aber nicht mithalten, obwohl sie vier Jahre älter ist. Wie läufige Katzen sind sie um die Ami-Baracken und Kneipen herumgeschlichen. Finbogi, weil sie Spaß haben wollte. Vigdis, weil sie ihre Eltern rächen wollte. Sie war die perfekte Lolita, hat die Kerle reihenweise um ihren bisschen Verstand gebracht. Zweimal gab es wegen ihr Auseinandersetzungen mit Waffen. Die endeten einmal mit einem Bauchschuss und das andere Mal mit einem Stich in die Lunge. Aber das war der kleinen Vigdis nicht genug. Sie griff selbst zum Messer. Hat einen GI zum Petting animiert und als er dann mehr wollte, hat sie zugestochen. In die Blase ... wollte ihm wahrscheinlich sein Ding abschneiden. Den Unglücklichen hat sie ruiniert. Der hatte ein Verfahren am Hals wegen Sex mit Minderjährigen und wurde unehrenhaft aus der Armee entlassen. Ich empfand das Ganze als eine ziemlich hinterhältige Aktion von Vigdis. Vor allem auch ihre Aussagen vor Gericht. Die waren so offensichtlich falsch und so dreist gelogen. Wenn die Richter ihr alles geglaubt hätten, wäre der Mann bestimmt zu lebenslänglich verknackt worden. Der dumme Kerl ist ihr einfach auf den Leim gegangen. Vigdis hat sich als Erwachsene geschminkt und ihn so sehr in Fahrt gebracht, dass er nicht mehr denken konnte. Das soll keine Entschuldigung sein. Tatsache ist: Vigdis war erst 14 und er hatte mit ihr verschärftes Petting. So verschärft, dass er zu Recht verurteilt wurde. Aber nicht so sehr, wie sich das Vigdis gewünscht hatte."

Einar kratzte sich am Kinn: „Kaum war das vorbei, ist sie auf einen völlig unbescholtenen Sergeanten losgegangen, ein ehrlicher Familienvater. Dem hat sie aus heiterem Himmel ein Messer in den Bauch gerammt. Als er ihr gesagt hatte, sie solle ihren Abfall nicht auf die Straße werfen, sondern in den Mülleimer zwei Schritte weiter. ... Da habe ich Vigdis in die geschlossene Psychiatrie einweisen lassen. Das hat ihr geholfen. Danach war sie wie ausgewechselt. Ruhig und in sich gekehrt. ... Aber auch wieder extrem. Seit damals hat sie sich geweigert, Englisch zu sprechen, obwohl sie es gut konnte. Sie hat dann Tag und Nacht gelesen. Die irrsten Bücher: American Psycho, Blut will fließen, Uhrwerk Orange, Macbeth, Der Doppelmord in der Rue Morgue, Die 100 Tage von Sodom, Venus im Pelz ... um nur ein paar zu nennen. ... Na ja, ich will nichts sagen, die Bücher hat sie alle in meiner Bibliothek gefunden. Ich steh auf literarische Extreme und bin seit jeher Gegner jeder Zensur."

Einar machte eine kurze Pause, bevor er weiter sprach: „Als dann ein Jahr später die Sache mit Thórs Mutter ausgestanden war, hab' ich Vigdis und Thór regelmäßig raus in die Natur mitgenommen. Das hat beiden gutgetan. Vigdis hat wieder angefangen zu lachen. Wir sind viel geritten, haben beim Schafe-Zusammentreiben geholfen. War eine schöne Zeit ... für uns alle drei. Die Gemeinschaft mit den zweien in der Natur hat auch mir geholfen, über den Rosenkrieg mit Olivia hinwegzukommen. Vigdis ist mir damals wie eine Tochter vorgekommen. Sie und Thór haben sich prächtig verstanden. Sie ist mir ans Herz gewachsen. ... Na ja, dann hat sie angefangen zu studieren. Ich war wie vor den Kopf geschlagen, als ich erfahren habe, was. Hab mit ihr geschimpft, sie solle ihre Zeit nicht mit so einem Scheiß vertrödeln: Kunstsprachen! Dazu noch ausgestorbene wie Volapük! Ich finde Esperanto ja auch gut. Wird ja in unserer Familie seit jeher gesprochen. Auch Thór muss es lernen. Ich denk eben, das erweitert den Horizont, wenn man auch etwas kann, was außer der Reihe ist. Aber damit muss es dann auch gut sein. Zu glauben, dass man damit seinen Lebensunterhalt verdienen kann, halte ich für ziemlich naiv. Hat etwas Missionarisches bei Vigdis bekommen. Die hat sich da in eine ideale Welt hineingedacht. Wollte nicht einsehen, dass sie damit auf dem Holzweg ist. Na ja, immerhin konnte ich sie dazu bewegen, auch noch Sport und Französisch zu belegen, damit sie als Lehrerin arbei-

ten kann, wenn das nicht so klappen sollte, wie sie sich das ausgemalt hat, mit dem wissenschaftlichen Lehrstuhl für Kunstsprachen."
Wieder kratzte sich Einar am Kinn: „In dieser Zeit sind Vigdis und Finbogi dann in die gemeinsame Wohnung gezogen. ... Finbogi ging mir schon damals auf den Wecker. Habe gedacht, das wäre eine gute Idee, wenn die zwei Schwestern wieder mehr zusammenkommen, dass dann Vigdis einen guten Einfluss auf Finbogi ausübt. Das war aber nicht so. Eher das Gegenteil war der Fall. Vigdis ist mir in den drei Jahren seit damals fremd geworden. Ich hatte bald so ein Gefühl, dass Finbogi Vigdis ausnützt. Die haben ja seit dem Tod ihrer Eltern ein gemeinsames Konto. Und ich bin mir sicher, dass Finbogi mehr davon profitiert als Vigdis. Vigdis hat ja eine Assistentenstelle an der Uni und sie gibt einer ganzen Menge Schülern Nachhilfe. Selber braucht sie ja kaum Geld. In ihrer Freizeit ist sie am liebsten in meiner Bibliothek oder in der Natur. Das kostet sie nichts.
Aber ich will nicht ungerecht sein. Finbogi ist die perfekte Buchhalterin, ein absoluter Geizhals, wenn es um das eigene Geld geht und eine wahnsinnige Verschwenderin, wenn ein anderer die Rechnung bezahlen muss. Das hat sie auch für meine Firma eingesetzt. Da war sie immer tadellos ... immer korrekt. Sie wollte dafür aber auch immer gelobt werden und mehr Geld. ... Na ja, das Lob hat sie von mir bekommen. Beim Geld hab ich auf die Bremse gedrückt. Ich musste ja Finbogis Gehalt auch im Vergleich mit dem der anderen Angestellten sehen. ... Aber sie konnte sich nicht beklagen. Was ging, hat sie bekommen: Prämien, Sonderzuwendungen, Geburtstagsgeschenke und natürlich die kostenlose Wohnung. Sie war aber trotzdem immer unzufrieden. Das hat sie dann im Privaten kompensiert. Im Privaten, da gibt es für Finbogi nur sich aushalten lassen gegen Sex. ...
Wieder machte Einar eine kurze Pause, bevor er weiter sprach: „Finde ich ja gut, wenn Frauen Spaß am Sex haben. Aber Finbogi, die hat ihre Sugardaddys reihenweise abgezogen und deren Geld dann mit ihren Lovern von der Base durchgebracht, aber erst, wenn der Lover selbst nicht mehr zahlen konnte. Das war alles nicht mehr schön. Schlau ist Finbogi und berechnend. Schlau, nicht intelligent. Mich wundert nur, dass die beiden Schwestern bisher so gut miteinander ausgekommen sind. Wahrscheinlich, weil Vigdis die meiste Zeit nachgegeben hat. Besonders in Geldsachen. Musst dich eben darauf einstellen, dass sie überhaupt nicht mit Geld umgehen kann. Sie interes-

siert sich nicht ein bisschen dafür, aber irgendwie hat sie immer so viel, wie sie braucht und schuldig geblieben ist sie noch nie jemandem etwas."

Adrian schaute Einar an und sagte: „Vielleicht versteht ja dann Vigdis mehr von Geld, als du denkst."

Einar lachte: „So kann man das natürlich auch sehen. Vermutlich hast du recht. Ist mir noch gar nicht in den Sinn gekommen."

Er sprach weiter: „Geld brauchen die beiden wirklich nicht viel. Bei mir können sie, wie gesagt, mietfrei wohnen. Sogar Strom und Wasser zahl' ich ihnen. Na ja, ich fühl' mich ihnen halt immer noch irgendwie verpflichtet. Weniger, weil sie aus der ersten Ehe meines Vorfahren stammen und dessen erster Frau einstmals das Land hier gehört hat. Viel mehr wegen Herta und Jarle, den Eltern von Finbogi und Vigdis. Das waren meine allerbesten Freunde. Herta war ja auch mit mir verwandt. Der Firmengründer Friedrich Bergmann ist unser gemeinsamer Urgroßvater. Herta, die war mir wie eine jüngere Schwester und Jarle, der war mir wie mein Zwillingsbruder. Na ja, er hat natürlich viel besser ausgesehen als ich. Aber wir drei, ja, wir waren wirklich wie Geschwister. Da ging es nie ums Geld. Jarle hat ja gut verdient als Geologe hier auf Island, aber natürlich kein Vergleich mit dem, was ich habe. Jarle und Herta, das waren die Einzigen, die sich nicht für mein Geld interessiert haben. Sie haben mir dann auch immer wieder geholfen, wenn ich mal wieder auf eine der Frauen reingefallen bin, die es bei Grand-Slam-Turnieren oder in den mondänen Skigebieten Europas und Nordamerikas auf Millionäre abgesehen haben."

Einar kratzte sich auf seinem kahlen Schädel. „Sag mir bitte, was ist bei diesen Frauen der Unterschied zu Prostituierten? Wenn eine Frau sich offen prostituiert, ist sie laut öffentlicher Meinung eine billige Nutte. Eine Frau, die selbstbewusst ihr Sexleben genießt, ist demnach eine Schlampe, aber Frauen, die in Luxus-Hotels, in Tennisvereinen oder in teuren Skiorten auf Männerfang gehen, sind später in Talkshows hofierte Ex-Ehefrauen. Ich weiß aus eigener Erfahrung, dass eine solche Ehefrau kurz nach der Hochzeit regelmäßig Migräne bekommt, wenn es um Sex mit ihrem reichen Mann geht und lieber mit dessen Kreditkarte shoppen geht, als ihre Zeit mit ihrem Mann zu verbringen."

Einar kratzte sich wieder am Kinn. „Kein Wunder, dass die so betrogenen Ehemänner ihre Bedürfnisse woanders suchen. Die Scheidung mit teurer Abfindung ist dann bald in Sicht. ... Na ja, ich war ja nicht ganz so blöd. ...Ich habe einen Ehevertrag mit Olivia gemacht. ... Haben mir Jarle und Herta dazu geraten, kaum dass sie Olivia das erste Mal gesehen haben. Olivia, die kam aus Houston. Die hat sich hier auf Island nie wohlgefühlt. Wollte immer nur weg. War ständig shoppen in London, Paris, Mailand oder New York. Hat von mir ihre paar Milliönchen Dollar gekriegt und ist dann ab in ihre alte Heimat. Vermutlich hat sie das Geld schon durchgebracht. Aber von mir bekommt sie nichts mehr. Das ist wasserfest."

Einar schaute zu Adrian und sprach weiter: „Das Beste, was ich Olivia verdanke, ist Thór. Sie ist angeblich ungewollt von mir mit ihm schwanger geworden. Sie konnte bei mir damit rechnen, dass ich mich meiner Verantwortung stelle. Zuvor hatte sie mit diesem Trick nicht so viel Glück gehabt. Da ist sie als Krankenschwester von ihrem Chefarzt ungewollt schwanger geworden. Der hat ihr aber 100.000 Dollar gegeben und ihr das Kind weggemacht. Mit dem Geld war sie dann in St. Moritz und dort bin ich ihr in die Arme gelaufen. ..."

Einar strich sich über die Glatze. „Ich bin abgeschweift. ... Viele verrückte Sachen haben Jarle, Herta und ich zusammen gemacht. Vielleicht war ich auch deshalb so langmütig mit Vigdis und Finbogi. Besonders Vigdis erinnert mich immer ein wenig an Herta. Ist ihr wie aus dem Gesicht geschnitten."

Einar schaute nachdenklich: „Herta war ja auch manchmal ziemlich eigensinnig. Aber so stur wie Vigdis, nein, so was habe ich noch nicht erlebt. ... Dieser Hass auf die Amerikaner, kein bisschen reflektiert. Sie verurteilt alle pauschal als Verbrecher. Komisch für so eine intelligente Frau. Ich könnte wegen Olivia ja auch die Amerikaner hassen. Mach ich aber nicht. Das wäre ja auch dumm. Was können die anderen Amis für ihre blöde Landsmännin? Ich mache gute Geschäfte mit den Amerikanern. Da sind zwar harte Knochen dabei, aber die sind auch nicht schlechter oder besser als meine Geschäftspartner aus anderen Ländern. Dieser Hass ... Vermutlich hat der Vigdis in der ersten Zeit geholfen, zu überleben, als ihre Eltern umgekommen sind. Aber irgendwann muss es ja dann auch gut sein. ..."

Wieder strich sich Einar über seine Glatze: „Finbogi ist ganz anders mit dem Tod ihrer Eltern umgegangen. Die ist noch vor der Bestattung bei der Bank gewesen und wollte, dass ihr Erbe auf ihr Konto überwiesen wird. Das habe ich unterstützt, aber nur mit der Maßgabe, dass das Geld auf ein gemeinsames Konto von Vigdis und Finbogi kommt. Bei dem gemeinsamen Konto ist es bis heute geblieben, hab ich ja schon gesagt. ... Finbogi, die war übrigens mit dem Amerikaner, der ihre Eltern totgefahren hat, liiert. Bei der Verhandlung hat sie ihm ins Gesicht gespuckt. Er hat sie nur angesehen wie ein liebeskranker Schafbock und immer nur gesagt, dass er nie wieder Alkohol trinken würde. Hat ihm nichts genützt. Die Amerikaner haben ihm den Prozess gemacht. Er hat ein paar Jahre gekriegt und sie haben ihn aus der Armee geworfen. Ich hab mich nicht mehr darum gekümmert, was aus ihm geworden ist."

Einar Jóhnson parkte den GL vor dem Haus, in dem Vigdis und Finbogi ihre Wohnung hatten: „Wir sind da. War nett, sich mit dir zu unterhalten."

Adrian öffnete die Tür. *Na ja, mehr als einen Satz habe ich nicht zu der Unterhaltung beigesteuert. Aber danke, Einar, das war sehr erhellend, was du mir alles erzählt hast.*

Einar half Adrian, das Rad auszuladen. Sie standen auf der Straße. Einar gab Vigdis einen kleinen Kuss auf die Stirn, drückte Adrian fest und kameradschaftlich die Hand und sage dann zu Thór: „Steig ein mein Lieber. Wir zwei, wir machen uns jetzt noch einen richtigen Männerabend. Was bin ich froh, dass du bei mir bist."

Einar drückte Thór kurz an sich. Mehr Gefühle konnte er nicht äußern, aber Thór blickte glücklich zu seinem Vater auf. Als der Junge eingestiegen war, presste er die Nase an die Fensterscheibe, winkte und rief Vigdis zu: „Besuch mich morgen. Bitte! Bring auch Adrian mit! Versprich es mir!"

Vigdis winkte ihm zurück und rief: „Versprochen!"

Abschied

Finbogi saß zusammengekauert auf der Pritsche in ihrer Zelle. Sie hatte die Arme um ihre Knie gelegt und den Kopf dazwischen versteckt. Das Beruhigungsmittel, das ihr der Arzt gespritzt hatte, begann langsam zu wirken. Sie hatte aufgehört zu toben. Sie konnte wieder klare Gedanken fassen. Sie schaute hoch zu dem vergitterten Fenster. Ein einsamer Lichtstrahl der Abendsonne schien in ihre Zelle. In Finbogis Augen standen Tränen. *Vigdis ... meine liebe Schwester ... wie ist das alles so weit mit uns gekommen? ... Was habe ich heute getan? ... Wie konnte ich nur? ...* Finbogi schaute auf die kahle Wand ins Leere. *Hat mich Carl so sehr manipuliert? Bin ich so dumm?... Carl hat mich beeinflusst, aber ich wollte ihm auch glauben. ... Dass alles so einfach wäre. Ich müsste nur eins und eins zusammenzählen. ... Ja, rechnen kann ich, aber ich bin doch nicht nur die eiskalte Rechenmaschine, so wie ich mich Carl präsentiert habe! Ich bin doch auch ein Mensch. ... Ich will doch auch geliebt werden ... nicht nur gefickt. ... Vigdis ... Ich liebe dich so sehr. ...* Finbogi zog langsam den Schnürsenkel aus einem ihrer Wanderschuhe, die sie für den Ausflug ins Lavafeld angezogen hatte. *Carl, das ist ein eiskalter Machtmensch. Der hat mich und Jim nur als Schachfiguren missbraucht. ... Und jetzt sind wir wertlos für ihn. ... Jim ... Du tust mir leid, obwohl du so ein Monster bist, wenn du losgelassen wirst. Du bist so naiv. Du glaubst tatsächlich, dass du gute Taten vollbringst, wenn du Frauen vergewaltigst, Kinder erschießt und Männer folterst, weil du ja angeblich auf der Seite der Guten stehst.* Finbogi schaute wieder zu dem vergitterten Fenster hoch. *Nein, Jim, ich tue dir unrecht. Tief in deinem Innern weißt du, dass du damit Verbrechen begehst. Du baust dir mit deinem Glauben an die gute Sache nur vor deinem eignen Gewissen einen Schutzwall auf. ... Jim, Männer wie du werden von noch viel größeren Schweinehunden als ihr es seid, missbraucht. ... Typen wie Carl. ... Ihr seid für diese Monster doch nur billige Werkzeuge. Schnell austauschbar. Kein Gedanke mehr wert, wenn ihr tot seid oder unbrauchbar, wie jetzt du ... armer Jim. Die Rechnung hätte für Carl aufgehen können. Mehrere Hundert Millionen Dollar ist die Fabrik von Onkel Einar wert, hat Carl gesagt. Carl hat sich schon nach Käufern dafür umgehört. Die hätten ...*

Finbogi zog den Schnürsenkel aus dem anderen Stiefel. *Jim, wir sind uns so ähnlich. Auch ich habe mir etwas vorgemacht. Ich habe geglaubt, dass ich mit Hass meine Liebe zu Vigdis töten könnte. ... Vigdis, meine Schwester, ... du wurdest von allen geliebt, sobald du auf der Welt warst. ... Auch von mir, obwohl du mich sofort in den Schatten gestellt hast. ... Vigdis, immer nur du! Wenn Mama gemerkt hat, dass ich wieder einmal zu kurz gekommen bin, hat sie mich auch in die Arme genommen, ... aber nur, um sich wenige Minuten später schon wieder um dich zu kümmern. Vigdis, wer könnte dir auch widerstehen?*

Finbogi band die beiden Schnürsenkel zusammen. *Vigdis ... wie kann ich dir jemals wieder in deine schönen Augen sehen? Nachdem ich das heute gemacht habe? Du wirst mich doch mit deinem unbändigen Hass verfolgen, so wie du es mit den Amerikanern und mit Jim gemacht hast ... Vigdis, deinen Hass könnte ich ertragen, aber du weißt, was ich nicht ertragen kann: deine Verachtung. Und die wirst du mich spüren lassen, dein ganzes Leben lang. ... Vigdis, du bist so unerbittlich. Vigdis, meine kleine, meine so schöne Schwester. Alle haben nur Augen für dich. Auch ich ... auch ich will dir doch nur gefallen. Ich wollte immer nur deine Anerkennung. Ich bin mit dir um die Häuser gezogen, weil ich gewusst habe, dass du dich an den Amerikanern rächen willst. Ich habe dir zum Eintritt in die Discos verholfen, weil ich mit den Türstehern geschlafen habe. Die haben doch alle gewusst, wie jung du warst. Ich habe dir die Türen geöffnet. Und du hast das alles wie selbstverständlich angenommen, ... hast dich nicht dafür interessiert, dass ich mich dafür von den ekligsten Kerlen habe ficken lassen... Dass ich unser gemeinsames Geld so gut vermehrt habe. ... Auch dafür hast du dich nicht interessiert. Ich habe doch gesehen, dass meine Erklärungen dich nur gelangweilt haben, dass du mir kaum zugehört hast, als ich dir das gezeigt habe, was ich am besten kann: mit Geld umgehen... Das hat dich nie interessiert. ... Das war das Schlimmste. Dein Desinteresse an meiner besten Gabe für dich.*

Aus Finbogis Augen flossen Tränen. Sie schaute auf den Tisch gegenüber der Pritsche. Dort lagen ein Notizblock und ein Bleistift.

„Falls Sie ein Geständnis aufschreiben wollen", hatte die Polizistin gesagt, die beides auf den Tisch gelegt hatte.

Finbogi stand von der Pritsche auf und setzte sich auf den Schemel vor den Tisch. Sie nahm den Bleistift in die Hand und begann zu schreiben.

Vigids, meine liebe Schwester,
ich kann dich nur um Verzeihung bitten für das, was ich heute getan habe. Aber ich weiß, du wirst mir nicht verzeihen. Das ist nicht dein Wesen. Das kannst du nicht. Wozu auch? Du bist so schön, so abgöttisch schön, dass jeder, der dir ein Leid tut, niemals Verzeihung verdient hat. Ich wollte dich hassen dafür, für deine Schönheit, für dein Wesen, mit dem du jeden in deinen Bann ziehst. Und ich habe eine Zeit lang geglaubt, dass mir das gelingen würde. Ich habe mich die ganzen vergangen Wochen dazu gezwungen, Hass gegen dich aufzubauen und heute Morgen habe ich tatsächlich geglaubt, ich hätte es geschafft. Aber ich war nur im Wahn. Ich war so darin gefangen, dass ich auch Thór, den kleinen, netten Jungen, mitgerissen hätte. Ich habe mir eingebildet, ich könnte mit dem vielen Geld von Onkel Einar in die Welt hinaus fliehen und Island und das alles, vor allem dich, vergessen. Jetzt weiß ich: Das wäre mir nie gelungen. Wie auch? Ich bin doch dankbar für jede Minute, die ich in deiner Nähe sein durfte. Aber das habe ich heute verwirkt. Ich werde das Einzige tun, von dem ich hoffen kann, dass du es als Sühne annimmst, auch wenn ich schreckliche Angst davor habe: Ich werde jetzt zu Mama und Papa gehen. Vigdis, bitte glaube mir: Wenn ich kann, dann werde ich von dort, wo ich bald sein werde, nichts anderes tun wollen, als nur dafür zu sorgen, dass es dir gut geht.
Ich liebe dich. Ich liebe dich. Ich liebe dich. Bitte, bitte verzeih mir!
Finbogi

Finbogi legte den Bleistift weg und schaute zu den Gitterstäben an dem kleinen Fenster ihrer Zelle. Sie legte die langen Schnürsenkel zusammen und formte daraus eine Schlinge. Sie schob den Schemel unter das Fenster und stellte sich darauf. Das Ende der Schnürsenkel verknotete sie an einem der Eisenstäbe am Fenster. Dann steckte sie den Kopf durch die Schlinge, zog sie fest um den Hals und sprang vom Schemel. Ihre zappelnden Beine warfen ihn um. Die Schnürsenkel drückten ihre Halsschlagadern ab. Die Blutzufuhr zu ihrem Gehirn stoppte. Finbogi war sofort bewusstlos. Wenig später war sie tot.

Liebe IV

Vigdis öffnete die Wohnungstür. Adrian schob sein Rad an ihr vorbei zur Bücherwand. Er fühlte sich wie erwacht aus einem schlechten Traum. War das alles tatsächlich geschehen, was er in den vergangenen Stunden erlebt hatte? Er kam sich vor wie leer und ausgelaugt.

Adrian setzte sich auf den gleichen Platz an dem Tisch, wo sie am Abend zuvor die Hähnchen gegessen hatten. Vigdis setzte sich ihm gegenüber. Sie schaute ihn an.

„Jetzt weißt du alles über mich."

„Wie geht es dir? Du hattest deine Rache."

„Ja", sagte sie. Sie schwieg kurz, dann sagte sie: „Und … ich habe sie genossen. … Mir geht es gut. … Danke"

Als Vigdis sah, dass Adrian erschreckt die Augen aufgerissen hatte, legte sie ihre Hand auf seine und sagte: „Adrian, ich kann dich nicht belügen. Du bedeutest mir so viel. Dir kann und will ich nichts vorspielen. So bin ich. Es ist so, wie ich es dir gesagt habe. Ja, ich habe das Schauspiel genossen. Es war noch besser, als ich es mir vorgestellt habe. Ich bin sogar feucht zwischen den Beinen geworden. … Und … ich hätte mir gewünscht, … dass es noch länger dauert."

Mit einer Mischung von Verzweiflung und Trotz schaute sie zu Adrian. Der legte seine freie Hand auf ihre, sodass nun drei ihrer Hände übereinander auf dem Tisch lagen. Er fragte: „Du sagst, du hättest dir das gewünscht … Und jetzt?"

„Ich habe kein Mitleid mit ihm."

Vigdis zog ihre Hand zwischen Adrians Händen heraus, stand auf und drehte sich von ihm ab. Auch Adrian stand auf und trat hinter sie. Er sah, dass sie weinte. Er legte behutsam seine Hände auf ihre Schultern. Sie drehte sich um, klammerte sich an ihn und heulte Rotz und Wasser.

„Bin ich ein Monster?"

„Du bist der wichtigste Mensch der Welt für mich."

Adrian schwieg eine Sekunde und dann sagte er: „Wenn es sein muss, werde ich für dich morden."

Ein kleines, trauriges Lächeln huschte über ihre Lippen. Viele Männer hatten ihr schon so etwas geschworen. Lange, sehr lange schaute sie Adrian in die Augen, bis sie sagte:

„Ich werde nie, nie, nie wieder so etwas von dir verlangen."

Sie stockte. Ihre Augen waren gerötet und standen voller Tränen. Klarer Schleim lief ihr aus der Nase. Sie wischte ihn mit dem Handrücken ab und fragte. „Aber wie sollen wir denn weiterleben? ... Du in Stuttgart, ich in Island. ... Die Organisation von Carl Anderson im Nacken. Wir haben doch gar keine gemeinsame Zukunft."

Adrian streichelte ihr leicht über die Wange und nahm sie zärtlich in die Arme. Er küsste sie auf ihre Lippen und sagte: „Klar haben wir eine gemeinsame Zukunft. Ich liebe dich. Ich liebe dich mehr als alles andere auf der Welt."

Sie hielt sich wie eine Ertrinkende an ihm fest und sagte: „Ich bin glücklich."

Dann löste sich Vigdis von ihm und tanzte durch das große Zimmer, voll Lebensfreude, unbesiegbar in diesem Moment. So musste sich Eva gefühlt haben, nachdem Adam aus ihrer Hand den Apfel gekostet hatte.

Adrian schaute sie voller Liebe an. *Da wo sie ist, da ist mein Paradies.*

Vigdis jubelte vor Begeisterung über ihren Gedanken: „Wieso ich in Island und du in Stuttgart? Ni povas vivi ie ajn. Ni havas amikojn tra la tuta mondo. Ni nur devas rigardi al mia Pasporta Servo."173)

Übersetzung Esperanto – Deutsch

1) Saluton kaj bonan tagon. Mia nomo estas Vigdis. Ĉu vi estas Adrian Schleyer?
Hallo und guten Tag. Mein Name ist Vigdis. Bist du Adrian Schleyer?

2) Tio estis angla. Mi rifuzas la anglan. Mi parolas Esperanton, kaj se vi estas Adrian Schleyer, vi ankaŭ komprenos tion.
Das war Englisch. Ich lehne Englisch ab. Ich spreche Esperanto und wenn du Adrian Schleyer bist, dann verstehst du das auch.

3) Tio estis probable franca. Mi komprenis: Do vi estas Adrian Schleyer. Sed kial ni ne parolas Esperanton kune? Ni devas klarigi tion. Ĉu mi rajtas eniri?
Das war wohl Französisch. Ich habe verstanden: Du bist also Adrian Schleyer. Aber warum sprechen wir dann nicht Esperanto miteinander? Das müssen wir klären. Darf ich reinkommen?"

4) Vi devus duŝi vin.
Du solltest duschen

5) Mi turnas min.
Ich drehe mich um

6) Vi sangas.
Du blutest.

7) Mi bandaĝas viajn vundojn.
Ich verbinde deine Wunden

8) Vi antaŭe falis de via biciklo. Nun vi volas bicikli kun mi? Mi esperas, ke ĉi tio iros bone.
Du bist vorhin vom Fahrrad gefallen. Jetzt willst du mit mir gemeinsam Fahrrad fahren? Ich hoffe, das geht gut.

9) „Kion vi atendas?"
Auf was wartest du?

10) Mi komprenis.
Ich habe verstanden.

11) Penéds bevin Johann Martin Schleyer e Friedrich Bergmann (Volapük nicht Esperanto)
Briefe zwischen Johann Martin Schleyer und Friedrich Bergmann

12) Ĉi tio estas Volapuko.
Das ist Volapük.

13) Nun bonvolu diri al mi de la komenco. Kial vi venis al Stuttgarto?
Nun erzähl mal bitte ganz von Anfang an. Warum bist du nach Stuttgart gekommen?

14) Estis.
Es war.

15) Jes. Post kiam ni eksciis lian adreson, ni parolis al li telefone. Sed tio daŭris kelkajn tagojn. Li forestis. En Francio. En Périgeaux. Ĉe Esperanto-renkontiĝo kun Gilles Rousset. Ĝi estas ankaŭ en la Pasporto Servo. Kiam ni fine telefonis, li diris al ni, ke li pruntedonis la leterojn. Sed li volis redoni la leterojn al ni.
Ja. Nachdem wir seine Adresse gefunden hatten, riefen wir ihn an. Aber das dauerte ein paar Tage. Er war verreist. In Frankreich. In Périgeaux. Bei einem Esperantotreffen von Gilles Rousset. Der steht auch im Pasporta Servo. Als wir endlich anriefen, berichtete er, dass er die Briefe ausgeliehen hatte. Aber er wollte uns die Briefe zurückgeben.

16) Vi certe ankoraŭ ne havas hotelĉambron. Vi ankaŭ ne bezonas tion. Vi povus resti ĉe mi. Mi havas grandan domon kun gastĉambro.
„Du hast sicher noch kein Hotelzimmer. Brauchst du auch nicht. Du kannst bei mir übernachten. Ich habe ein großes Haus mit einem Gästezimmer."

17) „Volonte mi noktos ce via hejmo. Mi trovis vian nomon en la Pasporta Servo."
Ich werde gerne die Nacht in Ihrem Haus verbringen. Ich habe Ihren Namen im Pasporta Servo gefunden. "

18) Mia dorsosako ankoraŭ estas ĉe Adrian
Mein Rucksack ist noch bei Adrian.

19) Ĉu vi permesas al mi en via hejmo telefoni kun mia fratino?
Habe ich bei Ihnen zu Hause die Erlaubnis, meine Schwester anzurufen?

20) La ĉefa stacidomo estas tie. Arkitektura gemo. Paul Bonatz konstruis ĝin.
Dort drüben ist der Hauptbahnhof. Ein architektonisches Juwel. Paul Bonatz hat ihn gebaut.

21) Se vi volas, mi montros al vi la Weißenhofsiedlung morgaŭ
Wenn du willst, zeige ich dir morgen die Weißenhofsiedlung

22) Atentu!
Pass auf!

23) „Ne, mi iros al Francujo morgaŭ. Eble Rousset ankoraŭ havas la leterojn kaj lia dungito nur iris al Germanio pro amo. "
„Nein, ich fahre morgen nach Frankreich. Vielleicht hat Rousset die Briefe noch und seine Angestellte ist nur aus Liebe nach Deutschland gefahren."

24) Estas tute eble. Ankaŭ mi ne redonus la leterojn.
Das ist gut möglich. Ich hätte die Briefe auch nicht mehr hergegeben.

25) Mi montras al vi vian ĉambron.
Ich zeige dir dein Zimmer

26) „Tie estas via ĉambro kun banĉambro kaj necesejo. Vi povas duŝi vin tie. Mi portos al vi banmantelon."
Da ist dein Zimmer mit Bad und Toilette. Dort kannst du duschen. Ich bringe dir einen Bademantel.

27) „Mi poste baniĝos. Kie nun mi povas telefoni?"
Ich werde später ein Bad nehmen. Wo kann ich jetzt anrufen?

28) Mi finis
Ich bin fertig

29) Mi preparis la vespermanĝon
Ich habe das Abendessen vorbereitet

30) Vi havis malfacilan tagon. Vi malsatis. Nun vi estas sata. Sed vi ankoraŭ varmiĝintas. Vi devas duŝi vin. Malvarmeta duŝo bonfartigos vin.
„Du hattest einen schweren Tag. Du hattest Hunger. Jetzt bist du satt. Doch du bist noch immer erhitzt. Du solltest duschen. Eine kühle Dusche wird dir gut tun."

31) Vi bezonas sukeron
Du brauchst Zucker

32) Vi devas duŝi vin nun. Mi lasas vin sola.
Du solltest jetzt duschen. Ich lass dich allein.

33) „Vi alportis mian dorsosakon. Dankon. Bonvolu doni ĝin al mi. Mi vestas min nun."
Du hast meinen Rucksack mitgebracht, danke. Gib ihn mir bitte. Ich kleide mich jetzt an",

34) „Saluton. Mia nomo estas Adrian Schleyer. Mi serĉas Monsieur Gilles Rousset. Ĉu vi konas lin?"
Guten Tag. Mein Name ist Adrian Schlayer. Ich suche Monsieur Gilles Rousset. Kennen Sie ihn?

35) „Klare mi konas Gilles. Envenu, juna amiko",
Sicher kenne ich Gilles. Komm herein junger Freund.

36) „Pardonu. Mi estas komencanto.
Entschuldigung. Ich bin Anfänger.

37) Se vi volas, mi veturigos vin al Gilles poste. Li estas mia amiko. Li loĝas en Thiviers, kiu estas ĉirkaŭ 30 kilometrojn for. Li havas tie malgrandan konservofabrikon.
Wenn du willst, fahre ich dich nachher zu Gilles. Er ist ein Freund von mir. Er wohnt in Thiviers, das ist etwa 30 Kilometer entfernt. Er hat dort eine kleine Konservenfabrik.

38) Sed nun mi devas butikumi. Mi revenos baldaŭ. Sentu vin hejme ĉi tie.
Aber jetzt muss ich einkaufen. Ich bin bald wieder zurück. Fühle dich hier wie zuhause.

39) Vi rapide sekvis min.
Du bist mir schnell gefolgt.

40) Nu, mi volis rehavi mian biciklon."
Nun, ich wollte mein Fahrrad zurück.

41) Kaj Esperanton vi lernis ankaŭ nur kaŭze de via biciklo?
Und Esperanto hast du auch nur wegen deines Fahrrades gelernt?

42) „Ĝi estas facila. Mi estas lingvotalenta."
Es ist leicht. Ich bin sprachbegabt.

43) Ĉu vi havas ankaŭ aliajn talentojn?
Hast du auch noch andere Talente?

44) Mi fikas tre bone."
Ich ficke sehr gut

45) Ĉiuj viroj kredas tion
Das glauben alle Männer.

46) Mi ne kredas, ke mia onklo estas malantaŭ ĉi tio. Ni devas sekvi Rousset"
Ich glaube nicht, dass mein Onkel dahinter steckt. Wie müssen Rousset hinterher.

47) Ĉu ni? Ĉu vi certas, ke mi veturos kun vi?
Wir? Bist du dir sicher, dass ich mit dir fahren werde?

48) Vi sekvis min ĝis ĉi tie. Vi ankaŭ plue sekvos min.
Du bist mir bis hierher gefolgt. Du wirst mir auch weiter folgen.

49) Ni veturu.
Lass uns fahren.

50) Enaŭtiĝu.
Steig ins Auto.

51) Kia homo estas tiu?
Was ist denn das für Einer?

52) Hastanta homo.
Einer, der es eilig hat.

53) Memmortigonto.
Ein Selbstmörder.

54) Ĉu vi estas vundita?
Bist du verletzt?

55) Ne, mi ne estas vundita. Mi fartas bone.
Nein, ich bin nicht verletzt. Mir geht es gut.

56) Sur mian dorson!
Auf meinen Rücken!

57) Ne.
Nein.

58) Tenu firme.
Festhalten.

59) Vi devus vestiĝi.
Du solltest dir etwas anziehen.

60) "Ni ne iru al la polico. Ĝi nur haltigos nin. Ni devas sekvi Rousset kiel eble plej rapide."
„Wir gehen nicht zur Polizei. Die hält uns nur auf. Wir müssen so schnell wie möglich Rousset hinterher."

61) Ĉu mi povas telefoni?
Darf ich telefonieren?

62) Ni devas ekiri. La trajno foriros post kvaronhoro.
„Wir müssen gehen. Der Zug fährt in einer Viertelstunde.

63) Vi lernis rapide Esperanton.
Du hast schnell Esperanto gelernt.

64) Mi trovas ĝin fascina. "
Ich finde es faszinierend."

65) Vi estas sarkasma. Sed vi pravas. "
Du bist sarkastisch. Aber du hast recht."

66) Kaj se la fondo de la religio funkcius, ĝi havus la saman sorton kiel ĉiuj: fanatikuloj misuzus ĝin por siaj propraj celoj.
Und wenn die Religionsgründung geklappt hätte, hätte sie das gleiche Schicksal wie alle anderen auch: Fanatiker hätten sie für ihre Zwecke missbraucht.

67) Ĝi aspektas kiel Rejkjaviko. Ni ankaŭ havas forcejojn kaj palmojn tie.
Das sieht aus wie in Reykjavik. Da haben wir auch Gewächshäuser und Palmen.

68) Bone. Mi trovis adreson. Nun mi devas telefoni.
Gut. Ich habe eine Adresse gefunden. Jetzt muss ich telefonieren.

69) Kion vi trovis?
Was hast du gefunden?

70) „Mi telefonos al Ali Ben Akbar en Algeciras, kiam mi scios la horon de la transveturo. Poste li kunveturigos nin en Tanĝero. Ni povas tranokti ĉe li. Eble li ankaŭ scias, kie estas Rousset. Mi ankoraŭ ne demandis lin.

Ich werde in Algeciras Ali Ben Akbar anrufen, wenn ich weiß, wann die Überfahrt ist. Dann holt er uns in Tanger ab. Wir dürfen bei ihm übernachten. Vielleicht weiß er auch, wo Rousset ist. Das habe ich ihn noch nicht gefragt.

71) Vi prenu la biciklon.
Nimm du das Rad.

72) Ĉu iu parolas Esperanton?"
Spricht jemand Esperanto?

73) Saluton. Mi parolas Esperanton. Mia nomo estas Ali Ben Akbar."
Hallo. Ich spreche Esperanto. Ich heiße Ali Ben Akbar. "

74) Pardonu, mi devas telefoni.
Entschuldigung, ich muss telefonieren.

75) Bonvolu eniri en la aŭton.
Bitte steigt ins Auto.

76) Komencanto.
Anfänger.

77) Mi ŝatus duŝi min.
Ich möchte duschen.

78) Kion vi atendas?
Auf was wartest du?

79) Vi estas nekredeble bela.
Du bis unglaublich schön.

80) Ne, ne duŝu vin. Mi volas, ke ĉiuj rimarku tuj, kion ni faris. Ni povas lavi niajn manojn sube en la halo.

Nein, nicht duschen. Ich will, dass jeder sofort merkt, was wir getan haben. Wir können uns unten in der Halle die Hände waschen.

81) Permesu, ke mi prezentu: Soubida, mia edzino.
Darf ich vorstellen: Soubida, meine Frau.

82) Ĉu vi konas Gilles Rousset?
Kennst du Gilles Rousset?

83) „Certe", sagte Ali. „Ni renkontiĝis hieraŭ en la flughaveno."
Sicher, sagte Ali. Wir haben uns gestern am Flughafen getroffen.

84) Kie li estas nun?
Wo ist er nun?

85) Li ekaviadis rekte al Bangkok.
Er ist direkt nach Bangkok weitergeflogen.

86) Kiom longe ankoraŭ daŭros la Universala Kongreso en Bangkok?
Wie lange dauert der Universal-Kongress in Bangkok?

87) Ĉu vi flugos al Bangkok kun mi?
Fliegst du mit mir nach Bangkok?

88) Mi pensas, ke mia fratino pravis. Ŝi iam diris, ke estas egala proporcio de idiotoj en ĉiu popolo.
Ich denke meine Schwester hatte recht. Sie hat einmal gesagt, dass es in jedem Volk einen gleichen Anteil an Idioten gibt."

89) Vi estos feliĉa.
Du wirst glücklich sein.

90) Kuŝiĝu sur la ventro.
Lege dich auf den Bauch.

91) Turnu vin.
Dreh dich um.

92) Faru nenion, nur ĝuu.
Tue nichts, genieße nur.

93) Nia amiko Ali diris, ke ni bezonas transporti biciklon.
Unser Freund Ali sagte, dass wir ein Fahrrad transportieren müssen.

94) Vi povos tranokti ĉe mi."
Ihr könnt bei mir übernachten.

95) „Morgaŭ frue ni veturos al Hotelo Holiday Inn. La Universala Kongreso estas tie.
Morgen früh fahren wir zum Hotel Holiday Inn. Der Welt-Kongress ist dort.

96) Kiam ni konstruas domon, ni konstruas ankaŭ fantomdomon. Tiel ankaŭ la fantomoj, kiuj antaŭe loĝis sur tiu loko, havas fantomdomon kaj ne estas koleraj. – Oni tion povas kredi aŭ povas nekredi."
Wenn wir ein Haus bauen, bauen wir auch ein Geisterhaus. So haben auch die Geister, die zuvor vor Ort lebten, ein Haus und sind nicht böse. Man kann daran glauben oder nicht.

97) Tion oni ankaŭ devas fari. Ankaŭ ni en Islando atentas tion. Oni ne rajtas kolerigi trolojn kaj elfojn. Kiam ni konstruas vojon, ni sekvas la konsilojn de prielfaj spertuloj. Se necese, ni konstruas ĉirkaŭvojon.
Das muss man auch machen. Auf Island achten wir auch darauf. Man darf Trolle und Elfen nicht verärgern. Wenn wir eine Straße bauen, richten wir uns nach Gutachten von Elfenkundigen. Wenn es notwendig ist, bauen wir einen Umweg.

98) Kairi, mia edzino, kaj Niran, mia filo.
Kairi, meine Frau und Niran, mein Sohn.

99) Ni kuru pli bone nun, tiam ni estos pli rapidaj.
Wir laufen jetzt besser, dann sind wir schneller.

100) Mi ne aliĝis. Ĉu mi tamen rajtos iri en la halon?
Ich bin nicht angemeldet. Darf ich trotzdem in den Saal?

101) Kompreneble. Registriĝu ĉi tie.
Selbstverständlich. Trage dich hier ein.

102) Mia amiko estas komencanto. Ĉu ankaŭ li povas eniri?
Mein Freund ist Anfänger. Darf er auch rein?

103) Certe, li nur devas registriĝi.
Klar, er muss sich nur eintragen.

104) Strange. Iliaj prelegoj estas preskaŭ identaj.
Kurios. Ihre Vorträge sind fast identisch.

105) Kiu surprizos ĉiujn kongresanojn per leteroj de mia praavo?
Wer wird alle Kongressabgeordnete mit den Briefen meines Urgroßvaters überraschen?

106) Mi scias, ke tiu, kiu havas la leterojn, estas aŭ la murdinto aŭ dunginto de la murdinto.
Ich weiß, dass der, der die Briefe hat, entweder der Mörder ist, oder den Mörder beauftragt hat.

107) Li la leterojn probable ne montros.
Er wird die Briefe wahrscheinlich nicht zeigen

108) Verŝajne. Aliflanke, Tajlando estas malproksime de Eŭropo, kaj vanteco malsaĝigas. Ni simple ne videbliĝu.
Vermutlich, andererseits ist Thailand weit von Europa weg, und Eitelkeit macht dumm. Wir dürfen uns nur nicht sehen lassen.

109) Bone, ke ankaŭ vi estas ĉi tie. Mia parolado komenciĝos post dek minutoj. Ho, estas mirinde ĉi tie. Ĉiuj estas ĉi tie. Ni estas granda familio. "
Schön, dass ihr auch hier seid. Mein Vortrag beginnt in zehn Minuten. Ach, es ist herrlich hier. Alle sind hier. Wir sind eine große Familie."

110) Mi iras al la antaŭen.
Ich gehe nach vorne.

111) Tiel mi povos vidi la vizaĝojn de la partoprenantoj pli bone. Tiam mi trovos Rousset, se li estos tie.
Dann kann ich die Gesichter der Teilnehmer besser sehen. Dann finde ich Rousset, wenn er da ist."

112) Mi devas foriri por momento.
Ich muss kurz weg.
..
113) Bonvolu doni al Adrian la leteron."
Bitte gib Adrian den Brief.

114) Kie estas Vigdis?
Wo ist Vigdis?

115) Apenaŭ post kiam vi foriris, juna tajlandano al ŝi donis leteron. Ŝi ĝin legis kaj diris al mi, ke ŝi tutrapide devas foriri."
Sobald du wegwarst, hat ein junger Thailänder ihr einen Brief gegeben. Sie hat ihn gelesen und mir gesagt, sie müsse ganz schnell weg.

116) Jen estas la letero.
Hier ist der Brief.

117) Saluton, Vigdis,
mi estas en danĝero. Nikolaus Groß volas la leterojn de Friedrich Bergmann. Sed mi volas doni ĝin al vi. Venu al la necesejoj en la kelo de la hotelo.
Hallo Vigdis,
mir droht Gefahr. Nikolaus Groß will die Briefe von Friedrich Bergmann. Aber ich will sie dir geben. Komm in die Waschräume im UG des Hotels.

118) La letero estis kaptilo. Al Vigdis minacas danĝero. Ni devas serĉi ŝin tuj.
Der Brief war eine Falle. Vigdis ist in Gefahr. Wir müssen sie sofort suchen.

119) Ni baldaŭ ekscios, kien ili veturis. Ĉiuj taksiistoj serĉas ilin.

Wir werden es bald erfahren, wohin sie gefahren sind. Alle Taxifahrer suchen nach ihnen.

120) Ni havas ilin!"
Wir haben sie!

121) Tie estas nia viro."
Da ist unser Mann

122) Fek! Tiu estas la plej malbona bordelo de Bangkok. Tie la negro povas buĉi Vigdis en ĉia trankvilo. La dungitoj estas tre diskretaj tie.
Scheiße. Das ist das schlimmste Bordell in Bangkok. Der Neger kann dort Vigdis in aller Ruhe schlachten. Die Angestellten sehen und hören nichts.

123) Ni eniras, kaj ni trovos Vigdis.
Wir gehen rein und wir werden Vigdis finden.

124) Ni rapidu.
Beeilen wir uns.

125) Li estas for. Li falis sur autotegmenton kaj tuj kuregis laŭ la strato."
Er ist weg. Er fiel auf das Dach eines Autos und rannte sofort die Straße hinunter. "

126) Ni revenos al la Universala Kongreso. La parolado de Rousset finiĝos post kelkaj minutoj. Se li ne estos tie, ni scios certe, ke li komisiis la murdojn."
"Wir werden zum Weltkongress zurückkehren. Roussets Rede endet in einigen Minuten. Wenn er nicht da ist, werden wir sicher wissen, dass er die Morde in Auftrag gegeben hat."

127) Bonvenon miaj geamikoj. Mi sopiris al vi. Ĉu mi rajtas prezenti al vi Gilles Rousset? Vi sekvis lin tra duono de la terglobo.
Willkommen, meine Freunde. Ich habe euch vermisst. Darf ich euch Gilles Rousset vorstellen? Ihr seid ihm ja über den halben Erdball nachgereist.

128) Isländisch: Ég á þig loksins! Svarti risinn þinn drap mig ekki! Það er ekki svo auðvelt að drepa Íslending!
Habe ich dich endlich! Dein schwarzer Riese hat mich nicht umgebracht! So leicht tötet man keine Isländerin!"

129) Französisch: La femme est folle
Die Frau ist verrückt!

130) Thailändisch: H̄yud. Xyù thì̀ nì̀
Halt. Hierbleiben!

131) Englisch: please calm down.
Beruhigen Sie sich bitte.

132) Atendu, karaj amikoj. Ni klarigos ĉi tiun miskomprenon en Esperanto kaj ne per ĉi tiu babilona lingva konfuzo! "
Haltet ein, liebe Freunde. Dieses Missverständnis werden wir auf Esperanto klären und nicht mit diesem babylonischen Sprachgewirr!"

133) Vi trompas vin. Do vi pensas, ke mi dungis murdiston. Ĉu nur pro kelkaj leteroj?
Das ist nicht dein Ernst. Du glaubst also, dass ich einen Mörder beauftragt habe. Nur wegen ein paar Briefen?

134) Vi havas la permeson, serĉi la leterojn en mia ĉambro."
Sie haben die Erlaubnis in meinem Zimmer nach den Briefen zu suchen.

135) Kaj se vi volas, vi ankaŭ povas traserĉi min.
Und wenn du willst, darfst du auch mich durchsuchen.

136) Ĉu mi nun senvestiĝu?
Soll ich mich jetzt ausziehen?

137) Imprese. Ĉu ĝi eĉ pli grandiĝas, kiam ĝi staras, kaj ĉu vi tiam ankoraŭ havas sangon en via cerbo?

Beeindruckend. Wird der noch größer, wenn er steht und hast du dann noch Blut im Hirn?

138) Envio ridas.
Hier lacht der Neid.

139) Jen, cerbo estas ŝlosilvorto: vi devas serĉi en Islando. Via onklo havas kialojn mortigi vin. Mi legis la leterojn. Ili valoras duonon de la fabriko.
Aber Stichwort Hirn: Du solltest in Island suchen. Dein Onkel hat Grund dich zu töten. Ich habe die Briefe gelesen. Sie sind die halbe Fabrik wert.

140) Pardonu min, se mi suspektis vin malprave, sed kial vi forkuris de ni?
Entschuldige, wenn ich dich falsch verdächtigt habe, aber warum bist du vor uns weggelaufen?

141) „Mi ne forkuris de vi. Mi vizitis miajn amatinojn. Unu en Tanger, alia en Bangkok. Homoj, kiuj parolas Esperanton, povas ankaŭ havi internaciajn amatinojn."
Ich bin nicht geflohen. Ich habe nur meine Geliebten besucht. Die eine in Tanger, die andere in Bangkok. Menschen, die Esperanto sprechen, können auch internationale Liebschaften pflegen.

142) Mia amatino, vi venas en la ĝusta momento.
Meine Liebe, du kommst zur richtigen Zeit!

143) Ni devus ekiri.
Wir sollten gehen.

144) Ĝis revido.
Auf Wiedersehen.

145) Vigdis, Adrian kaj mi havas ion alian por diskuti. Solaj.
Vigdis, Adrian und ich müssen noch etwas besprechen. Alleine.

146) Metu tion sur la okulon kaj sur la lipon.

Leg das auf das Auge und auf die Lippe.

147) Nun la taksio estas baldaŭ venonta kaj kondukos nin hejmen al mi. Mia edzino prizorgos vin.
Jetzt kommt gleich das Taxi und bringt uns nach Hause, zu mir. Meine Frau wird sich um dich kümmern.

148) Kie estas la nigrulo?
Wo ist der Schwarze?

149) Ni ankoraŭ ne kaptis lin, sed ni kaptos lin. Tio ne plu povas daŭri longe.
Wir haben ihn noch nicht gefasst, aber wir werden ihn fangen. Das kann nicht mehr lange dauern.

150) Ĉu ni povas resti tiel longe kun vi?
Dürfen wir so lange bei dir bleiben?

151) Certe.
Sicher.

152) Baniĝu varme.
Nimm ein warmes Bad.

153) Neniel timu. Mi restas kun vi.
Keine Angst, ich bleibe bei dir.

154) Ni tajlandanoj ĉiam manĝas la saman.
Wir Thais essen immer das Gleiche.

155) Ili alportas bonŝancon.
Die bringen Glück.

156) Mi iros al la oficejo nun.
Ich werde jetzt ins Büro gehen.

157) Mi esperas, ke miaj kolegoj jam kaptis la nigrulon.
Ich hoffe, dass meine Kollegen den Schwarzen schon gefasst haben.

158) Kairi akompanos vin al la urbo poste. Vi devas butikumi. Vi bezonas belajn vestojn kaj bonajn ŝuojn. Ĉi-vespere ni iros al la Sky Bar
en la State Tower. La atmosfero estas sensacia tie. Vi ricevos aliajn
pensojn.
Kairi wird euch nachher in die Stadt begleiten. Ihr müsst einkaufen.
Ihr braucht schöne Kleider und gute Schuhe. Heute Abend werden
wir in die Sky Bar im State Tower gehen. Da ist es sensationell. Ihr
werdet auf andere Gedanken kommen.

159) Vi povas eniri en la drinkejon nur kun ĝustaj vestoj.
Man kommt nur korrekt angezogen in die Bar.

160) Kie vi lernis viajn ruzojn?
Wo hast du deine Tricks gelernt?

161) Mi ekzercis de tridek jaroj ĉiutage aikidon
Ich praktiziere seit dreißig Jahren jeden Tag Aikido.

162) Ĉu vi kaptis la nigrulon?
Habt ihr den Schwarzen gefasst?

163) Li malaperis. Mi pensas, ke li estas usonano. Ili ĉiam prenas siajn
homojn ekster la landon. Ne gravas, kion ili faris.
Er ist verschwunden. Ich glaube, er ist Amerikaner. Die bringen ihre
Leute immer außer Land. Egal, was die verbrochen haben.

164) Ĉu vi volas rezervi vian flugon nun?
Wollt ihr jetzt euren Flug buchen?

165) Iru al la hotelo Oriental por vespermanĝi ĉi-vespere. Mi rezervos
du sidlokojn por vi sur la teraso. Ĝi estas tre romantika. Taŭga por
juna paro.
Geht heute Abend zum Essen ins Hotel Oriental. Ich reserviere euch
zwei Plätze auf der Terrasse. Sie ist sehr romantisch. Passend für ein
junges Paar.

166) Jen Adrian.
Das ist Adrian.

167) Li estas nomumita por la germana olimpika teamo en rapid-montbiciklado malsupren. Li estas la pinta modelo por Yves Saint Laurent. Li estas riskaktoro por Daniel Craig en Casino Royale. ... kaj mi amas lin."
Er ist für die deutsche Olympiamannschaft im Downhill nominiert. Er ist das Topmodel für Yves Saint Laurent. Er ist Stuntman für Daniel Craig in Casino Royale. ... und ich liebe ihn."

168) Saluton. Mi ĝojas renkonti vin. Vigdis diris multon pri vi.
Hallo. Ich freue mich, dich kennenzulernen. Vigdis hat viel von dir erzählt.

169) Mi ne ŝatas ĝin, kiam vi volas ludi kajmanon.
Mir gefällt es nicht, wenn du Kaiman spielen willst.

170) Tiam ni parolas Esperanton, kiam ni estas triope.
Dann sprechen wir Esperanto, wenn wir zu dritt sind.

171) Mi ne devas iri al la necesejo ofte.
Ich muss nicht oft auf die Toilette.

172) Mi estas laca. Ni enlitiĝu.
Ich bin müde. Lasst uns zu Bett gehen.

173) Ni povas vivi ie ajn. Ni havas amikojn tra la tuta mondo. Ni nur devas rigardi al mia Pasporta Servo.
Wir können überall leben. Wir haben auf der ganzen Welt Freunde. Wir müssen nur in meinen Pasporta Servo schauen.